Alison Lurie

Die Wahrheit über Lorin Jones

Roman

Aus dem Amerikanischen von Otto Bayer

Diogenes

Titel der Originalausgabe:
›The Truth About Lorin Jones‹

Umschlagillustration:
René Gruau, ›Studie‹, 1984
(Ausschnitt)

Für Barbara Epstein

200/90/8/1
ISBN 3 257 01844 4

Sie sagen, die Eule war eines Bäckers Tochter. Ach Herr! wir wissen wohl, was wir sind, aber nicht, was wir werden können.

William Shakespeare, *Hamlet*

I

Polly Alter hatte Männer früher gemocht, aber jetzt traute sie ihnen nicht mehr und wollte auch nicht mehr viel mit ihnen zu tun haben. Letzten Monat war ihr an ihrem neununddreißigsten Geburtstag plötzlich aufgefallen, daß sie – ohne es so gewollt zu haben – fast nur noch mit Frauen zu tun hatte. Sie hatte eine Ärztin, eine Zahnärztin, eine Steuerberaterin; ihre Bank wurde von einer Direktorin geleitet, und richtig befreundet war sie auch nur noch mit Frauen. Sie kaufte in Geschäften, die von Frauen geführt wurden, und wenn sie Medikamente brauchte, ging sie mit dem Rezept sechs Straßen weiter zu der Apothekerin an der 87th Street. Oft wechselte sie tagelang kein Wort mit einem männlichen Erwachsenen.

Als ihr Mann sie vor anderthalb Jahren verließ, hatte Polly mit einer solchen Wende in ihrem Leben nicht gerechnet. Bei aller Wut, allem Elend hatte sie sich auf das Abenteuer, wieder einmal ungebunden zu sein, doch auch gefreut. Aber es gab, wie ihre Freundinnen und die Medien sie bereits gewarnt hatten, in New York keine brauchbaren Männer über Dreißig, nur Ehemänner und Lumpen. Sie hatte es abgelehnt, mit den Ehemännern loszuziehen, und ihre sonstigen Eroberungen waren derart katastrophal gewesen, daß sie jetzt nur noch lachen konnte, wenn sie daran dachte, obwohl sie seinerzeit so manches Mal geheult hatte vor Enttäuschung und Wut. Nach rund sechs Monaten hatte sie eingesehen, daß sie besser daran tat, zu Hause zu bleiben und mit ihrem zwölfjährigen Sohn Stevie fernzusehen, oder mit Freundinnen auszugehen.

Natürlich hatte Polly bis vor kurzem noch bei der Arbeit mit Männern zu tun gehabt. Aber seit das Museum sie nun für ein halbes Jahr beurlaubt hatte, mußte sie da nicht mehr hin, höchstens um in der Bibliothek etwas nachzusehen. Vor drei Monaten hatte sie nämlich das große Los gezogen: Sie hatte ein Stipendium und einen Verlagsvorschuß für ein Buch über die 1926 geborene, 1969 fast unbekannt verstorbene amerikanische Malerin Lorin Jones erhalten, die jetzt – auch mit Pollys Zutun – allmählich berühmt wurde.

Wie sich zeigte, war dieser Auftrag auf frappierende, geradezu übernatürliche Weise an die Richtige gegangen. Polly hatte Lorin Jones zwar nie kennengelernt, war jedoch ihr Leben lang auf Lorins Spuren gewandelt. Lorin war in einem New Yorker Vorort aufgewachsen, Polly (zwanzig Jahre später) in einem Nachbarvorort. Beide waren in Westchester zur Schule gegangen, beide hatten nach dem College im Greenwich Village in der Bank Street gewohnt. Wahrscheinlich hatten ihre Pfade sich viele Male gekreuzt. Wenn die kleine Polly an der Hand ihrer Mutter durch White Plains ging, waren sie vielleicht einmal Lorin und ihrer Mutter begegnet. Oder wenn Polly an einem heißen Sommernachmittag Sandburgen an der Rye Beach baute oder im warmen Gezeitenwasser des Long Island Sound watete, war ihr Objekt vielleicht ganz in der Nähe gewesen und hatte sich gesonnt oder gemalt. Als sie später in New York die Galerien und Museen zu besuchen begann, war unter den anderen Besuchern vielleicht auch Lorin gewesen; vielleicht hatte Lorin bei Bloomingdales am selben Stand ihre Strumpfhosen gekauft oder sogar im Bus auf der Eighth Avenue oder in einer Filmvorführung im Modern Museum neben ihrer künftigen Biographin gesessen.

Fotos von der damaligen Lorin Jones zeigten eine auffallend schöne junge Frau in der von Juliette Greco nach dem

Zweiten Weltkrieg populär gemachten französischen Beatnik-Mode: gespensterbleich, das schwere, gewellte dunkle Haar schulterlang, dichter Pony, hohe Wangenknochen und große, seidig bewimperte dunkle Augen. Sie hatte eine Figur wie von Modigliani, langgliedrig und hochbusig, und trug meist Schwarz. Immer wenn Polly sich diese Bilder ansah, war es für sie gewissermaßen ein Déjà-vu. Menschenskind, sie wußte, daß sie diese Frau schon einmal irgendwo, irgendwann gesehen hatte. Wenn es doch da nur irgendein Zeichen gegeben hätte, einen Glockenschlag, einen Blitz, der sie vorwarnte, daß ihre Leben einmal so innig miteinander verflochten sein würden!

Der Blitz kam später, im Sommer 1970, als Lorin Jones schon ein Jahr tot war. Es geschah eines Morgens in einem Gästehaus auf Cape Cod, wo Polly die Flitterwochen verbrachte. Als sie zum Frühstück herunterkam, hing da an der Wand über dem Sideboard, erhellt von silbernem Licht, das vom Wasser der Bucht reflektiert wurde, eine von Lorin Jones' halbabstrakten Landschaften. »Ja, das ist es!« hatte sie halblaut gerufen, während ihr Blick, ihr ganzes Sein hineingezogen wurde in die Nebel und Strudel der Farben.

»Genauso möchte ich malen«, sagte sie später bei Muffins mit Pflaumenkonfitüre zu ihrem frischgebackenen Ehemann. »Er sieht die Welt genau wie ich.« Obwohl Polly sich damals schon als Feministin sah, hatte sie, ohne nachzudenken, »Lorin« für einen Männernamen gehalten; sie glaubte immer noch, große Maler könnten nur Männer sein. Wieviel Zeit hatte dieser dumme Irrtum sie gekostet! Hätte sie die Wahrheit gekannt, sie hätte wahrscheinlich schon damals mehr über Lorin Jones zu erfahren versucht, und vielleicht wäre Lorins verschütteter Ruhm schon Jahre früher wieder ans Licht gebracht worden. Der Gedanke machte Polly noch immer wütend.

Aber es gab ja so vieles, was Polly wütend machte. Von klein auf hatte ihr aufbrausendes Temperament sie immer wieder in die Bredouille gebracht. Unvermittelt und unvorhersehbar loderte es auf, um meist genau so schnell wieder zu verlöschen, und sie durfte sich dann jedesmal mit rotem Kopf entschuldigen. Aber manchmal loderte es in ihr auch dann noch weiter, wenn sie sich äußerlich wieder beruhigt hatte, und ein schwelender Starrsinn ließ sie nicht zugeben, daß sie ungezogen oder im Unrecht gewesen war.

Zu den Dingen, die Polly fortgesetzt wütend machten, gehörte auch, was das Männerestablishment mit Lorin Jones zu ihren Lebzeiten und noch Jahre nach ihrem Tod angestellt hatte: als Frau ausgebeutet und als Künstlerin vernachlässigt. Das empörendste und traurigste daran war, wie wenig Lorin geahnt hatte, daß sie einmal berühmt sein würde. Sie hatte es sich nicht träumen lassen, daß sie einmal der Überraschungsstar in »Drei Amerikanerinnen«, Pollys erster Museumsausstellung, sein würde und die Preise für ihre Bilder in astronomische Höhen klettern würden. Jetzt wußte sie nicht, daß sie demnächst eine Einzelausstellung in einer großen New Yorker Galerie haben und Thema einer ausführlichen Biographie sein sollte.

Statt dessen war Lorin Jones 1969 in einem Krankenhaus auf den Florida Keys, mehr oder weniger vergessen, an Viruspneumonie gestorben. Hätte sie doch nur sehen können, was kam! Oder hätte sie doch nur noch ein bißchen länger gelebt! Der neue Feminismus wäre ihre Rettung gewesen; sie hätte Freundinnen gefunden, Verbündete, die sie förderten und zum Weitermachen ermutigten. Immer wenn Polly daran dachte, wurde sie von Wut und schmerzendem, quälendem Bedauern gepackt.

Manchmal reiste sie in ihrer Phantasie zurück ins Jahr 1968 oder 1969, um Lorin Jones zu suchen. Sie malte sich aus, wie sie nach Florida flog, die Keys entlangfuhr, das Cottage am Aurelia Lane fand und an die Tür klopfte. Lorin würde herauskommen und genauso aussehen wie auf diesem letzten überbelichteten Schwarzweißbild von ihr: noch immer schön, aber bleich und verbraucht, das Gesicht weiß in einem wirren Moosgeflecht dunkler Haare, der Ausdruck ihrer Augen hinter einer Binde aus Schatten versteckt. Sie würde sich an einen der verwitterten Verandapfosten lehnen, die nackten dünnen Arme über einem weißen Männerhemd verschränkt und in der einen langen Hand eine Zigarette, aus der dunkler Qualm emporstieg. »Herrgott!« würde Polly zu ihr sagen. »Sie müssen mehr für sich tun. Sie müssen das Rauchen aufgeben, mehr schlafen, besser essen und mit diesem Husten mal zum Arzt gehen. Sie dürfen jetzt nicht aufgeben. Sie sind eine große Malerin. Sie werden in die Kunstgeschichte eingehen. Bitte, Lorin! Sie müssen durchhalten.«

Aber Lorin Jones würde nicht antworten. Sie war tot und dahin; und Polly konnte nichts mehr tun, als alles über sie in Erfahrung zu bringen und weiterzuerzählen, so gut sie es vermochte, und ohne jemanden zu schonen. Man würde dann die Wahrheit kennen, und nicht nur Lorins, auch Pollys Leben hätte einen Sinn und eine Erfüllung gehabt. Und vielleicht würde dann nie mehr eine amerikanische Künstlerin so leiden müssen, wie Lorin gelitten hatte.

Wenn Lorin Jones doch nur treue Freundinnen gehabt hätte, solche wie Pollys Freundin Jeanne, hätte eine von ihnen vielleicht wirklich tun können, was Polly nur in ihrer Phantasie tat. Aber bisher hatte Polly noch keine Frau ausfindig machen können, die Lorin in ihren späteren Jahren gut gekannt hätte. Es zeigte sich immer deutlicher, daß sie nach ihrer Ehe nicht mehr viele gute Freundinnen oder auch Freunde gehabt hatte; daß sie eine scheue Einzelgängerin gewesen oder vielmehr (und daran gab Polly vor allem Lorins

Mann die Schuld) geworden war – am Ende fast eine Einsiedlerin. Und dies hatte nicht nur sehr wahrscheinlich zu ihrem frühen Tod beigetragen, es erschwerte auch ihrer Biographin die Arbeit sehr.

Polly hatte zwar in letzter Zeit nicht mehr viel mit Männern zu tun gehabt, aber das würde sich bald ändern. In den nächsten sechs Monaten würde sie etliche interviewen müssen – und zwar nicht irgendwelche, sondern genau die Männer, die Lorin Jones entmutigt, verunglimpft, ausgebeutet und vernachlässigt hatten. Deren Schuld es letzten Endes war, daß die Welt nun nie die schönen Bilder sehen würde, die Lorin noch gemalt hätte, wenn sie am Leben geblieben wäre.

Dies waren unter anderen:

1) Lorin Jones' Galerist, ein milder älterer Herr namens Paolo Carducci, Gründer und Besitzer der Galerie Apollo, die sich ab 1964 geweigert hatte, Lorin Jones' Werke auszustellen.

2) Professor Leonard Zimmern, Lorins Halbbruder, der für seine Schwester wohl gar nichts empfunden hatte, denn nach eigenem Eingeständnis hatte er sie in den letzten Jahren ihres Lebens kaum gesehen. Nach ihrem Tod hatte er es aber sehr eilig gehabt, nach Key West zu fliegen und Lorins noch unverkaufte Bilder abzuholen, deren rechtmäßiger Eigentümer er war.

3) Lorins geschiedener Mann, der bekannte Kunsthistoriker und -kritiker Garrett Jones, der bei Pollys Ausstellung so recht den liebenswerten alten Charmeur gespielt, bereitwillig Bilder und Fotos zur Verfügung gestellt und geholfen hatte, andere Sammler aufzuspüren und mit ihnen zu verhandeln. Wenn man Garrett jetzt reden hörte, hatte er für Lorin und ihre Karriere stets alles getan, was in seinen Kräften stand. Während dieser Ehe hatte Lorin mehrmals in der Galerie Apollo ausgestellt, 1954 und 1955 in Gruppe, 1957 und

1960 jeweils in erfolgreichen Einzelausstellungen. Dann hatte sie 1964, im Jahr nach ihrer Trennung von Garrett, noch einmal eine Ausstellung gehabt, danach nichts mehr. Polly konnte nicht beweisen, daß Lorins Exmann gezielt ihre Karriere ruiniert hatte, aber es wäre ein Kinderspiel für ihn gewesen.

4) Der Mann, mit dem Lorin nach dem Scheitern ihrer Ehe zusammengelebt hatte, ein erfolgloser Dichter und Exhippie namens Hugh Cameron, der Lorin nach Key West verschleppt und sie dann, als sie krank war und im Sterben lag, im Stich gelassen hatte. Polly hatte Hugh Cameron nie gesehen, aber um so mehr von ihm gehört.

Natürlich konnte man nicht damit rechnen, daß einer dieser Männer sich auch nur entfernt zu seiner Schuld bekennen würde; wahrscheinlich würden sie alle das Blaue vom Himmel lügen, um ihre Selbstachtung und ihren Ruf zu schützen. Wenn Polly es sich hätte aussuchen können, hätte sie lieber nichts mit ihnen zu tun gehabt. Da aber außer ihnen niemand die Fakten kannte, würde sie irgendwie die Wahrheit über Lorin Jones aus ihnen herausbringen müssen.

Wie dies am besten zu bewerkstelligen sei, darüber diskutierten an einem heißen Spätsommerabend Polly und ihre Freundin Jeanne in Pollys unaufgeräumter New Yorker Wohnung. Polly saß noch an dem runden Eichentisch, die Ellbogen rechts und links neben einer handgetöpferten Tasse, das ekkige kleine Kinn auf die Fäuste gestemmt. Jeanne, die das lekkere Abendessen zubereitet hatte (kaltes Huhn mit Tabouli und Gürkchen in Joghurt, zum Dessert Zitronensorbet), lag tief zwischen den Sofakissen und rauchte eine ihrer ewigen Zigaretten. Sie stand nie, wenn sie auch sitzen konnte, und saß nie, wenn sie liegen konnte.

Hätte man einem unwissenden Beobachter gesagt, daß

eine dieser beiden Frauen lesbisch sei, er hätte ganz selbstverständlich auf Polly getippt. Zwar hatte Polly, bevor sie sich mit Jeanne befreundete, kaum einmal darüber nachgedacht, wie es sein könnte, mit einer anderen Frau ins Bett zu gehen, aber ihr kurzes, ungepflegtes Haar und das Fehlen jeglichen Make-ups sprachen von einer gewissen Verachtung für weibliche Schliche; in ihrem karierten Arbeitshemd nebst Jeans und ausgelatschten Birkenstock-Sandalen, der in diesem Sommer gültigen Uniform aller männlichen und weiblichen Homosexuellen New Yorks, wirkte sie ausgesprochen knabenhaft.

Dagegen war Jeanne, die sich von klein auf nur für ihr eigenes Geschlecht interessiert hatte, von weicher, wohlgerundeter Gestalt – eine blonde Ingres-Figur, sorgfältig gepudert und gerougt, mit ausgeschnittenem rosa T-shirt und rosengeblümtem Laura-Ashley-Rock. Ihre Stimme war hoch und sanft, und keine ihrer Geliebten war je auf die Idee gekommen, sie Johnnie oder auch nur Jan zu rufen. Lesbisch zu sein bedeutete für Jeanne, sich so weit und so schnell wie möglich von der Bisexualität zu entfernen, nicht sich ihr zu nähern. Aus ihrer Sicht war es für eine Frau, die Frauen liebte, nur natürlich, sich physisch von allem Maskulinen abgestoßen zu fühlen. Als Separatistin mied sie das andere Geschlecht, wann immer sie konnte; sie war noch immer sehr enttäuscht von ihrem College auf Long Island, wo sie Geschichte und Frauenwissenschaften lehrte, weil es kürzlich die Aufnahme männlicher Studenten beschlossen hatte.

Jeanne mißtraute also den Männern, war aber, was den richtigen Umgang mit ihnen anging, anderer Meinung als Polly. Wenn man ihnen nicht aus dem Weg gehen konnte, war Heimtücke das Gebot. Polly dagegen zog von Natur aus die Konfrontation vor. Bei diesen Interviews wolle sie mit ihren eigenen Gefühlen nicht hinterm Berg halten, sagte sie jetzt.

»Nein. Das willst du natürlich nicht.« Jeanne seufzte nachsichtig. Sie hatte einmal – und vielleicht zu Recht – gemeint, Polly habe es ebendieser Offenheit zu verdanken, daß sie nach fünf Jahren noch immer nur stellvertretende Kuratorin war.

»Ich finde das nur natürlich.«

»Klar findest du das natürlich«, pflichtete Jeanne ihr bei, aber ihr Tonfall sagte, daß für die Natur in ihren Augen nicht viel sprach. »Konfrontation ist für dich immer natürlich. Aber wenn du etwas erreichen willst, mußt du eiskalt bleiben.«

Jeanne beschwor Polly oft, kalt zu bleiben, sich zu beruhigen, sich abzuregen – nicht immer mit Erfolg. Nach außen war sie selbst nicht sonderlich kühl, eher gemäßigt warm. Männern erschien sie meist als nette, hübsche, unkomplizierte Frau. Im Innern aber verbarg sie einen Ekel, der auf die Entbehrungen und Mißhandlungen ihrer Kindheit zurückging.

»Sieh mal, Polly«, erklärte sie nach einem Zug an ihrer Zigarette. »Du weißt, daß du mit diesen Leuten Stunden, wenn nicht Tage verbringen mußt. Wenn du willst, daß sie mit dir reden, darfst du sie nicht einmal ahnen lassen, was in deinem Kopf vorgeht.«

»Ich weiß nicht, ob ich das kann.«

»Es wird natürlich nicht leicht sein«, fuhr Jeanne fort. »Ich kenne dich ja.« Sie lächelte. Obwohl sie einige Jahre jünger war als Polly, sprach sie mit ihr (wie mit allen ihren guten Freundinnen) immer im Ton der erfahrenen Mutter. »Ich finde, du solltest dir am besten hier an Ort und Stelle vornehmen, selbst so wenig wie möglich zu sagen. Das nächstemal schaltest du nur dein Tonbandgerät ein, stellst deine Fragen, und egal was sie antworten, nickst du nur und grinst. Laß sie doch labern und sich um Kopf und Kragen reden ... und das werden sie tun, verlaß dich darauf.«

»Ich weiß nicht.« Polly schob stirnrunzelnd die schwere Tasse von sich und verschüttete dabei lauwarmen Kaffee über den Tisch.

»Was weißt du nicht?«

»Was du da sagst – es erscheint mir einfach nicht richtig. Ich meine, seit Jahrhunderten lächeln und lügen wir Frauen die Männer an. Ich finde es höchste Zeit, mit diesem Quatsch aufzuhören. Ich möchte klarstellen, daß ich weiß, was diese Kerle mit Lorin Jones angestellt haben; dann können sie keinen Quark verzapfen.«

»Quark?« Jeanne lachte. »Den verzapfen sie so oder so. Aber Quark übergießt man am besten mit Sirup.«

»Es liegt mir nicht, Süßholz zu raspeln; das ist nichts für mich. Ich muß ihnen offen zeigen, aus welcher Ecke ich komme.«

»Ach Polly.« Jeanne seufzte. »Weißt du, was bei dir das Problem ist? Du glaubst im tiefsten Herzen immer noch, die Männer müßten nur erst wissen, wie es in uns aussieht, dann wären sie ganz erstaunt und zerknirscht. Sie täten Buße und würden sich bessern, und schon könnten wir alle glücklich leben bis an unser selig Ende. Du mußt dir darüber klar sein, daß die Männer bereits ganz gut wissen, wie es in uns aussieht. Und es ist ihnen sch ... egal.« Jeanne brachte nie ein unanständiges Wort über die Lippen; sie sprach lieber mit Pünktchen, als hörte ein unsichtbares Kind zu.

»Hm.« Polly akzeptierte Jeannes Lagebeurteilung, nicht aber Jeannes Folgerungen.

»Du wirst dich jede Sekunde in acht nehmen müssen. Und auf das Schlimmste gefaßt sein.«

»Und was wäre das Schlimmste?«

»Du kennst doch die Männer.« Jeanne legte ihre Zigarette weg und drehte sich zu ihrer Freundin um. »Ich weiß, daß sie alle miteinander versuchen werden, dich zu verführen, bildlich gesprochen. Vielleicht auch wörtlich.«

»Ach, hör doch auf.« Polly schüttelte den Kopf.

»Es stimmt aber. Aus zwei Gründen nämlich: Erstens werden sie alle in deinem Buch erscheinen. Und natürlich möchten sie als brave Jungen in die Kunstgeschichte eingehen.«

»Mag sein«, meinte Polly, die sich auf einmal sehr mächtig vorkam. »Aber das heißt ja nicht, daß sie sich gleich an mich heranmachen.«

»Ich wette darauf«, sagte Jeanne. »Zumindest einige. Männer denken nun einmal so. Und zweitens werden sie dich einfach deshalb verführen wollen, weil das die traditionelle männliche Reaktion auf eine attraktive Frau ohne Anhang ist. Dabei spielt es nicht einmal eine Rolle, ob sie lesbisch oder hetero ist. Eine Frau, die keine Männer braucht – da setzen sie alles daran, sie zu vernichten, zu beweisen, daß es sie gar nicht gibt. Wenn Männer von einer Frau wie dir oder mir hören, sagen sie unter sich: ›Die muß doch nur mal richtig durchgevögelt werden.‹ «

»Ja doch, manche Männer mögen so denken, aber –«

»Weißt du noch, wie es Cathy oben in Vermont ergangen ist? Wenn Ida nicht rechtzeitig aus dem Dorf zurückgekommen wäre, hätte ihr Nachbar, dieser Prolet, den Cathy für so einen netten Menschen gehalten hatte, sie quasi vergewaltigt. Und er hätte sich eingeredet, er sei von ihr dazu ermuntert worden, weil sie ihn immer ins Haus rief und ihm eine Tasse Kaffee anbot, wenn er ihre Wiese gemäht hatte.«

»Ja, gewiß«, sagte Polly. »Trotzdem fühle ich mich da einigermaßen sicher. Paolo Carducci ist über Siebzig und herzkrank, und Garrett Jones ist über Siebzig und verheiratet.« Sie lachte.

»Ja, aber nach allem, was du mir erzählt hast, war er einmal ziemlich berüchtigt. Ich meine ja auch nur, daß du dich vorsehen sollst.« Jeanne drückte geziert ihre Zigarette auf der Untertasse aus.

»Gut, ich sehe mich vor.«

»Recht so. Und jetzt mache ich mich lieber wieder auf den Heimweg nach Brooklyn, bevor die Straßenräuber ihr Nachtwerk beginnen.« Jeanne stieß einen langen Seufzer aus.

»Du kannst hier übernachten, wenn du willst«, sagte Polly. »Stevies Zimmer ist ja jetzt frei.« Nun war es an ihr, zu seufzen: Stevie, dreizehn Jahre alt, war gerade zu seinem Vater nach Colorado abgereist.

»Oh, danke. Das wäre wirklich schön, es ist so friedlich hier. Aber heute nacht geht es nicht. Betsy wird wahrscheinlich anrufen.« Jeanne stand auf; an die Stelle heiterer Gelassenheit war ein Ausdruck von Anspannung und Besorgnis in ihr Gesicht getreten. Sie hatte sich vor kurzem in eine junge Frau verliebt, die an ihrem College einen Lehrauftrag hatte und – laut Jeanne – mit einem neurotischen, tyrannischen Mann verheiratet war.

»Viel Glück«, sagte Polly.

»Danke«, antwortete Jeanne geistesabwesend. »Vielleicht ein andermal.«

Wieder allein, kratzte Polly die Essensreste in eine Schüssel und deckte sie mit Plastikfolie ab. Als sie den Kühlschrank öffnete, um sie wegzustellen, sah sie sich daran erinnert, daß sie die Erdnußbutter, Traubenmarmelade, Rosinenbrot, Milch, Pepsi und die Hotdogs, die Stevie gestern hinterlassen hatte, irgendwie verbrauchen müßte. Es hatte keinen Sinn, die Sachen aufzuheben, wie sie es sonst tat, denn diesmal würde er nicht in einer Woche wiederkommen; er würde fürs ganze Herbstquartal wegbleiben. Polly sah mit dem Verstand durchaus ein, wozu das gut war. Stevie würde seinen Vater dadurch besser kennenlernen, und sie war frei und konnte herumreisen und für ihr Buch recherchieren. Ansonsten aber war ihr schlimm zumute. Ihr Sohn war erst vierundzwanzig Stunden fort, und schon vermißte sie ihn schrecklich.

Und wie würde es Stevie ergehen, solange er fort war? Polly sah vom Spülbecken auf und starrte durch das verstaubte Fenster in Richtung Colorado. Weit konnte sie nicht sehen, denn das Haus stand zwar an der Central Park West, aber ihre Wohnung lag nicht zum Park hin, sondern gegenüber einem Haus, das eine Farbe wie Vogelscheiße hatte, sowie einem verwahrlosten Grundstück voller Glassplitter und verkümmertem Sumach.

Wenn Stevie in Colorado im nagelneuen halbgeschossigen Architektenhaus seines Vaters (es war auf dem Foto, das diesen Sommer von ihm gemacht worden war, deutlich im Hintergrund zu sehen) stand und aus dem Fenster blickte, würde er keine schmutzigen Backsteinmauern und Schutthaufen, sondern weites, freies Land mit Bergen und Ebenen und langgezogenen Ansel-Adams-Wolken sehen. Ob New York und diese Wohnung ihm danach beengt und schmutzig vorkämen, ein Ort, an den er nicht mehr zurückwollte?

Jeanne fand es gut, daß Stevie vier Monate in Colorado blieb. Dieses Erlebnis brauche er zum Reifwerden, meinte sie; und sie meinte auch, Polly habe emotional zuviel in ihn investiert. In ihren Augen war es ein Fehler, das Herz zu sehr an männliche Sprößlinge zu hängen und eine allzu enge Bindung an sie zu entwickeln, denn unausweichlich würden sie zu Männern heranwachsen – das heißt, zu fremdartigen Wesen.

Aber Jeanne mochte sagen, was sie wollte, Polly konnte Stevie nicht als fremdartiges Wesen sehen. Er war nicht wie das meiste Männervolk; sie hatte ihn von Geburt an nach nichtsexistischen Prinzipien erzogen; sie hatte ihm *Geschichten für freie Kinder* vorgelesen, ihm neben Autos auch Puppen zum Spielen gegeben, ihn zu Ärztinnen und Zahnärztinnen gebracht. Seine Unvoreingenommenheit war jahrelang Pollys ganzer Stolz gewesen. Wenn er über die Weihnachts- oder Osterferien oder im Juli für zwei Wochen zu seinem Vater fuhr, hielt sie den Atem an, weil sie fürchtete, er könne zurückkommen und von häßlichen patriarchalischen Ideen infiziert sein; er war es nie. Doch was würde geschehen, wenn er nicht nur ein, zwei Wochen, sondern fast vier Monate lang diesen psychologischen Bazillen ausgesetzt wäre?

Jeanne verstand nicht, was Polly für Stevie empfand, und würde es wohl auch nie verstehen, dachte Polly, denn sie hatte keine eigenen Kinder. Ebensowenig verstand sie, was es hieß, verheiratet zu sein, wieviel man da investierte, wie lange und verzweifelt man darum kämpfte, daß es gutging. Wenn Polly erzählte, was Jim einmal getan oder gesagt hatte, sah sie über das freundliche, runde Gesicht ihrer Freundin oft so einen gewissen Ausdruck zwischen Belustigung und Ungeduld huschen. »Du warst wohl recht langsam, ein bißchen begriffsstutzig, wie?« sagte dieser Ausdruck.

Und wenn Jeanne recht hatte? dachte Polly, während sie einen Teller abspülte. Wenn nun sogar das Kind, das sie liebte, sich in einen Mann wie andere Männer verwandelte?

Es gab in dieser Kultur so schrecklich viele Gefahren: Illustrierte, Bücher, Zeitungen und Fernsehsendungen strotzten nur so von offener und versteckter sexistischer Propaganda, und nun wäre Polly nicht da, um Stevie darauf aufmerksam zu machen. Manche der Jungen, mit denen er spielte, waren schon indoktriniert, sie hatte die Zeichen erkannt. Und Jim Meyer, Stevies Vater, war in mancher Hinsicht die gefährlichste Gesellschaft, die er haben konnte, weil sein Sexismus so gut getarnt war. Schließlich hatte sogar Polly, obwohl schon erwachsen, sich von ihm täuschen lassen. Vierzehn Jahre lang hatte sie ihn für einen anständigen, großzügigen, einfühlsamen, nichtchauvinistischen Mann gehalten.

Es hatte damit angefangen, daß Jim Meyer eines Nachmittags in dem Auktionshaus aufgekreuzt war, in dem Polly arbeitete. Er war groß und kräftig gebaut, etwa in ihrem Alter, und hatte ein ebenmäßiges Gesicht mit großen grauen Augen, umrändert von durchsichtig-schwärzlicher Haut, was ihm etwas Intellektuelles und Weltmüdes gab, das faszinierend und, wie sich zeigen sollte, trügerisch war. (Stevie hatte diesen Zug geerbt; selbst nach neun Stunden Schlaf sah er, ganz wie sein Vater, noch immer so aus, als wäre er die ganze Nacht aufgewesen.)

Jim war gekommen, um den Verkauf einiger wertvoller, aber nicht sehr interessanter Bilder und Möbelstücke aus dem neunzehnten Jahrhundert zu arrangieren, weil seine Großmutter, der sie gehörten, ins Altersheim ging. Polly fühlte sich sogleich zu ihm hingezogen, nicht nur durch sein Aussehen, auch durch seine guten Manieren. Da Polly offensichtlich für ihren Lebensunterhalt arbeitete und keine höhere Tochter war, die sich nur die Zeit vertrieb, bis sich eine gute Partie fand, wurde sie von vielen, mit denen sie in dieser Galerie zu tun hatte, wie eine Sekretärin oder gar wie ein Dienstmädchen behandelt. Jim dagegen war zuvorkommend, sogar ehrerbietig – wie sich zeigen sollte, war er gar nicht imstande, sich gegenüber irgend jemandem ungehobelt zu benehmen.

Polly fühlte sich also zu Jim Meyer hingezogen, aber sie

versprach sich nicht viel davon, unter anderem auch deshalb, weil er medizinischer Wissenschaftler war. In den Jahren des Zusammenlebens mit ihrem Stiefvater, Bob Milner, hatte sie sich die falsche Meinung gebildet, daß Wissenschaftler wie Eisberge seien – neun Zehntel unter Wasser, und das meiste davon Eis. Daß Jim unter allerlei Vorwänden immer wieder in die Galerie kam, machte ihr keine Hoffnung; er kam wohl nur, um die Bilder und Möbel seiner Großmutter noch einmal zu sehen, bevor sie für immer verschwanden. Daß er so daran hing, machte sie traurig und ungehalten zugleich – obwohl sie das natürlich schon bei anderen Deponenten beobachtet hatte.

»Dieser Schiffsuntergang, wissen Sie, der hing in Maine über dem Dielentisch, gleich neben dem Barometer«, erzählte er ihr eines Tages zum zweiten Mal. »Sehen Sie da in der Ecke die ertrinkende Frau schreien und die riesige Welle auf sie zurollen? Als Junge habe ich mir immer vorgestellt, ich säße gleich außerhalb des Bildrandes in einem Ruderboot und wollte ihr ein Tau zuwerfen –«

»Hören Sie.« Polly konnte nicht länger an sich halten und unterbrach seine Erzählung, obwohl der Katalog, in dem dieses Bild angeboten wurde, schon im Druck war. »Entschuldigen Sie die Frage, aber warum verkaufen Sie das Bild überhaupt, wenn Sie es so lieben …? Ich meine«, fuhr sie fort, als Jim nicht antwortete, »Sie könnten sich doch mit Ihrer Großmutter einigen, oder? Sie könnten das Bild zum Beispiel schätzen lassen und es ihr in Raten abkaufen.«

»Ja, das könnte ich. Irgendwie finde ich nur nicht, daß so ein Bild mir zusteht. Es gehört in ein Museum oder sonstwohin, wo es gebührend bewundert werden kann. Eigentlich verstehe ich doch gar nichts von Malerei.«

»Wer sagt das?« fragte Polly, indem sie sich von dem Schiffsuntergang abwandte und Jim ansah.

»Ich weiß nicht. Wahrscheinlich hat das zuerst meine Mutter gesagt. ›Jim ist ein Wissenschaftler‹, war ihre ständige Rede. ›Für die schönen Künste hat er keine Ader.‹ «

»Ach, so ein Quatsch. Passen Sie mal auf, so ist das nicht. Es gibt keine Rasse besonders privilegierter Menschen, die das Recht haben, ein Bild zu besitzen, weil sie ach so empfindsam und verständig sind. Ihnen gefällt das Bild, also sollten Sie es behalten.«

Jim Meyer ließ sich, was typisch für ihn war, nicht anmerken, daß Pollys Argument ihn überzeugt hatte. Aber am nächsten Tag kam er wieder und zog zum großen Verdruß von Pollys Chef drei der großmütterlichen Bilder aus dem Verkaufsangebot zurück. Zum Dank lud er Polly außerdem zum Essen ein, und so fing alles an.

Alle ihre feministischen Freundinnen liebten Jim, denn er sah so gut aus und war so liebenswürdig und wohlinformiert, so sichtlich in sie vernarrt, und respektierte ihre Arbeit. Als sie ihm gestand, sie habe sich in der Schule und auf dem College immer gewünscht, selbst Malerin zu werden, war er beeindruckt und begeistert. Es sei eine Affenschande, daß sie nie die Zeit gehabt habe, etwas dafür zu tun, sagte er.

Zum erstenmal seit fast zwanzig Jahren hatte Polly sich, wie sie später ihrer Therapeutin erklärte, so richtig glücklich und geborgen gefühlt. Jim war offenbar der Traum jeder emanzipierten Frau. Er las die Bücher und Zeitungsartikel, die Polly ihm zu lesen gab, und schloß sich deren Einsichten an; er sorgte in seinem Labor dafür, daß Frauen eingestellt und befördert wurden. Er probierte unbekannte Gerichte und ging mit ihr in die Ausstellungen neuer Künstler.

Als Gegenleistung bemühte sich Polly, Jims Kollegen und Familie nicht mit ihrer Ausdrucksweise zu schockieren und nie aus der Haut zu fahren. Überhaupt ertrug Jim ihre Ausbrüche mit solcher Geduld, daß ihr nach und nach die Lust daran verging. Ihn anzuschreien war wie ein Boxkampf mit dem braunen Knautschsessel im Schlafzimmer; er wehrte sich nicht, gab keine Widerworte; er fiel einfach in sich zusammen und wurde ganz klein und schrumplig.

Es gab nur ein Problem: Obwohl sie Jim liebte und ihm vertraute, konnte er sie nicht immer in Fahrt bringen. Er war im Bett so sanft und zärtlich, daß er sie manchmal schon fast damit langweilte.

Jahrelang versuchte Polly mit gewissem Erfolg, das nicht zur Kenntnis zu nehmen. Sie schalt sich, daß sie immer noch empfänglich sei für diesen dummen, falschen, pubertären Begriff von einem begehrenswerten Mann – den Mythos vom geheimnisvollen Fremden: skrupellos, eigenwillig, unzuverlässig. Bei Tag machte sie sich über diesen Mythos lustig und bedauerte ihre jeweiligen Freundinnen, die sich so etwas angelacht zu haben schienen. Aber manchmal, wenn sie spät in der Nacht neben Jim Meyer im Bett lag und seinem regelmäßigen, fast abbittenden Schnarchen lauschte, kehrte das Phantom zurück und entführte sie in heiße, stürmische, gespenstisch erhellte Gefilde, von deren Existenz ihr Gatte nichts ahnte.

Jim war vollkommen treu – anders als Polly, die zweimal, als ihr Mann auf Konferenzen war, die heißen Stürme in ihr Bett wehen ließ, mit Männern von der falschen Sorte. Nach diesen Episoden war sie wütend auf sich gewesen, voll nervöser Schuldgefühle. Sie sehnte sich nach Enthüllung und Vergebung, hatte aber Verstand genug, sich klarzumachen, daß ein Geständnis Jim viel mehr weh tun als ihr helfen würde.

Polly arbeitete auch nach der Heirat weiter in dem Auktionshaus, aber sie hatte, von Jim ermuntert, auch wieder Hoffnung geschöpft, selbst einmal Malerin zu werden. Vier Monate vor Stevies Geburt gab sie ihre Arbeit auf und begann zu malen. Sie räumte den Großteil der Kisten aus dem kleinen Zimmer mit Nordlicht, das beim Bau des Hauses für ein Dienstmädchen gedacht gewesen war, und stellte ihre Staffelei hinein.

Aber sie hatte zu lange damit gewartet. Das stundenlange Stehen ermüdete sie, die Beine taten ihr weh, und ihr Bauch fühlte sich aufgedunsen und schwer an. Wenn sie sich aber setzte, kam sie nicht mehr richtig an die Staffelei heran. Ihre Arm- und Beinmuskeln wabbelten wie ausgeleierte Gummibänder; sie wurde unzufrieden, dann wütend. Die zwei Bilder, die sie fertig malte, erschienen ihr häßlich, plump und nichtssagend.

Polly glaubte, wenn das Kind erst da sei, werde es besser gehen, aber es ging nicht besser, obwohl Jim ihr nicht nur eine Putzhilfe bezahlte und die restliche Hausarbeit ehrlich mit ihr teilte und ihrem Söhnchen ebensoviel Zeit widmete wie Polly selbst. Stevie war ein Prachtkind, aber er kostete viel Kraft. Wenn sie ihn erst gefüttert und gewickelt und geknuddelt hatte und dann wieder in ihr Atelier ging, war aller spontane Schwung dahin; es endete damit, daß sie an ihrem Werk herumkratzte und etwas verpfuschte, was eigentlich ganz gut angefangen hatte.

Außerdem war es nervtötend, den ganzen Tag zu Hause zu sein und nur mit Stevie und der Putzfrau reden zu können, die beide (Stevie natürlich vorzeitig) die geistige Reife von Vierjährigen hatten. Sie vermißte den Kontakt mit der New Yorker Kunstszene; sie vermißte es, ihren Verstand gebrauchen zu müssen und mit Erwachsenen reden zu können. Als Stevie in den Kindergarten kam, nahm sie also eine Halbtagsstelle im Museum an, aus der mit den Jahren eine Ganztagsstelle wurde. Bald besuchte sie Konferenzen, gestaltete Kataloge und Ausstellungen, verhandelte mit Künstlern, Kunsthändlern, Sammlern und Kritikern. Sie malte immer seltener, dann gar nicht mehr. Ihr Atelier behielt seinen Namen, wurde aber wieder zur Abstellkammer.

Als Stevie älter wurde und sie weniger brauchte, erklärte Polly sich selbst und allen anderen, sie wolle sich nun wieder dem Malen widmen. Ansonsten war ihr Leben, wenn schon nicht aufregend, so doch abwechslungsreich und befriedigend, ihre Ehe stabil. Dachte sie.

Und vorletztes Frühjahr, als Stevie gerade zwölf war, zerbrach dann alles. Eines Tages stand Polly nach der Arbeit unter der Dusche, als Jim zu ihr hereingeplatzt kam. Sie wußte sofort, daß etwas Außergewöhnliches, vielleicht etwas Schreckliches passiert sein mußte, denn normalerweise pflegte er sie im Bad nicht zu stören. Zuerst konnte sie nur Erleichterung und Freude empfinden, als es sich dann doch nicht um eine Katastrophe handelte. Vielmehr hatte Jim einen wichtigen Posten in Colorado angeboten bekommen, mit einem richtig großen Forschungsetat. Mit einer Impulsivität, die Polly seit Jahren nicht mehr erlebt hatte, umarmte er sie mitsamt dem gelben, abstrakt gemusterten Duschvorhang und rief, er könne es nicht fassen, mein Gott, mit so etwas habe er nie gerechnet.

Zuerst teilte Polly seine Euphorie. Sie fühlte sich hier ein bißchen abgestanden; Denver wäre ein Abenteuer, eine Veränderung. Es wäre gut, von Manhattan wegzukommen, wo es von Jahr zu Jahr immer enger, teurer, schmutziger und gefährlicher wurde. Und für Stevie würde es einfach herrlich sein, meinte Jim: Er könne dort mit richtigen Jungen spielen und eine normale amerikanische Kindheit haben – was schlicht hieß, eine Kindheit, wie Jim selbst sie gehabt hatte, dachte Polly jetzt.

Erst ganz allmählich dämmerte ihr, daß sie in Denver wohl kaum eine vernünftige Arbeit finden werde. Für Jim, der in seinem Überschwang von einem Klischee ins andere verfiel, war es »die Chance meines Lebens« – aber es war für Polly nicht die Chance ihres Lebens. Und schließlich hatte Jim es nicht nötig, nach Denver zu gehen. Er hatte doch hier schon Kollegen, die er mochte, ein schönes Labor und angemessene Forschungsmittel. Dagegen hatte sie im Museum eben erst eine Gehaltserhöhung bekommen und arbeitete an einer bedeutenden Ausstellung («Drei Amerikanerinnen«). War es ihr zuzumuten, das alles aufzugeben?

Jim hielt es für zumutbar, wie sich zeigte. Wenn Polly nicht gleich eine Arbeit bekäme, könne sie ja wieder malen; das habe sie sich doch immer gewünscht, oder? Überhaupt habe sie es bei seinem Verdienst doch gar nicht mehr nötig, zu arbeiten. Sie könnten ein gutes Leben haben, reisen, eine Ganztagshilfe einstellen. Polly sagte (oder log – sie wußte es jetzt selbst nicht mehr), es sei schon wahr, daß sie gern wieder malen wolle, aber auch deswegen müsse sie in New York bleiben, wo die Künstler und Galerien und Sammler seien.

Während sie das Problem noch in der Diskussion wähnte, kam Jim eines Nachmittags nach Hause und verkündete seine einseitige Entscheidung.

»Ich kann die Leute nicht länger hinhalten, Polly«, erklärte er, indem er sich plötzlich auf den schmalrückigen Art-Deco-Stuhl in der Diele setzte, auf dem noch nie einer gesessen hatte. »Ich habe heute gehört, daß sie den Posten in Denver Frank Abalone anbieten wollen, wenn ich ihn nicht nehme. Und hol's der Teufel, der würde ihn glatt in den Sand setzen. Er hat ja in gewissen Kreisen einen Namen, aber eigentlich ist er ein Blender, es kann's ihm nur niemand nachweisen. Das wagt ja schon keiner mehr zu versuchen, seit er damals in Los Angeles diesen Laboranten so fertiggemacht hat. Davon habe ich dir doch erzählt, erinnerst du dich?«

»Ja, ich erinnere mich«, sagte Polly, die im Wohnzimmer stand und einen halb geputzten Endiviensalat in der Hand hielt. »Aber zum Teufel noch mal, es ist doch nicht deine Sache, was da in Denver in irgendeinem Labor passiert.«

»Doch, das ist meine Sache«, sagte Jim. »Es ist mein Beruf.« Er schluckte, starrte eine Weile auf den neuen beigen Twistteppich und sah wieder auf. »Jedenfalls habe ich Ben gesagt, daß ich annehme.«

»Du hast ihm gesagt, daß du hier weggehst, einfach so?« Polly stierte ihren Mann an, dann den Stuhl, auf dem noch nie einer gesessen hatte, und dachte: Das war ein Zeichen; ich hätte es wissen müssen.

»Ich mußte, Polly. Die müssen sich doch so bald wie möglich nach einem Ersatz für mich umsehen.«

»Ich kann es nicht glauben.« Polly wurde lauter; am liebsten hätte sie ihrem Mann den tropfenden Endiviensalat an den Kopf geworfen. »Scheiße, Mensch, und ich dachte, du hättest kapiert, wie mir zumute ist – verdammt noch mal, du hast gesagt – ich dachte, du würdest alles für mich tun.«

»Täte ich ja auch«, beharrte Jim. »Alles, nur nicht das.«

Die nächsten Wochen waren schrecklich. Langsam, aber unerbittlich, zog Mißtrauen in die Wohnung an der Central Park West ein und besudelte sie wie ein schmutziger Ölfleck, der durch die Rückseite einer schlecht vorbereiteten Leinwand quoll. Abends im Bett führten Polly und Jim lange und immer zermürbendere Gespräche und lagen stundenlang nebeneinander wach, fast ohne sich zu berühren. Wenn sie dann endlich gegen zwei oder drei Uhr morgens müde und verzweifelt zum Sex kamen, lag Polly hinterher so still wie möglich und rührte sich nicht, weil sie in ihrem schlaftrunkenen Gehirn dachte, solange sie Jim in ihrem Körper halte, könne er sie nicht verlassen.

Um diese Zeit begann Polly dann auch in eine Therapie zu gehen. Sie wußte noch nicht, daß ihre Ehe bereits zerbrach; sie wußte nur, daß sie und Jim sich wegen Denver gestritten hatten, bis beide völlig ausgelaugt waren, und nun war sie immerzu wütend, während Jim immer schweigsamer und in sich gekehrter wurde. Sie wußte, daß sie einmal mit Außenstehenden reden und ihren Gefühlen Luft machen mußten; deshalb ließ sie sich für beide einen Termin bei Elsa geben.

Und als sie ihren Gefühlen dann Luft machten, wurde dummerweise ein Tornado daraus, der sie vollends auseinanderwehte. Jim entlarvte sich vor Pollys Augen als kläglicher, selbstsüchtiger Schaumschläger, der so engstirnig war, daß er nach den ersten drei Malen nicht einmal mehr mit zu Elsa ging; sie stehe nicht auf seiner Seite, behauptete er. Aber Polly hielt durch, und Elsa half ihr über die schlimmsten Monate ihres Lebens.

Nach und nach erkannte sie, wie sie hereingelegt worden war. Unter seinem freundlichen, willfährigen Auftreten war ihr Mann genau so ein Chauvi wie alle anderen Männer. Noch schlimmer sogar, denn die anderen waren es wenigstens offen. Von Jim bekam man nie zu hören, daß Frauen nicht denken könnten und unlogisch seien, es gab kein Aufbrausen, kein Brüllen. Er war, wie sie es später in einem Zeitungsartikel las, ein »passiv-aggressiver« Mann: ein Ehemann des zwanzigsten Jahrhunderts mit den psychologischen Tricks einer viktorianischen Ehefrau. Er tat, was er wollte, und ließ Polly dabei als den Drachen erscheinen.

Jim kämpfte nicht, er lehnte es glatt ab. Wenn Polly tobte und mit Sachen um sich warf, blieb er aufreizend stumm und war nur traurig. Kaum jemals wurde er auch nur laut, weshalb ihn alle schrecklich lieb und geduldig und erwachsen fanden. Immer war Polly im Unrecht und stand als die Selbstsüchtige, Kindische und Unvernünftige da. Auch Stevie gab Polly die Schuld an dem Krach zwischen seinen Eltern. (»Warum brüllst du immer so mit Daddy herum?«) Und schließlich bekam Polly sogar von ihrer eigenen Mutter Vorhaltungen gemacht. (»Wahrhaftig, Liebes, du redest langsam schon wie diese radikalen Studenten, mit denen Bob in letzter Zeit solchen Ärger hat.«)

Währenddessen lief Jim ganz elend und hilflos herum und flehte sie an, es sich doch anders zu überlegen und mit ihm zu kommen, versprach ihr auch sonst alles, was sie sich nur wünschen mochte: ein eigenes Atelier, häufige Reisen nach New York und nach Europa. In den ersten sechs Monaten ihres Getrenntseins, das er allen Leuten als »Trennung auf Probe« erklärte, rief er immerzu an, schrieb und bettelte. Schließlich gab er sogar vor, ihren Standpunkt zu verstehen. (»Du wirst wohl tun müssen, was für dich und deine Kunst das Richtige ist.«)

Dieser erste Sommer allein in New York war schlimm für Polly. Wut und Depressionen zehrten sie auf. Ohne Elsa wäre sie wahrscheinlich durchgedreht oder hätte klein beigegeben und wäre nach Colorado gezogen. In den ersten Wochen hatte sie nicht einmal Stevie, den sie zu seiner Großmutter geschickt hatten, damit er nicht zusehen mußte, wie sein Vater auszog und das halbe Mobiliar mitnahm.

Die Wohnung war in diesem Sommer nicht nur leer von Möbeln, sondern auch von Freunden, denn außer Jeanne, der einzigen Ausnahme, hatten sich offenbar alle, die Polly kannte, auf Jims Seite geschlagen, und selbst wenn sie auch weiter mit Polly befreundet bleiben wollten, so wollte sie nichts mehr mit ihnen zu tun haben. Sie gaben sich neutral, erzählten ihr aber alle miteinander immer nur wieder, was für ein einmaliger Mensch Jim doch sei, und daß sie zu ihm stehen solle, auch wenn sie deswegen vom Museum weggehen müsse, denn gute Männer seien rarer als gute Arbeitsstellen. Wenn ihr wirklich etwas an ihm liege, würde sie es sich noch einmal überlegen, sagten sie. Und sie erklärten ihr, wie weh sie ihm tue, wie sehr er sie liebe; sie sagten, er werde sicher nie darüber hinwegkommen. (Zum Totlachen. Schon vierzehn Monate nach seinem Wegzug nach Denver war Jim wieder verheiratet.)

Im Gespräch mit Elsa wurde ihr klar, daß sie sich in den letzten vierzehn Jahren einen völlig neuen Freundeskreis zugelegt hatte: wohlhabender, politisch konservativer und konventioneller verheiratet. Obwohl sie sich nach wie vor als Feministin betrachtete, hatte sie völlig den Kontakt zu den meisten Mitstreiterinnen aus ihrer alten Bewußtwerdungsgruppe verloren, die sich mit Jim nicht verstanden; sie sah sie nur noch ein- oder zweimal im Jahr, und immer nur einzeln. »Heute war ich mit der Wilden Wilhelmina zum Lunch«, berichtete sie ihm dann, treulos den Spitznamen gebrauchend, den sie sich zu seiner Belustigung ausgedacht hatte. »So?« fragte dann Jim mit erwartungsvollem Grinsen. »Und wofür kämpft sie jetzt wieder?«

Ohne es zu merken, hatte Polly sich Jims mildes, aber hartnäckiges Vorurteil über diese Frauen, über sich selbst, zu eigen gemacht; seinetwegen hatte sie ihre alten Freundinnen verraten; sie hatte sich selbst verraten. Sie selbst war konventionell geworden. Sie hatte es nur deshalb nicht gemerkt, weil es so langsam gegangen war, weil sie sich so von Äußerlichkeiten hatte blenden lassen. Sie hatte sich eingebildet, anders zu sein als die Frauen von Jims Wissenschaftlerkollegen; sie hatte geglaubt, mit ihrer lockeren und manchmal obszönen Ausdrucksweise, ihren bestickten mexikanischen Blusen, ihrem afrikanischen Schmuck, ihren Naturreisgerichten die Tatsache aufwiegen zu können, daß sie an der Central Park West wohnte und das *New York Magazine* am Tag seines Erscheinens las, während *Mother Jones* und *Ms* wochenlang ungeöffnet in dem Weidenkorb im Bad herumlagen. Wahrscheinlich hatten Jims Freunde die ganzen Jahre heimlich über sie gelacht.

Die schlimmste Entdeckung dieses Sommers war, daß sie nicht mehr malen konnte, als ob Jims Abschiedswunsch ein Fluch gewesen wäre. Wenn sie Wochenende um schwüles Wochenende allein in ihrem Atelier war, in dem sie die Kartons mit Spielzeug und Wintersachen wieder zur Seite geräumt hatte, und ihre Bilder anstarrte, schienen sie sich in häßliche Farbkleckse aufzulösen, die aussahen wie verschüttetes oder erbrochenes Essen: ein auf den Boden geklatschtes halbfertiges Rührei, eine ausgewürgte Pizza. Irgendwie hatte Jims Weggang ihren Schöpfungsdrang vernichtet. Und selbst wenn sie einmal etwas zu Ende brachte, so war kein Sinn darin. Der lockere, spielerische Stil, den sie auf dem College entwickelt hatte, war nicht mehr in Mode. Wer nicht schon berühmt war, von dem nahm keine Galerie mehr ein abstraktes Bild an; gefragt waren scharfe Konturen und Farben oder Fotorealismus.

Wenn Polly allein in ihrer Wohnung war und nicht arbeiten konnte, gab sie sich manchmal Stürmen blinder Wut hin: Sie tobte, schlug Gläser kaputt und vergoß sengende Tränen des Zorns – und währenddessen wurde aus dem heißen Juli ein heißer August, und Elsa fuhr in Urlaub, und schlechtes Sommerwetter imitierte ihre Ausbrüche mit Donner und Blitz und sengendem Wind, der mit Staub gesättigt war und die Luft nicht reinigte. Am Ende aber bewahrte diese Wut sie doch vor der Verzweiflung. Polly fand in ihrem Temperament, das sie jahrelang so mühsam unterdrückt hatte, ihre Kraft wieder. Hol's der Teufel, sie hatte allen Grund zur Wut. Zum Teufel mit dieser Welt, zum Teufel mit Jim Meyer! Und an solch einem heißen Gewitterabend, als Polly wieder einmal allein in ihrer Wohnung saß, nachdem sie sich zum zweitenmal geweigert hatte, mit dem Mann einer Freundin »zum Lunch« zu gehen, nahm sie sich vor, von nun an nicht mehr den Männern gefallen zu wollen.

Dieser Vorsatz bewährte sich auf der Stelle. Zum Beispiel war es eine Wohltat, auf Partys und Vernissagen nicht mehr die Gesichter studieren zu müssen, ob da vielleicht ein interessanter und ungebundener... (Es fand sich sowieso nie einer.) Es war auch eine Wohltat, ihrem Gesicht und Körper keine Gewalt mehr antun zu müssen: essen zu dürfen, worauf sie verdammt noch mal Lust hatte; die drückenden modischen spitzen Schuhe wegzuschmeißen und die Tuben und Fläschchen mit gefärbtem Fett und Ruß gleich hinterdrein, mit denen sie sich, obwohl angeblich Feministin, noch immer das Gesicht bemalt hatte.

In wenigen Wochen verwandelte sich Pollys Erscheinung total, das heißt, sie verwandelte sich zurück. In der Schule und auf dem College hatten alle sie »süß« gefunden, weil sie klein und drall und wohlgerundet war. Sie hatte dichte, wirre kurze Locken und eine gesunde Gesichtsfarbe, große hellbraune Augen und einen lebhaften, sinnlichen Gesichtsausdruck, wie ein Hündchen. Nun kam diese Person wieder zum Vorschein und schien durch Verschleiß nicht viel eingebüßt zu haben. Polly lief selbstsicher auf flachen Absätzen herum, rasierte sich die Beine nicht mehr, ging nie mehr zum Friseur und versuchte nicht länger, sich schlank zu hungern. Auf der Straße betrachteten die Männer sie immer noch mit wohlgefälligem Interesse, aber das ignorierte sie. Sie war noch nicht bereit, mit jemandem auszugehen; vielleicht würde sie nie mehr dazu bereit sein. Vielleicht war diese Seite ihres Lebens passé.

Vorigen Monat hatte Elsa bei ihrer letzten Sitzung zwar gemeint, sie werde am Ende wohl doch wieder in der Lage sein, positive Beziehungen zu Männern einzugehen. Aber darauf wollte Polly sich nicht verlassen. Selbst wenn sie einen brauchbar erscheinenden Mann kennenlernen sollte, wäre es sinnlos. Wenn sie Jim nicht trauen konnte, welchem Mann war dann zu trauen? Letzten Endes war ihr von Männern noch nie Gutes widerfahren, höchstens wenn man den Spaß am Sex mit einrechnete. Und Polly hatte jetzt den Verdacht, daß Spaß am Sex nur der Köder war, der das Eichhörnchen in den Käfig lockte, wo es – oder sie – sein restliches Leben lang in einer Tretmühle herumlaufen durfte, atemlos vor Liebe und Angst.

PAOLO CARDUCCI, Besitzer und Direktor der Galerie Apollo, New York, Lorin Jones' früherer Kunsthändler.

– Ja, 1954. Da hatte sie zwei kleine Ölbilder in unserer weihnachtlichen Gruppenausstellung, genau wie Sie sagen.

– Beide waren ziemlich bald verkauft. Natürlich erzielte sie als Unbekannte nur minimale Preise. Aber es hat ihr doch sehr viel Mut gemacht, denke ich.

– Über Garrett, ja. Aber wenn ich in ihrer Arbeit nichts Interessantes gesehen hätte, wäre das natürlich nicht von der allermindesten Bedeutung gewesen.

– Hm, das ist schwer zu sagen. Solche Intuitionen sind etwas ganz Persönliches und Ungreifbares. Aber ich hatte doch richtig gelegen, wie man sieht.

– Zwei Aquarelle und ein großes Ölbild 1955? Das wird wohl stimmen. Aber ich werde Jacky Herbert, meinen Assistenten, bitten, in unseren Unterlagen nachzusehen und es Ihnen genau zu sagen.

– Doch, ich glaube, man kann beide Einzelausstellungen durchaus als erfolgreich bezeichnen.

– Ich glaube nicht, daß alles verkauft wurde, nein. Aber insgesamt sind wir ganz gut gefahren. Auch das können Sie sich aber wieder von Jacky genauer sagen lassen.

– Die Frage ist ein bißchen schwierig. Am besten sage ich wohl, sie war nach meinem Gefühl noch nicht reif für eine weitere Ausstellung.

– Nein, es lag eigentlich nicht so sehr daran, daß sie nicht genug Bilder gehabt hätte.

– Also gut, um bei der Wahrheit zu bleiben, ja. Wie Garrett sagt, die Qualität ihrer Arbeit ließ deutlich nach. Und eine Galerie wie die unsere hat einen Ruf zu verlieren, das müssen Sie einsehen.

– Das läßt sich schwer beantworten. Ich glaubte da eine

gewisse Konfusion zu sehen, einen Mangel an Disziplin, eine Serie von Experimenten, die offenbar zu nichts führten.

– Natürlich konnte das vorübergehend sein, aber leider –

– Sie haben natürlich ein Recht auf Ihre eigene Meinung. Aber ich glaube, man ist sich allgemein einig, daß diese letzten Bilder –

– Wie soll ich es erklären? Also gut, ich glaube, man erlebt das gelegentlich bei Künstlern. Ein glänzendes Debut, aber dann kein Stehvermögen. Nehmen Sie zum Beispiel...

– Ja, um ehrlich zu sein, es *ist* meine Meinung, daß so etwas häufiger bei Frauen der Fall ist.

– Nein. Es hat nach meiner ehrlichen Überzeugung wirklich noch nie eine Malerin von allererstem Rang gegeben.

– Ja, gewiß, Mary Cassatt hat ein paar ganz hübsche Sachen gemacht. Aber selbst ihre besten Arbeiten sind doch ein bißchen nachempfunden, oder? Und wenn man sie mit ihren Zeitgenossen vergleicht, ihren Meistern: Manet, Renoir. Also, ich bitte Sie –

– O'Keeffe? Ja, die ist zur Zeit sehr populär. Und sie war ja auch eine bemerkenswerte Persönlichkeit. Aber unter uns, Miss Alter, ist das nicht alles ein bißchen gezwungen, allzu geschmeidig? Diese glatten Flächen, die cremigen Pastelltöne; ich fühlte mich da immer ein bißchen an die amerikanische Werbekunst der Dreißiger erinnert.

– Nein, ich habe Lorins Arbeiten sehr gern gezeigt. Sie hatte eindeutig Talent, und ihre Bilder waren zugänglich. Ein Kunsthändler kann seine Galerie nicht immer mit Meisterwerken vollhängen, Sie verstehen.

– Gewiß, ja, es gibt so manche Laune der Natur. Ich möchte nicht behaupten, daß es nie eine geben wird. Aber im Kern finde ich schon, daß es wider die Natur ist. Das ist genauso in der Musik und auf dem Theater. Es hat schon großartige Interpretinnen gegeben, o ja. Sängerinnen, Instrumentalistinnen, Tänzerinnen, Schauspielerinnnen, weil es für Frauen ganz natürlich ist, sich darzustellen. Aber als Komponistinnen, Dramatikerinnen – nun, Sie wissen doch so gut wie ich –

– In der Literatur, ja, bis zu einem gewissen Grad. Aber nun ist ein Roman oder Gedicht ja auch eine Form der Darstellung, nicht? Und trotzdem ist höchste Vollendung auch da sehr selten. Weil es nämlich wider die Natur ist. Eine echte Frau, zum Beispiel wie meine, hat gar nicht den Drang, Kunstwerke zu schaffen; sie ist ein Kunstwerk.

– Ja, dieses Argument habe ich schon gehört.

– Bitte mißverstehen Sie mich nicht. Ich habe nichts gegen Kritikerinnen gesagt; als Kritikerinnen tun Frauen sich seit Jahrhunderten hervor, leider.

– Wenn Sie das glauben wollen, ist es Ihr gutes Recht.

– Ich fürchte, diese Frage kann ich Ihnen wirklich nicht beantworten.

– Keine Ahnung; und ich sitze hier nicht und höre mir Beleidigungen über meinen Berufsstand an.

– Ja, gut, Miss Alter, Sie entschuldigen sich; schön. Aber mit Verlaub, ich habe jetzt keine Zeit mehr für Sie. Ich erwarte einen Kunden.

– Sie können nächste Woche sicher einmal meine Sekretärin anrufen. Sie kann Ihnen vielleicht einen neuen Termin geben.

2

Zwei Wochen später saß Polly mit Professor Leonard Zimmern, Lorin Jones' Halbbruder, in einem dieser West-Village-Bistros, die sich mit ihren sandgestrahlten Ziegelmauern, rohen Holztischen und -stühlen, wucherndem Efeu und rosa Geranien gern den Anstrich von Landgasthäusern gaben. Es war das erste Mal seit Monaten, daß sie allein mit einem Mann in einem Restaurant saß, und es war auch nicht ihre Idee gewesen. Sie hatte Zimmern in seinem Dienstzimmer in der Universität interviewen wollen, aber das hatte er mit der Begründung abgelehnt, sie würden da einfach zu oft gestört. Schon möglich, aber es wäre doch professioneller gewesen.

Polly hatte bei ihren »Drei Amerikanerinnen« schon mit Lennie Zimmern zu tun gehabt und wußte seitdem, daß er recht schwierig, launisch und spitzzüngig war. Er war lang und schmal, hatte einen kurzen grauen Spitzbart wie auf einer elisabethanischen Miniatur, dazu theatralisch dunkle Brauen und ein markantes Gesicht mit klugem, spöttischem Ausdruck. Heute war er ja bisher noch ganz nett gewesen; und warum auch nicht? Er war Lorin Jones' nächster lebender Angehöriger und somit Besitzer aller ihrer unverkauften Bilder; es war in seinem Interesse, daß sie bekannter und folglich immer verkäuflicher wurden.

Sowie der Kaffee serviert war, klappte Polly ihren Spiralblock mit den vorbereiteten Fragen auf, die sie gemäß dem Rat einer mit ihr befreundeten Journalistin in absteigender Reihenfolge ihrer Harmlosigkeit geordnet hatte. Dann stellte sie ihren Recorder auf das Plastikset mit einem Bild von Warwick Castle. Wie alle, die sie bisher interviewt hatte, zuckte Lennie bei diesem Anblick leicht zusammen. Er lehnte sich zurück und setzte sich gerade, um ihr entschiedener die Stirn zu bieten.

Eine Zeitlang lief alles recht gut. Lennie beantwortete die leichten Fragen, ohne zu zögern, und nannte ihr Daten, Adressen, Schulen und die Namen von Verwandten. Als Polly aber nach Lorins Eltern zu fragen begann, wurde er bedächtiger, und seine Antworten fielen kürzer und nichtssagender aus. (»Bedaure, ich erinnere mich nicht... Das weiß ich wirklich nicht mehr... Es ist so lange her.«)

»Können Sie mir nichts Näheres erzählen?« fragte sie so einladend wie möglich. »Sie sagten doch eben, Sie hätten Ihren Vater und seine neue Familie ziemlich oft besucht.«

»So oft nun auch wieder nicht. Es war eine weite Fahrt von Queens, und meine Mutter sah es nicht besonders gern.« Er lächelte säuerlich.

»Aber ein bißchen wissen Sie doch wohl noch, wie es dort war.«

Lennie lächelte ganz kurz, ein bißchen an Polly vorbei, und schüttelte den Kopf.

»Wirklich nicht...? Das kann ich kaum glauben.« Sie wartete, aber er zuckte nur die Achseln und nippte an seinem Espresso. »Ich bekomme allmählich den Eindruck, Sie möchten nicht, daß ich über Ihre Schwester schreibe«, sagte sie endlich, zum ersten Mal nicht ganz Herrin ihrer Stimme.

»Ich möchte nicht, daß Sie über diese persönlichen Dinge schreiben, nach denen Sie da fragen. Nein. Aus meiner Sicht ist es für eine Biographie zu Lorins Leben und Werk auch noch viel zu früh.«

»Aber Sie sagten – Sie waren doch damit einverstanden, daß –« Sie erinnerte sich, wie es ihr mit Paolo Carducci ergangen war, und versuchte den empörten Ton aus ihrer Stimme zu verbannen. Jeanne hatte recht; so kam sie nicht weit.

»Mit einem Buch über Laura war ich einverstanden, ja. Aber ich hatte angenommen, Sie wollten etwas über ihre Bilder schreiben – nur ausführlicher als in Ihrem Katalog.«

»Ja, ich will natürlich über ihre Bilder schreiben«, sagte Polly, sehr um Beherrschung bemüht.

»Darauf sollten Sie sich dann auch konzentrieren, finde ich.« Lennie lächelte sie irritierend an. »Auf die berufliche Seite ihres Lebens.«

Sag du mir nicht, worauf ich mich zu konzentrieren habe, dachte Polly wütend. Aber sie gab sich fügsam und begann nach Lorin Jones' frühen Jahren zu fragen. Hatte sie schon als Kind ein künstlerisches Talent gezeigt, hatte sie Preise gewonnen, hatten Eltern und Lehrer ihre Fähigkeiten erkannt und gefördert? »Doch, das glaube ich schon«, sagte Lennie wiederholt; über Einzelheiten wollte er sich aber nicht auslassen.

»Sie helfen mir nicht gerade sehr«, sagte Polly schließlich.

»Ich weiß. Ich versuche es ja, aber vergessen Sie nicht, daß wir nicht zusammen aufgewachsen sind und ich fast fünf Jahre älter war als Laura. Erst nachdem sie das College hinter sich hatte und in New York wohnte, haben wir uns richtig kennengelernt.«

»Sie haben sie demnach als kleines Mädchen gar nicht so gut gekannt?« fragte Polly, ganz als ob sie ihm das glaubte.

»Stimmt. Und sonst wahrscheinlich auch niemand. Laura war nämlich extrem schüchtern. Vor allem gegenüber Erwachsenen. Wenn ich meinen Vater besuchte, war sie die meiste Zeit oben in ihrem Zimmer oder spielte im Garten unter den Fliederbüschen mit ihren Puppen. Oder sie dachte sich Geschichten aus und sang sie sich selbst vor, oder sie malte – ja, ich erinnere mich, daß sie manchmal malte.«

»Und würden Sie sagen, sie war ein glückliches Kind?«

»Glücklich?« Lennie sah mit zusammengekniffenen Augen an Polly vorbei auf die gebleichte Backsteinmauer des Restaurants, in leere Fernen.

Jetzt wird er's mir erzählen, dachte Polly; es kostete sie Mühe, nichts weiter zu sagen. Als Lennie sie dann aber wieder ansah, war seine Miene abweisend. »Ich glaube, ich erwähnte es vorhin schon«, sagte er mit dick aufgetragener Ironie, »daß ich den Sinn derartiger Fragen nicht verstehe. Wer weiß denn schon, was für einen anderen Glück bedeutet?«

»Hm«, bestätigte Polly mit Vorbehalten.

»In meinen Augen ist es ohnehin unwichtig, ob ein Künstler als Kind glücklich war oder nicht. Oder auch als Erwachsener.« Er lachte bitter. »Und wenn Laura nun nicht glücklich war? Es aller Welt zu erzählen, hilft ihr jetzt auch nicht mehr. Es könnte nur Leuten, die noch leben, weh tun.«

»Leuten, die noch leben?« fragte Polly und dachte sofort an Lorins schlimmste Peiniger. »Meinen Sie ihren Galeristen, oder Garrett Jones? Oder meinen Sie Hugh Cameron?«

»Ich meine überhaupt niemanden. Es war eine allgemeine Feststellung.«

Lügner! Du lügst, dachte Polly, innerlich rasend, konnte aber gerade noch an sich halten und sprach es nicht aus. »Verstehe.«

Lennie lachte verdrießlich. »Wenn Sie es genau wissen wollen, ich habe an gar keinen von denen gedacht, sondern wahrscheinlich an mich selbst. Ich bin nicht wild darauf, zu lesen, wie gemein ich zu meiner kleinen Schwester war.«

»Waren Sie denn gemein zu Ihrer kleinen Schwester?« fragte sie so gelassen wie möglich.

»So gemein wie die meisten Jungen, nehme ich an.« Wieder sah er an Polly vorbei. Laß ihnen genug Leine, flüsterte Jeannes Stimme in ihrem Kopf, und sie hängen sich selbst daran auf.

»Also, fragen Sie weiter«, sagte Lennie unvermittelt, womit er die Leine, die sie ihm gelassen hatte, zur Peitsche statt zur Schlinge machte. »Worauf warten Sie?«

»Auf nichts – ich –«

»Wenn Sie auf eine sensationelle Geschichte über Kindesmißhandlung hoffen, schlagen Sie sich das aus dem Kopf.« Er sah sie spöttisch grinsend an. »Darauf hatten Sie doch gehofft, oder? Sie hatten ja schon richtige Stielaugen.«

Pollys Hände krampften sich um den Notizblock, wurden zu Fäusten. »Wenn Sie eine Frage nicht beantworten möchten, lassen Sie es eben«, sagte sie mit soviel Höflichkeit, wie sie eben aufbrachte, und das war nicht viel.

Lennie grinste nicht mehr. »Lassen Sie mich mal eines klarstellen, ja?« sagte er in müdem Dozententon. »Es geht mir nicht in erster Linie um meinen eigenen Ruf.« (Nein, gewiß nicht, dachte sie.) »Aber ich verabscheue nun einmal die heutige Mode, das Privatleben von Schriftstellern und Künstlern an die Öffentlichkeit zu zerren. Was haben wir davon, wenn wir erfahren, daß einer das Finanzamt oder seine Frau betrogen hat. Das ist einfach nicht das Wesentliche. Das Wesentliche ist der Text, das Werk.«

»Aber was wir über das Privatleben eines Künstlers wissen, kann uns doch meist auch etwas über sein Werk sagen«, widersprach Polly.

»Das sagen Sie. Aber wie oft stimmt es? Wenn Sie meine Meinung dazu hören wollen –«

»Ja, gern«, log sie.

»Ich finde, daß diese Sucht, intimste und peinlichste Dinge von bekannten Leuten zu enthüllen, ein Ausfluß von Neid ist. Wir müssen sie als fehlbar oder unglücklich bloßstellen, um der Wut ein Ventil zu schaffen, die wir auf ihr Talent und ihren Ruhm haben. Daß van Gogh, oder auch Virginia Woolf, ein Genie war und unsereiner keines ist, ertragen wir nur, wenn wir uns immer wieder vorhalten, daß sie die meiste Zeit ihres Lebens kreuzunglücklich waren. Möglichst sogar psychotisch.«

»Vielleicht haben Sie recht«, suchte Polly Zuflucht bei der Allzweckfloskel, die Jeanne ihr für solche Situationen empfohlen hatte. Sie klang in ihren eigenen Ohren dünn und falsch, aber Lennie schien nichts zu merken.

»Und das gilt nicht nur für Maler und Schriftsteller. Es gilt für alle Berühmtheiten. Wir wollen hören, wie schön und klug und reich und erfolgreich solche Leute sind; aber wir wollen auch hören, was für eine schreckliche Kindheit sie hatten, und wie elend arm und krank sie waren, daß sie Trinker waren oder Pech in der Liebe hatten. Ein Rest von Neid bleibt dann aber immer noch, sofern es mit der Berühmtheit nicht wenigstens ein schlimmes Ende nimmt. In Wahrheit wünschen wir ihnen also, daß sie Selbstmord begehen oder einem Mord zum Opfer fallen oder elend an Alkohol, Drogen oder Krebs krepieren. Dann ist unser Neid, unser Haß befriedigt, und wir können sie reinen Herzens lieben.«

»Möglich«, meinte Polly, obwohl sie seine Theorie im stillen verwarf. Sie beneidete oder haßte Lorin Jones nicht; sie liebte und bewunderte sie. Vielleicht stimmt das ja für Leute wie dich, dachte sie. »Aber darum soll es in meinem Buch ja gar nicht gehen«, sagte sie laut.

»Nein? Worum soll es denn gehen, Polly?« Lennie beugte sich über den Tisch, richtete seine klugen dunklen Augen auf sie und lächelte sie wissend an. »Ich weiß«, meinte er grinsend. »Es soll eine schonungslose Anklage gegen das patriarchalische System werden. Stimmt's?«

Polly hätte Lennie im ersten Moment am liebsten zum Teufel geschickt und das Lokal verlassen. Aber sie beherrschte sich; sie mußte sich mit ihm arrangieren, denn unter anderem besaß er alle Rechte an Lorin Jones' Werk. Und das weiß er auch, dachte sie wütend.

Lennie, der ihrem Gesicht ansah, daß er richtig geraten hatte, grinste noch breiter. »Lolly als verkanntes, vom Männerestablishment vernichtetes Genie, so ungefähr?«

»Und wenn es wahr ist?« brach es aus Polly hervor. »Aber Sie würden das wohl kaum so sehen, nicht wahr?« fuhr sie in einem kühleren Ton fort, der seiner aufreizenden Sachlichkeit entsprechen sollte.

»Ich weiß nicht, wie ich es sehe«, antwortete Lennie nach kurzem Schweigen. »Ich weiß nur, daß nichts so einfach ist.«

Da Polly dieser Binsenweisheit nicht gut widersprechen konnte, antwortete sie überhaupt nicht. Ein paar Sekunden lang drehte der Recorder sich flüsternd weiter, zeichnete das dissonante Klappern von Geschirr auf, das Stimmengemurmel, die Verkehrsgeräusche Manhattans.

»Passen Sie mal auf, Polly«, begann Lennie von neuem, jetzt ganz ohne Ironie, und lächelte sie mit einer herablassenden Vertraulichkeit an, die in ihrer Beziehung keine Rechtfertigung fand. »Ich kenne Sie ja jetzt schon eine ganze Weile. Lassen Sie mich Ihnen einen guten Rat geben. Schlagen Sie sich die Idee aus dem Kopf, eine Biographie meiner Schwester zu verfassen. Sie haben ihre Bilder, das genügt, um ein gutes Buch zu schreiben. Außerdem könnten Sie, wenn Sie so weitermachen wie bisher, Dinge über Laura in Erfahrung bringen, die Sie lieber nicht wissen möchten.«

Du meinst, ich könnte Dinge in Erfahrung bringen, von denen du nicht willst, daß ich sie weiß, dachte Polly. Sie gab einen nichtssagenden Ton von sich – ließ nur den Druck entweichen, mit dem sie diese und andere wütende Bemerkungen unterm Deckel hielt.

»Denken Sie mal darüber nach.« Lennie sah ihr direkt in die Augen und legte seine sehnige braune Hand, auf der ein schwarzer Pelz wuchs, auf die ihre. »Einverstanden?«

Polly riß ihre Hand weg. »Einverstanden. Ich werde darüber nachdenken«, sagte sie und schwor sich innerlich, es nicht zu tun.

Aber auf der langen Busfahrt nach Hause dachte Polly doch darüber nach; oder vielmehr dachte sie über Lennie Zimmern nach. Was fiel ihm ein, ihr zu sagen, was sie schreiben solle! Was fiel ihm ein, sich an sie heranzumachen? Und nicht zum ersten Mal. Schon öfter als einmal hatte sie Lennie dabei ertappt, wie er sie mit diesem berechnenden, bohrenden, halb erotischen Blick ansah – einem Blick, der fragte: Wie wär's mit uns?

Das Ganze wurde dadurch noch empörender, daß Leonard Zimmern ein Mann von genau der ichbezogenen, eigenwilligen Sorte war, auf die Polly früher immer hereingefallen war. Und obwohl sie ihn nie im geringsten ermuntert hatte, schien er das irgendwoher zu wissen und sich in ihre Neurose einschalten zu können, wie es ihm beliebte.

Denn daß es eine Neurose war, wußte Polly inzwischen; eine Neurose, deren Wurzeln in ihrer frühesten Kindheit lagen. Wenn man wirklich aus Erfahrung etwas lernen könnte, hätte sie diesem Typ Mann schon vor dreißig Jahren zu mißtrauen gelernt, nämlich am Beispiel ihres Vaters, eines total unzuverlässigen Menschen. Er hatte jetzt die dritte Frau; Pollys Mutter war die erste gewesen.

Polly dachte manchmal, es wäre vielleicht besser gewesen, wenn ihr Vater für immer aus ihrem Leben verschwunden wäre, als sie vier Jahre alt war; damit wäre sie wahrscheinlich besser zurechtgekommen. Aber statt dessen war Carl Alter in den nächsten fünf Jahren – wenn auch nie zuverlässig – immer wieder aufgekreuzt, um seine Tochter für einen Tag mitzunehmen. Und Bea, Pollys Mutter, hatte sie stets gezwungen, mit ihm zu gehen. Sie hatte nämlich irgendwo gelesen, daß nahezu jeder Vater besser sei als gar keiner, und damals glaubte sie – glaubte auch jetzt noch – fast alles, was sie las, wenn der Autor ein Mann war und sich Doktor nannte.

Wie oft hatte Polly gemeutert, als wisse sie instinktiv, wie schmerzlich das Ganze wieder sein werde! Wie hatte sie gebockt und aufbegehrt, wenn ihr Vater vor der Tür ihres Reihenhauses erschien! Auch wenn sie es dann schon hatte klingeln hören, blieb sie schmollend in ihrem Zimmer sitzen und zog sich erst recht nicht das »hübsche saubere Kleidchen« an, das auf ihrem Bett bereitlag. Ihre Mutter rief und rief, und ihre Stimme wurde immer schriller und ängstlicher; schließlich kam sie herauf, zog Polly die Jeans und das T-shirt aus, fuhr ihr mit der Bürste durch die verfilzten braunen Locken, zwängte ihren widerborstigen Körper in das frisch gebügelte hübsche Kleidchen und beschwor ihre Tochter im Flüsterton, sie solle doch Vernunft annehmen und mitspielen.

Meist ließ Polly sich dann auch tolpatschig zurechtmachen. Aber manchmal bekam sie, ohne es vorher selbst zu merken, einen ihrer Koller. Sie fühlte, wie ihr Gesicht ganz heiß wurde, und plötzlich schwirrte es in ihrem Kopf wie von dicken, lauten Pferdebremsen, solchen wie auf dem Bauernhof ihrer Großeltern, die brummten und stachen, und sie hörte sich schreien: »Ich will nicht, ich will nicht!« Und ehe sie es wußte, lag sie auf dem Boden und schrie und zappelte. Selbst heute noch lauerten diese Fliegen irgendwo in ihrem Kopf, das wußte Polly, und manchmal stoben sie hoch und schwirrten umher.

Wenn Polly dann endlich fertig war, beförderte Bea sie mit

einem kleinen Schubs aus dem Zimmer, und sie trampelte laut den ausgeblichenen Treppenläufer mit den verwaschenen Streifen hinunter und machte das verdrießlichste und häßlichste Gesicht, das sie zustande brachte. Und das war sehr verdrießlich und häßlich, denn schon Pollys Kindergesicht hatte sich mit seinem eigenwilligen kleinen Kinn, den geraden dunklen Brauen und seiner roten Farbe für Zornesausbrüche hervorragend geeignet.

Wenn sie ihrem Vater dann über den grob asphaltierten Gehweg folgte, schrammte sie mit ihren Lackledersandalen absichtlich an den Frostaufbrüchen entlang und würdigte ihn keines Blickes. So langsam wie nur möglich ging sie zu seinem lächerlichen alten Auto, einem verbeulten Ford-Coupé aus der Vorkriegszeit, das sein Vorbesitzer mit Wandfarbe pastellgelb angemalt hatte. Es hieß »Die Gelbe Gefahr«. Ihr Vater pflegte den Rücksitz als kombinierten Abfall- und Wäschekorb zu benutzen, denn er war ständig voll leerer Bierdosen, zerknüllter Camel-Packungen aus Zellophan und Silberpapier, alter Zeitungen, schmutziger Hemden, Handtücher und Socken.

Polly ignorierte sein Lächeln und das Getue, mit dem Carl Alter ihr die Tür der Gelben Gefahr aufhielt. Heute wußte sie, daß sie ihm damals nur weh tun wollte: ihn dafür bestrafen, daß er so ein Rabenvater war, daß er ihr den ganzen Tag verdarb, daß er sie nicht schon eher besuchen gekommen war, und daß er sie überhaupt verlassen hatte. Nun gut, vielleicht mußte sie ja mitfahren, weil es in der »gerichtlichen Vereinbarung« stand, von der Bea Alter immer sprach. Polly war damals halb überzeugt, daß sie und ihre Mutter verhaftet und ins Gefängnis gesteckt werden könnten, wenn sie nicht mitfuhr. Aber auf keinen Fall würde sie sich auch noch über irgend etwas freuen, was ihr Vater ihr zeigen oder erzählen oder schenken mochte. Basta.

Was dann jedesmal folgte, war ein regelrechtes Buhlen. Seit jenen Tagen war Polly nie mehr so gekonnt, charmant, ideenreich und geduldig umworben worden – wahrscheinlich war diese Kunst ja ausgestorben, und das war gut so. Ihr Vater sagte nie ein Wort über ihr rotes Gesicht oder ihr schlechtes Benehmen. Sobald sie losfuhren, redete er unentwegt, erzählte ihr Witze und Geschichten, pfiff oder sang:

Und schaurig tönt ein Geisterchor
Durch kalten Schnee und Wind:
»O Polly-O, was hast du vor?
Wo willst du hin, mein Kind?«

Offenbar merkte er nie, daß sie gar nicht antwortete, oder daß sie wie ein Wutknäuel die Arme fest an den Körper gepreßt, so weit wie möglich von ihm abgerückt auf dem aufgeplatzten gelben Schonbezug saß, dessen rauhe Fasern sie so an den Beinen kratzten.

»O Polly-O, guck mal, wie dieser verrückte rote Hund immer im Kreis herumläuft ... das komische Schild da drüben an dem Lastwagen«, rief Carl Alter, während Die Gelbe Gefahr mit bronchitischem Auspuff die Mamaroneck Avenue entlanghustete. Oder: »Klopf-klopf –« und wenn seine Tochter störrisch schwieg, übernahm er ihre Rolle gleich mit – »Wer ist da? ... Victor.« Polly kniff die Augen zu und preßte die Zähne aufeinander, um nur ja nicht zu antworten: »Victor Wer?« Sie schwor sich, nicht einzulenken.

Aber lange hielt sie dann doch nicht durch. Ihr Vater kannte immer so viele lustige neue Witze; und er ließ sich so überraschende Sachen einfallen. Sie widerstand ihm, so lange es nur ging, aber umsonst: Irgendwann entschlüpfte ihr bei einer Juxgeschichte doch ein Kichern; oder sie rannte, ohne es eigentlich zu wollen, neben ihm her, wenn er vor dem Gerichtsgebäude Tauben jagte und rief: »Los, Polly-O! Wenn man eine erwischt, darf man sie nämlich behalten.« Welch albernes Benehmen für einen erwachsenen Mann, dachte sie ein paar Jahre später; wie dumm es ausgesehen haben mußte, wenn dieser zerzauste, täppische Mann durch das Laub auf dem Platz einer Taube nachjagte und mit den langen Armen fuchtelte, Polly immer hinterdrein, was wahrscheinlich genauso dumm aussah. Kein Mensch kann einen Vogel fangen. Warum rief er dann so laut, daß alle es hören konnten: »Ja, Polly-O! Jetzt hättest du sie fast gehabt!«

Aber er war ja immer von allem begeistert, was sie tat, egal wie albern es war. Wenn sie an der Rye Beach ihr Eishörnchen am unteren Ende anknabberte und das Erdbeereis herauslutschte, was ihre Mutter nicht leiden konnte, und dabei extra unmanierlich schlürfte, störte ihr Vater sich überhaupt nicht daran. Er sagte nur: »He, das sieht ja komisch aus. Wie machst du das?« Und schon versuchte er es ihr derart ungeschickt und unmanierlich nachzumachen, daß Polly nur noch losprusten konnte. Erst Jahre später kam ihr der Gedanke, daß er sich nur so dumm anstellte, um sie zu amüsieren.

Ihr Vater ging mit ihr an allerlei merkwürdige Orte, oft weil er dort zu tun hatte. Er schrieb Detektivgeschichten, und eines Tages werde er reich und berühmt sein, erklärte er Polly, aber vorerst müsse er sich irgendwie durchschlagen und jeden Job machen, den er kriegen könne, um Leib und Seele zusammenzuhalten. Würden sie sonst auseinanderfliegen? fragte Polly unwillkürlich. »O ja, das könnte schon passieren.« Polly wußte, daß er sie nur aufzog, aber sie stellte sich unwillkürlich vor, wie die Seele ihres Vaters sich über Westchester in die Lüfte erhob und davonflog. Sie stellte sich vor, daß sie genauso aussähe wie er, genau mit diesem klumpigen

Gesicht, den großen braunen Augen, dem zerzausten schwarzen Haar, nur ein bißchen verschwommener und durchsichtiger, wie die Gespenster in den Filmen am Samstagmorgen.

Carl Alter nahm Polly mit zu der Schule, wo er als Aushilfslehrer unterrichtete, und nach Mount Vernon in die Redaktion einer Illustrierten, die Bilder von nackten Frauen veröffentlichte, und nach New Rochelle ins Hinterzimmer einer Bibliothek, wo zerfledderte Bücher neu gebunden wurden und es nach Leim und Staub roch. Als er in White Plains Taxi fuhr, ließ er sie auf dem Beifahrersitz mitfahren. Eine Zeitlang lief er für die Fuller Brush Company durch Hintergäßchen und verkaufte Besen, Mops und Haarbürsten an Damen in dreistöckigen Holzhäusern, wo über den Sofas Jesusbilder hingen. Dann sprach ihr Vater mit untertäniger, dankbarer Stimme, die gar nicht seine eigene war. Sie sagten »Junger Mann« zu ihm und gaben Polly Sachen zu essen und zu trinken, die ihr zu Hause nicht erlaubt wurden: Feigenplätzchen und pastellfarbene Nabiscowaffeln und Eistee mit grauem Zuckerschlamm am Boden des Glases. Carl Alter hatte nicht Mamas Vorstellungen von gesunder Ernährung, oder daß man nicht mit Fremden sprach und ihnen keine privaten Dinge erzählte. (»Jawohl, Madam, dieses große Mädchen ist meine Tochter, hätten Sie das gedacht? Sie hat in der Schule gerade den ersten Preis für ein Gedenktagsposter bekommen.«)

Am Ende des Nachmittags war Polly dann immer restlos besiegt. Wenn sie wieder in die Gelbe Gefahr stieg, rutschte sie über den stoppligen Schonbezug und kuschelte sich auf der Rückfahrt über die Mamaroneck Avenue an ihren Vater und fühlte, wie groß und fest und warm er unter der alten Kordjacke mit den glänzenden Lederflecken an den Ellbogen war. Wenn er sprach, hob sie das Gesicht zu ihm empor und sah ihn mit diesem breiten, staunenden Lächeln an, das immer der schönste Zug an ihr – und ihm – gewesen war.

Aber wenn sie dann in der Cafeteria an der Main Street in ihrer Lieblingsnische saßen, eine Kirschlimonade für Polly und ein Bier für Carl Alter auf dem Tisch, begann er immer auf der Bank herumzuzappeln und sich umzudrehen. Sah er jemanden, den er kannte, dann winkte er und rief ihn zu ihnen an den Tisch. Und auch wenn er das nicht tat, hörte er nicht mehr zu, was Polly ihm erzählte. Schon bald, allzubald, klaubte er sein Wechselgeld von der nassen Tischplatte und sagte, sie solle jetzt austrinken; ihre Mutter werde sich schon fragen, wo sie nur stecke, sagte er.

Auf der Heimfahrt war ihr Vater dann so gut wie stumm, oder er pfiff leise und ohne Melodie vor sich hin. Er jagte den Motor auf Hochtouren und fuhr knatternd über gelbe Ampeln, als könne er es nicht erwarten, anzukommen und Polly loszuwerden. Wenn sie vor dem Haus hielten, ging er oft nicht einmal um den Wagen herum, um ihr die Tür zu öffnen – er griff einfach über sie hinweg und riß an dem eingelassenen Chromgriff. »Also, Polly-O, dann bis nächste Woche um dieselbe Zeit«, sagte er noch, aber das war oft genug gelogen.

Nachdem Polly erst ein paar Therapiestunden hinter sich hatte, verstand sie natürlich, daß sie die ganzen Jahre noch in ihren Vater verliebt gewesen und wütend war, weil er sie verlassen hatte, so daß sie in einer Familie aufwachsen mußte, in die sie nicht gehörte. Sie sagte sich, daß es nur der Kitzel der Jagd gewesen war, des Werbens, vielleicht auch das neue Gefühl, auf Abweisung zu stoßen, was Carl Alter so gelockt hatte. Kaum daß er sich der Liebe seiner Tochter wieder sicher wußte, wurde er ungeduldig und langweilte sich eigentlich mit ihr. Denn so waren Männer. Sie sorgten mit allen Mitteln dafür, daß man sie ins Herz schloß, ihnen vertraute, seine Unabhängigkeit aufgab und – was die meisten heutzutage allerdings nicht auszusprechen wagten – die »Rolle der Frau« annahm. Und war man dann erst richtig gefangen, hatte man sich erst einmal aller Wahlmöglichkeiten begeben und war hilflos und abhängig, wirtschaftlich oder emotional oder beides, machten sie sich, so schnell sie konnten, wieder von einem los.

Mit Elsas Hilfe hatte Polly sich allmählich dazu durchringen können, ihrem Vater zu vergeben, mit dem Verstand zumindest zu vergeben, wie er sich ihr gegenüber verhalten hatte, als sie ein Kind war. Sie hatte sich dazu gebracht, ihm zugute zu halten, daß er ja selbst kaum mehr als ein Kind gewesen war – erst zweiundzwanzig Jahre alt – als sie geboren wurde, peinliche sechs Monate nach der übereilten Mußheirat zweier Collegestudenten, die sich kaum kannten. Polly war kaum ein Jahr alt gewesen, als Carl Alter zum Militär eingezogen wurde, von wo er erst zwei Jahre später wieder endgültig nach Hause kam. Viele junge Männer in seiner Lage hätten da, wie sie zugeben mußte, lieber ganz vergessen, daß sie je eine Tochter gehabt hatten.

Aber Polly konnte ihrem Vater bis jetzt nicht verzeihen, wie er sich dann später verhalten hatte, nachdem ihre Mutter Bob Milner geheiratet hatte und mit ihm nach Rochester gezogen war. Sie konnte ihm nicht verzeihen, daß er ihr nicht öfter schrieb und sie nur zweimal im Jahr besuchte, manchmal selbst das nicht. Carl Alter wohnte damals in Boston, aber so weit ist das nun auch wieder nicht, dachte sie immer, wenn sie den Atlas aufschlug und mit dem Finger über den grünen Staat Massachusetts und den rosa Staat New York fuhr. Sie wohnte schließlich nicht in Texas oder Alaska.

Nach einer Weile hatte Polly beschlossen, sich nichts mehr daraus zu machen, ob ihr Vater sie in Rochester besuchen kam oder nicht. Man mußte sich wegen seiner gebrochenen

Versprechen, seiner ungeregelten Arbeit, seiner ungebügelten Sachen, seiner verbeulten alten Autos (Die Gelbe Gefahr hatte das Zeitliche gesegnet und war durch ähnliche Gefährte ersetzt worden, den Schwarzen Tod und den Weißen Wal) ohnehin seiner schämen. Sie war richtig froh gewesen, als er bei einer Kleinstadtzeitung in Kalifornien anfing, ganz auf der anderen Seite des bunten Schachbretts von Staaten, denn nun brauchte sie sich überhaupt nicht mehr mit ihm abzugeben.

Beim Eintritt in die Oberschule merkte Polly, daß Carl Alter sie nicht nur selten besuchte, sondern auch nie Geld für ihren Unterhalt schickte. Es machte sie immer rasend, daß ihre Mutter deswegen nicht einmal böse war.

»Ich weiß nicht, warum du unbedingt willst, daß ich ihm schreibe«, hatte Polly sich einmal beschwert. »Ich begreife nicht, wie du ihn überhaupt noch ertragen kannst, nachdem er uns so behandelt hat.«

»Ach was«, sagte Bea Milner mit diesem lächelnden Seufzer, der so typisch für sie war. »Eigentlich ist das ja gar nicht seine Schuld. Carl hatte nie Geld und wird wohl auch nie welches haben.«

»Es ist seine Schuld, daß er dich zuerst geheiratet und dann verlassen hat«, sagte Polly unnachsichtig.

»O nein, mein Schatz, so darfst du das nicht sehen. Es war niemandes Schuld. Wir waren beide noch so jung und haben gar nicht an die Zukunft gedacht. So etwas kommt eben vor.«

Und das, dachte Polly, während der Bus über den Columbus Circle ächzte, war nun wieder typisch für die Denkweise ihrer Mutter. Bea Milner war der klassische Fall einer unemanzipierten Frau. Männer und die Wünsche der Männer hatten für sie immer Vorrang. Als Bob Milner ihr einen Heiratsantrag machte, hatte sie sich wahrscheinlich nicht einmal gefragt, was das für ihre Tochter bedeuten könnte, oder sich daran gestört, daß ihre eigene Karriere damit zu Ende war. Und wie die tugendhaften Heldinnen des viktorianischen Romans trug sie nie etwas nach, schon gar nicht einem Mann; ihre Versöhnlichkeit konnte einen rasend machen. Da schwängerte ein junger Student eine junge Studentin, so daß sie das Studium aufgeben mußte, dann ließ er sie sitzen, so daß die ganzen Mühen und Kosten der nächsten zwanzig Jahre an ihr hängen blieben, und dann »kommt so etwas eben vor«.

Jahrelang glaubte Polly aus den Fehlern ihrer Mutter alles gelernt zu haben, was sie wissen müsse. Obwohl sie schon auf der Oberschule den Wunsch gehabt hatte, Malerin zu werden, legte sie also Wert darauf, erst einmal das College abzuschließen und dann ein Diplom in Kunstgeschichte zu machen: Sie wollte nicht als bessere Sekretärin enden wie Bea. Und als sie anfing, mit Jungen auszugehen, paßte sie gut auf, daß sie nur ja kein Kind kriegte.

Aber nachdem sie die schmerzlichen Erfahrungen ihrer ersten Liebe vergessen hatte, war Polly dazu verurteilt, sie zu wiederholen. Immer wieder ließ sie sich mit unzuverlässigen Männern ein. Meist waren es Juden, und oft hatten sie mit Kunst oder Literatur zu tun, wie Carl Alter. Oder wie Leonard Zimmern.

Zu Hause war alles noch genauso, wie sie es morgens verlassen hatte: Bett ungemacht, Geschirr im Spülbecken, die gestrige *Times* im Wohnzimmer auf dem Fußboden und sonst viel Staub und Leere.

Und leer war die Wohnung mehr als im psychologischen Sinne, was Pollys eigene Schuld war, denn sie verdankte es einem ihrer Wutanfälle. In jenem schrecklichen Frühjahr hatte Jim gefragt, ob sie etwas dagegen habe, wenn er seinen Schreibtisch mit nach Colorado nehme, und Polly hatte geschrien, ihretwegen könne er mitnehmen, was er wolle. Jim mußte gewußt haben, daß sie nur so dahergeredet hatte, aber er hatte sie beim Wort genommen und sich mit der Bemerkung, sie komme ja hoffentlich bald nach, mit fast der Hälfte des Mobiliars sowie einer der beiden signierten Rauschenberg-Lithographien und dem kleinen Frankenthaler, den sie einander zur Hochzeit geschenkt hatten, nach Denver davongemacht. Die Wohnung hatte, nachdem er fort war, ausgesehen wie ein Mensch nach einem Autounfall: die Wände von Staublinien zerschnitten, wo die Bücherregale und Kommoden gestanden hatten, weiter oben die hellen Rechtecke mit je einem schwarzen Nagelloch in der Mitte, wie wenn über einer Schußwunde das Pflaster von der Haut gerissen worden wäre.

Auch jetzt waren die Zimmer noch halbleer. Polly hatte vor kurzem gelesen, daß der Lebensstandard des Mannes nach einer Scheidung um durchschnittlich siebzig Prozent steige, der Lebensstandard der Frau dagegen auf die Hälfte sinke. Ganz so drastisch war es bei ihr nicht gewesen; aber selbst mit dem Unterhalt für Stevie hatte sie die meisten der geraubten Gegenstände nicht ersetzen können, und als sie diesen Sommer ihre Stelle aufgab, hatte sie auch ihre Haushalthilfe entlassen. Solange sie Stevie hatte, lag ihr ja nicht viel an dem Kram, aber jetzt –

»Ich will meine Bilder und Möbel wiederhaben!« schrie sie laut. »Ich will meinen Sohn wiederhaben, verdammt noch mal!«

Selbstgespräche. Nun gut. Wie es allenthalben hieß, blieb das nicht aus, wenn man allein lebte: Man wurde exzentrisch. Polly hatte auch schon gemerkt, daß ihre Stimmungsschwankungen stärker ausschlugen: heute ganz oben, morgen ganz unten, als säße sie in einer Berg- und Talbahn, mitsamt demselben Schwindelgefühl, demselben Nervenkitzel.

Stevie war erst zwei Wochen fort, und schon hing ihr das Alleinsein gehörig zum Hals heraus. Und das war erst der Anfang. Die nächsten drei Monate würde sie halbverrückt in dieser großen, leeren Wohnung herumlaufen, ohne wenigstens ins Museum gehen zu können. Nichts bewegte sich hier, wenn sie es nicht bewegte; niemand sprach, solange Polly nicht mit sich selbst sprach oder das Radio anstellte, um die Stimmen stocktauber Menschen in die Zimmer zu holen. Mochte sie ihnen widersprechen, mochte sie so einen idiotischen Werbeheini sogar anbrüllen oder einem Kommentator in *Unterm Strich* applaudieren, sie antworteten nicht; es war, als ob sie gar nicht existierte. Natürlich war Polly nicht verrückt; sie wußte, daß die sie nicht hören konnten, trotzdem gab es ihr ein elendes, fast irres Gefühl, als ob sie vom Erdboden verschwunden wäre.

Nachdem Stevie nun fort war und sie nicht mehr im Museum arbeitete, passierte tagtäglich einfach nichts, abgesehen von den Interviews für ihr Buch; es passierte zumindest nichts Ernstes oder Interessantes, worüber sich nachzudenken lohnte. Manchmal kam Lorin Jones' Leben ihr realer vor als ihr eigenes.

Wenn hier noch irgend jemand anderes wohnte, wäre es nicht so schlimm, dachte Polly. Und fast im selben Moment fiel ihr ein, wer einen Platz zum Wohnen brauchte: Jeanne. Das Mietshaus, in dem Jeanne gewohnt hatte, war Anfang dieses Sommers in Eigentumswohnungen umgewandelt worden, und sie hatte ausziehen müssen. Zur Zeit wohnte sie irgendwo in Queens zur Untermiete: zwei kleine, niedrige Souterrainzimmer mit lärmenden Heizkörpern, abblätternden Wänden und Scharen von Ungeziefer, wie sie oft seufzend berichtete.

Jeanne besichtigte immerzu andere Wohnungen, aber selbst außerhalb Manhattans war die Wohnungsnot schlimm und wurde immer schlimmer; bisher hatte sich alles, was sie von ihrem kleinen Dozentengehalt hätte bezahlen können, als noch widerwärtiger entpuppt als ihre derzeitige Behausung.

Warum sollte Jeanne nicht hier wohnen, solange Stevie fort war, zumindest so lange, bis sie eine eigene Wohnung fand? Sie könnten einander Gesellschaft leisten und beide Geld sparen – und ohne den Unterhalt für Stevie würde das wirklich etwas ausmachen. Außerdem war es doch unsinnig, wenn sie zwei Wohnungen putzten und jede für sich allein kochte; das war die reine Zeitverschwendung, vor allem für Jeanne, die gern etwas Gutes kochte. Es war eine prima Idee, und Polly fiel nichts ein, was dagegen gesprochen hätte, außer – und hier runzelte sie die Stirn und ließ die Bratpfanne, die sie gerade spülte, ins Wasser zurückgleiten – außer was die Leute denken würden.

Seit Jim fort war, hatte Polly keine ernsthafte Beziehung mehr gehabt; Stevie war der einzige wichtige Mensch in ihrem Leben gewesen. Wenn Jeanne nun hier wohnte, würden einige ihrer Bekannten denken, sie hätten ein Verhältnis und Polly sei jetzt auch lesbisch geworden – immerhin hatte sie oft genug davon gesprochen, sie sei mit den Männern ein für allemal fertig. Ein paarmal hatte sie sogar gesagt, sie wäre gern schwul, denn homosexuelle Paare schienen anständiger miteinander umzugehen als heterosexuelle.

Und was würde man in Colorado denken? Stevie würde wohl nicht auf die Idee kommen, daß seine Mutter lesbisch sei, aber Jim könnte schon darauf kommen, denn er kannte Jeanne und mochte sie nicht. Jim würde diesen Verdacht seiner neuen Frau anvertrauen, einer Frau, die Polly nie kennengelernt hatte, aber aus naheliegenden Gründen haßte. Ja, du könntest recht haben, würde dieses hassenswerte Weib sagen; es würde mich nicht wundern; nach allem, was du mir erzählt hast, war Polly schon immer eine Männerhasserin.

Ach was, die sollen sich doch alle miteinander zum Teufel scheren, sagte sich Polly, während sie mit hörbarer Entschlossenheit weiter an der Bratpfanne scheuerte. Sie wollte ihr Leben nicht noch einmal nach Jims Vorstellungen einrichten, oder überhaupt nach jemand anderes Vorstellungen.

PROFESSOR MARY ANN FENN, Universität von Connecticut.

– Es war schon so lange her. Ich hatte sie eigentlich fast vergessen. Und dann – es war ein sehr, sehr merkwürdiges Erlebnis, auf eine Art auch schmerzlich. Letzten Winter war ich, wie ich Ihnen schon in meinem Brief geschrieben habe, zu einer Fachkonferenz in New York. Und da bin ich in Ihre Ausstellung der »Drei Amerikanerinnen« gegangen. Ich hatte viel zu tun, aber das wollte ich mir nicht entgehen lassen, weil es mich einfach interessierte. Ich glaube, gerade Frauen in der Kunst haben uns allen etwas Neues, Wichtiges zu sagen.

– Nun, ich ging in der Galerie umher und kam zu den Bildern von Lorin Jones. Ich fand sie schön. Ungewöhnlich. Interessante Farben, und so zart. Aber ich sah sie als abstrakt, und für abstrakte Kunst hatte ich nie viel übrig.

– Dann las ich den Titel dieses einen Bildes: »Prinzessin Elinore von den Weißen Auen«. Ja, das hat mir einen Schock versetzt. In der Grundschule, so mit acht, neun Jahren, hatten meine beste Freundin und ich uns immer als Märchenfiguren gesehen: Ich war Prinzessin Miranda vom Lärchenberg, weil ich in Larchmont wohnte, und sie wohnte in White Plains und war Prinzessin Elinore von den Weißen Auen. Jetzt dachte ich: Kann das sein? Ich meine, entweder war diese Lorin Jones meine Freundin Lolly Zimmern, oder es war ein ganz unglaublicher Zufall.

– Da trat ich also mal einen Schritt zurück und sah mir das Bild genauer an, ob ich etwas erkannte, und plötzlich sah ich, daß die blaßgrünen Kleckse vielleicht Gras sein sollten, und die vielen weißen und gelben Pünktchen darüber Gänseblümchen. Und die größeren grauen Flächen weiter oben mochten dann wohl Wolken sein. Und die wirren Striche und Kleckse und Farbschleier in der Mitte hatten wirklich viel von einem Baum, wenn man darin sitzt und ein kräftiger Wind weht. Oder es hätte auch ein Märchenschloß sein können. Und das stimmte, denn wir sind immer auf Bäume geklettert und haben uns eingebildet, es wären Schlösser.

– Ja, oder manchmal auch Segelschiffe. Ich hatte das alles ganz vergessen, aber da in der Galerie – es war wie dieses holprige Pflaster bei Proust, wissen Sie – auf einmal war alles wieder da, genau wie vor – mein Gott, das muß schon fünfzig Jahre her sein. Der heiße, fast weiße Sommerhimmel und dieses Gefühl, wenn man sich an den rauhen, scheckigen Ästen des Apfelbaums festhielt, und dann die kleinen harten Äpfel, grün glänzend wie diese runden Bonbons, sogenannte Sauerbällchen. Und ich erinnerte mich, wie der Wind uns umherwarf und wir so taten, als ob es Meereswellen wären. Und die vorüberziehenden Wolken waren Fische. Fische aller Art, Wale und Tümmler und ganze Makrelenschwärme. Vor allem Makrelen, ja, denn in unserm Naturkundebuch war ein Schäfchenhimmel abgebildet, der genauso aussah wie ein Makrelenschwarm.

– Ich mußte es genau wissen. Ich rannte förmlich die Treppe hinunter – auf den Aufzug mochte ich nicht einmal warten – um den Katalog zu kaufen. Und da stand es: Lorin Jones, geboren 1926 in White Plains im Staat New York. Das mußte sie sein. Also, ich fand das so wundervoll, daß ich mir vornahm, ihr gleich zu schreiben, ich hätte ihre Bilder gesehen. Den Brief wollte ich zur Weiterleitung im Museum abgeben, und so hätten wir uns nach fünfzig Jahren wiedergesehen.

– Dann las ich im Katalog weiter, auf welche Schulen Lolly gegangen war und was für Ausstellungen sie schon gehabt hatte, und ich blätterte um und fand ein Verzeichnis der Sammlungen, in denen sich Bilder von ihr befanden. Und dann las ich: Gestorben 1969 auf Key West, Florida. Da habe ich schlicht zu heulen angefangen, mitten im Foyer des Museums. Ich mußte hinausgehen und mich vor der Tür auf eine Bank setzen. Ich war so fertig, weil ich gar nicht gewußt hatte, was aus ihr geworden war, und weil ich nie auch nur versucht hatte, sie wiederzufinden. Ich hatte überhaupt nichts getan.

– Ja, wir waren über Jahre die besten Freundinnen gewesen. Aber im fünften Schuljahr hatten Lollys Eltern sie plötzlich von der Westwind-Schule genommen. Eines Tages war sie einfach verschwunden.

– Ich weiß nicht warum. Meine Mutter hat mir Jahre später erzählt, in diesem Herbst sei beim Elterntags-Picknick irgend etwas vorgefallen, nachdem wir schon nach Hause gegangen waren. Es war irgendwas schiefgegangen. Sie wußte nicht genau, was, aber sie hatte gehört, irgend etwas – oder irgend jemand – habe Lolly furchtbar erschreckt.

– Etwas Sexuelles, sollte das wohl heißen, aber ich bin nicht sicher, ob das stimmt. Meine Mutter sah hinter fast allem etwas Sexuelles.

– O ja, damals wurde sie von allen Lolly genannt. Für mich ist sie das bis heute. Lolly Zimmern, zehn Jahre alt. Sie sitzt im Apfelbaum und sieht das alles, was man auf dem Bild sieht, drückt die Äste auseinander und schaut zwischen den Blättern hervor. Das dunkle, gewellte Haar ganz vom Wind zerzaust, und ihr schmales weißes Gesicht.

3

Kann ich Ihnen vielleicht helfen?« Ein schmächtiger, farbloser junger Mann, der selbst aussah, als ob er Hilfe brauchte, kam durch die dämmrige Galerie Apollo zum Eingang geschlendert, wo Polly Alter in ihrem gummierten Poncho stand und den gebohnerten Parkettboden naßtropfte.

»Ich bin mit Jacky Herbert verabredet. Um zehn.« Polly sah kurz auf ihre Uhr und streckte das nasse Handgelenk aus, damit er, wenn er wollte, auch sehen konnte, daß es schon fünf Minuten nach zehn war.

»Tut mir leid; ich glaube, Mr. Herbert ist noch nicht im Haus.«

»Dann werde ich wohl warten müssen«, sagte sie, ohne ihren Ärger verbergen zu wollen. Sie kehrte ihm den Rücken und ging zur Vorderseite der Galerie, wo wäßriges graues Oktoberlicht gegen das triefende Panoramafenster drängte, wodurch die Szene draußen wie ein Aquarium wirkte. Dicke, glupschäugige Blechfische drängelten hupend auf der Madison Avenue, und Schirme tanzten auf und ab wie bunte Wasserpflanzen.

Polly war nicht nur auf Jacky Herbert sauer, sondern auch – und zwar mehr noch – auf sich selbst. Nach ihrem ungemütlichen abgebrochenen Interview mit Paolo Carducci, dem Besitzer der Galerie Apollo, hatte sie es vor sich hergeschoben, anzurufen und sich einen neuen Termin geben zu lassen. Vielleicht würde sie Carducci nun nie mehr interviewen können, denn er hatte einen Schlaganfall gehabt und war, wie es hieß, halb gelähmt und konnte fast nicht mehr sprechen. Bei so einem gebrechlichen, fast achtzigjährigen Mann hätte sie sich etwas Besseres einfallen lassen können, als ihn anzufahren oder auch nur einen Tag zu verlieren. Jetzt mußte sie sich mit Jacky begnügen, dem Geschäftsführer, der erst kurz vor Lorin Jones' letzter Ausstellung in dieser Galerie angefangen hatte.

Immer gelangweilter und ärgerlicher wandte sie sich vom Fenster wieder ab und inspizierte eine uninteressante Kollektion formalistischer Stilleben. Nach außen hin sah die Galerie Apollo, früher eine der erfolgreichsten in New York, noch ganz so aus wie vor zwanzig Jahren, als Polly zum ersten Mal hier gewesen war. Ihre Räume lagen nach wie vor über einem teuren Antiquitätengeschäft in den östlichen Siebziger Straßen, und der Kaffee kam immer noch aus einer riesigen Espressomaschine mit vielen Spiralen. Aber in den letzten zwei Jahrzehnten hatte die Galerie ihre beherrschende Stellung nach und nach abgeben müssen. Aggressivere Kunsthändler hatten ganze Etagen in den Wolkenkratzern der 57th Street übernommen oder waren nach Soho gezogen, wo sie in Lagerhäusern genug Boden- und Wandflächen hatten, um die größten und aggressivsten Werke auszustellen. Was die Galerie Apollo weiterhin ausstellte, hätte man im Vergleich dazu als Staffeleikunst bezeichnen können. Sie vertrat auch noch immer viele etablierte Künstler und hatte treue und zahlungskräftige Kunden; aber sie war nicht mehr die Wasserscheide der amerikanischen Kunst.

»Polly!« rief Jacky Herbert. Er kam um den Empfangstisch herumgekurvt und näherte sich mit seinem typischen Zehengang, der schnell aussah, ohne es auch zu sein. »Wie schön, dich mal wiederzusehen.« Jacky war wie immer elegant gekleidet: Anzug, Hemd und Krawatte in abgestuften, glänzenden Hellgrautönen und enganliegend wie ein Seehundsfell. Außerdem war er ganz trocken; entweder war er doch schon die ganze Zeit hier, oder er war mit einem Taxi gekommen, statt wie Polly im Wolkenbruch auf einen Bus zu warten. »Und wie geht's dir so?« Er bückte sich und rieb seine weiche, glattrasierte, nach Limonen duftende Wange an der ihren und machte Kußgeräusche in die Luft, wie ein Goldfisch.

»Gut, danke.« Polly machte keine Kußgeräusche; sie verabscheute diese Begrüßungsart; außerdem hatte Jacky sie ohne guten Grund fast eine Viertelstunde warten lassen. »Und dir?«

»Ach, man schlägt sich durch.« Jacky machte eine wegwerfende Handbewegung. Er war korpulent und hatte angegrautes blondes Haar, plumpe weiße Hände mit vielen Ringen, schlaue blaßgraue Augen und das hübsche, verlebte Gesicht einer römischen Kaiserin. In seiner Jugend war er dem Vernehmen nach eine Schönheit gewesen. Der Klatsch wollte wissen, daß seine eindrucksvolle Sammlung moderner Kunst auf seine frühen Verführungs- oder auch Schacherkünste zurückging. Das mochte stimmen oder nicht, jedenfalls führte Jacky jetzt ein nahezu untadeliges Leben an der Seite eines ehemaligen Konzertpianisten.

»Und wie geht es Mr. Carducci?«

Jacky gab leise Schnalzgeräusche von sich und schüttelte langsam den Kopf.

»Kann man damit rechnen, daß er wieder hochkommt?«

»Der Arzt will sich da nicht festlegen.« Es zuckte in Jackys großem, blassem Gesicht. »Er weiß es wohl selbst nicht. Aber ich muß sagen, Paolo sah ziemlich schlimm aus, als ich vorgestern das letzte Mal bei ihm war.«

»Schlecht«, sagte Polly ohne Anteilnahme.

»Man soll die Hoffnung nicht aufgeben, sage ich mir. Nun ja.« Er zwang sich zu einem Lächeln. »Und wie wär's mit einem winzigen Täßchen Kaffee?«

»O ja. Gern.«

»Wunderbar«, sagte Jacky betrübt und bedeutete ihr mit einem Zucken seiner Seehundsflosse, ihm ins hintere Zimmer zu folgen.

»Du gestattest?« fuhr er fort, als Polly sich aus ihrem Poncho zu schälen begann. »Mein Gott, der ist ja pitschnaß.« Er schüttelte mißbilligend, und das offenbar nicht nur seines Zustands wegen, das gummierte Rechteck. »So, den werde ich gleich mal neben die Heizung hängen, dann ist er wieder schön warm und trocken, wenn du gehst. Und gib mir doch auch gleich noch diesen nassen Schal.«

»Danke.« Sie überließ ihm den durchnäßten schwarzroten Lappen; Jacky hängte ihn gewissenhaft, wenn auch mit einem undefinierbaren Ausdruck des Ekels, über einen Wechselrahmen.

»So. Sollen wir lieber in mein Büro gehen? Da sind wir ungestört. ... Gut. Alan!« rief er dem farblosen jungen Mann zu. »Zwei Tassen Espresso, bitte. Und keine Anrufe in der nächsten Stunde, höchstens wenn es ein ernsthafter Kaufinteressent ist.«

»Nun, wie geht's voran?« fragte er, während er die Tür schloß und Polly einen Eames-Stuhl anbot. Dann beugte er sich über den Schreibtisch zu ihr herüber und lächelte sie mit seinen großen, perfekt überkronten weißen Zähnen an.

»Ach, ganz gut.« Polly lächelte nicht; Jackys übertriebene Sorge um ihr Wohlergehen, ganz als ob sie eine potentielle Käuferin wäre, hatte sie nicht besänftigt, sondern nur noch mißtrauischer gemacht. Was wollte er ihr verkaufen?

»Das freut mich. Weißt du, Paolo hat vor seinem Schlaganfall noch gesagt – nun ja, ich glaube, er hat sich ein bißchen gewundert, daß du ihn nicht noch einmal aufgesucht hast. Er hat sich schon gefragt, ob du überhaupt vorankommst. Und dann hat er gemeint, wir sollten vielleicht versuchen, einen erfahreneren Autor zu interessieren.« Jacky machte eine mißbilligende Handbewegung. »Aber ich habe gesagt, nein, das muß einer machen, der nicht so viele andere Interessen hat. Jemand, der sich die Zeit nehmen kann, mit allen zu sprechen: Garrett in Wellfleet zu besuchen und auf den Keys mit diesem gräßlichen Hugh Cameron zu reden. Und nach meiner Überzeugung muß es auch eine Frau sein. Polly ist schon die Richtige. Das habe ich ihm geantwortet.« Jacky lächelte. »Ah, gut, Alan.« Er nahm das »winzige Täßchen Kaffee«, das in seiner großen, blassen Hand tatsächlich winzig aussah.

»Hm, danke«, sagte Polly zähneknirschend. Warum erzählte Jacky ihr das? Um ihr zu schmeicheln und sie zu überzeugen, daß er auf ihrer Seite war? Damit sie unsicher wurde und sich von ihm abhängig fühlte? Oder beides?

»Zucker?«

»Ja, bitte.« Polly reichte ihm die Tasse an, dann führte sie mit einem unguten Gefühl den dampfenden Espresso an die Lippen und trank. Da Jacky Herbert ein Mann war, mißtraute sie ihm automatisch. Außerdem war er natürlich auch Kunsthändler, dem sie – wie die meisten Museumsleute – schon von Berufs wegen nicht über den Weg traute. Sie wußte, daß Jacky sich zur Zeit bemühte, so viele Bilder von Lorin Jones in die Hände zu bekommen, wie er nur finden konnte, um sie dann in achtzehn Monaten, wenn Pollys Buch erschien, zu hohen Preisen zu verkaufen. Er machte daraus auch gar kein Geheimnis.

Andererseits hatte Jacky (im Gegensatz zu Paolo Carducci) stets in den höchsten Tönen von Lorin Jones' Werk gesprochen. Öfter als einmal hatte er sich vor Pollys Ohren bittere Vorwürfe gemacht, daß er nicht schon früher etwas für ihre Bilder getan habe.

Und dann war Jacky, wie so viele in der New Yorker Kunstszene, auch noch schwul, und schwulen Männern mißtraute Polly im allgemeinen nicht. Es war doch klar, daß manche von ihnen, wie zum Beispiel Jacky, lieber als Frauen auf die Welt gekommen wären, wenn sie die Wahl gehabt hätten. Außerdem sympathisierte sie mit ihnen, weil sie sich, genau wie Polly, so oft zur falschen Sorte Männer hingezogen fühlten.

»Ich höre, du hast Lennie Zimmern interviewt«, meinte Jacky, nachdem sein Gehilfe gegangen war. »Ein hartes Stück Arbeit, denke ich mir.« Er schnitt eine Grimasse.

»Doch, ja. Er hält nichts von persönlichen Biographien.«

»Klar.« Jacky gluckste. »Möchte seine eigene sicher nicht gern schreiben lassen. Und bei wem warst du noch? Hast du mit dieser Dingsda – Marcia, oder wie? – gesprochen, der Witwe des Vaters?«

»Ganz kurz. Sehr viel habe ich da aber nicht erfahren. Lorin Jones hat ja nie bei ihr im Haus gelebt, und sie standen sich anscheinend auch nicht sehr nah. Ich weiß nicht, ob es der Mühe wert ist, sie noch einmal zu besuchen.«

»Vielleicht doch.« Jacky beugte sich über den Tisch.

»Ich weiß nicht. Eine Freundin von mir arbeitet bei der *Times* und meint, man solle immer ein zweites Interview machen, wenn man eben kann. Und ein Geschenk mitbringen, um gut Wetter zu machen.«

»Ein guter Rat, will mir scheinen«, meinte Jacky. »Ich glaube, Marcia könnte dir eine Menge erzählen, wenn sie nur wollte.«

»Vielleicht. Ich wollte dich sowieso noch etwas über sie fragen. Warum hängt in ihrer Wohnung kein einziges Bild von Lorin Jones? Ich meine, ich wußte ja schon, daß sie keines besitzt, weil wir sie gefragt haben, als wir die Ausstellung machten; aber findest du es nicht ein bißchen komisch?«

»Eigentlich nicht«, sagte Jacky. »Ich erinnere mich, wie Marcia mir erzählt hat, Lorin sei nach dem Tod ihres Mannes gekommen und habe alle Bilder eingepackt, die sie dort untergestellt hatte, um sie nach Florida zu schaffen. Ausgenommen natürlich ›Wer kommt da?‹ «

»Ja, ich erinnere mich auch.« Lorin Jones' Bilder hatten oft geheimnisvolle, vieldeutige Titel; eine der schwersten Aufgaben für Polly würde es sein, herauszufinden, ob sie überhaupt etwas bedeuteten, und wenn ja, was.

»Jetzt hängt es ja in der Palca-Sammlung; Paolo hat es nach Dan Zimmerns Tod für Marcia verkauft. Es war nämlich Lorins Hochzeitsgeschenk für sie beide gewesen.«

»Das hat sie mir gar nicht erzählt.« Die Wahrheit und nichts als die Wahrheit, dachte Polly, aber nicht die ganze Wahrheit. »Mich wundert, daß sie es unter diesen Umständen überhaupt verkaufen wollte.«

»Wahrscheinlich mußte sie. Ich glaube kaum, daß ihr Mann ihr etwas Nennenswertes hinterlassen hat. Nach allem, was ich höre, ist ihm das Geld nie an den Fingern kleben geblieben.«

»Ich wünschte, ich hätte Lorin Jones' Vater einmal kennengelernt. Du hast ihn doch gekannt, oder?« Polly bückte sich und öffnete ihre nasse Aktentasche, um den Recorder herauszunehmen. »Warte mal einen Moment, bis ich das Ding eingeschaltet habe, falls es dich nicht stört.«

Jacky zögerte erkennbar, dann beeilte er sich zu lächeln. »Nein, nur zu. Du hast mir ja versprochen, daß ich das Manuskript durchsehen darf, erinnerst du dich? Schriftlich.« Er gluckste, um dem Einwurf die Schärfe zu nehmen. »Wenn ich zu indiskret werde, kann ich es ja später immer noch streichen, richtig?«

»Ja, richtig«, bestätigte Polly.

»Gut, dann wollen wir mal sehen; wonach hattest du gefragt? Dan Zimmern. Ich habe ihn nur drei-, viermal gesehen, als Lorin 1964 hier ihre letzte Ausstellung hatte. Er war bei der Eröffnung und hat allen die Hand gedrückt, als ob er der Künstler persönlich wäre, stolz wie Oskar. Und danach war er noch ein paarmal hier. Er hat dann immer Bekannte mitgebracht und über Lorins Bilder geredet und was für eine berühmte Malerin sie einmal sein würde. Er hat ihnen gesagt, sie sollten jetzt ihre Bilder kaufen, als Geldanlage. Ich glaube, einige haben es tatsächlich getan. Aber er blieb nie lange. Eben noch war er hier überall und nirgendwo, und hast du nicht gesehen, war er wieder weg.«

Ja, dachte Polly; aber er war wenigstens hier. Carl Alter hatte zu ihrer ersten und einzigen Einzelausstellung, die sie in ihrem zweiten Collegejahr in Rochester hatte, nie den Weg gefunden. »Was war er für ein Mensch?«

»Hm, groß, gutaussehend, voller Tatendrang. Wahrscheinlich auch schlau, aber von Kunst verstand er nicht die Bohne. Ein richtiger Macho. War zum drittenmal verheiratet und schon über Siebzig, und trotzdem hat er sich bei der Vernissage noch immer nach den Mädchen umgeschaut.«

»Na so was.« Carl Alter ist auch zum drittenmal verheiratet, dachte seine Tochter.

»Ach so, Polly, ehe wir weitermachen, muß ich dir etwas zeigen.« Jacky erhob sich schwerfällig und öffnete einen Schrank. »Sieh mal. Das ist neulich hereingekommen, von dieser entzückenden Frau aus Miami, von der ich dir vorige Woche erzählt habe. Sie hat es 1965 in irgendeiner Klitsche auf Key West gekauft und sich jetzt doch zum Verkauf entschlossen.« Er hob ein Stück Seidenpapier hoch. »Wie du siehst, ist es die Aquarellskizze zu einem der Florida-Bilder, das in deiner Ausstellung war, ›Leere Bucht Melancholie‹. Schön, nicht?«

»O ja.« Lorin Jones' wohl typischstes Werk schwebte in einem Niemandsland – keines Mannes Land, dachte Polly, aber vielleicht ein Frauenland? – zwischen Repräsentation,

Abstraktion und Surrealismus. Selbst auf den undeutbarsten ihrer Bilder, wie auf diesem hier, kamen immer wieder Formen vor, die vielleicht Vögel oder Fische, Blumen, Gesichter oder Figuren sein mochten. In Besprechungen der »Drei Amerikanerinnen« war sie am häufigsten mit Künstlern wie Larry Rivers und Odilon Redon verglichen worden. Das große Ölbild »Leere Bucht Melancholie« bestand aus nur angedeuteten Schichten von Küste, Meer, Himmel und Wolken. Hier aber, im unteren Drittel des Aquarells, sah man zwischen den fließenden Farben so etwas wie eine Eidechse, oder vielleicht eine ertrunkene Frau.

»Wie du siehst, ist das Licht auf dem Meer nicht so ultramarinblau wie auf dem Ölbild, mehr ein transparentes Violett. Herrlich, wirklich.« Jackys Gesicht verriet aufrichtige, wenn auch käufliche Bewunderung. »Paolo mag ihre späten Bilder nicht, aber ich finde, da hat er ganz, ganz unrecht.«

»›Leere Bucht Melancholie‹ – ist das nicht eines der Bilder, die ihr hier nicht ausstellen wolltet?«

»Bitte!« Jackys Stimme stieg um mindestens eine Oktave. »Das war nicht ich, damals war ich hier nur ein kleines Rädchen ... Aber mach doch bitte auch Paolo keine Vorwürfe, nein?«

»Nein?« fragte Polly, vergebens bemüht, es nicht skeptisch klingen zu lassen.

»Nein, wirklich. Du darfst in deinem Buch nicht schreiben, die Galerie Apollo habe Lorin Jones schlecht behandelt, denn das ist einfach nicht wahr. Paolo hat sie noch jahrelang mitgeschleppt, als sie schon längst nichts Nennenswertes mehr einbrachte.«

Polly sagte nichts. Ich werde in meinem Buch verdammt nochmal schreiben, was ich schreiben will, dachte sie.

»Vielleicht sollte ich dir lieber mal erzählen, wie das alles war, dann verstehst du es. Natürlich nur unter uns.« Jacky warf einen Blick zum Recorder.

»Gut«, willigte Polly ein und tat, als hätte sie den Blick nicht gesehen.

»Davon habe ich übrigens noch zu keinem Menschen je ein Wort gesagt.«

»Mhm.« Natürlich nicht, dachte sie, denn Jacky war bei manchen in der New Yorker Kunstszene als Amerikanischer Rundfunk bekannt.

»Du mußt das wissen. Paolo hat für Lorin alles getan, was er vernünftigerweise tun konnte, denn er hatte von Anfang an gesehen, daß sie echtes Talent hatte. Aber was hat ihm diese Frau für Ärger gemacht!« Jacky schüttelte langsam den großen römischen Kopf.

»Von was für Ärger sprichst du?«

»Also.« Er senkte die Stimme, beugte sich zum Glück aber gleichzeitig vor, so daß der Lautstärkepegel für das Tonbandgerät gewahrt blieb. »Unter uns, mit Lorin war sehr schwer auszukommen.«

»So?«

»Es war schon einmal furchtbar schwierig, überhaupt mit ihr zu reden.«

»Sie war extrem schüchtern«, wandte Polly ein. »Das wissen alle.«

»Gut, zugegeben. Aber weißt du, es war ja schon so gut wie unmöglich, mit ihr zu verhandeln. Manchmal beantwortete sie Paolos Briefe einfach nicht, wochenlang, ungelogen. Oder überhaupt nie. Schließlich mußte er sich meist an Garrett wenden, der dann alles regeln durfte.«

»Dann hast du sie gar nicht oft hier gesehen?« soufflierte Polly.

»Normalerweise nicht. Die meisten jungen Künstler, du weißt ja, wie das ist, schauen gern ab und zu mal rein oder rufen an, einfach um einen zu erinnern, daß sie noch da sind und auf einen Verkauf hoffen. Lorin aber nie, sagt Paolo. Und zu telefonieren war ihr ein Greuel. Ich mußte sie einmal wegen etwas anrufen, und da hat sie so leise geflüstert, daß ich sie kaum verstand.«

Das nennst du schwierig? dachte Polly verärgert, sagte es aber nicht. Ihr ging allmählich auf, daß Paolos Krankheit durchaus zu ihrem Vorteil sein konnte; vielleicht erfuhr sie von Jacky Dinge, die sie von seinem Chef nie erfahren hätte.

»Aber wenn sie dann auf einer Ausstellung war, sah die Sache auf einmal ganz anders aus. Sie war überhaupt nicht mehr aus der Galerie wegzubekommen. Zu allem hatte sie ihre eigene Meinung: wie die Ankündigung zu erfolgen habe, wie die Bilder zu hängen seien, wer zur Eröffnung eingeladen werden müsse.«

Und zum Teufel, warum nicht? dachte Polly. »Ach ja?« Bei allem Bemühen klang ihr Ton eisig.

»Sei versichert, daß niemand die Vorrechte des Künstlers mehr respektiert als Paolo«, sagte Jacky rasch. »Aber es gibt Grenzen. Und Lorin hat ihm unendliche Scherereien bereitet, schon beim aller-aller-ersten Mal, als sie hier in eine Gruppenausstellung hineingenommen wurde. Die meisten Leute in ihrem Alter hätten sich närrisch gefreut, in einer Galerie wie der unseren gleich mit zwei Bildern vertreten zu sein. Aber bei Lorin keine Spur von Dankbarkeit, sagt Paolo. Nein, auch kein Undank, zugegeben; sie hat, als sie hier war, kaum ein Wort mit ihm gesprochen. Alle Klagen kamen über ihren Mann. ›Meine Frau findet, daß dieses Bild gar nicht recht neben ihres paßt‹ – und dergleichen.«

»Und hat Paolo das andere Bild dann umgehängt?«

»Hm, ja – sehr wahrscheinlich. Garrett Jones war immerhin ein sehr bedeutender Kritiker; damals vielleicht *der* bedeutendste überhaupt. Paolo wollte es sich natürlich nicht mit ihm verderben. Sie waren befreundet – beruflich – und sind es natürlich auch jetzt noch. Du weißt, wie das ist. Unter uns gesagt, die Jones' haben ihn ziemlich zur Verzweiflung getrieben. ›Schön, schön, sie malt ja nicht schlecht‹, pflegte er dann zu mir zu sagen. ›Aber es gibt noch andere gute Künstler, die nicht gleich die neurotische und unnahbare Primadonna spielen.‹ «

»Du meinst, es könnte nicht –«

»Was?«

»Ich überlege nur. Ich meine, mal angenommen, es war Garrett Jones, der diese Klagen in Wirklichkeit hatte und sie seiner Frau nur in den Mund gelegt hat.«

»Das glaube ich nicht.« Jacky runzelte die Stirn. »Sieh mal, du hast Garrett doch kennengelernt. Er ist für einen Kunstkritiker ein recht vernünftiger Mann. Manche finden, er hat ein etwas übersteigertes Selbstbewußtsein, aber warum sollte er nicht? Er hat ja im Hinblick auf die New Yorker Kunstszene immer und immer wieder recht behalten.«

Oder er hat der New Yorker Kunstszene seine Ansichten immer und immer wieder aufgezwungen, dachte Polly.

»Und Lorin – ich meine, wir wissen doch alle, daß die meisten Künstler ein bißchen wunderlich sind. Damit muß man eben rechnen, stimmt's?«

»Wahrscheinlich«, sagte Polly, die sich klarmachte, daß sie in Jackys Augen ja keine Künstlerin war, auch nie eine gewesen.

»Also, und Lorin war schon sehr, sehr wunderlich. Nach einer Weile wurde ja sogar ihr Mann nicht mehr mit ihr fertig.«

»Aha«, sagte Polly so neutral wie möglich.

»Das Hauptproblem war, daß sie sich von ihren Bildern einfach nicht trennen wollte. Sie erklärte sich bereit, Bilder für eine Ausstellung zu malen, und Garrett versprach dafür zu sorgen, daß sie den Termin einhielt, und dann kam einfach nichts. Es war immer wieder dasselbe. Weißt du, für sie war ein Bild eben nie fertig.«

»Das wird doch wohl öfter vorkommen«, sagte Polly eingedenk eigener Erfahrungen.

»So oft eigentlich nicht. Hin und wieder. Aber es war bei Lorin noch viel, viel schlimmer. Sogar wenn ihre Bilder schon hingen, konnte sie nicht die Finger davon lassen. Am Tag nach der Eröffnung ihrer ersten Einzelausstellung bei uns kam Paolo, wie er mir erzählt hat, vom Lunch zurück, und da war neben dem Aufzug ein kleines Stilleben weg. Er dachte natürlich zuerst, es sei gestohlen. Aber dann stellte sich heraus, daß Lorin es selbst mitgenommen hatte; sie war der Ansicht, es sei noch nicht richtig so. Der Assistent, den Paolo damals hatte, wollte mit ihr reden, aber es war zwecklos. Sie hat das Bild einfach von der Wand gerissen und mitgenommen. Zurückgebracht hat sie es auch nie mehr. Aber es stand natürlich immer noch im Katalog, und Paolo durfte drei Wochen lang die Fragen danach beantworten. Du kannst dir vorstellen, wie peinlich das war.«

»Hm«, brummte Polly in möglichst verständnisvollem Ton. Was ihr aber dabei in den Sinn kam, war eine graurote Pollock-Imitation in ihrer eigenen Ausstellung damals in Rochester. Kaum hatte sie ihn bei der Vernissage gesehen, da wünschte sie sich, sie hätte ihn nie aus den Händen gegeben. Hätte sie doch nur den Mut gehabt, das elende Ding anderntags einfach wegzuholen! Aber was Jacky vorhin gesagt hatte, stimmte, auch wenn er ihr wahrscheinlich nur schmeicheln wollte: Sie war die einzig richtige Autorin für dieses Buch. Je mehr sie erfuhr, desto sicherer war sie, daß sie instinktiv nachfühlen konnte, was Lorin Jones gefühlt und gedacht haben mußte.

»Nun ja, aber *das* sollte Paolo nicht noch einmal passieren, und es passierte ihm auch nicht mehr. Ich nehme an, daß Garrett ein deutliches Wort mit ihr gesprochen hat. Jedenfalls war sie eine Zeitlang vernünftiger. Aber dann verließ sie ihn, und von da an lief es völlig aus dem Ruder.«

»Hm?«

»So richtig ging der Ärger bei ihrer Ausstellung von 1964 los, der letzten. Die wurde zuerst schon einmal mit einem Jahr Verspätung eröffnet, weil Lorin sich wie üblich nicht dazu durchringen konnte, die Arbeit für abgeschlossen zu erklären, und es war kein Garrett da, um sie zur Vernunft zu bringen. Und kurz nach der Eröffnung kam ich dann eines Morgens hierher, und da stand Lorin Jones dort drüben am Fenster, neben sich auf dem Boden eine verdreckte Einkaufstüte von Bloomingdales, und rieb mit einem terpentingetränkten Lappen an einem der größten Bilder herum und bearbeitete es mit dem Spachtel.«

»Wirklich?«

»Ich kann dir sagen, mir ist der Schreck in die Glieder gefahren.« Jacky gluckste. »Noch schlimmer, ich hatte sie doch bis dahin erst zweimal gesehen und erkannte sie zuerst gar nicht in diesem Aufzug – schmuddeliger schwarzer Pullover und ganz wirre Frisur. Ich glaubte so eine verrückte alte Pennerin vor mir zu haben. Und ich dachte, Paolo würde mich zuerst umbringen und dann rausschmeißen.«

»Und dann?«

»Tja, ich bin natürlich hin und habe zuerst mal gefragt, was sie in drei Teufels Namen da macht. Zuerst antwortete sie nicht einmal. Ich war schon drauf und dran, die Polizei zu rufen, da sagte sie endlich: ›Ich arbeite an meinem Bild.‹ Wie ich dieses Flüsterstimmchen hörte, wußte ich dann, daß es Lorin war. Ich habe gar nicht erst mit ihr zu reden versucht, sondern bin nur ins Büro gerannt, um Paolo anzurufen, dann habe ich sie ans Telefon geholt. Aber er konnte sie überhaupt nicht beeindrucken. Im Grunde konnte er ja auch nicht viel machen. Es war rechtlich immer noch Lorins Bild. Zum Glück hat sie's nicht ruiniert; wir haben es in der Woche darauf verkauft.«

»Warum in aller Welt hätte sie es denn auch ruinieren sollen?« schrie Polly fast.

»Möglich ist so was doch immer«, antwortete Jacky gereizt. »Ich meine, es gibt doch so etwas wie Überarbeitung, oder nicht?«

»Vermutlich ja«, räumte sie ein und schalt sich wegen ihres Ausbruchs. Sie sah, entgegen ihrem Willen, den Stapel verschmierter, »überarbeiteter« Bilder, die in diesem Moment in einer ausrangierten Wanne im ehemaligen Dienstmädchenzimmer ihrer Wohnung an der Central Park West lagen. »Und daraufhin hat die Galerie Apollo dann beschlossen, mit Lorin Jones keine Ausstellung mehr zu machen?« fragte sie in bemüht sachlichem Ton.

»Nein, nein, nein. Was hier das Ende für sie bedeutete, war etwas viel Schlimmeres. Lorins Festhaltenwollen an ihren Bildern, weißt du, das wurde immer schlimmer. Es war schon pathologisch, denke ich. Die Ärmste, sie sah in ihren Bildern buchstäblich ein Stück von sich selbst und ertrug es nicht, von ihnen getrennt zu werden.«

»Ich stelle mir vor, daß die meisten Künstler im Prinzip so ähnlich empfinden«, sagte Polly – dabei hatte sie sich in Wahrheit schon oft gewünscht, daß irgendeine übernatürliche Macht ihre alten Bilder aus der Wanne holen und für immer verschwinden lassen würde.

»Ja, im Prinzip. Aber bei Lorin Jones hieß das in der Praxis – oder hieß es auf lange Sicht –, daß sie ihre Bilder nicht mehr verkaufen wollte. Wenn ein Museum es kaufte, schön, oder ein Freund, so daß sie ihr Bild jederzeit besuchen konnte, wenn sie wollte. Aber sonst...« Jacky seufzte. »Was bei

Paolo schließlich das Faß zum Überlaufen brachte, war die Geschichte mit dem Provincetown-Triptychon.«

»Du meinst ›Geburt, Kopulation und Tod‹, aus der Sammlung Skelly?« Polly kannte das Bild gut – es war im Katalog zu »Drei Amerikanerinnen« farblich abgebildet und auf einer Postkarte reproduziert worden; es war gewiß eines von Lorin Jones' bedeutendsten Werken.

»Ganz recht. Nur wäre es ohne Paolo nie in die Sammlung Skelly gekommen. Weiß der Himmel, was daraus geworden wäre.« Er seufzte. »Sieh mal, die Skellys hatten sich in der zweiten Woche der vierundsechziger Ausstellung zum Kauf von ›Geburt, Kopulation und Tod‹ entschlossen, und Paolo freute sich riesig für Lorin. Er dachte, sie wäre natürlich dankbar, daß ihr Bild in so eine berühmte Sammlung kam. Statt dessen bekam sie einen regelrechten Koller. Sie hatte die Skellys bei der Eröffnung kennengelernt und nicht leiden können. Sie hätten sich gar nicht die Bilder angesehen, sagte sie, sondern wären nur durch die Räume gelaufen und hätten ihre Bekannten abgeküßt und über Geld geredet. Gräßliche Leute seien das, und sie wolle nicht, daß die ein Bild von ihr bekämen. Als Paolo ihr sagte, es sei schon zu spät, geriet sie vollkommen außer sich vor Wut. Ich glaube, wenn sie gekonnt hätte, sie hätte die Bilder an Ort und Stelle von der Wand gerissen und mitgenommen. Gott sei Dank waren sie aber dafür zu groß.«

»Wie ärgerlich.«

»Ja, nicht?« Jacky hatte sie offenbar falsch verstanden – was aber wahrscheinlich ganz gut so war. »Und du mußt dazu wissen, daß Paolo sehr viel Geduld mit Lorin hatte. Er hat alles getan, was er vernünftigerweise tun konnte, mehr sogar. Er hat sich förmlich ein Bein ausgerissen.«

»So so.« Im Geiste sah Polly den spindeldürren kleinen

Paolo Carducci mit seinem grauen Kraushaar, wie er dastand und sein frisch ausgerissenes Bein in der Hand hielt.

»Er hat Bill Skelly angerufen und ganz taktvoll gefragt, ob sie sicher seien, daß sie das Triptychon wirklich haben wollten; wenn nicht, sei er gern bereit, den Handel zu vergessen.«

»Aber davon wollten sie nichts wissen?«

»Kommt nicht in Frage, hat Bill gesagt. Das heißt, er wurde ziemlich böse, weil er Paolo verdächtigte, er hätte ein besseres Angebot bekommen, vielleicht von einem Museum, und da schwoll ihm natürlich der Kamm. Eine Zeitlang waren die beiden gar nicht gut aufeinander zu sprechen.«

»So?«

»Aber das war noch nicht das schlimmste. Lorin gab nämlich auch da noch nicht auf. Statt dessen tat sie etwas völlig Irres: Sie rief Grace Skelly an und machte ihr mit ihrem Flüsterstimmchen das Angebot, das Triptychon zurückzukaufen, samt Händlerprovision und allem. Und als Gracie nach dem Grund fragte, hat Lorin ihn ihr genannt. Du kannst dir die Reaktion wohl vorstellen.«

»Hm, ja.« Polly stellte sich Mrs. Skelly vor, eine gutaussehende, teuer gekleidete, laute Frau, die zu den meisten Vernissagen im Museum erschien und nun zu hören bekam, sie sei in Lorin Jones' Augen nicht würdig, eines ihrer Bilder zu besitzen.

»Danach hat Paolo es dann buchstäblich nicht mehr gewagt, Lorins Werke auszustellen. Ich habe ihn angefleht, es sich doch noch anders zu überlegen; ich habe ihm gesagt, sie sei so eine großartige Malerin, da könne er doch mal ein Auge zudrücken. Das habe ich ihm wörtlich gesagt, obwohl mir dabei das Herz bis zum Hals schlug, denn ich war doch gerade erst ein paar Monate hier.«

»Und er hat auf dich gehört?«

»Leider nein. Er wollte mit Lorin einfach nichts mehr zu

tun haben. Er hat ihr klipp und klar gesagt, er könne das Risiko nicht mehr eingehen.«

»Warum ist sie dann nicht zu einer anderen Galerie gegangen?«

»Na, du weißt ja.« Jacky lachte und räusperte sich abbittend. »So was spricht sich herum. Und Gracie und Bill – sie sind ganz reizende Leute, wirklich, aber sie lassen sich nicht gern von Künstlern herumschubsen oder beschimpfen; das sind sie nicht gewöhnt. Sie haben das Triptychon nie ausgehängt, aber zum Verkauf haben sie es auch nicht angeboten. Zwanzig Jahre lang haben sie es im Tresor gelassen, bis du es für deine Ausstellung ausgeliehen hast. Und Bill Skelly hat wahrscheinlich Lorin auch ein bißchen schlechtgemacht in der Stadt. Ist ja verständlich. Keiner beleidigt ungestraft seine Frau.«

»So war das also.«

»So ungefähr. Aber du darfst davon nichts in dein Buch schreiben, versprich mir das. Es wäre tödlich. Ich weiß sowieso nicht, warum ich es dir erzählt habe.«

Weil du eine notorische Klatschtante bist, dachte Polly.

»Also, versprich mir das. Auf deine Ehre als Biographin.« Jacky gluckste.

»Meinetwegen«, sagte sie.

Als Polly naß und schwankend im Madison-Avenue-Bus stand, bereute sie dieses Versprechen noch nicht. Was Jacky erzählt hatte, war nicht schmeichelhaft für Lorin Jones; es weckte sogar, wie er schon angedeutet hatte, Zweifel an ihrem Verstand. Kunstwerke waren im Laufe der Menschheitsgeschichte schließlich schon von Leuten angekauft und sogar in Auftrag gegeben worden, an deren Benehmen und Charakter mancherlei auszusetzen war: Man denke nur an die Borgias, oder J. Paul Getty. So war das Leben. Früher oder später starben diese Leute, und dann wurden die Werke, die sie privat gehortet hatten, der Öffentlichkeit zugänglich. Zu fordern, daß Bilder nur noch von den Tugendhaften und Gebildeten gekauft werden dürften, war etwa so, als wenn man Vorbestrafte nicht mehr ins Theater lassen wollte.

Und so schrecklich waren die Skellys ja nun auch wieder nicht. Sie waren angesehene Kunstsammler und Treuhänder ihres Museums. Sie waren bekannt für ihr Interesse an jungen Künstlern und bereit, zu deren Förderung auch finanzielle Risiken einzugehen; sie liehen ihre umfangreichen Bestände bereitwillig aus und spendeten großzügig. Es war nicht ihre Schuld, daß sie laute Stimmen und eine hohe Meinung von sich selbst hatten.

Daß die Skellys das Bild »Geburt, Kopulation und Tod« aus Rachsucht nicht ausgehängt hätten, war nicht zu beweisen. Die meisten großen Sammler besaßen viel mehr Bilder, als sie gleichzeitig aushängen konnten. Auch wenn sie viel Neues kauften, zeigten sie doch am liebsten die Werke der jeweils bekanntesten Künstler. Wahrscheinlich hatten die Skellys dieses Bild nur deshalb zwanzig Jahre lang nicht ausgehängt, weil Lorin zuerst noch nicht berühmt, dann tot und mehr oder weniger vergessen war.

Es gab ohnehin keine Garantie dafür, daß Jackys Erzählung stimmte, dachte Polly, während sie da im Regen stand und auf den 86th-Street-Bus wartete. Jacky wollte, daß sie gut über Paolo Carducci und die Galerie Apollo dachte, sie als künstlerfreundlich einstufte. Er wäre jederzeit fähig gewesen, aus harmlosen Kleinigkeiten eine gemeine Geschichte über Lorin Jones zusammenzubasteln wie ein Terrorist eine Bombe. Vielleicht hatte Lorin Jones tatsächlich einmal gesagt, es wäre ihr lieber, ihre Bilder hingen in einem Museum – wer wollte das nicht? Vielleicht hatte sie die Skellys persönlich nicht gemocht – warum auch?

Aber egal ob die Geschichte stimmte, es stimmte jedenfalls, daß Bill und Grace Skelly eines der bedeutendsten Werke von Lorin Jones zwanzig Jahre lang vor den Blicken der Welt versteckt hatten. Verzeihlich, wenn auch bedauerlich, wenn dies aus gängigem Vorurteil geschehen war. Wenn Jacky aber nun die Wahrheit gesagt hatte? Wenn sie es aus Rache getan hatten, weil Lorin nicht mitspielte, ihnen nicht mit der dankbaren Untertänigkeit begegnete, die sie, wie Polly oft beobachtet hatte, von Künstlern stets erwarteten – und erhielten?

Als der Bus auf der Höhe der 86th Street durch den nassen Park fuhr, hatte Polly eine Vision. Sie sah, wie Lorin Jones es gesehen haben mußte, über den ganzen Nordosten verstreut eine ganze Ansammlung dunkler, klimatisierter Gewölbe, Lagerräume, Dachkammern und Keller, und in jedem schmachteten eines oder mehrere von Lorin Jones' Bildern, ausgesperrt von Licht und Luft, verborgen vor den Blicken aller, die sie hätten bewundern und lieben können. Sie sah Lorin Jones als eine schmale, blasse Gestalt in Schwarz, die an die Türen dieser temperatur- und feuchtigkeitsgeregelten Höhlen hämmerte und um die Freilassung ihrer eingekerkerten Werke flehte. Doch ihr gegenüber standen in Reih und Glied die Galeristen, Kuratoren, Sammler und Kritiker und hielten die Türen zu; in Pollys Phantasie bekamen sie die bösartigen, grinsenden Fratzen der Grotesken auf den Bildern von Ensor.

Diese Vision brachte Polly so auf, daß ihr richtig flau im Magen wurde – aber es war vielleicht auch nur das Rütteln des Busses. Sei nicht so dumm, sagte sie sich; du darfst keine Gespenster sehen. Das würden ihre Arbeitskollegen zu ihr sagen; vor ein paar Wochen hätte sie das noch selbst gesagt.

Aber hatten die Kollegen recht, oder begann sie vielmehr jetzt, da sie nicht mehr arbeitete und Abstand von den Geschäften und Übereinkünften und Anmaßungen der New Yorker Kunstszene gewann, diese zum ersten Mal klar zu sehen?

Genau dies hätte Jeanne mit ihrem Argwohn gegen alle etablierten »patriarchalischen« Institutionen ihr wahrscheinlich gesagt. Für Jeanne stand fest, daß diese Institutionen korrupt waren und man sie besser mied, auch wenn es mitunter nötig war, mit ihnen zusammenzuarbeiten, bis es alternative, dezentralisierte, egalitäre und frauengerechte Strukturen gab. Jeden Dienstagabend trafen sie und einige ihrer Freundinnen sich in einer Wohnung an der First Avenue, um über dieses und andere politische Themen zu diskutieren; bisher war Polly noch nie dabeigewesen, obwohl sie schon eingeladen worden war.

Jeanne war vor drei Wochen in Stevies Zimmer gezogen und hatte dafür, daß sie schon in so vielen verschiedenen Städten und Wohnungen gelebt hatte, erstaunlich viele Sachen mitgebracht. Polly hatte die meisten von Stevies Sachen in die Kammer räumen müssen. Davon abgesehen war es aber die reine Freude, Jeanne in der Wohnung zu haben. Jeanne war einfügsam, ordentlich, mitfühlend und fair; sie war eine gute Unterhalterin und geniale Köchin. Wenn Polly allein war, machte sie sich meist nur eine sogenannte »Schlemmermahlzeit« aus der Kühltruhe warm, die wie die Bordverpflegung in Flugzeugen ganz brauchbar aussah, aber schmeckte wie Kartoffelbrei aus der Tüte, und dauernd gingen ihr die sauberen Handtücher oder Butter oder Glühbirnen aus, so daß sie zu den ungelegensten Zeiten hinunter in die Waschküche oder in den nächsten Supermarkt rennen mußte.

Jeanne sorgte dafür, daß es ihnen nie an etwas fehlte; sie brachte Blumen und Bücher und Schokolade nach Hause; sie stellte ihre prachtvollen Zimmerpflanzen auf die Fensterbretter und ergänzte Pollys klassische Musik durch ihre eigene große Sammlung. Wenn Polly arbeiten wollte, war Jeanne still und unaufdringlich; aber sie war jederzeit gern bereit, zum Einkaufen oder ins Kino oder in eine Ausstellung zu gehen, vor allem samstags und sonntags, wenn der Mann ihrer Freundin, dieser mißtrauische Tyrann, zu Hause war.

Polly und Jeanne waren soviel zusammen, daß Jeannes Freundin Ida ihnen neulich nach Eugene Fields Kindergedicht die Spitznamen Gingan-Hund und Kaliko-Katz gegeben hatte.

Gingan-Hund und Kaliko-Katz
nahmen auf dem Sofa Platz ...

Das bezog sich auch auf ihren Kleidergeschmack: Polly trug viel Karo, Jeanne bevorzugte altmodische zarte Druckmuster. Als Polly das Gedicht nachschlug, entdeckte sie, daß die Figuren sich wie Hund und Katze bekämpften, und zerbrach sich ein paar Tage lang den Kopf, ob Ida vielleicht Konflikte heraufziehen sah. Aber bisher hatten sie und Jeanne noch nicht einmal eine ernste Meinungsverschiedenheit gehabt.

Auch Pollys Sorge, die Leute könnten reden, war verflogen. Jeannes Freundinnen wußten alle, daß sie in eine Frau aus Brooklyn Heights verliebt war, und Polly hatte es nicht versäumt, das auch Jim zu sagen. Seine Reaktion war wie immer gedämpft und neutral gewesen: »Aha. Mhm.«

Das einzige Problem im Zusammenleben mit Jeanne war ihre Freundin Betsy. Polly hatte nicht direkt etwas gegen Betsy, aber andererseits hatte sie ihr auch nicht viel zu sagen. Betsy war knochendürr und hatte viele Sommersprossen, flatterndes rotblondes Haar und eine zaudernde, nervöse Art. Sie war nach Pollys Meinung halbwegs hübsch: groß, lange Beine, winzige krumme Nase wie ein kleiner weißer Papagei und vorgewölbte rosa Lippen, die immer leicht geöffnet waren, als hätte sie gerade etwas sagen wollen und sich anders besonnen; was auch oft der Fall war. Ihr Lieblingsmaler war Salvador Dali, und sie sah keinen Sinn in abstrakter Malerei: Die Farben seien ja manchmal ganz hübsch, gab sie zu, aber so furchtbar interessant oder schwierig war das doch eigentlich nicht, oder?

Weil Betsys Mann immer mißtrauischer wurde (er hatte ein unzweideutig zärtliches, aber unsigniertes Briefchen von Jeanne gefunden und geglaubt, seine Frau treffe sich mit einem anderen Mann), waren sie und Jeanne dazu übergegangen, sich in Manhattan zu verabreden. Meist kamen sie tagsüber in die Wohnung, wenn Polly nicht da war; aber letzte Nacht war Betsy zum ersten Mal dageblieben und hatte ihrem Mann die buchstabengetreue, aber irreführende Wahrheit gesagt: sie übernachte bei einer Freundin. (»O ja, Betsy ist hier«, hatte Polly ihm antworten müssen, als sein Kontrollanruf kam. »Aber ja, einen Moment, ich rufe sie.«)

Natürlich wünschte Polly, daß Jeanne glücklich war, aber es war ihr unangenehm, daß Jeanne und Betsy in Stevies Zimmer und in Stevies Stockbett glücklich waren. Meist gelang es ihr, sich nicht bildlich auszumalen, was die beiden miteinander machten. Wahrscheinlich nicht viel, sagte sie sich gewöhnlich: Es kam ihr irgendwie albern und sinnlos vor, daß zwei Frauen ihre weichen Körper aneinander reiben sollten. Aber letzte Nacht war sie, so sehr sie sich bemüht hatte, nicht dagegen angekommen, zu lauschen und darüber nachzudenken, was Jeanne und Betsy denn nun eigentlich trieben, und ob sie es im oberen oder im unteren Bett trieben. Im unteren Bett gäbe es das Problem, daß die Obenliegende sich den Kopf anstoßen würde – aber vielleicht lagen Frauen ja überhaupt nebeneinander, denn wie hätten sie sonst... Dagegen bestünde oben die

Gefahr, hinauszufallen. Ziemlich lange hatte sie wach gelegen und auf ein Plumpsen gewartet, einen Schrei, ein Krachen.

Alles in allem hoffte Polly, daß sie das obere Bett nahmen, denn darin hatte noch nie jemand geschlafen, höchstens ab und zu einmal einer von Stevies Freunden. Das war dumm, denn was sollte es Stevie, der ja nie erfahren würde, daß Betsy hier gewesen war, schon ausmachen? Polly mußte sich widerstrebend eingestehen, daß sie wahrscheinlich nur neidisch war, denn sie hatte schon seit über einem Jahr keinen Sex mehr gehabt, außer – und das nur halbherzig – mit sich selbst.

Als Polly von ihrem Interview mit Jacky Herbert zurückkam, war sie noch nasser, als sie in der Galerie gewesen war, und völlig durchgefroren. Jeanne warf nur einen Blick auf ihre Freundin und befahl ihr, sofort heiß zu duschen.

»Na ja, gut«, sagte Polly. Daß jemand zu Hause auf sie wartete und sich um ihr Wohlergehen kümmerte, war so lange her, daß sie noch immer etwas ungnädig darauf reagierte.

»Und inzwischen mache ich dir einen schönen Kakao.«

»Das mußt du doch nicht.« Polly schälte sich aus ihrem Poncho.

»Ich weiß, daß ich nicht muß.« Jeanne lächelte. »Aber ich will.« Sie ging in Richtung Küche.

»Ist Betsy fort?« rief Polly, während sie ihre triefenden Schuhe auszog.

»Mhm.« Jeanne gab einen langen, gehauchten Seufzer von sich. »Das erzähle ich dir, wenn dir wieder warm ist.«

»Ist er dir auch nicht zu süß?« fragte Jeanne eine halbe Stunde später.

»Nein, genau richtig.« Polly seufzte wohlig. Sie hatte geduscht und saß nun in ihren alten Jeans und einer Hemdbluse, die sie sehr liebte, am Küchentisch, trank eine Tasse Kakao mit einer Prise Zimt und einem Klecks Sahne obendrauf und aß dazu Jeannes selbstgebackene schottische Shortbreads. »Dann läuft also alles gut mit Betsy?«

»Ich denke, ja.« Jeanne seufzte wieder. »Diese Woche will sie ihrem Mann sagen, daß wir uns lieben.«

»Aha, gut.«

Jeanne antwortete nicht.

»Oder nicht?«

»Wenn Betsy es wirklich tut, ist es gut. Sie hat ja schon einmal versprochen, mit ihm zu reden. Aber dann wurde nichts daraus.«

»Vielleicht hat sie Angst vor ihm«, mutmaßte Polly, denn sie erinnerte sich, wie gespannt und gereizt die Stimme von Betsys Mann am Telefon geklungen hatte.

»Das glaube ich ja auch. Aber Betsy sagt nein. Sie sagt, sie hatte wirklich vor, es ihm am Dienstag zu sagen, aber dann kam er mit einer schlimmen Erkältung nach Hause, und sie hat es nicht übers Herz gebracht. Seine Erkältungen scheinen immer mindestens eine Woche zu dauern.« Jeanne lächelte verdrießlich und schenkte sich Kakao nach, den sie dabei ganz ungewohnt nachlässig auf die Untertasse überschwappen ließ.

»Das ist schlecht«, gab Polly zu. »Aber immerhin zeigt es wohl auch, daß Betsy sehr rücksichtsvoll ist.«

»Es zeigt, daß sie sehr rücksichtsvoll ihm gegenüber ist.« Jeanne rührte verstimmt in ihrem Kakao. »Aber hier sind drei Leute beteiligt, oder?«

»Ich verstehe dich ja. Aber weißt du, ich glaube doch, daß sie dich liebt.«

»Ja. Das schon.« Wieder lächelte Jeanne, aber jetzt war es ein anderes Lächeln, so sinnlich und erinnerungsselig, daß

Polly wegschauen mußte. »Ich weiß, daß schließlich alles gut sein wird; ich werde nur ungeduldig.«

»Klar.«

»Im Grunde weiß ich ja, daß wir bald jede Nacht zusammen sein werden.« Jeanne nickte, wie um es sich selbst zu bestätigen.

»Jede Nacht, hier?« Polly bemühte sich um einen ganz beiläufigen Ton.

»Nein, nein; in Brooklyn Heights. Sobald dieses Miststück aus dem Haus ist, ziehe ich natürlich dort ein.«

»Natürlich«, echote Polly. Aber sie dachte: keine vertrauten Gespräche mehr, kein selbstgemachter Kakao, keine selbstgebackenen Shortbreads. Sie fühlte sich abgewiesen und verlassen und wünschte sich ganz eigennützig, Betsy möge ihren Mann nicht aus dem Haus bekommen, bevor Stevie wieder nach Hause kam. »Nun, das wird hoffentlich recht bald sein«, log sie beschämt.

GRACE SKELLY, Kunstsammlerin.

...Natürlich waren wir, wie jeder weiß, die ersten großen Kunstsammler, die Lorins Arbeiten gekauft haben. Damals hatte noch so gut wie niemand, der in der Kunstszene etwas zählte, je von ihr gehört. Da war doch alles New Yorker Schule, nicht wahr? Das war das einzige, was die meisten Sammler sich überhaupt ansahen.

– Nein, ich bin noch nie in der Masse mitgelaufen. Ich sehe mir ein Kunstwerk gern selbst an und bilde mir mein eigenes Urteil. Wenn ich eine emotionale und ästhetische Beziehung dazu finde, ist es mir piepegal, was andere sagen. Ich gehe ganz nach Gefühl, und es ist schon unheimlich, aber fast immer erweist es sich als richtig. Nehmen Sie die Graffiti-Kunst, da haben vor ein paar Jahren noch alle gesagt...

– O ja, als ich Lorins Bilder sah, schlugen sie bei mir ein wie eine Bombe. Das war bei ihrer letzten großen Ausstellung in der Galerie Apollo, wann war die noch?

– 1964, wirklich? So lange her. Damals war ich natürlich noch sehr jung, eine Kindfrau gewissermaßen. Aber irgendwie hatte ich da schon ein gutes Auge.

– Nun, Sie wissen, wie es bei großen Vernissagen zugeht. Viele Leute, viel zu trinken, und keiner achtet so sehr auf das, was an den Wänden hängt. Es würde mich nicht wundern, wenn ich so ziemlich die einzige gewesen wäre, die sich die Arbeiten wirklich angesehen hat. Aber als ich diese herrlichen Bilder sah, wußte ich einfach, daß ich eines davon haben mußte. Und ziemlich bald wußte ich auch, daß es das große Triptychon sein mußte. Es war ein bedeutendes Werk, das wußte ich einfach. Nachdem Bill und ich wieder im Penthaus waren, kam es mir immer wieder in den Sinn, so ähnlich, wie es einem mit einer Melodie ergeht, die man gerade gehört hat, nicht wahr? Es war so etwas wie Besessenheit.

– Nun ja, diese kinetische Energie und das – äh – Wechselspiel der Werte. Und da bestand auch so eine physische Spannung zwischen den drei Bildern, sozusagen eine fast sinnliche Vibration. Sie wissen, wovon ich spreche, Sie kennen das Werk. »Geburt, Kopulation und Tod.« Also, das sagt es doch schon, oder?

– Andern Morgens habe ich zu Bill gesagt, Schatz, mir will dieses vermaledeite Bild nicht aus dem Kopf. Es hat wirklich etwas an sich. Er mußte noch einmal mit mir in die Galerie. Und wie ich ihn auf all diese erregenden visuellen Dinge aufmerksam machte, die sich in Lorins Arbeit abspielten, sah er sie auch. Er hat ja einen echt guten Instinkt, wenn er auch nicht immer so schnell erfaßt wie ich manchmal. Als wir letzten Sommer in Rom waren ...

– Sie wissen ja, daß Lorin inzwischen in Florida lebte, so daß Bill und ich sie nicht mehr so oft sahen, wie uns lieb gewesen wäre. Aber wir haben uns prima verstanden, vom ersten Moment an. Sie war so ein feinfühliger, empfindsamer Mensch.

– Doch, ich weiß, daß sie schüchtern war, vor Fremden und vor Leuten, denen sie nicht traute. In der Kunstszene wimmelt es ja von Arschlöchern und Kriechern, muß ich leider sagen. Es ist aber verdammt noch mal die Wahrheit. Aber wenn Lorin mit Leuten zusammen war, von denen sie wußte, daß sie etwas von ihr hielten und das Vielschichtige verstanden, das sie beim Malen versuchte, blühte sie regelrecht auf.

– O ja, das stimmt, sie trennte sich gar nicht gern von ihren Werken. Ihre Bilder bedeuteten ihr sehr viel, sie waren fast wie ihre Kinder, habe ich immer gedacht. Aber sie wußte natürlich, daß sie herzlich gern zu uns nach Southampton kommen und »Geburt, Kopulation und Tod« wiedersehen konnte, sooft sie wollte. Wir sind es gewöhnt,

Künstler im Haus zu haben, wir wissen sie zu nehmen. Jackson Pollock …

– Hm, nein, sie hat uns tatsächlich nie besucht. Es ist ja auch ein elend weiter Weg von den Keys hierher. Und um diese Zeit war sie da unten so leidenschaftlich in ihre Arbeit vertieft, daß ich glaube, sie konnte sich einfach nicht davon losreißen. Sie war ja immer so mit Leib und Seele bei der Sache. Tragisch, daß sie so jung sterben mußte, nicht?

– Aber wenigstens ist sie mit dem Wissen gestorben, daß ihr bedeutendstes Werk in guten Händen war. Ich meine, es ist ein zentrales Werk, ja? Nicht nur in Lorins Schaffen, meine ich, sondern auch im Sinne der amerikanischen Malerei der Sechziger insgesamt. Und natürlich auch schon mit Ausblick auf die Siebziger. Und darüber hinaus. Lorin war ihrer Zeit ja weit voraus. Heute weiß das jeder, aber Bill und ich haben es eben gleich zu Anfang gesehen.

– O ja, natürlich haben wir Lorin gesagt, was wir dachten. Viele Male. Künstler brauchen Zuspruch von Leuten, die etwas gelten, da sind sie ein bißchen wie die Kinder. Und ich glaube, das Wissen, wie wir zu ihr und ihrer Malerei standen, hat ihr sehr geholfen in diesen letzten, schweren Jahren. Da bin ich ganz sicher.

4

Wie geht's voran?« Jeanne, die gestern abend spät von einer Versammlung nach Hause gekommen und heute noch später wieder aufgestanden war, kam in ihrem langen, rosengeblümten Chintz-Morgenmantel in die Küche.

»Ach, ich weiß nicht«, seufzte Polly. Sie war schon seit sieben Uhr auf, wie üblich vom Trappeln und lauten Gurren der verdreckten Tauben geweckt, die unter dem Gesims des Hauses nisteten. Wie üblich war sie einmal ums New Reservoir gejoggt, hatte Kaffee gemacht und sich dann hingesetzt, um die Interviews der letzten Woche zu übertragen. »Je mehr Leute ich spreche, desto verwirrender wird's. Manchmal habe ich das Gefühl, die reden nicht mal von derselben Frau.«

»Aber es muß doch welche geben, denen du wahrscheinlich trauen kannst«, meinte Jeanne mit leichtem Gähnen.

»Anzunehmen. Aber manchmal habe ich das Gefühl, daß jeder, den ich interviewe, mich anlügt.«

»Das tun sie wohl auch, jeder auf seine Weise«, sagte Jeanne gelassen. Sie füllte den Wasserkessel und setzte ihn auf. »Hast du schon gefrühstückt?«

»Ich habe eine Tasse Kaffee getrunken.«

»Das ist kein Frühstück. Ich mache uns was Schönes.« Sie begann Schränke zu öffnen. »Du weißt doch, man soll nie mit leerem Magen zu arbeiten versuchen.«

»Jacky Herbert sagt, Lorin habe die Skellys gehaßt und ihnen ihr Bild nicht verkaufen wollen. Es habe ein Riesentheater gegeben. Und nun erzählt mir Grace Skelly, sie seien die besten Freunde gewesen.«

»Mhm.«

»Und wem soll ich nun glauben?«

»Himmel, das weiß ich nicht. Wahrscheinlich keinem.«

»Aber wenn du dich entscheiden müßtest?« Polly drehte sich von ihrer Schreibmaschine um und sah Jeanne an.

»Dann würde ich mich wohl an Mrs. Skelly halten. Sie ist wenigstens eine Frau. Und wie du selbst sagst, ist Jacky Herbert ein übles Klatschmaul.« Anders als Polly hatte Jeanne für homosexuelle Männer nichts übrig. Sie hielt sie, sofern das möglich war, für noch schlimmer als die sogenannten »normalen« Männer, weil sie dem sensibilisierenden und zivilisierenden Einfluß der Frauen entzogen waren.

»So schlimm ist er auch wieder nicht. Er war ja eigentlich auch immer auf Lorins Seite, leider konnte er nur seinen Chef nicht dazu bringen, ihr Werk weiter auszustellen.«

»Sagt er jetzt.« Jeanne lächelte. »Du läßt dich zu leicht einwickeln, Polly. Als du zu Jacky Herbert gingst, warst du voll gesundem Mißtrauen, und als du wiederkamst, tat er dir leid. Das klingt, als hätte er dich ganz gehörig eingeseift.«

Polly wollte sich nicht wieder auf das Nebengleis einer Diskussion darüber locken lassen, ob sie in Gefahr war, von den Männern, die sie interviewen mußte, »verführt« zu werden. »Nach meinem Gefühl«, sagte sie, »erzählt Jacky mir schon eher die Wahrheit. Aber wo ist der Beweis? Mrs. Skelly hat mit solchem Ernst gesprochen und mir einen tollen Tee zu Räucherlachs-Sandwichs und herrlichem Früchte-Brandy-Kuchen spendiert. Aber irgendwie glaube ich kein Wort von dem, was sie mir erzählt hat.«

»Wenn du schon weißt, wem du glauben willst, warum fragst du mich dann?« stichelte Jeanne, während sie frisch gemahlenen Kaffee in einen Filter löffelte.

»Aber ich weiß es ja nicht. Ich zerbreche mir schon den ganzen Morgen den Kopf darüber.«

»Das merkt man.« Jeanne lächelte. »Aber du darfst dich nicht derart in dieses Projekt verbohren.« Sie schlurfte in ihren ausgetretenen schwarzen Ballettschuhen, die sie im Gedenken an frühere Ambitionen als Tänzerin noch immer trug, durch die Küche. Auch jetzt noch besuchte sie Kurse in Aerobic, Tanzgymnastik, Ausdrucksbewegung und Yoga und gab sie wieder auf. »Es ist doch schließlich nur ein Buch.«

»Ich verbohre mich nicht; es soll nur absolut erstklassig werden«, sagte Polly.

»Das wird es sicher auch.« Jeanne rührte Instant-Hafermehl ins kochende Wasser. »So, und was hast du heute vor? Ich muß mich irgendwie beschäftigen, sonst sitze ich hier nur herum und brüte darüber nach, was sich wohl in Brooklyn Heights tut.«

»Dann ist es heute soweit?«

»Eben.« Jeanne lachte nervös. Betsy hatte die Konfrontation mit ihrem Mann schon zweimal verschoben, einmal wegen seiner schlimmen Erkältung, dann wegen einer Krise in der Computerfirma, in der er arbeitete. Polly war schon einmal der Gedanke gekommen, daß Betsy auf Zeit spielte, aber das hatte sie Jeanne nicht gesagt. »Ich habe versprochen, nicht anzurufen, aber ich treffe mich um sechs mit ihr zum Essen; dann dürfte alles überstanden sein.«

»Gut.«

»Bleib jedenfalls nicht meinetwegen auf.« Jeanne lächelte wie in Vorfreude, dann runzelte sie ein wenig die Stirn. »Zumindest hoffe ich, daß dann alles überstanden ist. Natürlich weiß ich, daß Betsy für diesen Widerling nichts mehr empfindet, höchstens noch entferntes Mitleid. Aber ich kann den Gedanken noch immer nicht ertragen, daß sie mit ihm im selben Haus wohnt. Ich bin nämlich sehr eifersüchtig«, fügte sie mehr oder weniger stolz hinzu.

»Wirklich?« fragte Polly, die das bezweifelte.

»Das war ich schon als kleines Kind«, fuhr Jeanne jetzt am Herd fort, wo das Kaffeewasser kochte. »Noch Kaffee?«

»Klar.«

»Ich weiß noch, wie ich in der dritten Klasse in ein kleines Mädchen namens Eileen verliebt war«, erzählte Jeanne weiter. »Sie hatte mahagonibraunes Haar, das wie frisch lackiert glänzte, und riesengroße goldgrüne Augen. Das Schlimme war, daß Eileen mich nicht liebte. Sie mochte mich zwar, aber ich war ihr einfach nicht wichtig und wußte es. Ich litt Qualen.«

»Und dann?«

»Tja, ich konnte ihr das Versprechen abringen, meine beste Freundin zu sein; ich hatte gebettelt und gefleht. Aber eifersüchtig war ich immer noch. Ich wußte ja, sowie ich mal krank würde und zwei Tage zu Hause bleiben müßte, hätte Eileen sofort eine andere beste Freundin; man mußte sie ja nur fragen.« Jeanne stellte zwei Schälchen Porridge mit Rosinen und Schlagsahne auf den Tisch und setzte sich Polly gegenüber. »In der Pause haben wir auf dem Schulhof immer dieses Spiel gespielt«, sagte sie. »Wir haben uns im Kreis bei den Händen gefaßt, eine von uns stand in der Mitte, und wir übrigen tanzten um sie herum und sangen:

Sally, Sally Weller
Sitzt auf einem Teller,
Auf, Sally, auf!
Heb die Hand,
Heb den Fuß,
Gib der Liebsten einen Kuß.«

Jeannes Stimme, dünn aber rein, stieg mit der Melodie immer höher. »Dann mußte das Mädchen in der Mitte sich eine aussuchen, die als nächste ›drin‹ sein sollte. Wenn ich es war, wählte ich natürlich Eileen. Der Kuß sollte auf die Wange gehen, aber ich ging immer so nah an ihren Mund heran, wie ich es nur wagen konnte, sogar teilweise darauf, und tat immer so, als wär's nur ein Versehen gewesen. Wenn eine andere Eileen wählte, guckte ich voller Wut zu. Wenn ich dachte, sie gäben ihr einen richtigen Kuß, hätte ich sie am liebsten umgebracht. Manchmal stellte ich mir vor, wie ich es machte, immer auf verschiedene Arten. Manchmal malte ich mir auch aus, daß ein Lastwagen sie vor der Schule überfuhr und ihr Blut sich wie eine Öllache auf dem Pflaster ausbreitete.«

»Na so was!« sagte Polly, während sie braunen Zucker über ihr Porridge streute. »Kinder haben eine ziemlich gewalttätige Phantasie, was?«

»Damals wußte ich nicht, was das alles bedeutete. Ich hätte nicht erklären können, daß ich verliebt war. Das ist das Schreckliche, wenn man ein Kind ist: Man empfindet alles genauso stark wie andere, aber man hat keine Wörter dafür.«

»Ich weiß, was du meinst«, sagte Polly. »Das kann ganz schlimm sein.« Aber sie sah keinen Pausenhof, sondern eine Nische in einer Cafeteria in Mamaroneck und ihren Vater, der das Gesicht von ihr weggedreht und sich Freunden zugewandt hatte, die gerade hinzugekommen waren.

»Du verstehst immer alles.« Jeanne lächelte und seufzte dann. »Na ja. Du, es ist so ein schöner Morgen, da hab ich mir gedacht, wir könnten nach dem Frühstück einen Spaziergang durch den Park machen. Und ich habe Ida und Cathy gesagt, daß wir vielleicht mal reinschauen. Außerdem läuft um zwei in der Stadt dieser neue Film aus der Reihe ›Frauen führen Regie‹. Was hältst du davon?«

»Geh du nur, wenn du magst«, sagte Polly. »Ich muß noch zwei Interviews übertragen.« Sie stand auf.

»Doch nicht am Sonntag!«

»Doch. Ich muß sie noch durchsehen, bevor ich morgen nach Wellfleet aufbreche; sie könnten dort wichtig sein.« Polly setzte sich an den Schreibtisch und schaltete den Recorder ein. »In der Kunstszene wimmelt es ja von Arschlöchern und Kriechern«, tönte eine selbstgewisse weibliche Stimme vom Band und gab Polly damit nicht eben recht.

»Aber es ist erst halb elf. Du hast noch alle Zeit der Welt.«

»Kein Mensch hat alle Zeit der Welt«, sagte Polly störrisch. Sie wirbelte ihren Stuhl herum und tippte den soeben gehörten Satz in die Maschine.

»Meine Güte, das ist doch nur so eine Redensart. Was ist denn heute mit dir los?«

»Nichts ist mit mir los«, protestierte Polly, während sie sich selbst fragte, warum sie heute so humorlos war. »Ich bin nur mit den Gedanken bei meinem Buch.« Und als sie hörte, wie aufgeblasen das klang, fügte sie hinzu: »Weißt du was, du gehst heute morgen zu Ida und Cathy, und wir treffen uns hinterher alle zusammen im Kino.«

»Du möchtest nicht mit zu Ida und Cathy?« fragte Jeanne.

»Natürlich möchte ich«, sagte Polly, aber ihr war in Wirklichkeit doch manchmal etwas unbehaglich, wenn sie bei Jeannes Freundinnen war und feststellte, daß alle Anwesenden außer ihr lesbisch waren. »Ich habe nur einfach heute keine Zeit.«

»Aber sie haben dich auch eingeladen. Wenn du nicht kommst, werden sie es – na ja – etwas merkwürdig finden.«

»Sie werden nur denken, daß ich arbeite.«

»Hm, vielleicht.« Jeannes sanfter, liebevoller Ton wurde ein wenig herber. »Sie werden aber denken, daß du die Arbeit vorschiebst. Sie sind sich schon jetzt nicht sicher, ob du sie magst.«

»Klar mag ich sie«, sagte Polly, aber in Wahrheit hatte sie

für Ida und Cathy weniger übrig als für Jeannes andere Freundinnen.

»Sie haben das Gefühl, daß etwas Feindseliges von dir ausgeht. Besonders Ida.«

»Warum sollten sie denn um Himmels willen dieses Gefühl haben?« Polly schob die Schreibmaschine von sich und stemmte die Ellbogen auf den Tisch. »Ich bin immer vollkommen nett zu ihnen, von mir geht überhaupt nichts Feindseliges aus.«

»Ich weiß, aber sie haben nun mal das Gefühl.«

Polly stöhnte fast auf. »Wenn sie dieses Gefühl haben, sollen sie doch froh sein, daß ich nicht komme.«

»Schon, aber wenn du kämst, würden sie nicht –«

»Es ist sowieso eine akademische Frage«, unterbrach Polly sie, und zu spät fiel ihr ein, daß Jeanne ja eine Akademikerin war. »Ich werde dieses Zimmer nicht verlassen, bevor diese beiden Interviews abgetippt sind. Mir steht immerzu diese Vision vor Augen, wie Lorin Jones darauf wartet, daß ich endlich zu schreiben anfange.«

»Wirklich?« Nun lächelte Jeanne voll Nachsicht; für visionäre Erlebnisse aller Art hatte sie etwas übrig.

»Ja. Ich sehe sie irgendwo stehen, bis zu den Knien in dahinziehenden grauen und weißen Wolken, wie auf einem ihrer Bilder. Das lange dunkle Haar weht ihr um den Kopf, und sie sieht auf mich herab und wundert sich, warum ich wohl nicht schneller vorankomme. Manchmal winkt sie mir kurz zu.«

»Wirklich?« fragte Jeanne wieder, aber ihr Gesicht war jetzt nachdenklicher. »Weißt du, was ich glaube?« fuhr sie dann fort. »Ich glaube, du steigerst dich da jetzt *doch* ein bißchen hinein. Ich glaube, daß du dich langsam in dein Objekt verliebst.« Sie lächelte.

Polly drehte sich um und sah zu Jeanne auf. Sie machte

doch sicher Witze – oder doch nicht? »Du meinst, ich bin in eine Frau verliebt, die 1969 gestorben ist?«

»Es beunruhigt mich nur ein bißchen, wie du für sie empfindest. Mir erscheint das – nun ja – eben nicht ganz gesund. Du denkst in letzter Zeit nur noch an Lorin Jones.«

»Mein Gott, ich schreibe ein Buch über sie«, erklärte Polly, vergebens um einen ruhigen Ton bemüht.

»Das weiß ich«, sagte Jeanne mit einem resignierten Seufzer. »Und ich weiß, daß du diese Interviews endlich übertragen haben willst. Du mußt ja nicht mit zu Ida und Cathy kommen, wenn du nicht willst.«

Ganz recht, ich muß nicht, dachte Polly, aber sie sagte es nicht.

»Sie werden eben begreifen müssen, daß ich mit einer Arbeitssüchtigen zusammenlebe.« Jeanne lachte fröhlich. »Ich sage ihnen, daß du anrufst, wenn du fertig bist, ja?«

Nachdem Polly allein in der Wohnung war, tippte sie noch zehn Minuten weiter, dann unterbrach sie ihre Arbeit, um den Kaffee aufzuwärmen. Zum ersten Mal empfand sie die Nachteile einer gemeinsamen Wohnung mit Jeanne. Sie ließ sich nicht gern Vorwürfe machen, daß sie Ida und Cathy nicht besuchen wolle, die ja eigentlich gar nicht ihre Freundinnen waren und sich wahrscheinlich nur freuten, wenn sie nicht kam, weil sie dann besser über sie reden konnten, wie sie es immer mit Leuten machten, die gerade nicht da waren. Wie die Gänse zischelten sie, wie die Schlangen –

Polly runzelte die Stirn ob der sprachlichen Entgleisung – schon oft hatten Jeanne und andere darauf hingewiesen, wie unfair es sei, daß Tiervergleiche bei Frauen immer unvorteilhaft ausfielen: *falsche Katze*, *dumme Gans*, *Schlange*, *Ziege*. Während solche Vergleiche bei Männern meist positiv waren: *ein richtiger Bär*, *lustiger Vogel*, *Hahn im Korb*.

Sie schaltete den Recorder wieder ein und tippte noch eine Seite, dann hielt sie erneut inne und dachte an Jeanne. Sie mochte nicht arbeitssüchtig genannt werden, auch wenn es liebevoll gemeint war. Sie mochte nicht die Erlaubnis erteilt bekommen, Leute nicht zu besuchen, die sie nicht besuchen wollte. Es war – ja, als ob sie ein Kind wäre, dessen überfürsorgliche Mutter ihm alle Entscheidungen abnahm.

Dabei hatte Polly, als sie wirklich noch ein Kind war, nie eine überfürsorgliche Mutter gehabt. Bea war erst zwanzig gewesen, als ihre Tochter zur Welt kam, und hatte genug damit zu tun gehabt, selbst zu sehen, wo sie blieb. Sie hütete Polly nach Art einer älteren Schwester, eines Babysitters, ohne jede Überängstlichkeit, und ermunterte sie dazu, so schnell wie möglich unabhängig zu werden. Später, als Pollys Halbbrüder geboren wurden, hatte Bea Neigungen zur Überfürsorglichkeit gezeigt, aber die hatte ihr Mann unterbunden; seine Söhne sollten keine »Zimperliesen« werden.

Elsa, Pollys einstige Therapeutin, hatte gemeint, daß die erste, tiefste Beziehung, die zur Mutter, durch jede enge Beziehung zwischen Frauen wiederbelebt werden könne. Gewiß hatte Jeanne rein körperlich keinerlei Ähnlichkeit mit Pollys Mutter – Bea Milner war zum Beispiel viel kleiner. Aber für ein Kind sind ja alle erwachsenen Frauen riesengroß. Und psychologisch gab es durchaus Ähnlichkeiten: Jeanne war, wie Bea, sanft und fraulich und neigte dazu, Polly wegen ihrer Impulsivität, Unbeherrschtheit und Taktlosigkeit zu schelten. Laut Elsa erfüllte Jeanne, indem sie diese Rolle spielte, ein Bedürfnis bei Polly, die als Kind nicht genug »bemuttert« worden war, und Jeanne war es ein Bedürfnis, die Rolle zu spielen, weil sie eine sehr mütterliche Frau war und keine Kinder hatte.

Aber ich bin kein Kind mehr, dachte Polly. Ich will nicht bemuttert werden. Überhaupt bin ich vier Jahre älter als

Jeanne, das Ganze ist einfach lächerlich. Sie goß sich einen Kaffee ein und tat weniger Zucker hinein als sonst.

Wieder begann sie zu tippen und hielt wieder inne. Jeanne hatte noch etwas gesagt, was sie störte, aber was?

Ja. Jeanne hatte ihr vorgeworfen, sie sei in Lorin Jones verliebt. Real gesehen war das einfach lächerlich. Aber wenn Liebe bedeutete, sie zu bewundern, immer an sie zu denken, sich mit den kleinsten Details ihres Lebens zu befassen, alles wissen zu wollen, was sie je getan hatte, mit jedem über sie reden zu wollen ...

Ja, und ihr Foto anzustarren, sich unmögliche Szenen auszudenken, in denen sie sich begegneten ... beim letztenmal hatte sich herausgestellt, daß Lorin Jones gar nicht wirklich tot war; jemand anders war auf Key West gestorben, und Lorin lebte und malte seit fünfzehn Jahren auf einem kleinen Inselchen vor Cape Cod. Polly würde das irgendwie entdekken, wenn sie nach Wellfleet kam (und natürlich wußten Garrett Jones und seine Frau selbst nichts davon).

Sie stellte sich vor, ein Motorboot zu mieten, das sie zu der Insel brachte. Sie legte an einem kleinen Kiesstrand an, gerade als die Sonne auf das Wasser sank. Sie ging zwischen Zwergeichen und Wacholderbüschen einen schmalen Sandweg hinauf, und plötzlich stand dort, halb versteckt hinter Brombeersträuchern, ein altes, schindelgedecktes graues Haus. Die Tür zu dem großen Atelier auf der Rückseite stand offen, und da stand vor einer Staffelei eine große, schlanke Frau von Ende Fünfzig, immer noch schön, obwohl jetzt graue Strähnen ihr langes dunkles Haar durchzogen. Zuerst war sie sehr bestürzt, daß sie entdeckt worden war, aber Polly konnte sie beruhigen: Sie sah in Lorins dunkel umwimperte Augen, versprach ihr, niemals ihr Geheimnis preiszugeben.

Schmierentheater, dachte Polly und schüttelte ärgerlich den Kopf. Aber immerhin ging, wie sie zugeben mußte, daraus hervor, daß Jeannes Mutmaßung nicht ganz aus der Luft gegriffen war. Es war Polly bisher noch nicht in den Sinn gekommen, daß sie in Lorin Jones verliebt sein könnte, nicht nur weil sie tot war, auch weil sie eine Frau war; aber Jeanne war das ganz natürlich in den Sinn gekommen.

Für Jeanne waren Liebe und Sympathie zwischen Frauen etwas Natürliches und Schönes; problematisch waren nur heterosexuelle Beziehungen. Das könne auch gar nicht anders sein, sagte sie, denn Frauen und Männer seien emotional unverträglich, sogar sexuell unverträglich, außer im rein mechanistischen Sinne. Der natürliche Instinkt des Mannes sei auf ein schnelles, anonymes Verspritzen seines Samens gerichtet; die Frau strebe nach einem langen, zärtlichen Genießen. Darum seien sie und Betsy so friedvoll und glücklich miteinander.

Es stimmt wahrscheinlich, dachte Polly, daß es für Menschen verschiedenen Geschlechts schwieriger ist, einander nicht mißzuverstehen, nicht weh zu tun. Ich habe schon viel mehr Freundinnen als Freunde gehabt. Und habe mich bei ihnen wohler gefühlt und ihnen mehr vertraut.

Ausgenommen Stevie. Und bei diesem Gedanken schwappte die schon bekannte Trostlosigkeit und Angst wieder über Polly hinweg wie ein kalter, muffiger Nebel. Ihr Sohn fehlte ihr noch immer ganz schrecklich. Jede Woche rief sie ihn an, aber das machte es fast noch schlimmer. Meist war die Verbindung nach Denver gut und die Stimme ihres Sohnes so laut, als wäre er zu Hause in seinem Zimmer und spräche über das Spielzeugtelefon, das er zu seinem achten Geburtstag bekommen und über den Wohnungsflur verlegt hatte.

Was hatten sie doch für nette Gespräche geführt, Polly auf dem Küchenstuhl und Stevie in seinem Zimmer auf dem Bett, das einmal ein Dschungel, ein andermal eine Raumstation war. »Ich verrate dir jetzt ein Geheimnis«, flüsterte er manchmal, und dann bekam Polly etwas zu hören, was er ihr nicht ins Gesicht hatte sagen können. »Ich war's, der das letzte Krokanteis aufgegessen hat, aber es tut mir leid.« »Hier spricht der Kommandant von Raumschiff Merkur 5000. Ich kann Miss MacGregor überhaupt nicht leiden, und die anderen Jungen können sie alle auch nicht leiden.« Manchmal sagte er: »Verrätst du mir ein Geheimnis, Mams?«

Jetzt war die Entfernung Wirklichkeit, aber sie redeten nicht wirklich miteinander.

– Stevie?

– Hallo, Mams.

– Wie geht's, alter Freund?

– Mir geht's gut.

– Und wie läuft es so in Denver? Wie gefällt dir deine Schule?

– Ganz gut.

– Hast du diese Woche deine Allergiespritzen bekommen?

– Mhm.

– Und wie war's? Hat es weh getan?

– Ging schon. Weißt du doch.

– Und was tut sich sonst da draußen?

– Nicht viel. Ich hab ein neues Videospiel, das heißt Herren des Weltalls.

– Herren des Weltalls?

– Ja, das ist echt scharf, Mams. Es hat sieben Geschicklichkeitsstufen. Da ist so ein computergeneriertes Monster, weißt du ...

In diesen Gesprächen ging Stevie eigentlich nur richtig aus sich heraus, wenn es um seine jeweils neueste Errungenschaft ging: ein Videospiel, Wanderschuhe, Kassetten, klassische Comics, einen batteriegetriebenen Bleistiftspitzer, einen tollen Rucksack mit Tragegestell, einen Schlafsack, einen neuartigen Tennisschläger. Für Polly schien sich sein Leben mit derlei Dingen anzufüllen; sie stellte ihn sich in Jims Haus in Denver (das sie nie gesehen hatte) im Gästezimmer vor, umgeben von immer mehr Sachen. Sachen zumeist, die sie Stevie nicht hätte kaufen können und für die er in New York auch keine Verwendung gehabt hätte.

Der Gedanke an alle diese Sachen machte Polly so zornig, daß sie letzte Woche gebeten hatte, Jim zu sprechen, um bei ihm zu protestieren, er verwöhne Stevie und versuche seine Zuneigung zu kaufen. Jim hatte ihr in diesem empörend ruhigen Ton, den sie so gut kannte, geantwortet, als hätte er es mit einer völlig irrationalen Person zu tun. In Stevies Schule hätten das alle, erklärte er; alle Jungen spielten Tennis und gingen wandern und campen. Wenn Stevie nicht die richtige Ausrüstung habe, könne er mit seinen Freunden nicht mithalten; er wäre dann ein Ausgestoßener.

Am häufigsten sagte Stevie am Telefon: »Sorg dich nicht, Mams. Mir geht's hier gut.« Das machte Polly natürlich erst recht Sorgen. Vielleicht bedeutete es, daß er unglücklich war und es ihr nur nicht sagen wollte, um Jim nicht weh zu tun; vielleicht bedeutete es, daß er glücklich war und ihr nicht weh tun wollte. Wenn er unglücklich (oder glücklich) genug war, kam er womöglich mit einem psychischen Schaden nach New York zurück (oder würde im anderen Falle vielleicht für immer in Denver bleiben wollen). Und ganz genau würde sie das erst wissen, wenn er wieder zu Hause war.

Aber du erzählst mir überhaupt nichts, Junge! hätte Polly ihn am Telefon oft am liebsten angeschrien, wenn sie nicht gewußt hätte, daß sie das nicht durfte; es hätte ihr Stevie vollends entfremden können.

Polly hatte über diese Sorgen mit Jeanne zu sprechen versucht, und Jeanne hatte mit ihr gefühlt, sie aber auch nicht sehr getröstet. Ja, hatte sie gesagt, vielleicht teile Stevie ihr seine wahren Gefühle nicht mit. Natürlich sei Polly darüber unglücklich. Aber Jungen seien eben so, wenn sie erst in die Reife kämen – es sei gewiß hart, aber daran müsse sie sich wohl gewöhnen.

Am Abend saß Polly am Küchentisch, knabberte an einem Stückchen von Jeannes superlockerleichtem, buntgarniertem Rührkuchen und blätterte abwesend im Reiseteil der *New York Times*, als sie ihre Freundin von der Verabredung mit Betsy heimkommen hörte. Sie wußte sofort, daß etwas nicht stimmte, denn zum einen war es noch so früh, zum anderen sah Jeanne zum erstenmal, seit sie sich kannten, völlig derangiert, fast verzweifelt aus. Ihr sonst so gepflegtes blondes Haar hing ihr in Strähnen herunter, und sie hatte ihren hellblauen Daunenmantel verkehrt zugeknöpft.

»Möchtest du zu Abend essen?« fragte Polly. »Auf dem Herd steht Tomatensuppe.«

»Ich könnte jetzt nichts essen.« Jeanne begann ziellos in der Küche umherzugehen.

»Was ist denn los, stimmt etwas nicht?«

»Kann man wohl sagen.« Jeanne öffnete eine Schranktür und knallte sie wieder zu. »Sie hat's ihm nicht gesagt.«

»Betsy hat ihrem Mann noch immer nichts von dir gesagt?«

»Genau.« Jeanne versuchte ebenso kraftlos wie erfolglos ihren bauschigen Mantel aufzuknöpfen.

»Verdammt. Das tut mir leid.« Polly stand auf und nahm ihre Freundin in die Arme. Durch den Mantel fühlte es sich an, als umarme sie einen Luftballon, der nur halb aufgeblasen war.

»Ich ertrage das nicht, ich ertrag's einfach nicht!« Weinend sank Jeanne im Inneren des Ballons gegen Polly. »Es ist so unfair.«

»Ja . . . na, na.«

»Sie sagt, sie bringt's nicht fertig, ihm weh zu tun. Da habe ich gesagt, aber du findest es wohl ganz in Ordnung, mir weh zu tun, und sie hat gesagt, nein, das nicht, aber du bist stärker als er.« Jeanne schluchzte halberstickt.

»Na, na«, wiederholte Polly in ihrer Hilflosigkeit und Empörung.

»Sie schwört, daß sie es ihm demnächst sagen will, aber jetzt sei nicht der richtige Moment gewesen. Und wann ist der richtige Moment? habe ich gefragt.« Jeanne richtete sich unstet wieder auf und wischte sich mit der Hand über das nasse, puderverschmierte Gesicht, womit sie es nicht verschönerte.

»Und was sagt Betsy?«

»Sie sagt, sie weiß es einfach nicht. In meinen Augen ist das alles nur Sch. . .dreck. Ich glaube, sie wird es ihm überhaupt nie sagen.« Jeanne versuchte wieder ihren Mantel aufzuknöpfen, aber ihre Hände zitterten noch zu sehr. »Es ist schrecklich, Polly – ich habe mich so aufgeregt – ich habe meinen Teller auf den Boden geschmissen, und alle haben mich angestarrt –« Sie erstickte an einem Schluchzer. »Vitello parmigiana.«

»Was?«

»Das war auf dem Teller. Es ist durchs ganze Lokal geflogen.« Jeanne stieß ein bitteres Lachen aus. »So etwas Dummes und Peinliches – unschuldiges Geschirr zu zerschlagen.«

»Ich denke, das muß man manchmal«, sagte Polly.

»Nein. Es war schrecklich; es war schrecklich.« Jeanne gelang es endlich, ihren Mantel auszuziehen, dann ließ sie ihn auf den Boden fallen – auch das hatte Polly bei ihr noch nie erlebt. »Die Sache ist, solange Betsys Mann nicht weiß, wie unsere Beziehung ist, bin ich in einer total verkehrten Position.«

»Mhm«, bestätigte Polly.

»Ich glaube, er weiß es sicher.« Jeanne bückte sich, um ihren Mantel aufzuheben, und warf ihn über eine Stuhllehne, von der er sofort wieder herunterrutschte. »Unbewußt zumindest. Er will es nur nicht wahrhaben.« Sie begann wieder im Zimmer umherzugehen. »Aber vielleicht ist er auch zu dumm. Jedenfalls weiß er, daß Betsy ihn nicht mehr liebt. Falls sie ihn je geliebt hat.« Sie ließ sich auf einen Stuhl sinken und blickte verzweifelt um sich. »Ist noch Kaffee da?«

»Aber ja.« Polly drehte die Flamme unter der Kanne auf.

»Ich denke mir, er weiß es vielleicht oder vermutet es zumindest. Jedesmal, wenn ich hinkomme, ist er nämlich ganz schlecht gelaunt und schmeißt Sachen herum und schreit Betsy an, sie soll sich beeilen und Lunch machen oder sonstwas.«

»Er muß ein richtiges Schwein sein.« Polly stellte ihrer Freundin den Kaffee nebst einem Pappbehälter mit der dikken Sahne hin, die sie am liebsten mochte.

»Das ist er. Ein Schwein durch und durch.« Jeanne nickte kläglich. »Sie hat Angst vor ihm, das ist es«, fügte sie hinzu, während sie Zucker nahm. »Sie streitet es ab, aber ich weiß, daß es so sein muß. Immerhin hat er sie schon einmal geschlagen.«

»Betsys Mann hat sie geschlagen?«

»Ja. Mit einer Fliegenklatsche mitten ins Gesicht. Hinterher hat er gesagt, es sei ein Versehen gewesen, er habe eine Fliege erschlagen wollen. Solche Versehen kenne ich. Meinem Bruder sind sie laufend passiert.« Jeanne hob die Tasse hoch. »Danke. Das schmeckt.«

»Ich setze gleich neuen auf«, sagte Polly.

»Ich habe Betsy gesagt, so kann ich nicht weitermachen. Ich kann einfach nicht. Ich meine, solange sie sich nicht offen zu mir bekennt, komme ich mir doch irgendwie vor wie ein schmutziges Geheimnis in ihrem Leben. Das habe ich ihr auch gesagt. ›Betsy, Liebling‹, habe ich gesagt, ›ich kann mit dieser Beziehung nicht weitermachen, wenn sie nicht öffentlich ist.‹«

»Und was hat Betsy gesagt?«

»Sie hat zu weinen angefangen und gesagt, sie weiß nicht, was sie tun soll.« Jeanne seufzte schwer und schwieg.

»Und wie geht es nun weiter?« fragte Polly schließlich.

»Ich weiß es nicht. Aber ich habe zu Betsy gesagt, ich will sie nicht wiedersehen, bis sie ihm die Wahrheit gesagt hat. Ich halte es nicht aus, mehr ist dazu nicht zu sagen.«

Es erwies sich aber, daß es noch viel zu sagen gab. Fast eine Stunde lang saß Jeanne noch da, trank eine Tasse Kaffee mit Sahne nach der anderen, aß Stückchen um Stückchen von ihrem Rührkuchen und weinte hin und wieder ein bißchen, während sie die Geschichte ihres Verhältnisses mit Betsy erzählte und Parallelen zwischen diesem und früheren Verhältnissen zog. Es war, wie Polly erfuhr, nicht das erstemal, daß Jeanne verletzt oder betrogen wurde. Dann erweiterte Jeanne ihr Spektrum und berichtete über Vorkommnisse ähnlicher Art, die ihren Freundinnen und Bekannten widerfahren waren.

Endlich gähnte sie, seufzte noch einmal, dankte Polly fürs Zuhören und schleppte sich über den Flur zu ihrem Bett. Polly blieb vor der ungelesenen *Sunday Times* sitzen. Was sie außer einem schmerzlichen Mitgefühl für Jeanne vor allem empfand, war wehmutsvolle Ernüchterung. Wenn nicht einmal zwei Frauen miteinander glücklich sein konnten, wozu war das Ganze dann gut?

Wenn man schon verliebt sein mußte, mit allen Problemen, allen Verrücktheiten, die damit zusammenhingen, dann war es schon besser, in jemanden verliebt zu sein, der tot war. Tote konnten einem nicht mehr wehtun; der oder die

Tote konnte einen weder kritisieren noch betrügen noch verlassen. Und man konnte ihm oder ihr nicht weh tun, so daß es auch keine Schuldgefühle gab.

Polly lag im Bett und wollte gerade einschlafen, da klopfte es leise an ihre Tür.

»Ich bin's«, sagte Jeannes Stimme. »Darf ich reinkommen?«

»Klar.« Polly griff nach dem Nachtlicht.

»Ich kann nicht schlafen«, flüsterte Jeanne. Sie setzte sich aufs Fußende des Doppelbetts und schlug sich das gerüschte rosa Flanellnachthemd um die Füße. »Ich muß immerzu an Betsy denken. Denke immerzu dasselbe, immer wieder.«

»Ich weiß, wie das ist. Nachdem Jim fort war, konnte ich wochenlang nicht schlafen. Paß mal auf, ich glaube, ich habe noch irgendwo ein paar Valium.«

»Ich hab schon eins genommen.« Jeanne blies mit einem dünnen, erschöpften Seufzer die Luft aus. »Das ist das Zimmer, weißt du. Vor allem dieses Stockbett. Ich muß immer daran denken, wie es mit ihr darin war. Als wär's verhext.«

»Ja, ja.«

»Hör mal, könnte ich bei dir schlafen, nur heute nacht? Ich verspreche auch, daß ich mich nicht herumwälzen und keine Alpträume haben werde; das Valium dürfte bald wirken.«

»Hm, ja – natürlich.«

»Danke. Du bist ein echter Kumpel.« Jeanne drückte sie dankbar an sich; dann schlurfte sie zur anderen Bettseite und legte sich hinein. Sie drehte Polly den Rücken zu und zog sich die Decken ganz bis über den Kopf. Polly fragte sich, wie sie wohl noch Luft bekommen sollte.

Getreu ihrem Versprechen lag Jeanne fünf Minuten später im Tiefschlaf. Sie zuckte nicht und schlug nicht um sich, sondern lag ganz still und gab nur regelmäßige leise Atemgeräusche und stetige Körperwärme von sich. Es war jetzt Polly, die sich umherwarf und immerzu eine andere Lage suchte. Über ein Jahr war es her, seit sie zuletzt ihr Bett mit jemandem geteilt hatte, und sie nahm die ungewohnte Neigung der Matratze sehr bewußt wahr; die schwere, warme, schlafende Gestalt, nur einen Fußbreit neben ihr; und ihr Geschlecht.

Da lag sie nun also mit einer Frau im Bett, und was fühlte sie? Unruhe und Unbehagen; und wenn sie schon nicht erregt war, so doch gespannt und aufgedreht. Vielleicht wünschte sie sich ja, daß Jeanne sich umdrehte und die Arme um sie legte und sie noch einmal an sich drückte.

Aber Jeanne lag tief in ihrem Valiumschlaf, und außerdem war sie von ihrer Szene mit Betsy körperlich und seelisch erschöpft. Und wollte Polly wirklich mit Jeanne machen, was Jeanne mit Betsy machte? Was war das überhaupt?

Diese und andere damit zusammenhängende Fragen hielten Polly eine gute Stunde wach, und als sie endlich eindöste, war ihr nur ein unruhiger, von schlechten Träumen gestörter Schlaf vergönnt. Im letzten Traum war sie zum Einkaufen im benachbarten Supermarkt, aber sie war nackt. Sie suchte auf den Regalen nach etwas, womit sie sich bedecken könne, fand einen grünen Plastikmüllsack und zog ihn sich über den Kopf, aber er reichte ihr nur bis zu den Hüften, und es war ganz heiß und stickig darin, und sie konnte die Arme nicht bewegen und versuchte sie aber zu bewegen, zu schreien, ein Loch in den Sack zu reißen, und sie war nackt und es waren viele Frauen in den Gängen, die sie ansahen, und sie stieß nacheinander ein paar erstickte, verzweifelte Schreie aus und erwachte in der Bettmitte, und Jeanne hatte die Arme von hinten um sie geschlungen.

»Ist ja gut, Polly«, sagte Jeanne leise. »Ist ja gut, du hast nur schlecht geträumt.«

»Ich dachte – «, keuchte Polly, als ob sie gerannt wäre. Sie drehte sich, immer noch ein wenig zitternd und nach Luft ringend, zu Jeanne um.

Jeanne mißverstand das und zog sie fester an sich. »Ist ja gut«, säuselte sie. »Willst du mir davon erzählen?«

Polly schüttelte im Dunkeln heftig den Kopf. »Nein.« Und weil das undankbar klang, sagte sie rasch: »Aber danke. Ich bin froh, daß du hier bist.«

»Ich auch«, sagte Jeanne. »Ich weiß nicht, was ich heute nacht ohne dich gemacht hätte. Auf dem ganzen Rückweg von Brooklyn, in dieser schrecklichen U-Bahn, wollte ich nur noch sterben. Ich hätte mir fast gewünscht, daß irgend so ein bewaffneter Irrer zustieg.« Sie zog Polly an sich und drückte sie fest, aber nicht zu fest. Es war nicht, wie sie es gewöhnt war, mehr wie wenn Stevie die Ärmchen um sie legte, als er noch klein war, oder ihre Mutter; nur warm und liebevoll und geborgen. Polly ließ sich mit einem halben Seufzer in diese weiche Wärme sinken.

»Ich bin froh, daß keiner zugestiegen ist«, sagte sie.

Sie lagen still. Die grünen Ziffern der Digitaluhr auf dem Nachttisch blinkten: 4.23 Uhr.

»Es stimmt, daß Schlaf der Balsam kranker Seelen ist«, flüsterte Jeanne. »Ich meine, mir ist immer noch ganz elend wegen Betsy, aber ich will nicht mehr sterben.« Sie lachte ein wenig traurig.

»Das ist gut.«

4.26 Uhr, 4.27 Uhr.

»Ich fühle mich schon soviel besser«, sagte Jeanne und streichelte mit der einen Hand Pollys dicke Locken über der Schlafanzugjacke. »Wenn du magst, helfe ich dir, dich auch besser zu fühlen.«

Vielleicht mag ich ja, dachte Polly. Ohne es versucht zu haben, werde ich es nie wissen. »Ja«, sagte sie unsicher. Sie drehte sich ganz um und legte die Arme um Jeannes Flanellnachthemd.

»Polly, Liebes«, flüsterte Jeanne und küßte sie: lange, zärtlich und immer inniger.

Polly hob dankbar und verlegen die Arme und strich über Jeannes feines langes Haar, das so anders war als ihres; dann über den warmen, geschmeidigen Hals unter den Rüschen.

»Ah, das ist schön«, sagte ihre Freundin. Ihre Küsse waren jetzt sanft und flüchtig. »O ja. Noch mal.«

SARA SACHS VOGELER, Malerin und Illustratorin.

– Ja, wir waren eine Zeitlang befreundet.

– Das war so um sechzig-einundsechzig, als ich an der Cooper Union studierte und Laura noch in New York lebte. Ich nehme an, ein paar Leute wußten da schon, wer sie war, aber ich hatte noch nie von ihr gehört, natürlich wohl schon von ihrem Mann. Wir haben uns im Modern Museum kennengelernt: Einer, den ich von der Schule kannte, verkaufte dort Eintrittskarten; er hat uns vorgestellt. Aber er sagte nur: »Laura Jones« – ich hab das nicht in Verbindung gebracht.

– Wir verstanden uns auf Anhieb. Da war eine neue Ausstellung mit Zeichnungen, und wir sind zusammen durchgegangen. Uns gefielen meist dieselben Sachen. Dann haben wir im Mitgliederclub zusammen Tee getrunken; ich war zum ersten Mal da oben.

– Ja, schon, Laura war fast zehn Jahre älter als ich, aber das ist mir damals gar nicht bewußt geworden. Sie war angezogen wie auch sonst immer, farbverkleckste Jeans, Turnschuhe und alter Pulli. Kein Make-up und eine Mähne von langem, dunklem Haar. Sie sah ebenfalls aus wie eine Studentin.

– Nein, besonders schüchtern kam sie mir nicht vor.

– Ich weiß nicht, vielleicht fühlte sie sich in meiner Gegenwart wohl, weil ich jung und ein bißchen unbeholfen war. Ich war nur ein dürres Ding aus der Bronx und hatte keinerlei Manieren.

– Wir haben uns einmal die Woche getroffen. Dann sind wir im Village herumgelaufen, in Galerien gegangen, haben ein Sandwich gegessen, im Park Skizzen gemacht und dergleichen.

– Ich weiß nicht. Wir haben über Malerei gesprochen, Bilder, die wir gesehen hatten, neue Techniken, das kennen Sie ja. Ich weiß noch, daß Laura gerade Piero della Francesca entdeckt hatte und sich an Fresken in Ei-Tempera versuchen wollte. Ich begann mich auch dafür zu interessieren, und wir sind durch Malerbedarfsläden gezogen und haben uns nach allem erkundigt.

– Nein, es erwies sich als zu kompliziert, und schrecklich teuer.

– Ja, gewiß haben wir auch über anderes gesprochen: Filme, Bücher. Und ich habe ihr wohl auch ein bißchen von dem Ärger erzählt, den ich zu Hause hatte, weil meine Eltern so hinter mir her waren, ich solle etwas Nützliches lernen wie Buchführung, denn sie hatten Angst, ich würde keinen Mann bekommen.

– Nein, ich glaube nicht, daß sie mir je Ratschläge gegeben hat. Aber sie war eine gute Zuhörerin.

– Was meinen Sie mit merkwürdig?

– Ich weiß nicht, vielleicht. Ich meine, Künstler sind ja meist ein bißchen merkwürdig, verglichen mit anderen Leuten, finden Sie nicht? Ich selbst bin sicher auch ein bißchen merkwürdig, das sagt mein Mann zumindest immer.

– Nun ja, zum Beispiel gab es viele ganz normale Dinge, die Laura nicht mochte, geradezu haßte, und die konnte ich auch nicht leiden.

– Alles mögliche. Das meiste fällt mir jetzt nicht mehr ein. Fernsehen und Münztelefone, Léger, Stuart Davis, Obstgrütze und Männer in braunen Filzhüten, Uhren mit Metallbändern – wir hatten einen Sammelbegriff dafür: Geklump.

– Dann passierte folgendes, sie kam an die Cooper Union, um sich die Bilder anzusehen, an denen ich arbeitete. Ein paar Leute sahen sie da und erwähnten hinterher, daß sie mit Garrett Jones verheiratet war und schon in der Galerie Apollo ausgestellt hatte und in *Art News* vorgestellt worden war.

– Davon hatte sie mir nie ein Wort erzählt. Sie hatte mir zwar gesagt, daß sie verheiratet war, aber nicht mit wem. Ich hatte nur den Eindruck, daß ihr Mann schon älter und ziemlich betucht sein mußte, aber anscheinend mochte sie nicht darüber reden. Ich dachte mir, daß ihre Ehe vielleicht nicht besonders gut ging.

– Ja, es hat mich schon ein bißchen komisch berührt. Ich verstand nicht, warum Laura mir nie gesagt hatte, daß sie fest bei einer Galerie war. Jetzt sehe ich das anders: Vielleicht hat ihr Erfolg sie verlegen gemacht, denke ich. Sie war vielleicht der Meinung, daß sie ihn sozusagen nicht verdiente. Ich meine, sie muß gewußt haben, daß sie ihn verdiente, aber vielleicht dachte sie, ohne die Hilfe ihres Mannes hätte sie ihn nicht so früh gehabt.

– Sie hat über meine Arbeiten nicht viel gesagt, nicht daß ich mich erinnern könnte. Eine Zeichnung von einer Maus gefiel ihr, aber das war eigentlich nur ein Scherz. Ich hatte sie meiner Nichte zum Geburtstag gemalt. Die meisten meiner Bilder waren damals abstrakt, große Ölbilder. Aber komisch ist das schon: Ich hatte früher nie daran gedacht, aber etwa zehn Jahre später, nachdem ich selbst Kinder hatte, bin ich wieder darauf zurückgekommen, Tiere für sie zu malen, und damit begann für mich eine ganz neue Richtung. Meine letzte Ausstellung ...

– Ja, wir sind ein paarmal zu ihr nach Hause gegangen, wenn Garrett Jones gerade nicht da war, und sie hat mir ein paar der halbabstrakten Blumenbilder gezeigt, die sie damals machte, die man heute immer mit Redon vergleicht.

– Sie haben mich förmlich umgehauen. Von dem Moment an wußte ich, daß sie mir weit voraus war.

– Ich weiß nicht, ob Laura noch andere Freunde hatte, die halbwegs in ihrem Alter waren. Gesehen habe ich nie welche. Die bedeutenden Künstler ihrer Generation, Leute wie Rauschenberg und Johns und Rivers und Frankenthaler, ich glaube, die hat sie nie gesehen. Womit sie in New York zusammenkam, das waren die älteren etablierten Maler, und dann die Galeristen, Sammler, Kritiker. Und natürlich die Nachläufer, das Geklump. Zumindest habe ich sie so verstanden.

– Ja, ich habe sie ein paarmal nach dem Unterricht mit zum Lunch genommen, mit noch ein paar anderen, aber das war nie was Rechtes. Laura erstarrte dann irgendwie, und meine Freunde hielten sie für hochnäsig. Die Sache ist die, daß sie die Malerei ernst nahm und auch richtig gut war, aber das wollte von denen keiner zugeben. Die sahen immer nur, daß sie mit Garrett Jones verheiratet war und er sie protegierte. Hinterher redeten sie dann so in der Art: Na klar, wenn ich mit dem ins Bett ginge, könnte ich auch in der Galerie Apollo ausstellen.

– Nicht direkt. Ich habe ihn nur einmal getroffen, bei einem Happening. Sie erinnern sich an diese Happenings?

– Das war in einem New Yorker Fitnessclub im Swimmingpool. Ein guter Schauplatz für so was, großer leerer unterirdischer Raum, alles in Art-deco gekachelt und eine unheimliche Akustik. Ziemlich gemischtes Publikum: Studenten, Maler, Musiker; und ein paar Sammler und Bohemiens, denn allmählich sprach sich das herum. Ich war mit ein paar Leuten vom College da, wir saßen am Beckenrand und warteten, daß es losging, und da sah ich Laura mit diesem älteren Herrn kommen, der meines Wissens ihr Mann sein mußte. Jedenfalls haben meine Freunde ihn erkannt. Laura blieb vor uns stehen, um uns guten Tag zu sagen und so ein bißchen vorzustellen. Sie war herausgeputzt, wie ich sie noch nie gesehen hatte, ganz toll, mit langem schwarzem Rock und so einem antiken seidenen Fransenschal und silbernen Ohrgehängen.

– Ich war richtig nervös. Ich meine, Garrett Jones war damals in der Kunstszene unglaublich mächtig, und ich wußte, daß er für meine Freunde *das* Establishment war: der Feind. Und außerdem war er alt genug, um mein Vater zu sein.

– Nun ja, sie sagten meist nur guten Tag und gingen an uns vorbei und setzten sich auf solche Klappstühle, die wahrscheinlich für die großen Tiere reserviert waren. Dann fing das Happening an. Während es im Gange war, guckte ich ein paarmal hinüber, um zu sehen, wie es ihnen gefiel. Laura schien es zu interessieren, ich sah sie lächeln, aber es war klar zu erkennen, daß ihr Mann bloß angewidert war. Und mittendrin, als sie die Eimer mit Fischen brachten und anfingen, sie ins Publikum zu werfen und uns mit Wasser anzuspritzen, ging Garrett Jones hinaus und zerrte Laura regelrecht hinter sich her.

– Ich glaube, mir war's arg, daß sie mit ihm ging. Ich sah doch sozusagen zu ihr auf und wollte, daß sie tat, was sie selbst für richtig hielt, verstehen Sie? Als wir uns das nächstemal trafen, wußte ich nicht, was ich dazu sagen sollte, also habe ich gar nichts gesagt, und sie auch nicht.

– Hm, nicht viel. Wir haben uns danach ein bißchen aus den Augen verloren. Laura war ja dann auch immer weniger in New York. Garrett Jones schleppte sie dauernd mit nach Cape Cod, und dann war sie Monate fort. Wir haben uns immer Postkarten geschickt, meist von Bildern, die wir mochten. Und als ich heiratete, hat sie mir diese Zeichnung geschickt, die ich Ihnen schon gezeigt habe, die von mir, auf der ich von einem großen Vogel über New York davongetragen werde. Das war natürlich wegen Davids Nachnamen.

– Ich habe ihr geschrieben, als unser erstes Kind zur Welt kam, aber nie mehr eine Antwort bekommen. Viel später habe ich dann erfahren, daß sie da unten gestorben war, etwa um dieselbe Zeit. Wahrscheinlich hat sie meinen Brief gar nicht mehr bekommen.

– Ich war regelrecht erschlagen, obwohl ich sie doch seit

Jahren nicht mehr gesehen hatte. Jedesmal, wenn ich an sie dachte, mußte ich weinen. Nun ja, ich war ja auch wieder in Umständen; da hat man wohl immer ziemlich nah am Wasser gebaut. Als das Kind dann kam und ein Mädchen war, haben wir es Laura genannt, nach ihr eigentlich. Der Name hatte mir aber auch so schon immer gefallen.

– Nein. Ich wollte, wir könnten uns eines leisten, aber ihre Preise sind jetzt so hoch, und wenn man vier Kinder durchs College bringen will ...

– Ich glaube, Garrett Jones zu heiraten, hat Lauras Malerei auf die Dauer nicht gut getan. Es hat sie so von den Künstlern isoliert, die sie hätte kennenlernen sollen, und die haben sie dafür – nun ja, gewissermaßen verachtet. Das war, als die Pop-art aufkam, und für die hatte er ja nun gar kein Verständnis, sie war für ihn vulgär und reiner Selbstzweck. Außer seinen Helden, Leuten wie Rothko, Motherwell und Kline, gab es doch für ihn nichts. Natürlich hat er später groß für Farbfelder und geometrische Formen geschwärmt, aber da hatten Laura und er sich ja schon getrennt.

– Es ist doch so, daß Lauras Malerei sich ohne Jones vielleicht ganz anders entwickelt hätte, zeitgenössischer. Er hat sie sozusagen in Watte gepackt und isoliert. Sie war wirklich gut, aber ihre Arbeit lag so überhaupt nicht im Trend und hatte mit dem, was sich in den Sechzigern hier in New York tat, so gut wie gar nichts zu tun.

– Ja, ich glaube, das nehme ich ihm übel. Bis heute.

5

Mit einem ungemütlichen Hopser schwenkte das kleine Pendlerflugzeug in starker Schräglage nach Süden, über flaches Meer hinweg, das aussah wie geöltes Wellblech, und auf Provincetown zu. Polly, eine der drei einzigen Passagiere, schnappte hörbar nach Luft. Vielleicht stürzen wir ab, dachte sie, und ich werde nie mein Buch schreiben, oder Stevie wiedersehen, oder Jeanne. Es erschien kaum möglich: Vor ein paar Stunden hatte sie noch, schon reisefertig angezogen, auf dem Bett gesessen, in dem ihre Freundin – ihre Geliebte? – in einem Gewirr von Bettzeug, rosa Rüschen und geblümtem Flanell gleich einer angewärmten, zerzausten Rose lag und schlief.

»Ich fahre jetzt zum Flughafen«, sagte Polly laut und hoffte, sie werde davon aufwachen.

»Hm?« Jeanne reckte sich genüßlich und öffnete ein braunes Auge zwischen hellen Wimpern.

»Ich fliege nach Wellfleet, zu Garrett Jones.«

»Ach ja.«

»Dann bis später.« Polly bückte sich; Jeanne drehte den Kopf herum und gab ihr einen sanften, verschlafenen Kuß.

»Komm bald wieder«, flüsterte sie.

Wieder, wohin? fragte Polly sich jetzt. War Jeannes Kuß verliebt oder nur freundschaftlich gewesen? Hatte mit dieser seltsamen, umständlichen, schönen Nacht etwas Ernstes angefangen, oder war es nur ein Zwischenspiel gewesen? Polly wußte es nicht, und wenn sie jetzt sterben müßte, würde sie es nie erfahren.

Wieder machte das winzige Flugzeug einen Hüpfer, legte sich scharf auf die Seite und richtete sich wieder auf. Polly fühlte, wie ihr Mageninhalt (wäßrigsüßer Eiskaffee und ein labbriges Käsesandwich aus der Cafeteria am Flughafen) hochstieg und den nächsten Ausgang suchte. Sie stellte sich vor, sich mitten in der Luft übergeben zu müssen; dann kippte das Spielzeugflugzeug wieder zur Seite, und sie stellte sich vor, zu ertrinken, gefangen in seinem blechernen Bauch – oder würde sie schon beim Aufschlag sterben, noch über dem Wasser? Voll Angst und Wut auf Garrett Jones krallte sie die Hände um den Sicherheitsgurt. Was hatte er sich zum Kuckuck dabei gedacht, ihr zu erzählen, Cape Air sei absolut sicher? Wahrscheinlich wollte er, daß sie total mit den Nerven fertig in Provincetown ankam und sich nicht mehr richtig sammeln konnte, um ihn auszufragen. Oder hoffte er vielleicht, sie würde auf dem Flug nach Provincetown abstürzen und gar nicht erst ankommen? Sie hätte doch bei ihrem ursprünglichen Plan bleiben und von Boston aus ein Auto mieten sollen. Das hätte zwar länger gedauert und mehr gekostet, aber sie wäre bei der Ankunft in Wellfleet wohlauf und am Leben gewesen.

Abgesehen von der Empfehlung dieses schrecklichen Flugs hatte Garrett in den Jahren, die Polly ihn nun kannte, nie etwas getan, womit er ihr Mißtrauen verdiente. Er war, wie sie zugeben mußte, während der »Drei Amerikanerinnen« ausgesucht höflich und hilfsbereit gewesen. Er hatte dem Museum mehrere Bilder seiner Exfrau geschickt und Informationen über den Verbleib anderer beigesteuert; in ein paar kritischen Fällen hatte er zögernde Sammler überredet, der Ausstellung ihre Bilder zu leihen. Später hatte er für den Katalog eine kurze, wohlwollende Abhandlung über Lorins Werk geschrieben. In diesem Aufsatz wurde jedoch nicht erwähnt, daß Garrett und seine Frau sich je scheiden lassen oder auch nur getrennt hatten. »Ich finde, das tut eigentlich nichts zur Sache«, hatte er ihr freundlich erklärt, als Polly diesen Punkt in den Korrekturfahnen monierte.

Als Polly ihm gesagt hatte, sie gedenke ein Buch über Lorin zu schreiben, war Jones regelrecht begeistert gewesen. Er hatte sie für das Stipendium vorgeschlagen und sich erboten, ihr Fotos, Briefe und die Namen und Adressen von Leuten zu besorgen, die sie dazu vielleicht interviewen wolle. Und nun hatten er und seine jetzige Frau sie eingeladen, sie in Wellfleet zu besuchen, bevor sie das Haus für den Winter zuschlossen und nach New York zurückkehrten, damit Polly sehen könne, wo Lorin Jones einst gelebt und gearbeitet hatte.

Aber trotz Garrett Jones' guter Manieren und Hilfsbereitschaft traute Polly ihm nicht weiter, als sie ihn werfen konnte, und da er ein großer, kräftiger alter Herr war und mindestens fünfzig Pfund schwerer als sie, war das nicht eben sehr weit. Sie würde ihn wohl nicht einmal sehr weit schubsen können, dachte Polly. Aber schubsen mußte sie ihn wohl oder übel, wenigstens psychologisch.

Sie machte sich da gar nichts vor: Die nächsten vierundzwanzig Stunden würden eine Schlacht werden. Garrett Jones würde sich wahrscheinlich mit allen verfügbaren Mitteln in ein möglichst günstiges Licht zu rücken und alles zu vernebeln versuchen, was zeigen könnte, welchen Schaden er Lorin zugefügt hatte und wie unglücklich sie in Wellfleet gewesen sein mußte. Das durfte Polly ihm auf keinen Fall durchgehen lassen – sie mußte seine wohlgesetzten Platitüden in der Luft zerreißen. Alle Langmut, aller Takt, den Jeanne ihr immer empfahl, hatte da zu enden. Sonst würde er ihr nur, wie damals in New York, als sie mit Jones zum Lunch gewesen war, im Ton höflicher Selbstzufriedenheit ein harmloses Anekdötchen nach dem anderen auftischen.

Letzten Endes würde sie ihn stoßen und schubsen müssen, ihn frontal angreifen.

Es hätte ja auch gar keinen Sinn, nett sein zu wollen, denn wenn in rund anderthalb Jahren Pollys Buch herauskäme, würde Garrett Jones sowieso kein Wort mehr mit ihr reden. Wenn sie großes Glück hatte, war er bis dahin vielleicht tot, denn immerhin war er jetzt schon dreiundsiebzig. Andernfalls bekäme sie Scherereien, denn wenn Jones auch nicht mehr soviel in der Kunstszene zu sagen hatte wie früher, war er doch immer noch nicht zu unterschätzen. Wahrscheinlich konnte er ihr beruflich sehr schaden, wenn er wollte. Aber Polly hatte entschieden, daß sie dieses Risiko eingehen mußte.

Wild schlingernd setzte das Spielzeugflugzeug auf dem Nordzipfel von Cape Cod auf und kam zwischen verstaubten Zwergeichen zum Stehen. Der Central Park stand noch in herbstlicher Farbenpracht; hier war schon alles kahl und aschgrau in Erwartung des Winters.

Zittrig und elend, aber froh, noch am Leben zu sein, stieg Polly bei starkem Seitenwind aus und atmete gierig die kalte, salzige Luft. Während sie ihre Reisetasche zu dem Spielzeugterminal schleppte, dachte sie zuerst, Garrett Jones sei sie nicht einmal abholen gekommen. Dann erkannte sie ihn, in Jeans mit Anorak und Schirmmütze als Seebär verkleidet.

»Hallo, Polly! Schön daß Sie da sind!« rief er ihr entgegen, als sie in Hörweite kam. Und ehe sie zurückzucken konnte, hatte er ihr beide Hände auf die Schultern gelegt und einen nassen Kuß auf ihre Wange gedrückt. Wütend riß sie den Arm hoch, an dem die Tasche hing, und wischte sich mit dem Handrücken übers Gesicht.

»Ist das Ihr ganzes Gepäck?«

»Ja.«

»Nur nicht zuviel mitschleppen, was? Das bewundere ich bei Frauen. Gestatten Sie?« Ohne eine Antwort abzuwarten, entwand Garrett Jones ihr die Tasche und strebte mit jugendlich flottem, fast wiegendem Seemannsschritt dem Parkplatz zu.

»So, und wie geht's Ihnen?« rief er leutselig zu Polly zurück, die nur mit Mühe Schritt hielt, und wandte das bronzene, wettergegerbte Gesicht nach ihr um.

»Danke, gut.«

»Hatten Sie einen angenehmen Flug?« Sein Grinsen erschien ihr gehässig.

»Ja, danke«, sagte Polly, die um keinen Preis Schwäche oder Angst zeigen wollte. Sie fühlte sich überrumpelt wie die Führerin eines Amazonenheeres, die bestens vorbereitet zum Landkrieg angetreten war und sich unvermittelt in eine Seeschlacht verwickelt sah. Bis heute nachmittag hatte sie Garrett Jones immer nur im Straßenanzug gesehen und im wesentlichen für einen Stadtmenschen gehalten, einen Stubenhocker, einen, der sich auf dem Lande nicht in seinem Element fühlen würde – zu ihrem Vorteil. Er war immer ziemlich förmlich aufgetreten und hatte sie »Miss Alter« genannt. Jetzt gab er sich als ein völlig anderer Mensch, der mit ihr auf viel vertrauterem Fuß stand. Zweifellos wollte er sie damit nur aus dem Gleis bringen und verwirren.

Garrett Jones wuchtete mit einem Grinsen, vielleicht auch mit einer Grimasse, Pollys kleine, aber schwere Tasche von hinten in seinen uralten grünen Volvo-Kombi, klappte die Hecktür zu und ging um den Wagen herum, um Polly die Beifahrertür zu öffnen. Polly konnte es nicht leiden, wenn man ihr Türen aufhielt. Sie empfand diese so harmlos scheinende Geste als feindselig, denn sie sollte stumm zum Ausdruck bringen, daß Polly schwächer sei als Garrett Jones, und sie ihm zum Dank verpflichten. Sie schluckte jedoch ihren

Protest hinunter – es wäre taktisch unklug, die Feindseligkeiten zu früh zu eröffnen.

»So, und was möchten Sie nun zuerst?« fragte Jones, als er neben ihr einstieg. »Am liebsten würde ich Sie ja auf einen Segeltörn mitnehmen, der Tag wäre einmalig schön dafür, aber mein Boot liegt schon für den Winter im Dock. Ich könnte mir höchstens das von meinem Nachbarn leihen, wenn Sie Lust haben.«

Polly runzelte die Stirn. Bei solchem Wind, solchem Sturm mit Garrett Jones segeln zu gehen, gäbe ihm nur die Chance, das Werk zu vollenden, das Cape Air begonnen hatte, nämlich sie krank und hilflos zu machen, sie am Ende gar noch zu ertränken. »O nein, vielen Dank, machen Sie sich keine Umstände, Mr. Jones.«

»Garrett, bitte.« Er legte die Hand auf Pollys Arm und sah ihr mit falschem väterlichem Lächeln in die Augen. »Und ich darf Sie doch hoffentlich Polly nennen?«

»Meinetwegen«, sagte sie ungnädig, denn das war so eine Frage, auf die man fast unmöglich nein sagen konnte.

»Bestens. Also gut, wenn Sie nicht segeln möchten, hatte ich mir als Alternative ausgedacht, Sie ein bißchen hier herumzufahren und Ihnen zwischen hier und Wellfleet ein paar der Stellen zu zeigen, die Laura in ihren Bildern verewigt hat.«

»O ja, das fände ich gut«, sagte Polly.

»Also abgemacht.« Garrett ließ den Motor aufheulen und schwenkte auf die Fahrbahn ein, wobei er das Lenkrad herumwarf wie das Ruder eines Segelschiffs, dann raste er mit Höchstgeschwindigkeit in die Dünen. Polly fragte sich, ob er ihr mit seiner Fahrweise Angst machen wollte, aber da er sich selbst dabei in die gleiche Gefahr brächte, beschloß sie, sich deswegen keine Gedanken zu machen.

»So.« Er hielt den Volvo auf einer grasbewachsenen Erhebung an. »Hier hat Polly ihre Skizzen zu ›Deposition‹ gemacht. Es muß etwa dieselbe Jahreszeit gewesen sein wie jetzt. Wenn Sie aussteigen, sehen Sie wahrscheinlich mehr.«

»Gut.«

Garrett Jones ging schon um den Wagen, um ihr die Tür zu öffnen, aber sie wollte von so etwas nichts mehr wissen, nein danke, und ehe er hinkam, war sie schon ausgestiegen und hatte die Tür hinter sich zugeschlagen. Eins zu null für mich, dachte sie. Sie stand an den Wagen gelehnt, die tiefstehende Sonne und den scharfen Wind im Gesicht, und sah mit zusammengekniffenen Augen über die sandigen Hügel mit den verbogenen, wie Riesen-Bonsai aussehenden Kiefern und den flachen silbernen Halbmond des Meeres. Klarer denn je sah sie, daß »Deposition« – das größte der drei abstrakten Gemälde, die Garrett Jones der Ausstellung im Museum geliehen hatte – in Wahrheit eine Landschaft war.

Lorin Jones hat hier gestanden und diese Szene gemalt, dachte sie. Um diese Jahreszeit, vielleicht sogar um dieselbe Nachmittagsstunde, mit dem Licht von tief links. Ich stehe in ihren Fußstapfen, bin durch Raum und Zeit mit ihr verbunden. Und auch für immer von ihr getrennt. Verlassenheit und Sehnsucht ertränkten Polly, als ob das Meer, die Sträucher, die Hütte und der Sand sich auflösten und über sie hinwegwehten als ein feiner Dunst aus nassen, sandigen Tränen.

»Sie erinnern sich an dieses Bild, ›Deposition‹«, sagte Garrett, während er sich neben sie an den Wagen lehnte.

»Natürlich«, sagte Polly gereizt, da sie sich aus ihrer Stimmung gerissen fühlte.

»Dann werden Sie diese Mulde in den Dünen wiedererkennen, und die Hütte da drüben, die mit dem rötlichen Dach. Man sollte meinen, sie wäre inzwischen verfallen, aber diese alten Häuser auf dem Cape sind unverwüstlich.«

Ich bin alt, aber unverwüstlich, hörte Polly ihn sagen – und bilde dir nicht ein, du könntest mich unterkriegen. Sie sagte sich jetzt, daß sein Seebärenkostüm ihr wohl dasselbe mitteilen sollte; es bedeutete ebenfalls: Ich bin hier zu Hause, hier bestimme ich; Cape Cod gehört mir.

»Ich würde von dieser Aussicht gern ein Foto machen, wenn's recht ist.«

»Gute Idee.« Diesmal trat er zur Seite, so daß sie die Autotür selbst aufmachen konnte.

»›Deposition‹«, sagte sie, während sie die Kamera wieder in ihrer Tasche verstaute. »Sagen Sie – wissen Sie zufällig, was das heißen soll, warum sie ihrem Bild diesen Namen gegeben hat?«

»Keine Ahnung.« Garrett Jones grinste. »Sie wissen doch, daß Laura es mit den Titeln immer schwer hatte. Wenn sie nicht weiterwußte, schloß sie die Augen und klappte irgendein Buch auf. Wie meine Tante Mabel immer ihre Bibel aufschlug, wenn sie spirituellen Rat suchte. Nur war es bei Laura meist der *Webster*. Sie schlug ihn auf, legte den Finger auf ein Wort, vielleicht auch auf mehrere Wörter, und das war's dann. Ich glaube, das war bei diesem Bild auch so. Der Name muß gar nichts bedeuten.«

»Mir erscheint er aber zutreffend«, widersprach Polly und zitierte aus ihren Notizen: »›*Deposition*: Niederschrift einer eidlichen Aussage, die vor Gericht anstelle eines Zeugenauftritts verwendet wird.‹ Kann das nicht – oder sollte es nicht sogar – auch für ein Bild gelten?«

»Hm, vielleicht.« Garrett Jones warf ihr einen überraschten, listigen Blick zu. Zwei zu null für mich, dachte Polly. Im Geiste ging sie ihr Verzeichnis der Lorin-Jones-Gemälde durch und überlegte, welches wohl seinen Namen willkürlich aus dem Lexikon haben könnte. »Zwergfalke« – »Kohlendioxyd« – »Meerbarbe« – »Perispor« – »Geh«. Die vielleicht. Nicht aber: »Sie kämpfen weiter und wissen doch, daß der Krieg vorbei ist.«

»Natürlich könnte man diesen Titel auch anders deuten«, fuhr Garrett fort, nachdem er sich wieder gefangen hatte. »Man kann ›Deposition‹ auch einfach als etwas verstehen, was man irgendwo deponiert. Oder auf die Jahreszeit bezogen, in der das Bild gemalt wurde, am Ende des Sommers; dann könnte es eine Abdankung der Macht der Natur sein, wie in ›Abdankung des Königs‹. Nicht wahr?«

»Mhm«, räumte Polly ein.

»Aber wir werden wohl nie erfahren, was es für Laura heißen sollte.«

»Wahrscheinlich nicht.« Jedenfalls wirst du es nie erfahren, dachte sie bei sich.

Bis der Wagen in Wellfleet in die Marsh Road einbog, hatte Polly vier Stellen, die Lorin Jones vermutlich als Modell gedient hatten – keine allerdings so offensichtlich wie die erste, denn im Lauf der Jahre, die Lorin auf dem Cape verbracht hatte, waren ihre Arbeiten immer abstrakter geworden –, gesehen und sie alle fotografiert. Ihr Verdauungssystem hatte sich mehr oder weniger wieder normalisiert, ihre Stimmung sich wesentlich verbessert. Nicht nur die Orte, die Garrett Jones ihr gezeigt hatte, sondern alles, was sie betrachtete, schien sie ihrem Objekt näherzubringen: das klare, kalte Licht, die kargen orientalischen Formen der Dünen, Kiefern und Schilfrohre, die gedämpften Farben, die grünlichschwarze Kalligraphie der nackten Bäume. Sie war richtig besessen von einem euphorischen Déjà-vu: an jeder zweiten Straßenbiegung sah sie etwas, was ihr auf magische Weise vertraut war.

»Schöner Ausblick, wie?« brüllte Lorins Exmann gegen den Wind an, als sie an einer Marsch mit braungelbem Gras vorbeifuhren, durch die sich ein schimmernder Streifen der aufgepeitschten Meeresbucht zog. »Ach so, was ich Ihnen noch sagen soll. Abigail kann uns heute abend zu ihrem großen Bedauern nicht Gesellschaft leisten. Sie hat Ärger wegen irgendeines Artikels über Zimmerpflanzen.«

»Wie schade«, antwortete Polly nichtssagend und unaufrichtig, ohne den Blick von der Landschaft zu wenden. Sie hatte nichts gegen Abigail Jones, eine hübsche, langweilige Frau von etwa Fünfzig, die als freie Mitarbeiterin für eine Frauenzeitschrift schrieb und wenig für sich selbst und gar nichts über Lorin Jones zu sagen gehabt hätte. Aber wenn Polly sich mit Abigails Mann auseinandersetzen wollte, war es eben einfacher und auch angenehmer, wenn sie nicht dabei war.

»Und weil ich nun mal weiß, daß ich kein besonderer Koch bin, dachte ich mir, wir könnten zum Abendessen ausgehen. In Eastham gibt es ein ganz gutes Fischrestaurant, das um diese Jahreszeit noch offen hat. Was halten Sie davon?«

»Ja, gern«, sagte Polly und dachte, es könne auch strategisch zu ihrem Vorteil sein, Jones auf neutralem Boden zu stellen.

»Gut. Wal voraus!« Er bog über knirschenden Kies und Sand in eine Zufahrt zwischen verwelkten Fliederbüschen.

Garrett Jones' Haus, ehemals auch Lorins Haus, war entgegen der bombastischen Ankündigung alles andere als ein Wal. Es war größer, als Polly nach den Fotos erwartet hatte, und stand nicht mitten in der Landschaft, sondern zwischen wohlgepflegtem Gesträuch.

Drinnen hatte es anscheinend wenig mit Kunst und auch nicht viel mit Lorin Jones zu tun. Es hingen zwar ein paar kleine, gute zeitgenössische Bilder darin, darunter eines von Lorin, das in Pollys Ausstellung gewesen war, aber sie hingen in unnatürlich aufgeräumten, im konventionellen frühamerikanischen Kolonialstil überdekorierten Zimmern – wahrscheinlich Abigail Jones' Werk, denn alles erinnerte sehr an eines ihrer Farbfotos in *Heim und Garten*.

»Das Wohnzimmer... Eßzimmer... Arbeitszimmer... unser Schlafzimmer.« Garrett Jones führte Polly durchs Erdgeschoß.

»Sehr hübsch«, sagte sie notgedrungen. »Aber ganz anders, als ich erwartet hatte.«

»Ja, es sah natürlich sehr viel anders aus, als Laura hier wohnte. Das Haus war ja so ziemlich verfallen, als ich es 1949 kaufte, und einen Garten gab's da auch nicht, nur hohes Gras, das bis an die Mauern heranwuchs. Und der Anbau war auch noch nicht da. Die ersten Jahre hatten wir nicht einmal elektrischen Strom. Abigail hat wahre Wunder vollbracht... So, nun wollen wir mal nach oben gehen, dann zeige ich Ihnen Lauras Atelier.« Ziemlich langsam und schwerfällig ging er ihr auf der steilen, schmalen Treppe voraus.

»Da wären wir. Ein bißchen klein für ein Atelier, aber es ist das einzige Zimmer im Haus mit unbehindertem Nordlicht. Aus Lauras Zeit ist leider nicht mehr viel übrig. Hier wohnt jetzt Robbie, unser Jüngster, der zur Zeit natürlich in Choate ist. Entschuldigen Sie die Unordnung.«

Für Pollys Begriffe war die Unordnung minimal. Dieses Zimmer sah wenigstens so aus, als ob ein menschliches Wesen darin wohnte; auf den Regalen standen und lagen in wohltuendem Durcheinander Bücher, Flugzeugmodelle, Muscheln und allerlei Sportgerät, und an der schrägen Wand neben dem langen Giebelfenster hingen Poster von Jachten und Tennisstars. Wie von einem Magneten angezogen, trat Polly über die Schwelle, schob einen grauen Kordsamtvorhang beiseite und sah durch die leicht grünlichen, blasigen alten Fensterscheiben auf das dunstige Meer hinaus.

»Erkennen Sie das?« fragte Garrett Jones' Stimme unmittelbar hinter ihr. »Laura hat die Szenerie natürlich wieder und wieder gemalt. Man findet sie in ›Zwergfalke‹, ›Schichtungen‹ und etlichen ihrer anderen Bilder wieder.«

»Ja, ich sehe es«, sagte Polly, indem sie zur Seite trat.

»Sie hat hier oben, von diesen Fenstern aus, viele Skizzen gemacht. Einige davon habe ich noch; die zeige ich Ihnen später. Wenn Sie zum Beispiel hier auf den Flur hinauskommen, sehen Sie –«

Polly folgte ihm widerstrebend und ließ sich die verschiedenen Szenen zeigen, die sich auf Bildern wiederfanden, während sie sich wünschte, Garrett Jones möge doch weggehen, damit sie mit ihnen allein sein konnte.

»Und nun zeige ich Ihnen noch, wo Sie schlafen werden.«

Garrett warf Pollys Tasche auf ein großes Doppelbett in einem peinlich sauberen, aufgeräumten Gästezimmer voll alter Drucke, antiker Tischchen und tamburierter Teppiche. »Wenn Sie sich waschen wollen, das ist genau hier gegenüber.« Er streckte den Arm aus wie ein Kapitän auf hoher See, der etwas am Horizont sah. »Ach ja, und dann habe ich Ihnen noch ein paar alte Fotos zurechtgelegt, die ich gefunden habe. Sie liegen hier auf dem Tisch.«

»Danke.«

»Ich denke mir, Sie möchten jetzt vielleicht ein halbes Stündchen ruhen und sich zum Abendessen umziehen. Dann könnten wir um sechs losfahren. Einverstanden?«

»Gut, einverstanden«, echote sie mit einem Blick auf ihre Kordhose, das karierte Hemd und den Shakerpullover, wobei sie dachte: Ich werde den Teufel tun und mich extra aufdonnern, um auf Cape Cod mit Mr. Garrett Jones in ein Restaurant zu gehen.

Kaum war er die Treppe hinunter, ging Polly ins Bad, klappte den Deckel mit dem – wer hätte es gedacht? – rosa

Frotteebezug hoch und setzte sich; sie war sich ihrer Sache weniger sicher als zuvor. Ihr war klar, daß Garrett, indem er sie herumgefahren und ihre Tasche getragen hatte und ihr ein Nachtlager bot, die unausgesprochene Erwartung ausdrückte, sie werde sich als höflicher Gast zu benehmen wissen. Mit einem Wort, er hatte sie in die Pflicht genommen. Nun, dann würde sie die guten Manieren eben mal vergessen müssen.

Auf dem Rückweg über den Flur fühlte Polly wieder diese magnetische Kraft, die sie in Lorins Atelier und an dieses Fenster zog. Wieder sah sie hinaus auf die verblassenden horizontalen Streifen von Ocker, Grau und Blau, von Gras, Gebüsch, Marsch und Meer, Wolkenstrichen am Himmel gleich geologischen Schichtungen, wie auf mehreren von Lorins Bildern aus dieser Periode. Auf einigen schien das Gestein senkrecht zerschnitten zu sein, wie es in der Natur ja manchmal vorkommt. Aber auch hier von diesem Fenster aus sah man denselben dunklen Strich, der die verschobenen Schichten zarter Farben zweiteilte: den hohen grauen Stamm einer toten Ulme.

Lorin Jones hat diesen Ort nicht gehaßt, wie ihre Freundin Sally Vogeler durchblicken ließ, dachte Polly; sie hat ihn geliebt. Hier in diesem Haus, mitten in dieser bleichen, lichtgetränkten Landschaft wußte sie, daß dies so war.

Lorin hat hier gestanden, wo ich jetzt stehe, dachte sie. Sie hat gesehen, was ich sehe, gefühlt, was ich fühle, während ich mich immer tiefer hinunter durch die geologischen Schichtungen ihres Lebens begebe. Freudig, furchtsam, verwirrt; angerührt von der Schönheit dieses Ortes, bedrückt von Garrett Jones' lastender Gegenwart da unten.

Polly erschauerte plötzlich wie von einem Luftzug. Sie war überzeugt, daß Lorin Jones, die so oft an diesem Fenster gestanden hatte, jetzt hinter ihr stand. Es war kein völlig neuer

Gedanke; sie hatte Lorins Geist schon oft in ihrer Nähe gefühlt, aber nur innerlich, gleichnishaft. Jetzt war das Gefühl realer und stärker. Als sie sich umdrehte, sah sie fast Lorins flimmernden Geist in den Schatten entschwinden: ihr wirres dunkles Haar, die aufgerissenen Schlafwandleraugen. Sie blinzelte; das Bild verblaßte zu Möbelformen und Tapetenmustern und war verschwunden.

Sehnsucht spülte über sie hinweg wie eine schäumende Woge. »Lorin«, flüsterte sie halblaut den Namen. »Lorin … ich bin hier.«

Unten schlug irgendwo eine Tür. Polly erschrak, und da sie Garrett Jones jetzt nicht wieder begegnen wollte, zog sie sich zurück.

Wieder im Gästezimmer, nahm sie die Fotos zur Hand, die er ihr dagelassen hatte. Drei von ihnen, unscharf und überbelichtet, zeigten Gruppen von Leuten in veralteter Sportkleidung. Mit einiger Mühe konnte sie Lorin Jones darauf erkennen, sonst aber niemanden. Das letzte Bild war größer und schärfer und zeigte ein kleines Segelboot. Lorin stand im Cockpit, halb hinter dem Segel versteckt, und hielt sich am Mast fest; sie trug ein offenes weißes Hemd über einem dunklen Badeanzug. Auf dem Deck, näher bei der Kamera und schärfer im Bild, schaute ein Mann in kurzer Badehose grinsend in die Sonne. Er war derb, gutaussehend und blond – der Typ Mann, zu dem sich Frauen augenblicklich hingezogen fühlten, der Typ Mann, zu dem auch Polly sich hingezogen gefühlt hatte, bevor sie es besser wußte. Konnte das Hugh Cameron sein, um dessentwillen Lorin ihren Mann verlassen hatte?

Nein, natürlich nicht. Es war – jetzt erkannte sie ihn – Garrett Jones persönlich, vor vielleicht dreißig Jahren. Ein Schwindelgefühl überkam Polly, als hätte sie soeben einen Film in hohem Tempo rückwärts ablaufen sehen. Immerhin erklärte ihr dieses Foto etwas, was sie bisher nicht verstanden hatte, warum Lorin nämlich Garrett geheiratet hatte.

Jetzt erkannte sie Garrett Jones auch auf den anderen Bildern: an seiner Größe, der Breite seiner Schultern und Brust, an der blonden Locke, die ihm auf allen vier Fotos über die Augen fiel. Die hatte er heute noch, wie ihr jetzt aufging; Garrett hatte keine Glatze bekommen, und dieselbe ungebärdige Locke, jetzt allerdings fast weiß, hing ihm noch immer in die Stirn. Er war für sein Alter auch immer noch ein gutaussehender Mann.

Warum wollte Garrett ihr diese Bilder zeigen, auf denen ihr eigentliches Objekt meist nur als verschwommener Fleck zu sehen war? Offenbar doch, damit sie sah – und in ihr Buch schrieb – daß er ein ansehnliches Exemplar seiner Gattung gewesen war, als Lorin ihn heiratete; daß sie beide, wie Jacky Herbert es ausgedrückt hatte, ein schönes Paar gewesen waren.

Und würde sie das schreiben? Doch, ja, denn es schien wahr zu sein; und es erklärte diese Ehe. Lorin Jones war ein Genie gewesen, aber eben auch eine Frau. Warum sollte sie nicht, genau wie Polly, im Taumel der Leidenschaft mindestens einen schweren Fehler begangen haben?

»Für mich den Salat bitte ohne alles.«

»Ach ja, richtig«, entschuldigte Garrett sich leise lachend. »Das hätte ich noch wissen sollen«, fuhr er fort und erweckte damit beim Kellner den falschen Eindruck, er sei mit Polly eng befreundet oder verwandt, obwohl sie in Wahrheit erst einmal zusammen zum Lunch gewesen waren. Und wie Polly zu ihrem Ärger feststellte, nahm der Kellner ihm das offenbar auch ab, denn sie sahen einander nicht einmal unähnlich, beide waren untersetzt und hatten die gleichen derben Gesichter.

Schon seit fast einer Stunde, nämlich auf der ganzen Fahrt nach Eastham und anschließend hier in diesem teuren Restaurant, benahm Polly sich taktvoll und höflich, wie Jeanne es ihr geraten hatte. Sie hatte Garrett Jones' zweite Verwandlung vom zotteligen Seebär zum Herrensegler (Marineblazer, kariertes Hemd, Paisley-Schal) hingenommen und zu seinem unberechenbaren Fahrstil geschwiegen. Und sie hatte zugelassen, daß er ihren Vorschlag, die Rechnung zu teilen, glatt verwarf (»Unmöglich. Kommt überhaupt nicht in Frage. Nein, es ist mir ein Vergnügen«).

Sie hatte sich außerdem eine Reihe von Anekdötchen über berühmte Maler angehört, die er gekannt hatte, ohne darauf hinzuweisen, daß er ihr die eine oder andere schon einmal erzählt hatte. Sie war inzwischen daran gewöhnt, daß die Interviewten gern in irrelevante Episoden aus ihrem eigenen Leben abglitten, aber Garrett trieb dieses Spiel wirklich etwas weit.

Um sich zu beruhigen, trank Polly noch einen Schluck von dem teuren Weißwein, auf dem Garrett bestanden und von dem er schon fast die Hälfte selbst getrunken hatte. Auch hatte er für sich das teuerste Gericht auf der Karte gewählt: gegrillten Hummer. Den hätte auch sie statt dem gebackenen Dorsch bestellt, wenn sie gewußt hätte, daß er bezahlen würde.

Polly konnte dem Kellner nicht erklären, daß sie weder eine enge Freundin von Garrett Jones noch mit ihm verwandt war, aber sie konnte es demonstrieren. Ohne sich um Diskretion zu bemühen, kramte sie den Recorder aus ihrer Tasche und stellte ihn auf die rotweiß gewürfelte Tischdecke. Daran konnte jeder sehen, daß dies ein professionelles Interview war.

»Ist das Ihr Tonbandgerät?« fragte Garrett, als sie wieder allein waren.

»Ganz recht.«

»Hm. Wollen Sie das Ding wirklich jetzt beim Essen laufen lassen?«

Das siehst du doch, dachte Polly wütend, sonst hätte ich es ja wohl nicht mitgebracht. Aber sie sagte nur: »Ich dachte, es wird sicher noch eine Weile dauern, bis unser Essen kommt. Und Sie haben mir schon so viel über Kunst und Künstler erzählt, daß ich mir wünschte, ich hätte es aufgenommen. Jetzt möchte ich nicht noch mehr verpassen.« Jeanne wäre stolz auf mich, dachte sie, nicht sicher, ob sie auch stolz auf sich selbst war.

»Ja, aber –«

»Außerdem wollten Sie mir gerade vom Bennington College erzählen, wo Sie Lorin zum erstenmal begegnet sind. Wie ist das zugegangen?« Sie drückte auf RECORD.

»Ganz genau erinnere ich mich da nicht«, sagte Garrett nach einer Pause, in der Polly ihn förmlich überlegen sah, ob er sich weigern sollte, weiterzuerzählen.

»Aber sie war doch in einem Ihrer Kurse, ja?«

»Äh, ja.« Garrett trank noch einen Schluck Wein und kapitulierte. »Die Tradition der Moderne, meine große Vorlesungsreihe. Aber erst viel später haben wir uns richtig kennengelernt. In Lauras letztem Jahr.«

»Ach ja?«

»Ich hatte sie natürlich schon in meinem Kurs gesehen. Aber was mir zuerst auffiel, das waren ihre Bilder in der Schülerausstellung am Ende ihres ersten Jahres. Davon war ich sehr beeindruckt. Sie waren so stark, so originell, ganz anders als die meisten Schülerarbeiten. Und als ich dann den Namen mit dem Gesicht in Verbindung brachte, war ich von neuem überrascht.«

»Warum überrascht?«

»Nun, Laura war so schmächtig, so schüchtern, so durchsichtig. Ganz anders, als ich nach ihren Arbeiten erwartet hatte. Es war für mich geradezu erstaunlich, daß so ein stilles, schönes Mädchen derart malen konnte.«

Ja, dachte Polly. Weil du davon ausgehst, daß begabte Frauen immer laute und häßliche Amazonen sind. »Und von da an haben Sie sich oft gesehen?«

»Nein, da noch nicht. Das Schuljahr ging zu Ende, und sie fuhr nach Hause. Aber ich muß zugeben, daß ich diesen ganzen Sommer an sie gedacht habe. Im Herbst haben wir uns dann jedoch bei der Fakultätsausstellung wiedergesehen und uns ein wenig unterhalten, und dann kam Laura in mein Dienstzimmer, um sich ein Buch über Ikonographie anzusehen, das nicht in der Bibliothek stand. Da merkte ich, daß sie nicht nur sehr talentiert war, sondern auch intelligent und wortgewandt – wenn man erst einmal verstand, was sie mit ihrem Flüsterstimmchen sagte. Und das sind Qualitäten, die man bei begabten Künstlern nicht immer findet. Was Sie wohl auch schon bemerkt haben müssen.« Garrett grinste.

»Ich weiß, was Sie meinen«, sagte Polly, die auch schon ihre Schwierigkeiten mit dummen, wortkargen Künstlern gehabt hatte. Letztes Jahr hatte sie es mit einem Bildhauer zu tun gehabt, dessen »Erklärung« für den Katalog nahezu analphabetisch gewesen war.

»Und gleichzeitig erschien sie mir – wie soll ich sagen? – so verloren in dieser Welt. Sie war natürlich noch Jungfrau. Aber darüber hinaus war sie ein Mädchen von der Art – nun, man hatte fast Angst, sie über die Straße gehen zu lassen, weil sie so verträumt war, so unschuldig, so verletzlich. So wach für ihre natürliche Umwelt als Malerin, und so blind dafür in jeder anderen Beziehung. Noch ein Schlückchen Meursault?«

»Jetzt nicht, danke«, sagte Polly. Garretts Zunge schien sich zu lockern; vielleicht war es von Vorteil für sie, wenn er den Wein mehr oder weniger allein trank. »Da hatten Sie also schon daran gedacht, sie zu heiraten«, meinte sie leise.

»Da noch nicht, nein. Zuerst habe ich nicht einmal gemerkt, daß wir uns ineinander verliebten.« Er schwieg kurz und drehte das Glas in seiner schweren roten Hand.

»Zuerst haben Sie es nicht gemerkt«, soufflierte sie.

»Nein.« Er verstummte wieder, diesmal noch länger, und nur das dünne Sirren des Tonbandgeräts drang durch die Stille. Sie versuchte es erneut:

»Aber dann ...«

Garrett blieb stumm und sah an Polly vorbei. Du hast Lorin auch geliebt, dachte sie mit widerstrebender Sympathie, und sie verloren.

Ja, und wie hast du sie verloren? fügte sie stumm hinzu und verhärtete wieder ihr Herz. »Aber schließlich wußten Sie dann, daß Sie sich liebten, und beschlossen zu heiraten«, sagte sie.

»Nein.« Garrett richtete mit sichtlicher Mühe den Blick wieder auf Polly. »So weit habe ich gar nicht vorausgedacht. Es verzehrte uns einfach, wir verzehrten einander – ich glaube nicht, daß junge Leute heute noch so stark empfinden.«

Junge Leute? dachte Polly. Ja, Lorin war jung; aber du warst schon fünfunddreißig.

»Diese Yuppies, die heutzutage überall herumlaufen, die sind so rational und berechnend. Sie lieben nicht impulsiv und romantisch, ohne an morgen zu denken.«

»Nein«, pflichtete Polly ihm bei und fragte sich, ob sie in Garrett Jones' Augen wohl eine rationale, berechnende Yuppie war.

»Aber so war das eben mit uns. Erst im späten Frühjahr kam mir der Gedanke, daß Laura bald die Schule abschließen und ich sie womöglich nie mehr wiedersehen würde.«

»Hm.«

»Das war nach einem Vortrag über französische Kathedralen. Einer dieser unjahreszeitlichen warmen Abende, die man im Mai manchmal hat, mit plötzlichen Gewittern und so, und wir mußten alle die Beine unter den Arm nehmen und ins Haus rennen, wo der Empfang stattfand. Die meisten von uns hatten Regenmäntel oder Schirme bei sich, aber als Lorin ankam, war sie patschnaß und barfuß, ihre Sandalen trug sie in der Hand, und die dünnen Klamotten klebten ihr am Leib.

Ich wollte sie überreden, wieder auf ihr Zimmer zu gehen und sich umzuziehen; ein paar andere haben's auch noch versucht. Sie bibberte vor Kälte, wollte aber nicht. Endlich konnten wir sie dann doch noch überzeugen. Ich sehe sie heute noch durch das nasse Gras weggehen, über die hellen Rechtecke von dem Licht aus den Fenstern. So zerbrechlich und blaß, die langen, nassen Haare auf dem Rücken wie dunkler, exotischer Seetang. Sie hatte so etwas Elfenartiges, Weltfernes an sich, das fast nicht mehr menschlich war.« Garrett starrte an Polly vorbei in die Vergangenheit.

Ja, dachte sie, denn sie konnte sich die Szene lebhaft vorstellen. Und dann dachte sie mit leisem Erschrecken: Er empfindet genau, was ich empfinde. Wir sehnen uns beide nach demselben Menschen.

»Was hatte ich eben gesagt?« fragte Garrett endlich.

»Ihnen wurde klar, daß Sie Lorin vielleicht nie wiedersehen würden«, half Polly nach.

»Ach ja, richtig. Ich hatte doch nie über die Zukunft gesprochen, und sie auch nicht. Aber ich wußte, daß sie in diesem Herbst zum Studieren nach New York wollte. Und das machte mir eben auch Sorgen: mir Laura in dieser Stadt vorzustellen, allein in diesem Zoo, als den man die damalige Kunststudentenschaft bezeichnen muß. Zeit zum Malen würde sie dort auch nicht genug haben. Ihr Vater war bereit, ihr das Studium für ein Jahr zu finanzieren, aber er fand, sie solle eine Teilzeitstelle annehmen, um etwas zu ihrem Lebensunterhalt beizutragen. Und ich wußte, wie leicht sie in New York ausgebeutet werden konnte – von den Galeristen. Und von Männern auch. Das konnte ich nicht zulassen.«

»Und da haben Sie beschlossen, sie zu heiraten«, sagte Polly.

Garrett schüttelte den Kopf. »Ich habe beschlossen, ihr einen Heiratsantrag zu machen; ob sie einwilligen würde, konnte ich nicht ahnen; ich hoffte es kaum. Sie erschien mir so jung, so schön, so begabt und frei –«

Wieder fühlte Polly ungewollte Sympathie in sich aufkommen. Sie erstickte sie, indem sie sich an dem Wort »frei« festbiß, sich die Fakten wieder in Erinnerung rief.

»Verstehe.« Sie holte tief Luft, wollte um jeden Preis die Wahrheit aus ihm herausholen. »Aber Sie waren doch schon verheiratet, oder nicht?« fragte sie weiter, ohne den Blick von Garretts Gesicht zu wenden.

»Äh, ja.« Seine blutunterlaufenen Augen zwinkerten zwischen einem Netz von Fältchen. »Ja, das stimmt. Schockiert Sie das?«

»Nicht sehr«, mußte Polly zugeben, nun ihrerseits in die Defensive gedrängt.

»Die Zeiten haben sich geändert.« Garrett seufzte. »Euch junge Leute kann wohl nichts mehr sehr schockieren, was?«

»So etwas jedenfalls nicht«, sagte Polly, die sich hier weder als Puritanerin noch als sittenlos abstempeln lassen wollte.

»Damals waren die Leute schockiert. Sehr. Manche forderten meine Entlassung.« Wieder seufzte Garrett, dann schüttelte er den Kopf. »Aber das war alles in grauer Vorzeit. Da waren Sie wahrscheinlich noch gar nicht geboren.« Er lächelte Polly freundlich, aber auch ein bißchen herablassend an.

»Außerdem«, fuhr er fort, »war meine Ehe da eigentlich schon beendet.« Er beugte sich über den Tisch zu ihr herüber und lächelte sie gewinnend an. »Es war so eine dieser überstürzten, schlecht beratenen Kriegsehen. Wir kannten einander kaum, aber ich sollte mit der Marine nach Übersee –«

»Mhm«, brummte Polly. Überstürzt; schlecht beraten. Das hat mein Vater wahrscheinlich auch gesagt, wenn Leute ihn fragten, warum er meine Mutter verlassen habe, dachte sie.

»Es war ein Fehler von Anfang an. Wir haben nicht eine Sekunde zueinander gepaßt. Höchstens körperlich.« Die letzten Worte verhauchten zu einem Flüstern der Rückerinnerung. Der Recorder hatte sie wahrscheinlich gar nicht aufgenommen, aber Polly hatte sie gehört.

»Mit Laura war das so ganz anders«, erzählte Garrett weiter, nachdem er sich geräuspert hatte. »Je öfter ich sie sah, desto verliebter waren wir. Und dann brauchte sie mich ja auch, anders als Roz. Ich wußte, daß ich sie beschützen konnte, ihr helfen. Sie war so offensichtlich begabt, und ich hatte Freunde in New York, Kunsthändler und Museumsleute, die sich ihre Bilder ernsthaft interessiert ansehen würden, wenn ich sie darum bat. Ich wußte, daß sie ihre Arbeit selbst nie gezeigt hätte. Sie hatte doch solche Angst vor Fremden.«

»Mhm«, bestätigte Polly.

»Darum wußte ich, daß sie ohne mich keine Chance hatte. Womöglich würde sie als Malerin nie anerkannt werden – Sie kennen sich ja aus in Manhattan – jedenfalls auf Jahre nicht. Das Dumme war nur, daß ich in Vermont arbeitete und Laura unbedingt in New York studieren mußte. Am Bennington hatte sie schon alles gelernt, was es da für sie zu lernen gab. Ich wußte nicht, was ich tun sollte.« Garrett schüttelte den Kopf. Die dichte grauweiße Haarlocke fiel ihm über die Augen, genau wie auf den alten Fotos.

»Und da –«

»Da bekam ich eine feste Stelle als Kunstkritiker bei einer New Yorker Zeitung angeboten. Es war wie ein Wink des Schicksals ... Oh, danke.« Der Kellner war mit dem Essen gekommen. Polly schaltete den Recorder aus und legte ihn sich auf den Schoß.

»Ah. Der Hummer ist exzellent«, erklärte Garrett wenig später. »Möchten Sie mal kosten?«

»Gern«, willigte sie ein. »Und vielleicht möchten Sie auch von meinem Dorsch probieren?«

»Danke.«

Polly transferierte einen Brocken Fisch und ein paar Stückchen Tomate und Paprika auf Garretts Teller, und als sie aufsah, schwebte seine Gabel mit einem Stück rosa Hummerfleisch, triefend von zerlassener Butter, vor ihrem Mund, als ob sie ein kleines Kind wäre. In dem kurzen Kampf zwischen Empörung und Taktik siegte letztere: Sie wollte sich ihr Opfer nicht jetzt schon zum Feind machen.

»Gut, nicht?«

»Sehr gut«, bestätigte Polly, nachdem sie den Hummer mit einigen Schwierigkeiten hinuntergeschluckt hatte.

»Greifen Sie ruhig zu.«

»Nein, danke ... Sie kannten Lorins Vater«, sagte sie in bemüht beiläufigem Ton, während sie diskret ihr Gerät wieder einschaltete. »Was war er für ein Mensch?«

»Dan Zimmern? Na, der war nicht kleinzukriegen.« Garrett Jones grinste und manschte Sauerrahm und Schnittlauch unter seine gebackene Kartoffel. Entweder wußte er nicht mehr, daß er auf Band aufgenommen wurde, oder der Wein war ihm in den Kopf gestiegen, jedenfalls war er erheblich lockerer geworden. »Hat drei Frauen verschlissen. Als ich ihn kennenlernte, war er schon fast sechzig, sah aber immer noch verdammt gut aus, fast wie ein Filmstar aus der guten alten Zeit. Ein Charmeur war er! Noch in seinen letzten Lebenswochen, als er schon die meiste Zeit im Krankenhaus lag, hat er den Schwestern die Herzen geknickt.«

»Wirklich?« So könnte auch mein Vater einmal enden, dachte Polly. Er sah zwar nicht aus wie ein Filmstar, sah überhaupt nicht gut aus im landläufigen Sinne, aber einen Charmeur konnte man ihn wohl nennen. Schon wieder konnte sie Lorin Jones vieles nachfühlen.

»Natürlich war er ein Banause, was moderne Kunst anging«, fuhr Garrett Jones zwischen zwei Bissen fort. »Er hat nicht im mindesten begriffen, was seine Tochter da machte. Als sie dann allerdings die ersten Erfolge hatte, war er auf einmal furchtbar stolz und ist zu allen ihren Ausstellungen gekommen.«

»Das habe ich auch schon gehört.«

»Dan war aber nicht etwa dumm. Ich erinnere mich, was er einmal zu mir gesagt hat. Oder vielleicht war's ein Zitat: ›In Ermangelung von Glück sind Genuß und Macht das Beste, was die Welt zu bieten hat.‹ «

»Genuß und Macht?«

»In dieser Reihenfolge.« Garrett lachte. »Und er hatte eindeutig Appetit auf beides. Man mußte ihm nur beim Essen zusehen, oder ihn von seiner Arbeit reden hören. ... Als ich ihn kennenlernte, war er für mich ein hartgesottener, zynischer alter – äh – Kerl.« Garrett schluckte; hatte er »Jude« sagen wollen? »Laura tat mir leid, daß sie so einen Vater hatte.«

»Wie kamen die beiden denn miteinander aus?«

»Recht gut, alles in allem. Dan war ein sehr warmherziger Mensch; Laura bedeutete ihm wirklich viel, auch wenn er keine Ahnung hatte, was in ihrem Kopf vorging. Ich glaube, sie hat ihn auf ihre Weise ebenfalls geliebt. Und nach einer Weile begann auch ich ihn zu schätzen. Es tut mir jetzt leid, daß ich ihn nie besser kennengelernt habe.«

Weil du genauso geworden bist wie er, dachte Polly, indem sie Garrett zuschaute, wie er eine Hummerschere aufknackte und das Fleisch in sein hübsches, rosiges altes Gesicht schob. Du warst auch einmal jung und verliebt, aber jetzt ziehst du Macht und Genuß vor. Und auch du hast schon zwei, vielleicht drei Frauen verschlissen.

»Trinken Sie noch einen Schluck Wein.«

»O nein, danke.«

»Na los. Trinken Sie ihn lieber, sonst verkommt er nur. Ich sollte jetzt damit aufhören, weil ich noch nach Hause fahren muß.«

»Na gut.« Polly erlaubte Garrett, ihr Glas zu füllen.

»Nicht schlecht, dieser Meursault. Ich kann mich noch gut erinnern, wie ich diesen Wein zum ersten Mal in Frankreich getrunken habe; 1937 muß das gewesen sein, als ich mir dort einmal die Höhlenmalereien von Lascaux ansehen wollte, zusammen mit ...«

Ehe sie es verhindern konnte, war er schon wieder mitten in einer Anekdote voll bedeutender Namen. Sie griff unter ihre Serviette und stellte den Recorder ab.

6

Garrett Jones redete noch beim ganzen Essen und auf der Heimfahrt weiter – und Polly mußte zugeben, daß er mitunter interessant und amüsant erzählte. Sie selbst sagte fast nichts; allmählich beschlich sie das unschöne Gefühl, sich nicht besonders gut zu benehmen. Gewiß war Garrett Jones unter der Maske seiner feinen Manieren ein altmodischer Chauvi, der wahrscheinlich Lorin auf so manche Weise unglücklich gemacht hatte. Immerhin hatte er Polly und ihrem Projekt aber recht viel von seiner kostbaren und in seinem Alter wohl auch begrenzten Zeit geschenkt; er hatte ihr ein kostspieliges Dinner spendiert und alle ihre Fragen beantwortet. Schlimmer noch, er mochte sie allem Anschein nach und vertraute ihr. »Na und?« hörte sie im Geiste Jeannes ungehaltene Stimme. »Im Krieg ist alles erlaubt, verstanden?«

Polly versuchte das zu verstehen, aber es war nicht einfach. Als sie zu seinem Haus einbogen, hatte sie das dumme Gefühl, Garrett warnen zu müssen, ihm zu beichten, daß sie ihn zu verraten und bloßzustellen beabsichtigte, sowie es nur irgend etwas zu verraten und bloßzustellen gäbe.

Aber vielleicht gibt's ja auch gar nicht viel, dachte sie, als sie ins Haus traten, und dann ist das schon in Ordnung so. »Quatsch«, sagte Jeannes Stimme. »Bisher hat er dir nichts als Zwecklügen aufgetischt und dir erzählt, wie sehr er Lorin angeblich geliebt und ihre Karriere gefördert hat. Mein Gott, laß dich doch nicht so von ihm einseifen. Setz ein Lächeln auf und zieh die Schrauben noch ein bißchen fester an, dann kriegst du, was du haben wolltest.«

Ja, vielleicht, sagte Polly stumm zu Jeanne; aber von nun an wird seine Frau zuhören. Da ist nicht mehr viel zu erwarten.

Doch wie sich zeigte, würde Abigail gar nicht zuhören. »Ihre Frau ist wohl schon zu Bett gegangen«, sagte Polly, als Garrett im Wohnzimmer eine Stehlampe mit grünem Schirm anknipste.

»Meine Frau?« Garrett, der gerade vom Venedig der Fünfziger erzählte, schien im Moment nicht zu wissen, von welcher Frau die Rede war. »Ach so, Abigail. Nein nein, die ist noch in New York. Sie hatte doch solche Scherereien wegen irgendeines Artikels, habe ich Ihnen das nicht gesagt?«

»Doch, Sie haben es erwähnt, aber ich dachte –« Zum ersten Mal kam es Polly in den Sinn, daß sie hier mitten im Nirgendwo nachts mit einem alten Mann allein war, den sie schon seit Monaten als Feind betrachtete. Aber andererseits – was konnte Garrett ihr schon tun?

»Es hat ihr sehr leid getan, daß sie nicht hier sein kann, aber ich habe ihr versichert, daß wir schon zurechtkommen. Frühstück machen kann ich wenigstens.« Garrett gab ein Lachen von sich, das gezwungen klang. »Also, machen Sie es sich bequem, ich zünde inzwischen mal das Feuer an.« Er schob einen überpolierten Messingschirm vor dem Kamin zur Seite, bückte sich schwerfällig und riß auf den Steinen ein Streichholz an.

»So«, brummte er zufrieden, als die blassen Flämmchen emporzüngelten. »Und wie wär's mit einem kleinen Courvoisier?«

»Äh – ja, danke.«

»Auf Ihr Buch«, sagte Garrett wenig später und lehnte sich vom anderen Ende des chintzbezogenen, wuchtigen Sofas zu Polly herüber, um mit ihr anzustoßen.

»Danke.« Sie war Kognak nicht gewöhnt und nahm einen zu großen Schluck; die Dünste stiegen ihr in die Nase und riefen ein halb unterdrücktes Niesen hervor. »Kann ich Ihnen jetzt noch ein paar Fragen stellen?«

»Natürlich. Was Sie wollen. Aber bitte ohne Tonbänder. Die erinnern mich immer an Watergate.« Er ließ sich lachend wieder zurücksinken: behäbig, gesund und zuversichtlich.

Und das tun sie vielleicht zu Recht, dachte Polly. »Na schön.« Sie zückte ein Notizbuch, stellte ihre offene Tasche hinter die Sofalehne und schaltete schlechten Gewissens, aber entschlossen, den Recorder darin ein. Es muß sein, entschuldigte sie sich stumm; ich muß genau arbeiten.

»Als ich mit Ihnen und Ihrer Frau in New York zum Lunch war, sagten Sie, Lorins Eltern seien recht verschieden gewesen«, begann sie, indem sie das Notizbuch aufklappte und im flackernden Feuerschein ihre Fragen abzulesen versuchte.

»Das ist noch gelinde ausgedrückt.« Garrett lachte wieder. »Ich habe mich schon manchmal gefragt, ob Laura vielleicht deswegen so überempfindlich war. Es war ja schon immer meine Theorie, daß Kinder, deren Eltern sehr unterschiedlich im Temperament sind, es schwer haben, weil sie sich aus widersprüchlichen Elementen zusammensetzen. Das erzeugt gewissermaßen genetische Störungen.«

»Mag sein.« Ob das auch bei mir so war? dachte Polly: halb gewissenhafte und praktisch veranlagte Mutter, halb unberechenbarer und gefühlsbestimmter Vater? »Und wie kamen Lorins Eltern miteinander aus?«

»Ach, ich glaube, ganz gut. Celia hing an ihrem Mann. Und Dan hat sie auf seine Weise auch geliebt. Allerdings hat er wohl nie so recht zu würdigen gewußt, was er an ihr hatte. Für ihn bestand kein großer Unterschied zwischen Celia und dieser lauten Wasserstoffblondine, die er nach Celias Tod geheiratet hat – die mit ihren unechten Matisse-Drucken, wie heißt sie noch gleich?«

»Marcia.«

»Stimmt. Sind Sie ihr mal begegnet?«

»Ich habe sie interviewt.«

»Na, dann wissen Sie ja Bescheid.« Garrett grinste verständnisinnig.

»Sie mochten Marcia Zimmern nicht sehr?«

»Himmel, nein!« Der Kognak begann ihm die Zunge zu lösen. »Sie etwa?«

»Nicht besonders«, bekannte Polly, der es ebenso erging.

»Ich konnte die Frau nicht ausstehen. Und es war natürlich noch viel schlimmer für Laura. Sie hat es nie verwunden, daß ihr Vater so was heiraten konnte, nachdem Celia noch nicht einmal ein Jahr tot war. Das hat sie ihm nie richtig verziehen.«

Warum sollte sie auch? dachte Polly. »Aber sagen Sie mir trotzdem, in welcher Beziehung Celia Zimmern so verschieden von ihrem Mann war.«

»In jeder. Sie waren ganz gegensätzliche Typen. Zum Beispiel glaube ich, daß Celia nicht das mindeste an Genuß oder Macht lag. Daran konnte sie sich gar nicht aufhalten, das interessierte sie nicht.« Garrett dachte nach und drehte sein Glas in der Hand. »Ihr war nur ihre Familie wichtig, Laura und Dan. Und danach Kunst, Bücher, Musik, Natur.«

»Hm.«

»Ich bin sicher, daß Laura diese Sensibilität für die natürliche Umwelt von ihr hatte. Und ihre Liebe zur Malerei – Celia hat sie, kaum daß sie laufen konnte, in die Galerien und Museen mitgeschleppt. Ihre Schüchternheit auch; aber die war bei Laura zu einer fast pathologischen Angst vor unbekannten Menschen und Situationen übersteigert.«

»Pathologisch?« Polly runzelte die Stirn.

»Doch, ja. Ich glaube, das war sie. Zum Beispiel konnte man Laura kaum dazu bringen, die Bekanntschaft von Leuten aus der Kunstszene zu machen, die ihr helfen konnten.

Immer wieder habe ich ihr zu erklären versucht, daß jemand, der sie erst kennt und schätzt, sich ernsthafter für ihre Bilder interessieren wird. Darauf hat sie immer nur geantwortet: ›Und wenn er mich erst kennt und mich nicht leiden kann?‹ «

»Hm«, machte Polly, obwohl ihr die Frage durchaus vernünftig erschien.

»Ich konnte sie einfach nicht überzeugen, und wenn die Sache noch so wichtig war.« Garrett schüttelte den Kopf. »Schüchtern und stur: eine anstrengende Mischung. Die Sturheit hatte sie von ihrem Vater, ebenso wie seine Energie; ihre Mutter war immer sanft und nachgiebig. Und äußerlich war Laura natürlich auch nach ihm. Celia war zwar hübsch – sie war sogar schön, aber viel weniger auffällig. Auf den ersten Blick sah man gar nicht, wie schön sie war. Manche haben es nie gemerkt.«

»Ich weiß, ich habe Bilder von ihr gesehen«, sagte Polly, die sich nicht zu den Ignoranten zählen lassen wollte.

»Sie war eine wunderbare Frau.« Garrett seufzte. »Sehen Sie, einmal war ich mit Celia für einen Tag bei ihnen draußen, das war im ersten Frühjahr nach unserer Heirat, und da hat mich Celia durch den Garten geführt. Sie war eine begnadete Gärtnerin. Nicht professionell natürlich, wie Abigail. Der Garten war immer unfertig, erst im Werden, und sie hatte für Zuchtpflanzen nicht viel übrig, außer für Rosen.«

»Rosen«, wiederholte Polly.

»Ja; Celia hatte wunderschöne alte Rosen. Einige Sorten, die ich vorher noch nie und auch nachher nicht mehr gesehen habe. Aber vor allem liebte sie Wildblumen. Sie ging mit einem Korb durch Wald und Feld und grub irgendwelche Gewächse aus. So waren ihre Beete voll von Wachslilien, wilden Hyazinthen, Narzissen und allerlei langen Gräsern.«

»Mhm.«

»Wissen Sie, und wie ich sie da so sah, wie sie an diesem

nassen Frühlingstag mit dem Spatel in der Hand dort kniete und ein Büschel weiße Veilchen umpflanzte, kam mir in den Sinn, ich hätte eigentlich Celia heiraten sollen, nicht Laura. Sie war ja nur sechs, sieben Jahre älter als ich – ein paar Jahre jünger, und sie wäre ideal gewesen. Sie war hochintelligent, aber nicht herrisch und rechthaberisch, wie die meisten gebildeten Frauen.«

»So so«, sagte Polly und konnte nur hoffen, daß ihr Recorder diese klassische frauenfeindliche Aussage aufgenommen hatte. »Sie meinen also, Celia hätte besser zu Ihnen gepaßt als ihre Tochter?«

»In vielfacher Hinsicht ja. Zum einen war sie eine echte Intellektuelle. Sie konnte über alles verständig mitreden: Kunst, Ästhetik, Psychologie, Philosophie, Literatur ... Im Vergleich zu ihr war Laura nur ein schönes, eigenwilliges Kind.« Garrett schüttelte langsam den Kopf. »Aber man verliebt sich natürlich immer am leidenschaftlichsten in Kinder – oder das Kind im anderen Menschen. Ist es nicht so?«

»Das kann wohl vorkommen«, sagte Polly, die diese Erfahrung nie gemacht hatte. Sie ließ ihre Hand hinter die Sofalehne sinken, um sich zu vergewissern, daß ihre Tasche offen und das Mikrofon nicht verdeckt war. »Und haben Sie Celia Zimmern je gesagt, was Sie für sie empfanden?«

»Nein. Das ging doch nicht! Aber ich glaube, sie wußte es. Sicher hat sie gespürt, daß zwischen uns Sympathie bestand. Es gibt da so gewisse Schwingungen, die man manchmal in Gegenwart einer wirklich sensiblen Frau wahrnimmt. Das habe ich oft erlebt. In Paris, kurz nach dem Krieg ...«

Ehe Polly ihm den Weg verlegen konnte, segelte Garrett bereits in einer neuen See von Anekdoten, diesmal romantischer statt beruflicher Natur. Er nannte nur jetzt keine Namen, sondern begnügte sich mit Andeutungen (»Eine sehr schöne Frau und begabte Dichterin – Sie haben bestimmt schon etwas von ihr gelesen, sie erscheint ja in allen Anthologien ...« usw.). Und während er, behaglich in die geblümten Kissen gelehnt, das feuerfunkelnde Kognakglas in der einen Hand, den anderen Arm lang auf der Rückenlehne ausgestreckt, so in seinen Erinnerungen schwelgte, wirkten die Falten in seinem Gesicht weicher durch den rosa Lichtschein, die derben Züge wärmer und lebendiger. Zum ersten Mal hatte er eine starke Ähnlichkeit mit seinen alten Fotos.

»Sie sind ja reich an Erfahrung«, sagte Polly, als Garrett eine Pause einlegte, um die Gläser nachzufüllen, dann versuchte sie das Thema zu wechseln: »Ich wollte Sie aber fragen –«

»Ja, es war ein faszinierendes Leben«, unterbrach er sie. »Manchmal habe ich schon daran gedacht, meine Memoiren zu schreiben. Stoff hätte ich wahrhaftig genug. Mein Verleger hat das auch schon angeregt.« Er seufzte. »Aber ich weiß nicht. Es wäre so verdammt viel Arbeit, alle meine alten Briefe und Unterlagen durchzugehen, Leuten zu schreiben, die ich völlig aus den Augen verloren habe, Namen und Daten und Orte richtig auf die Reihe zu bekommen.«

Er seufzte wieder, dann grinste er Polly an, und seine hellblauen Augen begannen zu funkeln. »Natürlich, wenn ich Hilfe hätte – oder ich sollte wohl lieber von Mitarbeit reden. Jemanden, der sich in der Welt der Kunst auskennt und zu recherchieren versteht. Das würde mir das Anfangen schon leichter machen, meinen Sie nicht?«

»Klar, warum nicht?«

»Es müßte natürlich jemand sein, der jung und voller Energie ist. Jemand wie Sie –.« Garrett beugte sich herüber und legte seine kräftige, knorrige Hand auf die ihre, um sie väterlich zu tätscheln. »Ich glaube, wir beide könnten gut zusammenarbeiten. Sympathie ist ja schon da. Wir verstehen uns von selbst.«

»Danke«, sagte Polly mit nervösem Lächeln; sie fühlte sich mehr denn je als Verräterin.

»Wie wär's also?« fragte Garrett. »Würden Sie mir helfen?«

»Es wäre ein interessantes Projekt«, versuchte sie ihn hinzuhalten, während sie überlegte, wie ernst es ihm sein mochte. »Aber wenn ich nächstes Jahr mit meinem Buch fertig bin, muß ich wieder arbeiten, sonst verhungere ich.« Sie gab ein unecht leichtes Lachen von sich und zog ihre Hand unter der seinen weg.

»Das soll nicht Ihre Sorge sein«, beruhigte er sie; seine Hand lag jetzt auf Pollys brauner Kordhose. »Wenn ich dem Projekt zustimme, kriege ich von meinem Verleger sicher einen anständigen Vorschuß. Und warum sollten wir davon nicht einen hübschen kleinen Etat für Sie abzweigen können?« Er drückte kameradschaftlich ihren Schenkel. »Und wenn ich ›klein‹ sage, dürfte das immer noch einiges mehr sein, als Sie jetzt verdienen, da können Sie sicher sein.«

»So lange würde mir das Museum nie meine Stelle freihalten«, sagte Polly, indem sie, wenn auch unauffällig, ihr Bein wegzog. Es war später Abend, und Garrett war halb beschwipst; sie fühlte sich selbst auch nicht mehr allzu nüchtern.

»Aber ja doch; dafür werde ich schon sorgen. Ihr Chef ist nämlich ein guter Freund von mir.« Er grinste wieder, dann bückte er sich, um im Feuer zu stochern, und wedelte dabei Rauch ins Zimmer. »Denken Sie mal drüber nach, ja?«

»Gut«, willigte Polly ein und überlegte bereits. Ein Jahr – oder durchaus auch zwei Jahre – für und mit Garrett Jones zu arbeiten, wie wäre das? Vor einer Woche, vor ein paar Stunden noch, wäre das für sie nicht in Frage gekommen. Aber jetzt erschien ihr die Idee doch irgendwie machbar. Sie fürchtete oder mißtraute Garrett nicht mehr – fast mochte sie ihn sogar. Und schließlich hatte er in den letzten fünfzig Jahren so gut wie jeden in der Kunstszene gekannt; sein Buch könnte wirklich interessant werden.

»Schön.« Er lächelte und schloß die Augen.

Polly gähnte und merkte erst dadurch, wie müde sie war, doch sie sammelte noch einmal ihre Kräfte; sie durfte jetzt noch nicht zulassen, daß Garrett einschlief. »Erzählen Sie mir ein bißchen mehr über die Zeit, die Sie und Lorin hier verlebt haben«, sagte sie. »Sie waren doch meist den ganzen Sommer in Wellfleet?«

Garrett öffnete die Augen und schüttelte den Kopf, wie um ihn klarzubekommen, wobei seine graue Locke hin und her flog. »Ach was. Jedenfalls ich nicht. Damals mußte ich regelmäßig Kritiken für die Zeitung schreiben. Mußte bis Ende Juni in New York sein, wegen der Vernissagen. Und wenn mal in der Stadt nichts los war, gab's immer irgendwelche Ausstellungen anderswo im Land. Ich war die halbe Zeit auf der Bahn oder in der Luft.«

»Lorin war also öfter hier als Sie?«

»Ja, ja. Viel öfter. Schon damals hatte sie ja was gegen New York und die ganze Szene. Ich hatte das Haus noch gar nicht isolieren und die Heizung einbauen lassen, da kam sie schon immer im Mai hierher und blieb dann immer länger, bis in den Oktober hinein. Das war verrückt, denn hier kann es um diese Jahreszeit verdammt kalt werden. Der Wind pfiff richtig durch die Wände.«

»Wie hat sie das denn ausgehalten?«

»War nicht leicht. Um sich zu wärmen, hat sie in der Küche den Backofen angestellt und dort gemalt, oder sie hat einen alten elektrischen Heizofen hinter sich her von Zimmer zu Zimmer geschleppt. Sie hätten mal die Stromrechnungen sehen sollen. Und trotzdem mußte sie zum Arbeiten manchmal noch Handschuhe anziehen.«

»Wahrhaftig?« Polly sah es im Geiste vor sich: wie die kahlen Bäume sich vor dem Atelierfenster bogen und Lorin in farbbekleckten Jeans und Pullover, mit schwarzen Lederhandschuhen an den Händen, zwischen ihrer Staffelei und einem altmodischen Heizgerät mit stumpfrot glühenden Spiralen stand.

»Und nachdem erst die Heizung drin war, kam sie sogar das ganze Jahr her.«

»Sie meinen, an den Wochenenden?«

»Nein, mehr. Für Wochen am Stück. Mit der Zeit war's ihr sogar schon ganz egal, was sich in New York tat. Ob Freunde eine Eröffnung hatten, ob ich Theaterkarten gekauft hatte, Laura reiste einfach ab. Am Ende war ihre Abneigung gegen die Stadt so groß, daß sie fast das ganze Jahr über hier blieb.«

»Ganz allein?«

»Hm, ja. Meist. Natürlich bin ich hergekommen, sooft ich konnte...« Garrett zwinkerte mit den Augen, ob aus schlechtem Gewissen oder Kummer oder bloßer Schläfrigkeit, hätte Polly nicht sagen können. »Ich war aber nicht so oft hier, wie ich gesollt hätte. Das weiß ich jetzt.« Garrett nickte langsam mit dem großen, hübschen alten Kopf. »Aber es war so eine elend weite Fahrt, wenn man sich den Flug nicht leisten konnte, und ich mußte doch schon soviel herumreisen.«

»Hat Lorin Sie nicht auf Ihren Reisen begleitet?«

»Das erste Jahr oder so, dann nicht mehr. Es gab ein paar ganz schlimme Zeiten – aber ich hätte sie doch gern bei mir gehabt; ich war so einsam unterwegs.«

»Es muß auch für sie sehr einsam gewesen sein hier«, sagte Polly, um gegen erneut aufkommendes Mitgefühl anzukämpfen.

»Das hat sie wohl nicht so empfunden. Menschen bedeuteten Laura nämlich nicht soviel... auch ich bedeutete ihr nicht arg viel, wie sich herausstellte.« Seine Stimme war ganz zittrig geworden.

»Woher wissen Sie das?«

»Das weiß ein Mann immer, wenn er kein Trottel ist. Und eine Frau sicher auch.« Garrett warf Polly einen vielsagenden Blick zu. »Stimmt's?«

»Vermutlich ja«, räumte Polly ein. Dann war ich also ein Trottel, dachte sie und genehmigte sich noch einen Schluck Kognak. Wir waren beide Trottel, weil wir Menschen vertraut haben, denen wir letzten Endes nicht soviel bedeuteten. »Aber sie hat Sie doch immerhin geheiratet«, sagte sie, wie um ihn zu trösten. »Sie müssen ihr also einmal etwas bedeutet haben.«

»Ja, zugegeben.« Sein Lächeln war wehmütig. »Aber wenn ich ihr weiter etwas bedeutet hätte, wäre sie doch mit mir in New York geblieben. Oder etwa nicht?«

»Vermutlich ja.« Polly erinnerte sich an den Verrat ihres Mannes und empfand schon wieder Mitgefühl für Garrett. »Aber haben Sie ihr denn je gesagt, daß Sie sie brauchten – haben Sie ihr das je gesagt?«

»Menschenskind, ja doch! Hundertmal habe ich Laura erklärt, daß ich wegen meiner Arbeit in New York bleiben mußte und sie gern bei mir gehabt hätte. Ebensogut hätte ich auf eine leere Leinwand einreden können. Manchmal hörte sie scheinbar zu, aber in Wirklichkeit bekam sie gar nichts mit.«

Genau, dachte Polly und fühlte sich an Szenen aus ihrer eigenen Vergangenheit erinnert.

»Sie finden also, daß Ihre Ehe ein Fehler war?« fragte sie.

Garrett antwortete nicht gleich; er stieß einen langen, tiefen Seufzer aus und goß sein Glas wieder voll. »Manchmal glaube ich, daß meine beiden ersten Ehen Fehler waren«, sagte er endlich. »Ich konnte beide Frauen nicht glücklich machen, und sie mich nicht. Sie konnten mir nicht geben, was ich brauchte.«

»Und was war das?« fragte Polly. »Zum Beispiel?«

»Hm. Zum Beispiel hätte ich so gern Kinder gehabt. Aber meine erste Frau konnte keine bekommen, und Laura wollte keine.«

»Sie wollte keine Kinder?«

»Nein. Sie hatte Angst davor, glaube ich – vor dem ganzen Vorgang.« Garrett schüttelte langsam den Kopf. »Jetzt bin ich also, was unser Kinderarzt einen alten Vater nennt.« Er lächelte wehmütig. »Aber in meinen Augen ist das immer noch besser, als überhaupt nie Vater gewesen zu sein. Leuten ohne Kinder ist es nicht wirklich wichtig, was aus der Welt wird, wenn sie einmal nicht mehr sind, da müßten sie schon Heilige sein. Sonst interessiert sie nur ihr eigenes Leben, ist es nicht so?«

»Ich verstehe, wie Sie es meinen«, sagte Polly.

»Klar verstehen Sie das; Sie haben ja Kinder.« Garrett kam auf Polly zugewankt und legte wieder die Hand auf ihre. Diesmal entzog sie sich nicht.

»Ich habe einen Sohn«, sagte sie. Wo mochte Stevie in diesem Moment wohl sein, und was tat er gerade?

»Ja, das haben Sie mir schon gesagt.« Garrett starrte an Pollys Schulter vorbei auf die matt cremefarbene, geblümte Tapete. Dann drehte er den Kopf ganz langsam wieder zu ihr um, lächelte zuerst, dann glotzend. »Wissen Sie was?« sagte er plötzlich in einem anderen, festeren Ton. »Irgendwie erinnern Sie mich an sie. An Laura.«

»Wirklich?« Polly schnappte nach Luft, als wären die glimmenden Scheite zu einem funkelnden Feuerwerk explodiert.

»Ich weiß auch nicht, wieso.« Er schüttelte den Kopf. »Sie sehen ihr nicht mal sehr ähnlich. Aber da ist was. Vielleicht die Stimme.«

»Sie meinen, ich rede wie sie?« fragte Polly, ihren eigenen Worten nachlauschend, die ihr in Lorins gespenstischem Tonfall von den Lippen kamen. Sie hatte Lorin nie reden hören und würde sie auch nie hören; ihres Wissens war Lorins Stimme nie auf Band genommen worden.

»Mhm, ja. Ein bißchen.«

Polly starrte Lorin Jones' Exmann an. Sollte es stimmen – wer hätte das besser sagen können als er? Und hatte Polly es nicht schon die ganze Zeit geahnt? Hatte sie nicht selbst schon die Überschneidungen in ihrer beider Leben bemerkt und sich Gedanken darüber gemacht, daß sie beide Einzelkinder und Jüdinnen waren, in derselben Gegend, derselben Stadt wohnten, denselben Beruf hatten? Und sogar fast den gleichen Namen; Polly erinnerte sich, wie ein Schauer des Erkennens sie überlaufen hatte, als sie hörte, daß Lorin als Kind immer Lolly genannt worden war.

Und hier, in Lorins alten Jagdgründen, waren sie noch enger zusammengerückt. Den ganzen Tag war sie auf Lorins Spuren gewandelt; und manchmal war Lorins Geist gewiß neben ihr hergegangen.

»Dies war ihr Zuhause, der Ort, den sie liebte«, erklärte Polly, denn jetzt war sie sich dessen ganz gewiß.

»Stimmt.« Garrett seufzte. »Und als ich merkte, daß sie entschlossen war, praktisch das ganze Jahr hier zu verbringen, habe ich deshalb ja auch alles getan, um hier in der Nähe eine Stelle als Lehrer zu finden, damit ich mehr bei ihr sein konnte.«

»Aber Sie haben keine gefunden?«

»Nein; ich habe zwar schließlich eine gefunden, aber da war es zu spät. Ich bin auf dem schnellsten Weg hergekommen, um es ihr zu erzählen, und da war sie weg. Nicht einmal eine Nachricht hatte sie mir hinterlassen.«

»Das ist hart!« entfuhr es Polly.

»Mich hat's fast umgebracht, damals. Wenn Sie's schon wissen wollen.« Garrett nickte langsam, zweimal. »Sehen Sie, ich hatte doch keine Ahnung ... Laura hatte sich nie beschwert, nie etwas gesagt. Sie ging mir nur immer mehr aus dem Weg. Und wollte nicht mehr mit mir über ihre Arbeit reden. Ich hätte es wohl wissen müssen; aber sie war schon immer so eine Eigenbrötlerin gewesen, und es war so allmählich gekommen. Dieses letzte Jahr –« Er starrte in die mittlere Ferne. »Ich wußte, daß sie sich irgendwie festgerannt hatte, aber sie ließ sich von mir weder helfen noch beim Malen beraten. Zuletzt wollte sie mir nicht einmal mehr zeigen, woran sie gerade arbeitete. Sie ging nach dem Abendessen einfach in ihr Atelier hinauf und schloß sich ein. Wenn ich an ihre Tür klopfte, gab sie keine Antwort. Manchmal blieb sie dort Stunden, bis Mitternacht oder noch später, bis ich nicht mehr auf sie warten mochte und zu Bett ging.«

»Bedauerlich«, sagte Polly, aber sie glaubte intuitiv zu wissen, warum Lorin sich Garrett und seiner aufdringlichen Anteilnahme hatte entziehen wollen. Schon immer im Lauf der Jahrhunderte hatte der Künstler den Kritiker fliehen müssen. Aber wie schlimm trotz alledem, für beide! Sie konnte sich die langen, schweigsamen Abende in diesem Haus vorstellen: Lorin stand in ihrem verschlossenen Atelier und starrte auf eine leere Leinwand, während Garrett in den anderen Zimmern auf und ab ging.

»Ich hatte nie gedacht ... Vielleicht hätte ich ihr mehr Freiraum geben müssen. Oder mich mehr bemühen, mit ihr zu reden. Sie muß unglücklich gewesen sein, weiß der Himmel. Muß. Sie muß das Leben hier gehaßt haben. Und mich gehaßt, wahrscheinlich bis ans Ende ihres Lebens.«

Nein, das klingt nicht überzeugend, dachte Polly. »Nicht unbedingt«, sagte sie unter Mißachtung der Regel, daß man als Interviewer nie eine abweichende Meinung äußern soll.

»Sie meinen nicht?« Garrett sah sie aus trunkenen Augen an, als kenne sie die Antwort.

»Hat sie es denn je gesagt?«

Garrett schüttelte den Kopf. »Sie hat nur, als ich endlich einen Brief von ihr bekam ... eigentlich war's ja kein Brief, nur ein paar Zeilen auf einem halben Blatt Zeichenpapier. Da schrieb sie nur, sie hätte weggehen müssen. Und daß es ihr leid tat.«

»Sie hat Sie nicht gehaßt«, erklärte Polly, entrückt und gebannt. Sie brauchte keine Fragen mehr zu stellen; sie wußte alles über Lorin Jones: wie lange und in welcher Verzweiflung sie auf dieses halbe Blatt Zeichenpapier gestarrt haben mußte; wie schwer es ihr gefallen war, diese paar Worte zu schreiben.

Und sie wußte, wie Lorin sich an diesem Tag gefühlt haben mußte, als sie Wellfleet für immer verließ. Sie hob den Blick und bildete sich ein, sich ein letztes Mal in diesem Zimmer umzusehen und ihr Bedauern, ihre Entschlossenheit nicht in Worte fassen zu können. Dann sah sie wieder zu Garrett, verwundert über sein Schweigen. Er hatte wieder die Augen geschlossen; seine breite Brust unter dem karierten Hemd hob und senkte sich langsam und rhythmisch.

»So, dann gehe ich wohl besser mal zu Bett«, sagte sie, indem sie hinter die Sofalehne griff, um ihren Recorder auszuschalten. »Es war ein langer Tag.«

Garrett öffnete blinzelnd die hellblauen Augen. »Bist du müde, mein Kind?«

»Ja, ziemlich.« Polly wollte aufstehen, doch ein Schwindelgefühl überkam sie. Der Kognak, dachte sie und ließ sich wieder auf die Sofakante sinken.

»Momentchen. Geh noch nicht. Ich will noch sagen –« Garrett legte wieder die Hand auf ihre, und diesmal gar nicht väterlich. »Daß du hier bist, daß ich mit dir reden kann. Es bedeutet mir soviel.« Seine Stimme klang ganz gequetscht vor Rührung.

»Ich bin froh, daß ich kommen durfte«, antwortete sie fast blindlings, denn immer noch lauschte sie ihrer – oder Lorins? – Stimme nach.

»Ich kann nämlich mit Abigail nicht über Laura reden. Sie wird noch immer eifersüchtig.«

»Mhm.« Und das mit Recht, dachte Polly. Abigail ist nur eine Durchschnittsfrau, und Lorin war einmalig, eine Schönheit, ein Genie ...

»Daß du hier bist – weißt du, es ist ein bißchen so, wie wenn sie zu mir zurückgekommen wäre.«

»Ich weiß«, sagte Polly, schlagartig wieder bei vollem Bewußtsein.

»Du bist ein liebes Mädchen. Wirst ein gutes Buch schreiben, bestimmt.« Garrett drückte wieder ihre Hand. »Gib mir einen Gutenachtkuß.«

Sie zögerte. Aber warum schließlich nicht? »Na gut.« Sie zielte auf seine rotfleckige Wange, aber Garrett drehte im letzten Moment den Kopf herum und drückte ihr einen herzhaften und unverkennbar sinnlichen Schmatzer voll auf den Mund, gleichzeitig zog er sie an sich.

Polly ließ es kurz geschehen; sie empfing und gab Wärme und Freude. Seit über einem Jahr hatte sie keinen Mann mehr geküßt, nur mal ganz flüchtig auf die Wange. Doch als ihr jetzt wieder bewußt wurde, wer und wo sie war, stieß sie Garrett von sich weg und richtete sich schnell auf; das Zimmer drehte sich.

»Ach du, geh noch nicht.«

»Ich muß«, behauptete Polly wie durch einen Nebeldunst. »Ich bin ehrlich müde. Und – äh – danke für alles. Bis morgen.«

»Angenehme Träume«, rief Garrett und wollte sich höflich erheben, sank aber sogleich wieder in die Kissen zurück. Er winkte ihr mit einem angesäuselten Lächeln nach, dann schloß er die Augen.

Polly lauschte, während sie sich fürs Bett zurechtmachte, aber von unten war nichts zu hören. Wahrscheinlich war Garrett Jones auf dem Sofa eingeschlafen. Sie fühlte sich betrunken und wirr und hatte eine Wut auf sich, Wut auf ihn und Mitleid mit ihm. Sie dachte an Jeannes Warnungen, ihre eigenen Ermahnungen an sich selbst. Mein Gott, sie war hier zum Recherchieren; sie hatte ganz kühl zu bleiben, neutral und unbeteiligt. Mit Garrett zu sympathisieren, ihn gewissermaßen als tragische Figur zu sehen, war noch verzeihlich. Ihn aber zu küssen, war Pfuscharbeit; es war unprofessionell und schickte sich nicht.

Während sie sich über dem Becken im Bad die Zähne putzte, wo Lorin Jones so viele Male gestanden haben mußte, um sich die Zähne zu putzen, konnte Polly nur noch mit einem ungehaltenen Räusperton ausspucken.

Mach dir nichts daraus, sagte plötzlich Lorins Stimme in ihrem Kopf. Ich war's, die ihn geküßt hat, nicht du.

Ja, dachte Polly. Genauso war es. Sie hob den Kopf und sah im Spiegel so etwas wie ein Doppelbild. In dem düsteren Licht, das von hinten kam, wirkte sie blasser, ihr Haar dunkler, ihre Augen vergrößert und überschattet, als wäre ihr eigenes Spiegelbild von dem Gesicht auf Lorins letztem Foto überblendet. Du bist betrunken, hielt sie sich vor. Es kommt nur daher, daß du einen dunklen Pullover trägst und dir seit August nicht mehr die Haare hast schneiden lassen. Sie knipste die Leuchtstoffröhre über dem Spiegel an; die Ähnlichkeit verschwand. Sie hatte wieder ihre untersetzte Figur, ihr rundes Gesicht und die kurzen Haare. Aber es war dagewesen, einen Augenblick lang.

Als Polly benebelt ins Bett stieg, merkte sie, daß ihr Mißtrauen gegen Garrett Jones und ihre Angst vor ihm sich verflüchtigt hatten. Statt dessen empfand sie nur noch, was Lorins Geist empfinden mußte: Mitleid und Zärtlichkeit für ihren gutaussehenden, egozentrischen und so unsensiblen Gatten, der jetzt ein berühmter alter Mann war und sich – zu spät – bittere Vorwürfe machte und Sehnsucht nach seiner Kindfrau hatte. Ja. Aber nun wußte Garrett durch Pollys Vermittlung, daß Lorin ihn geliebt hatte; sie hatte ihn geküßt und ihm vergeben.

»Ist das recht?« fragte sie laut in die Dunkelheit. »Wolltest du es so?«

Sie bekam keine Antwort. Doch während sie in einen alkoholisierten Schlummer sank, hatte Polly zuletzt das Gefühl, daß Lorin da war und ihr zustimmte; daß dieses Flüstern der kahlen Bäume vor dem Fenster Lorins Flüstern war, der kalte Atem des Windes, der gegen die Schindeln wehte, Lorins Atem.

7

Zuerst glaubte Polly wieder schlecht zu träumen. Ein schweres Gewicht lag auf ihr, etwas erstickend Warmes und Beengendes.

»Ha! Hilfe!« preßte sie heraus, und als sie im Halbdunkel eines fremden Zimmers halb erwachte, merkte sie, daß jemand, der viel größer war als Jeanne, auf ihr lag und seine Lippen an ihren Hals preßte.

»Darling. Hab doch keine Angst.« Das Gewicht blieb, die suchenden, feuchten Küsse, die nach Alkohol rochen, hörten nicht auf. Es konnte nur Garrett Jones sein.

»Nein! Weg da!« schrie sie und versuchte die widerspenstige Masse mit aller Kraft wegzudrücken. Mühsam kam sie hoch und tastete nach der imitierten Öllampe, fand sie und knipste sie an.

»Polly, meine Süße!« Ja, es war Garrett, der in seiner ganzen Schwere neben ihr auf dem Doppelbett saß. Er hatte sich wieder umgezogen und trug einen weißen Seidenpyjama, darüber einen Hausmantel aus rotem Damast mit Satinaufschlägen, ganz wie in einer Gesellschaftskomödie der dreißiger Jahre.

»Gehen Sie bitte.«

»'tschuldigung. Hab dich wohl erschreckt, Kleines.« Er streckte die Hand aus, um ihren Arm zu streicheln, griff aber daneben. »Hast du schon geschlafen? Tut mir leid, daß ich so lange gebraucht hab, zu dir zu kommen; muß wohl eingenickt sein.«

»Was soll das heißen? Ich habe nicht –«

»Du bist so hübsch, so schön warm, so zerzaust.« Garrett kippte auf Polly zu und versuchte mit seiner schweren, roten Hand nach ihrer Brust zu greifen. Sie schlug die Hand weg und rutschte auf die andere Bettseite.

»Zauberhaft, dieser Anzug. Hab schon immer gefunden, daß Frauen in Männerpyjamas besonders sexy sind.«

»Verdammt, Garrett, jetzt hören Sie mal zu!« schrie Polly ihn fast an. »Ich will überhaupt nichts von Ihnen.«

»Und ich dachte, du wartest auf mich.« Sein Ton klang ganz verletzt und traurig. »Ich hatte wirklich gedacht –«

»Dann haben Sie sich eben geirrt.« Polly rief sich in Erinnerung, daß ihr Gastgeber betrunken war, und versuchte jetzt in ruhigem und bestimmtem Ton zu sprechen. »Würden Sie nun bitte mein Zimmer verlassen?«

»Was hast du denn, Darling? Du warst doch so nett den ganzen Abend.« Er grinste sie betrunken an und kam ihr über die zerwühlten Laken und bestickten Kissen nachgerückt. »Sei doch jetzt auch ein bißchen nett zu mir.«

Polly machte sich seine Langsamkeit zunutze, um auf der anderen Seite aus dem Bett zu steigen. Sie stieß sich die Zehe an, als sie um den chintzbezogenen Schaukelstuhl kurvte, rannte auf den Flur hinaus und in das gegenüberliegende Zimmer.

»Darling, was ist denn? Wo steckst du?«

Polly antwortete nicht. Sie schlug schwer atmend die Tür zu und tastete im Dunkeln nach dem Riegel, fand ihn und schob ihn vor.

»Polly, mein Liebling!«

Sie suchte vergebens die Tapete nach einem Lichtschalter ab. Durch die Wand hörte sie Garrett auf dem Flur umhertappen und Türen öffnen und schließen.

»Polly, Darling, wo steckst du?«

»Gehen Sie wieder zu Bett!« rief sie.

»Bitte, Darling.« Jetzt stand Garrett vor ihrer Tür und rüttelte an der Klinke. Polly schlich im Dunkeln über die kalten Dielen. Als sie dabei etwas umstieß, was sich nach Stehlampe anhörte, tastete sie danach, fand den kalten, schmiedeeisernen Ständer, richtete die Lampe auf und knipste sie an. Das Licht erhellte Lorins ehemaliges Atelier.

»Bitte, laß mich rein!«

Verdammt, was soll ich jetzt machen? dachte Polly. Sie setzte sich auf eine gesteppte Tagesdecke mit Brandzeichenmuster, stand wieder auf und schlug die Decke zurück. Das Bett war nicht gemacht, aber es lagen ein paar Decken darauf. Notfalls konnte sie die Nacht hier verbringen.

»Polly?«

Nur nicht antworten, sagte sich Polly, indem sie sich in dem Bett von Garretts Sohn auf die blanke Matratze legte.

»Polly, Darling!« Die Tür rüttelte heftig.

Polly zog sich die Decken mitsamt der Tagesdecke über den Kopf, um Garrett nicht mehr zu hören.

»Lolly!«

Polly hob den Kopf. Hatte sie richtig gehört?

»Bitte, Darling!« Es war fast ein Schluchzen.

So komme ich nie zum Schlafen, dachte sie. Vielleicht sollte ich ihn hereinlassen. Vielleicht würde ihm das beweisen, daß Lorin ihm verziehen hat, denn er hält mich ja für sie. Sie stieß die Decken zurück und setzte sich halb auf.

»Lorin?« flüsterte sie. »Möchtest du das?« Sie schob die Decken ganz weg und stellte sich auf den umklöppelten Bettvorleger.

»Darling! Ich will nur einen Gutnachtkuß!«

Polly ging einen Schritt auf die Tür zu und fühlte die kalten Dielen unter den nackten Füßen. Aber ich bin nicht dein Darling, dachte sie. Ich bin nicht Lorin. Vor allem hat sie dich geliebt, und ich liebe dich nicht. Damit legte sie sich wieder hin und zog sich erneut die Decken über.

»Bitte, Liebste. Laß mich rein.«

Bedaure, sagte Polly stumm, nicht zu Garrett, sondern zum Geist seiner Frau. Ich kann nicht. Verstehst du das? Aber sie bekam keine Antwort. Sie war allein in dem dunklen Haus auf Cape Cod, und ein betrunkener, geiler alter Mann versuchte in ihr Zimmer zu kommen, in ihr Bett.

»Hallo, du da drinnen... Hallo!« rief er schließlich noch einmal ganz verzagt.

Es war still; dann Schritte, die sich entfernten. Ein lautes, undefinierbares Krachen, als wäre Garrett gestolpert und halb hingefallen. Eine zugehende Tür; Stille.

Jeanne hat mich ja gewarnt, dachte Polly, als sie sich unter den kratzigen Decken umdrehte. Sie dachte an ihre Freundin, ihren leichten, weichen, frischen Körper im Vergleich zu der groben, schwerfälligen Masse eines Garrett Jones. Ich habe nur nicht auf sie gehört, dachte sie, und nun sieht man, was passiert ist. Unter anderem habe ich mir wahrscheinlich einen Feind fürs Leben gemacht; Männer lieben es nicht, sexuell abgewiesen zu werden.

»Hilf mir, Lorin«, flüsterte sie. »Du hast mir das doch eingebrockt.«

Aber der Wind vor den Fenstern, der so deutlich Lorins Atem gewesen war, hatte sich gelegt. Das Zimmer, wo sie so viele lange Stunden zugebracht hatte, war kalt und dunkel, und von Lorins Geist war nichts zu spüren.

»Lorin?«

Zwar kam kein Zeichen mehr, aber Polly lag noch lange wach und lauschte.

»Ah, guten Morgen.« Garrett Jones drehte sich kaum vom Herd um; sein Ton war gezwungen und unfreundlich. Im harten Licht des Morgens wirkte sowohl er als auch sein teurer Freizeitanzug älter und abgenutzter.

»Morgen«, antwortete Polly vorsichtig.

»Gut geschlafen?« Er sah noch immer nicht voll zu ihr her.

»Ja, danke«, log sie.

»Kaffee?«

»Ja, danke.« Polly nahm Platz und wünschte sich, sie könnte sofort abreisen. Garrett wünschte sich wahrscheinlich dasselbe; aber ihr Flug war erst für mittags gebucht, und vorher flog keine Maschine von Provincetown ab.

Als Garrett ihr eine Tasse Kaffee und einen Teller mit trokkenem, verbrannt aussehendem Toast hinstellte, wechselten sie einen verlegenen Blick.

»Muß mich für letzte Nacht entschuldigen«, sagte er steif und nicht sehr zerknirscht. »Wir hatten wohl beide ein bißchen viel getrunken, und dann hat's Wellensalat gegeben.«

»Schon gut«, brummte Polly. Im hellen Licht des Tages zeigte sich nur allzu deutlich, daß Garrett die Vorgänge von gestern abend nie so verklärt gesehen hatte wie sie selbst; er ahnte nicht, daß sie an Lorins Stelle getreten war, ihn in Lorins Namen geliebt und ihm verziehen – oder nicht verziehen – hatte.

»Ich hätte geschworen, Sie wollten mir freie Fahrt signalisieren.«

»Keineswegs.« Sie trank einen Schluck von dem lauwarmen, bitteren Kaffee.

»Vielleicht haben Sie sich's ja nur anders überlegt.«

»Nein, ich hatte nie –« Polly verstummte; sie hatte nicht nur keine Lust, darüber zu reden, sie fühlte sich zum Teil auch mitschuldig an dem, was vorgefallen war.

»Ich glaube, Sie haben sich's anders überlegt.« Ihre Verlegenheit schien Garrett zu bestärken; er sah sie mit einem verkniffenen Lächeln an. »Woran lag's? Sagen Sie's mir, es interessiert mich. War es mein Alter?«

»Nein – äh«, stotterte sie entgeistert.

»Sie glauben vielleicht, ich könnte eine Frau nicht mehr erfreuen, aber da irren Sie sich. Ich kann schon noch.«

»Ich habe nicht –« Polly errötete. »Ich wollte mich nur nicht mit Ihnen einlassen, das ist alles.«

»Gestern abend haben Sie mir aber noch ganz andere Signale gefunkt.« Er lachte vielsagend.

»Nicht daß ich wüßte.« Polly merkte, wie sie wütend und zugleich nervös und schuldbewußt wurde. »Sie scheinen anzunehmen, daß jede Frau, die sich von Ihnen zum Essen einladen läßt, auch gleich mit Ihnen ins Bett will.«

»N-nein.« Aber Garretts verschmitztes Lächeln verriet nur zu deutlich, daß er genau das annahm.

»Und überhaupt sind Sie verheiratet.«

»Ach Gott, ja.« Er wedelte wegwerfend mit einem Stück unverbranntem Toast mit Marmelade. »Ja, ich bin verheiratet. Und Abigail ist natürlich eine wunderbare Frau. Und sehr schön.« Er sah Polly scharf an, was eindeutig heißen sollte, daß sie nicht schön war. »Und ungemein freundlich und lieb.« Auch das kam sehr betont heraus.

»Das glaube ich gern«, sagte Polly kühl und versuchte sich ihre Gekränktheit und Wut nicht anmerken zu lassen.

»Aber aufregend ist sie nicht, das muß ich zugeben; nicht wie Laura. Eigentlich war sie's nie.« Garrett sprach jetzt fast vertraulich, aber keineswegs liebenswürdig. »Und jetzt – nun ja, Abby wird dieses Jahr fünfzig. Und wie das bei den Frauen meist so geht, ab fünfzig ist da nicht mehr viel Saft. Sie vertrocknen sozusagen, wie Trauben, die man am Stock hängen läßt.« Er schüttelte grinsend den schweren, hübschen Kopf, als sei dieses sexuelle Doppelmaß ihm einerseits ganz recht, andererseits auch wieder nicht. »Wie alt sind Sie übrigens, Polly?«

»Neunundddreißig, falls Sie das was angeht«, sagte Polly wütend.

»Tatsächlich? Ich hätte Sie für jünger gehalten.« Es war eindeutig nicht als Kompliment gemeint. Eher schien Garrett sich dafür entschuldigen zu wollen, daß er in den Versuch, sie zu verführen, soviel Mühe investiert hatte. Er sah sie mit einem harten, kalten Blick an und fuhr fort: »Hätte ich eigentlich wissen sollen. Nach meiner Erfahrung fragen die jungen Frauen von heute nicht lange danach, ob ein Mann verheiratet ist. Sie sind frei und romantisch; schlafen mit jedem, der ihnen gefällt.« Er lächelte erinnerungsselig. »Und zu jeder Zeit.«

»Ich aber nicht«, sagte Polly mit Nachdruck.

»Eben.« Sein Blick sagte ihr jetzt, daß sie ältlich und verklemmt war; oder daß sie wohl auch nicht mehr allzu viele Gelegenheiten hatte.

»Und wenn Sie es unbedingt wissen wollen, ich bin außerdem lesbisch«, sagte Polly und fragte sich, während sie diese Worte zum ersten Mal in ihrem Leben laut aussprach, ob es wohl stimmte.

»Tatsächlich?« Garrett mußte blinzeln.

»Ja, ganz recht.«

»Ah.« Er lächelte breit, und zum ersten Mal an diesem Morgen fiel es ihm leicht. »Hm. Dann müssen Sie entschuldigen. Wenn ich das gewußt hätte –.« Er nahm ihr gegenüber an dem polierten Kolonialtisch Platz. »Das hätten Sie mir aber auch schon gestern abend sagen können«, fuhr er liebenswürdig fort und beugte sich zu ihr vor. »Finden Sie nicht?«

»Vielleicht«, räumte Polly ein.

»Klar, es fällt einem sicher nicht leicht, so etwas zu sagen.« Garretts ganze Art hatte sich gewandelt; er war jetzt offen und freundlich. »Aber es hätte uns allerlei Ärger erspart. Ich hätte mich nicht so zum Narren gemacht und Sie nicht so erschreckt.« Er lachte. »Und im übrigen verspreche ich Ihnen volle Diskretion. Ich werde keinem Menschen etwas davon sagen.«

»Ja, gut. Will sagen, danke«, fügte Polly zähneknirschend hinzu, während sie sich zugleich fragte, ob sie ihm das glauben sollte. Aber was machte es schon? Sie *war* ja lesbisch, seit vorgestern nacht.

»Das ist kein besonderes Frühstück«, meinte Garrett mit einem Blick auf ihren Teller, auf dem der verbrannte Toast liegengeblieben war. »Ich mache Ihnen ein Rührei mit Schinken.«

»Äh –«

»Na klar.« Er lächelte. Seine Selbstachtung, und mit ihr sein Wohlwollen, war sichtlich wiederhergestellt.

»Nein danke.« Polly war nach wie vor verärgert und verlegen und zerbrach sich den Kopf, was sie ihm Kränkendes sagen könnte, ohne daß er es damit abtun konnte, daß es von einer Lesbe kam.

»Also, wenn Sie fertig gefrühstückt haben«, unterbrach Garrett ihr Grübeln, »würde ich Sie gern mal in die Scheune führen und Ihnen einige von Lauras Arbeiten zeigen, die noch da sind.«

»Ich – ja, gut«, willigte Polly ein und schob, dem höheren Zweck zuliebe, ihr Vorhaben erst mal auf.

»Nun erhoffen Sie sich bitte nicht zuviel«, sagte Garrett warnend über die Schulter zurück, als Polly ihm über einen Trampelpfad zwischen hohem, welkem Gras, das zu seinem graublonden Haar paßte, zur Scheune folgte. »Laura hat fast alle fertigen Werke mitgenommen, als sie mich verließ. Sie ertrug es nicht, sich von irgendeinem Bild trennen zu sollen, wie Sie vielleicht schon gehört haben.«

»Ja.«

»Nach meiner Ansicht kam das daher, daß sie in mancher Hinsicht immer Kind geblieben ist. Ihre Bilder waren für sie – wie würden die Psychologen es nennen? – wohl so eine Art Kuscheldecke. So, da wären wir.« Garrett schob die verwitterte Scheunentür auf. Er war wieder in Windjacke und Kapitänsmütze, ganz der alte Seebär. »Ich bewahre Lauras Bilder in diesem alten Kühlschrank auf. So etwas sollten Sie sich auch anschaffen. Wenn's mal brennt, ist er so gut wie ein Safe.«

Garrett nahm von den rostigen Gitterregalen des Kühlschranks eine abgegriffene, verschnürte schwarze Mappe und zwei Hefter. »Hier, sehen Sie.« Er klappte einen der Hefter auf und begann die Blätter darin umzudrehen. »Meist nur Notizen, unvollendete Skizzen und dergleichen. Was Laura eben zurückgelassen hat, als sie –«

Er sprach den Satz nicht zu Ende, aber Polly hörte sowieso nicht zu. Ihre ganze Aufmerksamkeit galt den Zeichnungen: teils flinke Skizzen, teils aber auch detaillierte Impressionen von einem Schuppen, einem Blattskelett, einer schlafenden Katze. Sie waren in Bleistift oder Tusche ausgeführt, gelegentlich mit weißer oder brauner Kreide ausgemalt, manche auch mit blauen oder meergrünen Streifen dünner Wasserfarbe. So realistisch die meisten waren, hatten sie doch dieses Kuriose, das typisch Gedämpfte, das Polly augenblicklich erkannte.

»Wissen Sie was?« meinte Garrett. »Wir bringen die ganzen Sachen mal ins Haus, wo es warm ist.«

»Ja, natürlich.« Polly hatte die Kälte gar nicht gespürt; jetzt merkte sie, daß ein feuchter, eisiger Wind durch die Scheune pfiff.

Wie kann das angehen? dachte sie, während sie Lorins Exmann wieder durch das lange, plattgetretene Gras folgte. Womit habe ich das verdient, obwohl ich doch gestern nacht nicht getan habe, was Lorin von mir wollte? Aber vielleicht hatte sie ja *genau* getan, was Lorin wollte, zumindest was Lorin selbst getan hatte: ihn aus ihrem Zimmer gesperrt, aus ihrem Leben.

Im Haus räumte Garrett Jones die Messingleuchter und die wächsern aussehenden, liebevoll arrangierten Herbstfrüchte vom Eßzimmertisch und klappte die Mappen wieder auf. Sie enthielten mehr, als Polly sich vorgestellt oder erhofft hatte – nicht nur Skizzen, sondern auch Notizen, Rechnungen und Bilder in Postkartenreproduktion.

»Auwei!« rief sie, während er darin herumblätterte. »Ich wußte gar nicht, daß Sie das alles haben. Sie haben nie davon – das hat mir kein Mensch gesagt –«

»Es hat sich ja keiner dafür interessiert. Nicht bevor Sie kamen.« Garrett drehte lächelnd ein Blatt Papier um, eine Einkaufsliste in Lorins dünner, spitzer Handschrift:

Deckweiß
Zahnpasta
Grapefruitsaft
Narzissenzwiebeln

»Das haben Sie alles behalten«, sagte Polly leise.

»Ich habe Laura geschrieben und sie gefragt, ob ich es ihr nachschicken soll, sobald sie wieder eine Wohnung hatte«, verteidigte sich Garrett, obwohl Polly es ganz anders gemeint hatte. »Sie hat meine Briefe nie beantwortet. Oder die von meinem Anwalt. Ich hab schon manchmal gedacht, der Kerl zerreißt sie einfach.«

»Welcher Kerl?«

»Cameron, dieser Lump. Sie haben doch sicher schon von ihm gehört.«

»O ja.«

»Haben Sie ihn mal gesehen?«

»Noch nicht. Aber wenn ich nächsten Monat nach Key West fliege, hoffe ich ihn zu interviewen.«

»Ach ja? Dann viel Glück.« Das würde sie brauchen, hieß sein Ton.

»Erzählen sie mir mal von ihm«, sagte Polly, indem sie ihre Aufmerksamkeit mit Mühe von den Zeichnungen losriß.

»Von Hugh Cameron?« Garrett sprach den Namen wie ein Unwort. »Ich bin ihm nur ein paarmal begegnet und habe ihn da nicht weiter beachtet. Natürlich ahnte ich nicht, daß er je wichtig für mich werden könnte.« Er schüttelte den Kopf. »Er war einer von diesem unmanierlichen jungen Volk, das in diesem Jahr am Kunstzentrum von Provincetown war. Dabei malte er nicht einmal; er war Dichter. Das heißt, er nannte sich Dichter, weil er in einer dieser Zeitschriften, die keiner liest, ein paar läppische Gedichtchen veröffentlicht hatte.«

»Aha.« Polly merkte sich im Geiste vor, diese Gedichte zu lesen.

»Um die Wahrheit zu sagen: Er hatte ein Künstlertemperament ohne entsprechende Begabung. Das kommt ja nicht selten vor. Und es mag ja meinetwegen eine Tragödie sein, aber wer in dieser Situation ist, sollte eben seine Verluste abschreiben, wie ich es auch getan habe. Tut man's nicht, ist man bald nur noch ein jämmerlicher Möchtegern.«

Polly sah Garrett an. Dann wolltest du also auch einmal Maler werden, dachte sie.

»Na ja.« Garrett räusperte sich. »Das Kunstzentrum bietet ja Farbklecksern und Dichterlingen außerhalb der Saison nicht nur Wohnung, sondern auch Ausstellungen und Lesungen. Ich war damals im Verwaltungsrat, und wenn ich auf

Cape Cod war, sind Laura und ich meist zu den Vernissagen gegangen. So sind wir dann irgendwann auch Hugh Cameron begegnet, im Oktober, wenn ich mich recht erinnere.«

»Aha. Und?«

»Kein Und, was mich anging.« Garrett zuckte die Achseln. »Ich habe ihn im April bei einer anderen Vernissage wiedergesehen; daran erinnere ich mich, weil Laura sich da eine Weile mit ihm unterhalten hat, aus mir unerfindlichen Gründen. Da war seine Zeit in Provincetown so gut wie um. Am ersten Mai werden die Leute nämlich rausgeschmissen und die Ateliers an Touristen vermietet. Er hatte keine Arbeit, kein Geld und nirgends eine Bleibe.

Ich sehe das so, er hat sich irgendwann in diesem Frühjahr Laura etwas näher angesehen. Daß sie eine erfolgreiche Malerin war, wußte er schon und nahm wohl an, sie hätte ein bißchen Geld – für seine Begriffe wahrscheinlich mehr als ein bißchen, denn ich hatte Laura alles, was sie mit Malen verdiente, von Anfang an auf ein eigenes Konto tun lassen. Sie hat davon nur ihre Malsachen bezahlt; das Geld für Kleidung und Haushalt bekam sie von mir, und ich habe auch sonst alles bezahlt.

Und so kam Cameron wohl zu dem Schluß, daß es ganz nützlich für ihn sein könnte, sich in Laura zu verlieben und ihr etwas von der Integrität des Künstlers und der Destruktivität des Kritikers in die Ohren zu blasen, und wie wichtig es für wahrhaft sensible Menschen ist, die Welt der Konventionen hinter sich zu lassen und nur füreinander und für ihre Kunst zu leben. Mit solchem Gewäsch hat er sich ja hinterher bei jedem, der ihm zuhören wollte, zu rechtfertigen versucht.

Wenn er ein Maler gewesen wäre, hätte Laura ihn in zehn Minuten durchschaut. Mein Gott, wenn Celia noch gelebt hätte, ihre Mutter, die hätte ihn schon nach fünf Minuten durchschaut, denn sie verstand etwas von der Dichtkunst.

Auch Lennie, Lauras Bruder – einen Versager wie Cameron hätte er auf zwanzig Schritt Entfernung erkannt. Aber Laura konnte sie nicht fragen.«

»Und Ende April ist sie dann mit ihm abgehauen?«

»Ja. Am ersten Mai.« Garrett lächelte mißmutig. »Cameron scheint später viel Getue darum gemacht zu haben. Solch billiger Symbolismus war ganz nach seinem Geschmack.«

»Und Sie hatten keine Ahnung, was da lief?«

»Nicht die mindeste. Wie gesagt, Laura hatte mir keine Nachricht hinterlassen, weshalb ich mir zunächst mal gar nichts dachte. Ich war von Providence heruntergefahren und hatte ihr nicht gesagt, wann ich genau ankommen würde. Als sie dann nicht hier war, dachte ich, sie sei irgendwohin gegangen, um zu malen, vielleicht sogar über Nacht mit der Fähre nach Boston gefahren, das tat sie nämlich manchmal. Ich habe die ganze Gegend abgesucht und bin auch zum Hafen hinuntergelaufen, weil sie da oft zum Malen hinging. Als es dunkel wurde, habe ich ein paar von unseren Freunden angerufen, aber keiner hatte sie gesehen oder wußte etwas. Dann habe ich im Kleiderschrank nachgesehen, aber die meisten Sachen von ihr schienen noch da zu sein, so daß ich nun anfing, an Autounfälle zu denken, oder irgendwelche Strauchdiebe am Strand und in den Wäldern.«

Noch nach über zwanzig Jahren hörte Polly in Garretts Stimme ein Echo der Panik dieses Abends. »Und was haben Sie dann gemacht?«

»Tja, ich bin im Haus herumgelaufen und habe alle möglichen Leute angerufen, bei denen ich so tat, als wäre nichts weiter los. Dann bin ich in Lauras Atelier gegangen, um eine Telefonnummer nachzusehen. Vorher hatte ich da nichts Ungewöhnliches bemerkt, aber jetzt fiel mir auf, daß fast alle ihre Malsachen weg waren.«

»Und da wußten Sie, daß sie weg war?«

»Eigentlich noch nicht. Sie konnte ja zum Malen weggegangen sein. Erst am nächsten Tag wußte ich es. Da stellte ich nämlich fest, daß sie nicht nur ihr eigenes Bankkonto abgeräumt hatte, sondern auch unser gemeinsames hier. Fast sechstausend Dollar, denn ich hatte gerade das Geld für ein neues Dach darauf eingezahlt.«

»Verdammt«, entfuhr es Polly, denn sie fragte sich, womit sie das je entschuldigen könnte.

»Sie dürfen aber nicht zu hart mit Laura ins Gericht gehen«, sagte Garrett, der ihren Ton richtig deutete. »Es war ja vermutlich Camerons Idee. Laura hatte gar keinen Begriff von Geld, und ihr lag auch nichts daran. Wenn es nach ihr gegangen wäre, hätte sie vom Tauschhandel gelebt.«

»Also wußten Sie, oder vermuteten zumindest, daß Lorin mit Cameron durchgegangen war«, sagte sie.

»Meine Güte, nein. Er ist mir nicht einmal in den Sinn gekommen.«

»Demnach hatten Sie keine Ahnung, daß er sich in sie verliebt hatte?« fragte Polly, weil es ihr soherum taktvoller erschien.

»Nein. Falls man es überhaupt so nennen will. Ich weiß nur, daß er den Instinkt eines Schotten hatte, wenn es um Geld ging. Solange Laura etwas im Rücken hatte, klebte er an ihr wie Gummilösung. Als ihre Barschaft aufgezehrt war und ihre Bilder sich nicht mehr verkauften, hat er sich dann schnell verkrümelt.«

»Ja, ich habe schon gehört – das heißt, Jacky Herbert hat mir erzählt, daß Cameron nicht da war, als Lorin im Sterben lag.«

»Stimmt, da war er oben in Maine, der Lump.« Garretts Stimme wurde rauh. »Vergessen wir den Kerl. Das ist jetzt Schnee von gestern. Hier, sehen Sie mal.« Er zog die schwarze Mappe zu sich und löste mit einiger Mühe die zerfransten, ausgebleichten Bänder.

Es waren nur ein paar Bogen Papier darin: drei, vier große Zeichnungen, auf die mit Bleistift Anmerkungen zu den Farben gekritzelt waren, offenbar Vorskizzen zu Gemälden. Darunter befand sich, abgedeckt mit einem zerknitterten Seidenpapier, das Garrett vorsichtig hochhob, eine große Gouache, die eine Art Feuerwerk darstellte, oder vielleicht einen See im Herbstwald; die ganze Szene funkelte und blitzte von lauter Tupfern in Rot, Orange und Gold, beinahe pointillistisch.

»Nein!« rief Polly. »Das habe ich ja noch nie – ich wußte gar nicht –«

»Es ist natürlich unfertig.«

»Wirklich?« Es stimmte; die eine untere Ecke bestand nur aus einem unregelmäßigen weißen Fleck mit ein paar hingeworfenen ockerfarbenen Strichen; aber bei Lorin Jones waren leere oder fast leere Flächen auf der Leinwand nichts Ungewöhnliches.

»Je nun. Vielleicht ist es auf eine Art doch fertig. Vielleicht wollte Laura es so.«

»Wie schön das ist!« Sie starrte lange das Bild an, dann sah sie vorwurfsvoll zu Garrett auf. »Sie haben das nie erwähnt – es hätte in die Ausstellung gehört.«

»Kann schon sein. Aber – na ja, ich wollte es wohl da nicht hängen sehen. Dieser kleine Teich – Sie sehen, daß es ein Teich ist?«

»Ja.«

»Der befindet sich drüben im Wald bei Truro. Laura und ich sind da manchmal zusammen hingegangen, im ersten Herbst, als wir hier wohnten. Ich sehe mir das jetzt nicht mehr so gern an.«

»Verstehe.« Da habt ihr euch geliebt, dachte Polly. Dieser

herrliche Sturm von Licht und Farben war das Denkmal, die Stoffwerdung eines erotischen Erlebnisses.

Sie sah Garrett an, aber er hatte das Gesicht zum Fenster gewandt. »Sie könnten es verkaufen«, meinte sie und merkte erst, als sie es aussprach, wie gefühllos das war. »Sicher würde die Galerie Apollo –«

»Verdammt, ich will dieses Bild nicht verkaufen!« Sein Ton war grob. »Wissen Sie was?« fuhr er dann freundlicher fort. »Könnten Sie es nicht nehmen?«

»Ich?« Pollys Stimme hob sich bei dieser Silbe.

»Ja, Sie.«

»Das geht nicht.«

»Warum nicht?«

»Ich meine – um Himmels willen, es ist zu wertvoll.«

»Ich brauche kein Geld«, sagte Garrett fast zornig. »Ich möchte gern, daß Sie es haben. Das heißt, sofern ich sicher sein kann, daß Sie es nicht irgendwo aufhängen, wo ich es je wieder sehen muß, oder es an irgendeinen Sammler oder ein Museum verkaufen, jedenfalls nicht, bevor ich mal nicht mehr bin. Ich möchte nicht unverhofft irgendwo davorstehen, wenn Sie verstehen, was ich meine.«

»Ja, ich verstehe.«

»Gut.« Garrett räusperte sich. »Dann zu den anderen Sachen. Sie möchten von der einen oder anderen Skizze doch sicher gern eine Kopie haben.«

»Eigentlich möchte ich gern von allem eine Kopie haben«, sagte Polly eifrig. »Natürlich bezahle ich die –«

»Lassen wir das. In Provincetown ist ein recht guter Copyshop. Da kann ich gleich hinfahren, nachdem ich Sie zum Flughafen gebracht habe. Oder wenn wir ein bißchen früher aufbrechen« (er sah auf die Uhr), »könnten die das Zeug vielleicht noch kopieren, bevor Sie abfliegen.«

»Das wäre phantastisch«, rief Polly. Ihr ging auf, wie großzügig und hilfsbereit Garrett war. »Wissen Sie, es haut mich richtig um, daß Sie sich diese ganze Mühe für mein Buch machen wollen. Das heißt, ich weiß es wirklich zu schätzen.«

»Danke.« Garrett lächelte. »Aber warum haut es Sie um?«

»Ich wollte nur sagen – ich meine –«, stotterte Polly. »Mancher Mann wäre bestimmt böse; wegen letzter Nacht, meine ich.«

»Das wäre albern, wenn man die Umstände bedenkt.« Garrett lachte. »Aber«, fuhr er beiläufig fort, »manchmal sind Frauen, die andere Frauen lieben, ja ziemlich überrascht, wenn sie merken, daß sie auch von Männern etwas haben können – beziehungsweise von einem Mann, der ihre körperliche Neigung versteht.« Er warf ihr einen unverkennbar vielsagenden Blick zu. »Ich erinnere mich an die Dreißiger, als ich im Village wohnte –«

»So bin ich aber nicht«, fiel Polly ihm ins Wort. Sie hatte schon von Männern gehört, die sich gern mit ihrer Gabe brüsteten, homosexuelle Frauen zu »bekehren«, wie sie es ausdrückten.

»Wie schade.« Garrett zog mit einem kurzen Lächeln Lorins Gouache zu sich über den Tisch und deckte behutsam das Seidenpapier wieder darüber.

Also doch kein Geschenk, sondern ein Bestechungsversuch, dachte Polly. Ich habe soeben die stillschweigende Bedingung abgelehnt, und schon wird das Angebot zurückgezogen. Sie war wütend, aber auch erleichtert, denn Garrett war jetzt nicht mehr anständig und großzügig, sondern hatte sich als alter Lustgreis verraten, der Sex mit den Bildern seiner verstorbenen Frau zu kaufen versuchte – oder noch schlimmer, mit einem Bild von dem Ort, an dem sie und er sich einst geliebt hatten. Wie gemein, abscheulich, ekelhaft!

Trotzdem gab es Polly einen Stich, als die Farben unter dem zerknitterten Seidenpapier verschwammen. Wahrscheinlich würde sie dieses Bild nun nie mehr wiedersehen, dachte sie und wünschte fast, sie hätte Garretts stillschweigende Bedingung akzeptiert.

»Na, dann sollten wir jetzt mal packen«, schnaufte er. Er legte die Zeichnungen auf den Tisch, nahm das eingeschlagene Bild, tat es in die alte schwarze Mappe zurück und verknotete langsam wieder die Bänder. Dann reichte er die Mappe Polly. »Bitte sehr.«

Sie wich erschrocken einen Schritt zurück. »Das geht nicht!« rief sie, entsetzt über ihre eigenen Gedanken. »Das verdiene ich nicht, es –«

»Aber natürlich.« Garrett grinste sie an. »Sie wissen ja nicht, wie froh ich bin, daß endlich einmal jemand die Wahrheit über Laura schreiben wird. Und wie besonders froh ich bin, daß es jemand wie Sie ist.« Er sah Polly mit einem Ausdruck an, der zuerst herzlich und freundlich war, dann unsicher wurde. »Oder vielleicht mögen Sie das Bild eigentlich gar nicht.«

»O doch!« rief sie. »Es ist wunderbar.«

»Na also.«

Noch immer zögerte Polly. Aber ein leiser Widerhall in ihrem Ohr, Lorin Jones' Stimme – oder ihre eigene, denn hatte Garrett nicht gesagt, sie klängen gleich? – schien ihr zuzuflüstern: Nimm es; ich möchte es so, du sollst es haben. Ganz langsam streckte sie die Arme aus.

JANET BELLE SMITH, Schriftstellerin.

– O ja, ich erinnere mich an Laurie Zimmern vom College. Sie war natürlich nur ein Jahr am Smith, in meinem zweiten Jahr. Dann wechselte sie ans Bennington, wo sie wirklich viel besser aufgehoben war. Sie war ein merkwürdiges Mädchen – oder eine merkwürdige junge Frau, sollte ich heute wohl sagen. Sogar fürs Bennington, wo es damals noch ganz schick war, ein bißchen merkwürdig zu sein; auch heute noch, glaube ich.

– Wie wir Freundinnen wurden, weiß ich nicht mehr. Ich glaube, es fing damit an, daß ich mir ein Buch mit Zeichnungen von Beardsley gekauft hatte und Laurie mich fragte, ob sie es sich ausleihen dürfe. Ich erinnere mich noch, daß ich damals fand, sie sehe selbst wie eine Zeichnung von Beardsley aus, lauter lange, schwungvolle Kurven in Schwarz und Weiß. Sie war sehr auffallend damals, eine richtige Schönheit, ganz schlank, mit weißer Haut und diesen großen dunklen Augen und sehr viel dunklem Haar. Das trug sie lang über die Schulter, mit dichtem Pony, wie eine ägyptische Pharaonentochter. Damals wirkte das schon etwas komisch, denn so ziemlich alle anderen trugen kurze Locken.

– Wenn man von Natur aus keine Locken hatte? Nun, dann ließ man sich eben eine Dauerwelle legen.

– Auch ihre Kleidung war für unsere Begriffe sehr eigenartig. Ich weiß noch, wie ich in meinem zweiten Jahr am ersten Abend zum Essen hinunterging und dort die Neuen alle standen, alle in buntgestreiften und madraskarierten Kleidern, geblümten Röcken und Faltenröcken und Blusen mit Bubikragen, also genauso, wie wir anderen Schafe auch alle herumliefen. Und mitten dazwischen stand Laurie in einem langen, roten Zigeunerrock mit Volants, und einem rattenschwarzen, ausgeschnittenen Baumwollpulli. Sie tat mir leid, aber ich dachte, sie würde wohl bald merken, daß sie völlig falsch angezogen war, und etwas dagegen tun. Aber das tat sie nicht. Eine Zeitlang dachte ich dann, sie sei vielleicht eine Stipendiatin und könne sich nichts Neues zum Anziehen leisten. Na ja, ich war eben damals schrecklich konventionell. So war ich eben aufgewachsen.

– Es zeigte sich aber, daß Laurie gar nicht arm war. Ihre Eltern waren ziemlich wohlhabend. Sie trug diese Klamotten aus freien Stücken. Das meiste davon hatte sie in Second-hand-Läden gefunden – da war das natürlich noch lange nicht *en vogue*. Ich habe mich manchmal richtig geschüttelt, wenn sie wieder mit so etwas von der Heilsarmee ankam. Ehrlich gesagt, es geht mir noch immer so. Ich würde mir nie etwas Getragenes kaufen; man weiß doch gar nicht, wo das herkommt und was für komische Krankheiten die frühere Trägerin womöglich gehabt hat.

– O nein, manchmal ging sie auch in richtige Geschäfte. Wir sind sogar einmal zusammen einkaufen gegangen. Daran erinnere ich mich, weil Laurie da so was Komisches gemacht hat.

– Es war in New York, in den Frühjahrsferien, und sie nahm mich mit zu Klines am Union Square. Ich war dort noch nie gewesen, und diese Menschenmasse, dieses Schieben und Drängen, machte mir richtig Angst. Und überall diese gräßlichen Warnungen vor Ladendiebstahl: Da glotzte auf so einem häßlichen Bild eine Frau mit starren Augen zwischen Gitterstäben hervor, und darunter stand in großen Blockbuchstaben auf Englisch und Spanisch: DIEBE KOMMEN INS GEFÄNGNIS – MACH DEINER FAMILIE KEINE SCHANDE. Ich kam mir vor wie zwischen lauter Dieben; ich hielt wie verrückt meine Handtasche umklammert, solange ich da drin war.

– Aber Laurie fühlte sich pudelwohl. Dann fand sie dieses

Kleid an einem Ständer – es war ganz nett, schwarze Baumwolle mit eckigem Ausschnitt, mit schwarzer Baumwollspitze besetzt. Es gefiel ihr so gut, daß sie sagte, sie wolle gleich zwei davon kaufen. Ich hielt das für einen Witz, aber sie erklärte mir, dann brauche sie sich nie mehr den Kopf zu zerbrechen, was sie anziehen solle, denn eines der beiden Kleider sei ja immer sauber.

– Ja, sie hat tatsächlich beide gekauft. Und sie hat sie auch getragen, als das College wieder anfing, jeden Tag, an dem das Wetter warm genug dafür war, mindestens einen Monat lang.

– Ja, jetzt kommt einem das sehr mutig vor, wenn auch exzentrisch; aber nach unseren damaligen Regeln war es geradezu schockierend, richtig verrückt. Da hatte man sich jeden Tag eine neue Kombination auszudenken, die sich so selten wie möglich wiederholen durfte. Wenn man schon ein Kleid zum zweiten Mal anzog, achtete man wenigstens darauf, daß man andere Accessoires dazu trug, einen anderen Gürtel oder Schal und dergleichen. Noch heute ...

– Nein, wahrscheinlich war ich am Smith die einzige, die Laurie näher kennenlernte. Eigentlich paßte sie da doch gar nicht richtig hin, und dann war sie ja auch so schüchtern und gab so komische Sachen von sich. Manche hielten sie für hoffnungslos neurotisch; andere fanden sie nur hochnäsig und affektiert. Die meisten meiner Freundinnen verstanden nicht, warum ich überhaupt etwas mit ihr zu tun haben wollte. Aber ich fand sie faszinierend, wirklich, besonders am Anfang. Sie war zum Beispiel für eine Studienanfängerin ungemein belesen. Und ich wußte, daß sie ungeheuer begabt war.

– Ich fand es immer jammerschade, daß Laurie sich der abstrakten Malerei zuwandte, denn sie konnte so wunderschön zeichnen. Ich habe noch immer ein paar Skizzen, die sie von mir und einem Efeutopf gemacht hat. Aber etwas Sonderbares hatte sie ganz gewiß an sich, und das war nicht aufgesetzt. Wenn es nur aufgesetzt gewesen wäre, ich glaube, es wäre in mancher Hinsicht besser gewesen.

– Daß Laurie so sonderbar war, hat mich anfangs nicht gestört. Was meine anderen Freundinnen sagten, habe ich gar nicht beachtet, bis zu einem Abend gegen Jahresende. Da schrieb ich gerade an einem Aufsatz über Hawthorne, als Laurie an meine Tür klopfte und mich bat, mitzukommen und mir anzusehen, was sie mit ihrem Zimmer angestellt hatte. Als Neuling hatte sie eines der kleinsten Zimmer auf dem Flur, aber das hatte sie nach und nach so dekoriert, daß es viel größer wirkte und gar nicht mehr aussah wie eine Campusbude. Sie hatte ganz viele kleine Spiegel darin, und eine bedruckte indische Tagesdecke auf dem Bett, und ganze Stapel von bestickten Kissen in den leuchtendsten Farben, karmesin- und scharlachrot und pflaumenblau – man sollte ja meinen, das paßte nicht zusammen, aber es paßte. Auf dem Boden hatte sie so einen großen, ausgefransten indischen Teppich, mit einem Baum voll seltsamer Vögel. Und sie hatte ganz wunderliche Poster und massenhaft tropische Pflanzen –

– Nein, Sie müssen bedenken, daß wir von den Vierzigern reden, da war so etwas noch nicht abgedroschen, es war originell – komisch vielleicht, aber aufregend. Laurie war der Mode weit voraus, müssen Sie wissen. Was nämlich die meisten von uns in den Zimmern hatten, waren Usambaraveilchen und Chintz-Sessel und die orientalische Brücke aus dem Gästezimmer daheim; und bei den weniger wohlhabenden Mädchen unter uns waren es eben Tagesdecken und Vorhänge aus dem Kaufhaus.

– Da hat mich das natürlich interessiert, und ich bin mitgegangen, um zu sehen, was Laurie jetzt wieder gemacht hatte. Sie öffnete die Tür, so weit es ging, aber es ging eben nicht sehr weit, weil etwas sie von innen zuhielt. Ich zwängte mich hinter ihr ins Zimmer, und sie knipste das Licht an.

– Also, das war Wahnsinn. Alles umgedreht oder auf den Kopf gestellt. Laurie hatte ihre sämtlichen Poster mit der Rückseite nach vorn an die Wand gehängt und alle Möbel umgedreht, so daß an der Kommode und dem Schreibtisch die Schubladen nicht mehr aufgingen, weil sie zur Wand zeigten, und zu sehen waren nur die ungebeizten Rückseiten. Auf dem Schreibtisch stand noch die Lampe, aber sie stand auf dem Kopf, balancierte auf dem weißen Schirm und streckte den Messingfuß in die Luft. Auch die Stühle standen alle zur Wand, und der Teppich lag mit der Unterseite nach oben auf dem Boden.

– Am schlimmsten war das Bett. Weiß der Himmel, wie sie das geschafft hatte, denn im College waren alle Möbel massiv Eiche und sehr schwer. Es sah einfach schrecklich aus, wie dieses Bett da auf dem Rücken lag und seine vierkantigen Beine mit ihren metallenen Klauenfüßen und Rollen in die Luft streckte, den blanken Lattenrost nach oben, der aussah wie die Rippen von einem geschlachteten Tier. Und erst die Pflanzen! Alle Töpfe umgekippt, manche umgestülpt, daß Erde und Blätter herausfielen. Ich kriegte richtig Angst.

– Ja, da stand ich also und besah mir die Bescherung. Und Laurie sah mich mit ihrem süßen Lächeln an und fragte: »Ist das nicht hübsch?« Ich dachte, sie macht Spaß, und wollte mitspielen und fragte: »O ja, aber wo willst du eigentlich schlafen?« »Weiß ich nicht«, sagte sie. »Vielleicht werde ich mal eine Weile gar nicht schlafen.«

– Ja, sie ließ es so, aber nur ein paar Tage. Dann haben wohl die Stubenmädchen – wir hatten damals noch Stubenmädchen – sich beschwert, sie könnten da nicht hineingehen und saubermachen, und da hat die Hausmutter von ihr verlangt, alles wieder in Ordnung zu bringen.

– Ich wußte nicht, was ich davon halten sollte. Wenn ich aufgeklärter gewesen wäre, hätte ich wahrscheinlich gedacht, sie habe Marihuana geraucht oder irgendwas sonst. Ich denke, ich habe mich wohl vor allem gewundert und auch, wie gesagt, ein bißchen gefürchtet. Es war, als hätte Laurie sagen wollen: Mein Leben hier steht auf dem Kopf, es ist von innen nach außen und von vorn nach hinten gekehrt. Es schien ihr so ernst damit, und ich hätte gar nicht sicher sagen können, ob es nur ein Scherz war.

– Nein, eigentlich glaube ich nicht so recht, daß es einer war.

– Doch, es machte etwas aus. Ich mußte einsehen, daß Laurie nicht ganz normal war. Und bis zu den Prüfungen am Ende des Frühjahrsquartals war sie dann ganz wunderlich geworden. Natürlich wurden viele Mädchen da nervös und machten verrückte Sachen; eine andere Freundin von mir setzte sich die ganze Nacht zum Lernen in die Badewanne – ohne Wasser, versteht sich – weil das so unbequem war, daß sie nicht einschlief. Aber bei Laurie war es irgendwie schlimmer. Sie aß nicht mehr richtig, und am Ende saß sie eine ganze Prüfung durch, Biologie, glaube ich, ohne ein einziges Wort zu schreiben.

– Zum Schluß kam heraus, daß sie die ganzen drei Stunden nichts getan hatte, als sich ganz langsam die Augenbrauen auszuzupfen, Härchen für Härchen. Ich habe sie hinterher gesehen, und das Komische war, daß sie überhaupt nicht verstört wirkte und gar nicht mal so schlimm aussah.

– Ein bißchen wie diese europäischen Porträts aus dem fünfzehnten Jahrhundert, ein Memling vielleicht. Bei aller Komik irgendwie vornehm. Damals war es ja bei den Frauen Mode, sich die Augenbrauen vollständig auszuzupfen.

– Ja, ich habe sie im darauffolgenden Sommer noch ein, zweimal gesehen. Wir haben uns in New York getroffen und sind zusammen zum Lunch und in ein paar Galerien gegangen. Ich habe mich gefreut, sie wiederzusehen. Aber danach haben wir die Verbindung nicht mehr richtig aufrechterhalten.

– Also, zum einen hatte sie sich einen ziemlich irren Haß auf das Smith College zugelegt. Sie sagte, es habe so eine bösartige, spießige Atmosphäre; ich solle es auch verlassen, bevor ich davon vergiftet würde, meinte sie. Aber ich konnte natürlich nicht vom Smith abgehen; wollte ich ja auch gar nicht. Laurie wechselte dann also ans Bennington und schloß neue Freundschaften, und das war's dann eigentlich. Wir verloren einander aus den Augen. Jetzt tut es mir leid. Ich habe nie mehr einen Menschen wie sie kennengelernt.

– Nein. Das heißt, ich habe ein paarmal versucht, über sie zu schreiben, aber es ging nie. Gewiß hätte die Geschichte zum Teil auch nur meine Reaktion auf Laurie wiedergegeben, aber trotzdem – jedesmal kam sie völlig unglaubwürdig heraus, oder einfach nur komisch, und darum ging es ja gar nicht. Ich glaube, das passiert oft, wenn man ungewöhnliche Menschen zu porträtieren versucht. Und wenn man es dann in der Geschichte damit zu erklären versucht, daß die geschilderte Person ein Genie sei oder einmal berühmt sein werde, klingt es doch immer ein bißchen wie eine Bitte um mildernde Umstände, oder? Es überzeugt einfach nicht. Ich glaube, daß beim Geschichtenschreiben, jedenfalls bei meiner ganz speziellen Art zu schreiben ...

8

An einem bewölkten, schneematschigen Nachmittag in der Woche vor Thanksgiving betrat Polly Alter mit nassen Füßen, feuchtem, wirrem Haar und einem schweren, flachen Paket, das sie vorsichtig auf dem Sofa ablegte, ihr Wohnzimmer. Sie schälte sich aus ihrem durchnäßten Mantel, zog die aufgeweichten Schuhe aus und warf sie in die Flurgarderobe. Dann schnitt sie das braune Paket auf und entnahm ihm Lorin Jones' Gouache von dem Teich in Truro, jetzt fachmännisch aufgezogen und gerahmt. Sie räumte ein paar verbeulte bronzene Kerzenhalter und Jeannes Begonientöpfe vom Kaminsims und stellte das Bild an deren Platz. Schließlich trat sie einen Schritt zurück, baute sich davor auf und erhoffte so etwas wie ein Wunder.

Seit sie von Cape Cod zurück war, hatte Polly ernsthafte Schwierigkeiten mit ihrem Projekt. Sie konnte es einfach nicht verwinden oder sich damit abfinden, daß Lorin Jones so unreif, selbstzerstörerisch und bösartig gewesen sein sollte, ihren doch relativ anständigen Mann einfach ohne Vorwarnung wegen eines drittklassigen Opportunisten zu verlassen und sich nur gerade noch die Zeit zu nehmen, das gemeinsame Bankkonto zu plündern. Je länger Polly darüber nachdachte, desto weniger gefiel es ihr. Sie und Jim hatten, bevor sie sich trennten, diesen Schritt monatelang besprochen und dann ihre Besitztümer gerecht und fair geteilt. Laut Garrett war der Diebstahl – anders konnte man es kaum nennen – Hugh Camerons Idee gewesen; aber das bedeutete nur, daß Lorin ebenso schwach und beeinflußbar wie heimtückisch war.

Pollys unmittelbares Problem war, wie sie diese Episode in der Biographie behandeln würde. Sollte sie ebenso heimtükkisch sein und das weglassen? Oder sollte sie ihre Heldin als Persönlichkeit mit schweren Mängeln bloßstellen?

Polly liebte Lorin Jones nach wie vor, aber sie konnte sie nicht mehr vorbehaltlos bewundern. Und das magische Gefühl des Einsseins mit Lorin war dahin. Der Besuch in Wellfleet, die übersinnliche Erfahrung, sich in Lorins Landschaft, ihrem Haus zu befinden, wo Lorins Geist allgegenwärtig war, kamen ihr jetzt wie ein falscher, flüchtiger Zauber vor; oder in prosaischeren psychologischen Begriffen: ein temporärer Wahn.

Sich von Lorin Jones umschwebt, von ihrem Geist besessen zu wähnen, ging selbst für eine Biographin, vielleicht gerade für eine Biographin, zu weit ins Tiefe. Nun aber planschte Polly in moddrigen Untiefen dahin und fühlte, wie Lorin ihr täglich mehr entglitt, sich immer weiter auflöste zu einer klammen, leblosen Kollektion von Fakten, einem Sammelsurium aus lückenhaften Erinnerungen und vorgefaßten Meinungen anderer. Aus dieser amorphen Masse, diesem Klumpen Froschlaich noch etwas zu machen, diese Aufgabe erschien ihr immer schwieriger. Sie hatte mittlerweile gar keine klare Vorstellung mehr davon, wer Lorin Jones gewesen war oder was sie gedacht und gefühlt hatte. Manchmal war Polly so verwirrt und niedergeschlagen, daß sie daran dachte, Lennie Zimmerns Rat zu befolgen: den Gedanken an ein Buch über das Leben seiner Schwester aufzugeben und einfach etwas über ihr Werk zu schreiben, eine geringfügig erweiterte Version des Katalogs zu den »Drei Amerikanerinnen«.

Dummerweise war sie sich bei dem Werk aber auch nicht mehr so sicher. Wenn sie ihre farbunechten Dias gegens Licht hielt oder die wenig inspirierenden grauweißen Reproduktionen betrachtete, empfand sie nichts; ihr fiel nichts Neues dazu ein. An manchen Tagen werkelte sie nur deshalb weiter vor sich hin, weil sie nicht wußte, wie sie es ihren Kollegen im Museum und der Stiftung erklären sollte, wenn sie aufgab. Die Stiftung würde vielleicht sogar ihr Geld zurückverlangen.

Die Interviews, die sie in letzter Zeit gemacht hatte, waren zumeist ärgerlich oder unbrauchbar. Laut dem letzten war Lorin Jones in ihrer Collegezeit eine Schizophrene wie aus dem Lehrbuch gewesen. Falls dem nicht so war – und das ließ sich mit nichts beweisen – hatte entweder Janet Belle Smith (die immerhin von Berufs wegen Geschichten erfand) sich das aus den Fingern gesogen, oder Lorin Jones hatte aus einem perversen Humor heraus für Ms. Smith die Verrückte gespielt.

Jeanne hatte Polly über diese Zeit der Zweifel und Ängste hinwegzuhelfen versucht, aber seit ihrem Bruch mit Betsy war sie selbst nur noch ein Häuflein Elend, und was sie sagte, half alles nichts. Die Wahrheit war, daß Jeanne mit Pollys Projekt an sich nicht recht einverstanden war, denn sie hielt nichts von Individualbiographien an sich. Als marxistisch-feministische Historikerin sah sie es als kontraproduktiv an, über atypische Personen – sogenannte »Helden« oder »Führer« – zu schreiben. Sie analysierte lieber Statistiken oder nahm das Leben gewöhnlicher Leute unter die Lupe. In ihren Augen war Polly der »biographischen Täuschung« erlegen – der überkommenen patriarchalischen Vorstellung, daß die Geschichte aus den Lebensläufen »großer Männer« bestehe. Dies nun auf die Lebensläufe »großer Frauen« auszudehnen hieß, nach den Regeln der Männer zu spielen.

»Warum nicht gleich über mein Leben schreiben?« hatte Jeanne erst letzte Woche – und nicht zum ersten Mal – gewitzelt. »Aus historischer und soziologischer Sicht ist es ebenso bedeutend wie das von Lorin Jones. Und du kämst sehr viel leichter an die Fakten.« Dabei hatte sie ein wenig bitter gelacht, was sich wohl auf die vielen Wiedererzählungen der traurigen Geschichte ihrer Affäre mit Betsy bezog.

»Das ist sicher wahr«, hatte Polly geantwortet und ebenfalls gelacht. Aber sie wußte, daß Jeanne nicht nur ulkte: Wie die meisten Leute, die Polly interviewt hatte, wünschte sie sich eigentlich, daß Polly sich mit ihr befaßte und über sie statt über Lorin Jones schrieb. Wieder überkam sie ein Gefühl von Isolation und rastloser Ungeduld.

Nun aber stand Polly vor dem frisch gerahmten Bild und spürte so etwas wie Hoffnung. Der Kamin war kalt und leer; er hatte, seit sie hier eingezogen waren, noch nie funktioniert. Aber selbst in dem indirekten grauen Licht, dem einzigen, das je in dieses Zimmer fiel, funkelte und flammte Lorins Bild in Rostgold, rauchigem Ocker und stählernem Blau. Die an fallendes, wirbelndes Laub erinnernden Farbtupfer schienen zu zittern und zu beben; andere tanzten und hüpften stellvertretend für die Wellen auf dem Teich. Das ganze Bild lebte von der Auflösung und Verwandlung des Herbstes sowie von Lorin Jones' leidenschaftlicher Liebe zu Farben und der sinnlich wahrnehmbaren Welt. Ja, dachte Polly. Das war das Eigentliche: das Werk eines Genies. Aber was sagte es über die Frau aus, die es geschaffen hatte?

Sie starrte das Bild an, bis ihr die Augen tränten und die Farben verschwammen; bis sie selbst inmitten eines Sturms von Farben stand, ohne einer Antwort näher zu sein. Endlich wandte sie sich schwindlig ab. Sie stellte Jeannes Begonien auf eine Fensterbank und trug die Kerzenhalter in die Küche.

»Herrgott noch mal!« rief sie aus, als sie sich dort umblickte. Heute morgen, als sie fortging, war diese Küche noch sauber gewesen. Jetzt stand schmutziges Geschirr im Spülbecken, und der Tisch war voller Krümel; Milch, Eier, Brot und Marmelade standen noch darauf, und die Margarine war auf ihrer Untertasse zu einer zähflüssigen gelben Pfütze zerlaufen, in der eine tote Fliege lag. Vor ihrem Streit mit Betsy hätte Jeanne nicht einmal eine leere Tasse auf dem Tisch stehenlassen; aber in ihrer Niedergeschlagenheit war sie schlampig und zerstreut geworden. »Wir haben miteinander gebrochen, sage ich immer, wenn jemand mich fragt«, hatte sie neulich erklärt. »Aber weißt du, für mich gilt das wörtlich; ich fühle mich immer noch wie in kleine Stücke zerbrochen.« Derweil hatte die Sorge um ihr Buch Polly überaktiv und ungeduldig gemacht; kein Wunder, daß sie nicht mehr so gut miteinander auskamen.

Teil des Problems war natürlich der Sex. Seit Polly aus Wellfleet zurück war, hatten sie und Jeanne einander noch dreimal zu lieben und zu trösten versucht, und es hatte nicht recht geklappt. Polly fühlte sich geliebt, aber nicht befriedigt, und Jeanne war, wie man deutlich merkte, nicht wirklich getröstet.

Es hatte sich gezeigt, daß Jeanne es am liebsten hatte – oder zumindest jetzt am meisten brauchte und sich wünschte – wenn sie sich nur küßten und schmusten und sich aneinander kuschelten, sich genüßlich langsam in die Erregung steigerten und sie ohne Orgasmus wieder abklingen ließen. Nein, den vermisse sie nicht, hatte sie zu Polly gesagt. Eigentlich stoße der Gedanke an dieses krampfartige Zucken sie sogar eher ab; sie habe sich schon oft gefragt, ob das nicht etwas sei, was die Männer mit ihrer rohen, animalischen Sexualität den Frauen neuerdings unterzuschieben versuchten. Schließlich habe jahrhundertelang niemand von einer weiblichen Klimax gesprochen.

Dummerweise ging es Polly nicht ebenso. Am Beginn eines jeden Zusammenkommens seufzte sie und freute sich an Jeannes seidenweicher, rosiger Haut, ihrem zarten, sanften Streicheln, ihren federleichten Küssen. »Ah, das ist wunderbar«, flüsterte sie dann und zahlte mit Zinsen zurück. »Wunderbar bist du«, wisperte dann Jeanne und hob die hellen Locken von Pollys Schenkel. Doch wenn Polly dann später richtig in Fahrt kommen wollte, wenn sie aufschrie und sich anklammerte und stöhnte und zappelte, wurde Jeanne ganz still und zog sich zurück und betrachtete ihre Freundin mit verlegenem, sorgenvollem Blick, ob sie wohl durchgedreht sei.

Aber auch für Jeanne waren diese Begegnungen nicht recht befriedigend, das war klar. Nach landläufiger Meinung werden Männer nach dem Verkehr melancholisch; das hatte Polly meist nicht bestätigt gefunden; aber Jeanne war hinterher immer ein bißchen traurig und schweigsam, was sie allerdings zu verbergen suchte. Wenn Polly fragte, wie es ihr gehe, antwortete Jeanne: »Natürlich gut.« Polly vermutete, daß sie dann wieder an Betsy dachte; wenn sie aber danach fragte, stritt Jeanne es ab.

Das Schlimmste, fand Polly, war eigentlich, daß ihre Gespräche zu leiden begannen. Jahrelang hatten sie und Jeanne, solange sie nur intime Freundinnen waren, einander alles sagen können. Seit sie aber jetzt in einem anderen Sinne intim waren, begannen sie ihre Gedanken und Gefühle voreinander zu verbergen. Polly konnte niemandem mehr erzählen, wie ihr zumute war; nicht einmal ihrer besten Freundin konnte sie sich anvertrauen, denn ihre beste Freundin war Jeanne, und wenn Jeanne gewußt hätte, wie einsam und frustriert Polly sich manchmal fühlte, nachdem sie sich geliebt hatten, wäre sie gekränkt und unglücklich gewesen.

Polly hoffte, wenn Jeanne nur erst einmal über diese dumme Betsy hinweg wäre – die ihrer ganz entschieden nicht würdig war –, würde sie im Bett wieder aktiver und mehr bei der Sache und hinterher glücklicher sein; und nicht zuletzt auch im Haus besser zu gebrauchen: Falls nicht, wußte Polly nicht, wie lange sie das noch aushielt.

Jeanne hätte ruhig aufräumen können, bevor sie zur Uni ging, knurrte sie vor sich hin, während sie in der Küche stand und diese unerfreulichen Gedanken wälzte. Sie weiß doch, wie sehr ich Unordnung hasse. Aber wenn ich es ihr sage, ist sie gekränkt und verletzt. Sie wird behaupten, sie habe verschlafen und sei für die Arbeit zu spät dran gewesen, oder sie sei nervös und habe schlecht geschlafen – dabei hat sie noch geschnarcht wie eine fette Katze, als ich ging.

Aber das waren kleinliche Gedanken, unwürdig einer echten Freundin und erst recht einer Geliebten. Polly verdrängte sie. Sie räumte die Küche auf – schließlich kostete das nur ein paar Minuten – und leerte einen vollen Aschenbecher mit Jeannes Zigarettenkippen in den Abfalleimer. Jeanne gab ja angeblich wieder einmal das Rauchen auf oder versuchte es zumindest einzuschränken, mogelte aber wie immer dabei. Zuletzt trug Polly auch noch Jeannes abgestoßene Ballettschuhe über den Flur zurück.

Als Polly in Stevies ehemaliges Zimmer trat, dachte sie mit freudiger Erregung daran, daß sie ihren Sohn in einer knappen Woche wiedersehen würde. Kommenden Mittwoch würde sie nach Rochester fliegen, wo Stevie kurz nach ihr aus Denver eintreffen würde. Wie immer würden sie bei ihrer Mutter Thanksgiving feiern und am Freitag danach zusammen nach New York zurückfliegen.

Jeanne wäre dann fort: Sie verbrachte das Wochenende bei Ida und Cathy, die für ein Dutzend Frauen ein Thanksgivingdinner gaben. Sie hatten auch Polly dazu eingeladen, aber selbst wenn Polly nicht schon zu ihrer Mutter führe, hätte sie gezögert. Sie dürfte nicht zögern, sie müßte sich an die Gegenwart anderer lesbischer Frauen gewöhnen, sich sogar darüber freuen. Nur mochte sie zwar die meisten von Jeannes Freundinnen, aber bei Ida und Cathy war ihr immer etwa unbehaglich. Jedesmal, wenn sie dort war, hatte sie das Gefühl, daß sie (vor allem Ida) sie ständig nach Anzeichen von Vorurteilen und falschem Denken belauerten.

Bevor Jeanne aber die Wohnung verließ, müßte Polly ein ernstes Wort mit ihr reden. Im Moment war Stevies Zimmer voll von Jeannes Kleidern, Büchern, Postern und Kassetten nebst Recorder; ihre Schreibmaschine und die Hefte ihrer Studenten nahmen Stevies Schreibtisch ein. Irgendwann im Lauf der Woche mußte das alles aus diesem Zimmer verschwinden. Zwar konnte Polly abwarten und hoffen, daß Jeanne sich von selbst dazu aufraffte, aber wahrscheinlich würde sie es am Ende doch selbst machen müssen.

»Hallo.« Jeanne drückte langsam die Wohnungstür hinter sich zu und legte den Riegel und die Kette vor, was Polly meist vergaß und Jeanne dann monierte. Jetzt aber sagte sie nichts. Stumm beschloß Polly, auch nichts über das Chaos in der Küche zu sagen.

»Hallo.«

»Wie geht's?« Jeanne stellte eine volle Einkaufstüte aufs Sofa und ließ sich wie ein ebenso totes Gewicht daneben hinplumpsen.

»Nicht schlecht.« Polly wandte sich vom Schreibtisch um und sah zum Kaminsims hinauf, aber Jeanne folgte ihrem Blick nicht. »Ich habe heute Lorins Bild abgeholt.«

»Ach ja?« Jeanne wandte kurz den Kopf.

»Ich finde es gut gerahmt, du nicht? Zuerst hatte ich ja gefürchtet, diese Chromleiste könnte zu breit sein, aber jetzt finde ich sie genau richtig. Und über dem Kamin macht es sich prima.«

»Ja. Ganz nett«, brummelte Jeanne.

»Ich weiß nicht, wie du das beurteilen kannst.« Polly lächelte. »Du hast kaum hingesehen.«

»Brauche ich auch nicht. Ich habe mir das Ding schon stundenlang angesehen, nachdem du es von Cape Cod mitgebracht hattest.«

Es ärgerte Polly, Lorins Bild als »das Ding« bezeichnet zu hören, aber sie schluckte es. »Weißt du, es bedeutet mir nämlich sehr viel, etwas von ihr um mich zu haben. Auch wenn es komisch klingt, aber es gibt mir das Gefühl, ich könnte das Buch doch noch hinkriegen.«

»Wie schön«, sagte Jeanne in einem Ton, als hätte sie von Pollys Zweifeln allmählich genug.

»Ich dachte nur eben, man mag über Garrett Jones ja sagen, was man will, aber dafür muß ich ihm dankbar sein.«

»Hoffentlich nicht zu dankbar.« Jeanne erhob sich matt und begann sich einen langen, hauchdünnen weißen Wollschal vom Hals zu wickeln.

»Wie meinst du das?«

»Hm.« Jeanne zog jetzt auch den Mantel aus. »Ich meine, du läßt dich beim Schreiben hoffentlich dadurch nicht hemmen.«

»Wie sollte es mich hemmen?« fragte Polly, langsam kribblig. »Im Gegenteil – ich hoffe, es wird mir helfen, mich inspirieren, Herrgott noch mal.«

Jeanne seufzte. »Ich meinte nicht das Bild. Du sollst nur nicht vergessen, warum Jones es dir geschenkt hat, sonst nichts. Möchtest du eine Tasse Red Zinger?«

»Nein, danke.« Polly setzte sich einen Moment hin und betrachtete stirnrunzelnd die schimmernden, glimmenden Farben, die jetzt mit dem Tageslicht verblaßten; dann folgte sie Jeanne in die Küche. »Wie meinst du das? Warum hat Garrett mir Lorins Bild denn deiner Meinung nach geschenkt?«

»Liegt das nicht auf der Hand? Wenn das Ding soviel wert ist, wie du sagst, kann es nur als Bestechung gedacht sein. Jones muß sich überlegt haben, daß du daraufhin nichts Böses mehr über ihn schreiben kannst.«

»Ich glaube nicht – das war nicht eine Sekunde –« Polly begann zu stottern. »Garrett hat mir das Bild geschenkt, weil er froh ist, daß ich über Lorin schreibe, und weil er diese Landschaft sowieso nicht mehr sehen will. Sie irritiert ihn, ich hab dir ja gesagt, warum –« Sie versuchte Jeannes skeptisches Lächeln zu ignorieren. »Außerdem habe ich gar nicht vor, etwas Böses über ihn zu schreiben.«

»Ach nein?«

»Ich schreibe die Wahrheit, sonst nichts.«

Jeanne lachte zum erstenmal, und Polly merkte, daß sie mißverstanden worden war. Sie hatte in der Tat nicht vor, irgend etwas Unschönes über Garrett Jones zu schreiben, weil sie ihm Lorins Schwierigkeiten mit der New Yorker Kunstszene nicht länger anlastete. Ohne Zweifel hatte er seine Frau zuviel allein gelassen und sie nicht verstanden. Aber konnte denn irgendein Mann, geschweige ein Kritiker, eine begabte Frau wirklich verstehen? Und er hatte sie beruflich und finanziell unterstützt; er hatte sie auf seine Art auch geliebt und ihr recht viel Freiheit gelassen.

»Da ist die richtige Einstellung«, sagte Jeanne, immer noch leise kichernd.

»Ich habe nichts gegen Garrett Jones«, beharrte Polly. »Er war, wenn man's recht bedenkt, sehr nett zu mir.«

»Na, aber! Was hat er denn für dich getan, bei Licht betrachtet?« Das Wasser begann zu kochen, und auch Jeannes Laune näherte sich anscheinend dem Siedepunkt. »Er hat dir ein angeschmutztes, halbfertiges altes Bild geschenkt –«

»Es ist nicht angeschmutzt.« Polly errötete; es stimmte allerdings, daß die eine untere Ecke des Papiers geknickt und angestaubt war; aber nachdem das Ganze jetzt gerahmt war, sah man den Schaden kaum noch.

»– und er wollte dich dazu herumkriegen, seine albernen, wichtigtuerischen Memoiren für ihn zu schreiben.«

»Das ist ihm ja nicht gelungen.« Jetzt wurde auch Polly böse. Sie hatten dieses Gespräch schon einmal geführt, wenn auch höflicher und allgemeiner. »Jedenfalls glaubte er mir etwas Gutes zu tun. New York ist voll von angehenden Kunsthistorikern, die sich diese Chance nicht entgehen lassen würden.«

»Mhm.« Jeanne goß kochendes Wasser in eine antike japanische Teekanne, ein Geschenk von Betsy aus glücklicheren Tagen. »Irgendwie kann man dich ganz schön einseifen, Polly«, fuhr sie fort. »Ein Mann muß dir nur ein bißchen freundlich kommen, schon bist du überzeugt, daß er ein netter Mensch ist.«

Polly antwortete nicht darauf, obwohl ihr sogleich die Erwiderung einfiel, daß es schon mehr als ein bißchen freundlich war, jemandem ein Bild im Wert von mehreren Tausend Dollar zu schenken.

»Mich wundert, daß er nicht obendrein versucht hat, dich zu vernaschen«, sprach Jeanne weiter. »Er hält sich doch, wie man hört, für ein Gottesgeschenk an alle Frauen.« Polly gab keine Antwort. »Oder vielleicht hat er's versucht?« hakte Jeanne nach.

»Natürlich nicht«, erklärte Polly und machte damit aus der bisherigen Unterlassungslüge eine richtige. Wenn Jeanne die volle Wahrheit erführe, würde sie erwarten, daß Polly jedem weiteren Kontakt mit Garrett Jones abschwor, was beruflich sehr unpraktisch wäre, und ihr wahrscheinlich noch Vorwürfe machen, daß sie ihn nicht geohrfeigt hatte. Polly sah sich im Geiste Garrett Jones, einem schläfrigen, halbbetrunkenen, närrisch verliebten alten Mann eine Ohrfeige verpassen; die Vorstellung hatte nichts Verlockendes. »Aber ich glaube, er mochte mich und hat mir zum Teil auch deshalb das Bild geschenkt.«

»Das kam dann wohl daher, daß du ihn so schön eingelullt hattest. Du hast ihm Honig ums Maul geschmiert, wie ich dir geraten hatte, und sein Vertrauen gewonnen.« Jeanne lächelte und beanspruchte stillschweigend das Verdienst für sich.

»Hm«, brummte Polly, nicht ganz bei der Sache. Ihr war soeben in den Sinn gekommen, man könne das, was in der bewußten Nacht in Wellfleet vorgefallen war, ebensogut Jeannes Konto anrechnen. Nur weil Polly ihren machiavellistischen Rat befolgt hatte, stets ruhig zu bleiben und jedem, den sie interviewte, scheinbar recht zu geben, hatte sie den ganzen ersten Tag so hinterhältig agiert, mit ihrer eigenen Meinung hinter dem Berg gehalten und das passive, ehrfürchtig bewundernde Weibchen gemimt. Kein Wunder, daß Garrett angenommen hatte, sie bewundere ihn wirklich, werde ihm gern beim Schreiben seiner Memoiren helfen und seine feuchten Küsse genießen. Sie seufzte laut.

»Das klingt ja ganz erschöpft«, sagte Jeanne.

»Ja, ich bin ein bißchen müde.« Sie gähnte; sie hatte die letzte Nacht nur etwa sechs Stunden geschlafen.

»Du solltest mal eine Pause einlegen.« Jeanne stellte ihre Teetasse ins Spülbecken. »Du bist so früh aufgestanden, du mußt völlig fertig sein.«

»Ich könnte wohl ein Nickerchen vertragen«, mußte Polly zugeben.

»Gute Idee.« Auch Jeanne gähnte ein bißchen und seufzte leise. »Ich glaube, ich komme mit. Meine Studentinnen haben mich heute ganz schön Nerven gekostet. Und vielleicht können wir ja vorher noch ein bißchen tummeln«, meinte sie lächelnd, was sich auf eine Strophe von Gingan-

Hund und Kaliko-Katz bezog, die inzwischen für sie beide eine ganz private erotische Bedeutung bekommen hatten:

Gingan-Hund und Kaliko-Katz
tummelten in einer Hatz.

»Meinetwegen.« Polly lächelte nur matt. Jeannes Bemerkungen über Garrett hatten sie gegen den Strich gebürstet.

Eine halbe Stunde später lagen sie engumschlungen zwischen den zerwühlten, gelbbraun gewürfelten Laken. Jeanne war eingedöst; aber Polly war überhaupt nicht müde, denn aus irgendeinem Grund – verdammt, aus dem einfachen Grund, daß sie nicht befriedigt war.

Beim »Tummeln« hatte Polly angedeutet, Jeanne könne ihr mal ein bißchen aktiver nachhelfen. Jeanne hatte sofort eingewilligt; aber bald wurden ihre Gesten ganz mechanisch. Dann erschlaffte ihre Hand und vergaß das Streicheln; sie ließ sich zurücksinken und begann zu schnurren: »Mmm, ja, das ist schön. O ja, wunderbar«, und steigerte sich in ein tiefes Crescendo der Freude und Dankbarkeit. »Ah, herrlich«, seufzte sie schließlich. »Danke, Darling.« Dann versank sie, satt und schläfrig, in Trance.

Polly stützte sich auf einen Ellbogen und starrte auf ihre Freundin: die hellbewimperten Augen, das feine Zaushaar; die dralle, seidenweiche Haut; die großen, weichen weißen Brüste und den kleinen, halboffenen rosa Mund, aus dem ein rhythmisches Atmen kam, zu leise, um ein Schnarchen genannt zu werden. Im Gegensatz zu Polly hatte Jeanne die beneidenswerte Gabe, überall und jederzeit einschlafen zu können.

Es war ja nur natürlich, nach dem Sex einzuschlafen; wenn Polly so recht zufrieden war, wollte auch sie nur noch davonschweben. Den meisten Frauen ging es so. Männern auch: Jim Meyer war manchmal – Polly stockte mitten in der Erinnerung, wütend, daß sie in einem solchen Moment an Jim überhaupt nur dachte.

Sie war ja, seit er fort war, gelegentlich von heterosexuellen Phantasien geplagt worden; aber seit sie zum ersten Mal mit Jeanne geschlafen hatte, war das perverserweise immer häufiger passiert. Wenn sie immerzu daran denken mußte, wie das früher mit dem Sex gewesen war, lag es ja vielleicht nur daran, daß sie zwar erregt, aber nicht befriedigt worden war. Selbst wenn sie mit Jeanne gerade zugange war, konnte sie sich in den lebhaftesten Farben an irgendeinen Moment in ihrer Vergangenheit erinnern, sogar an ihren kürzlichen Besuch in Wellfleet.

Warum mußte sie nur immer wieder an diesen peinlichen Abend denken, diese mißliche, unwillkommene Umarmung? Sie war nicht an Garrett Jones interessiert, diesem jämmerlichen, eingebildeten alten Mann. Es hatte ihr keinen Spaß gemacht, ihn zu küssen, es verlangte sie nicht nach einer Wiederholung. Ihr ging nur nach, woran sie das erinnert hatte: das Gefühl, wenn ein Männerkörper sich an ihren preßte, so flach und schwer und hart; dieses Führenwollen, nicht mit Worten vermittelt, sondern durch Gesten und wohlige Laute.

Es wäre ja alles soviel besser, wenn sie Jeanne oder irgendeine andere Frau wirklich lieben könnte. Und vielleicht kann ich es, dachte Polly; immerhin liebe ich Lorin Jones. Aber sie konnte Jeanne nicht auf die gleiche Weise lieben, wie sie Lorin liebte. Jeanne war, unter anderem, kein Genie.

Andererseits war sie lebendig und anwesend. Und sie war warm und zärtlich und treu und liebte Polly; sie war nett und aufmerksam und brachte ihr Blumen mit und backte für sie Kuchen. Die Blumen, meist an einem U-Bahn-Kiosk erstanden, hielten sich zwar nie lange, und die Kuchen waren in letzter Zeit oft krumm und in der Mitte zusammengefallen, aber die Geste kam doch jedesmal von ganzem Herzen.

Vielleicht war alles nur Pollys Schuld; vielleicht war sie im Grunde kalt und reserviert, unfähig zu echter Liebe und Nähe, sogar bei einer anderen Frau. Vielleicht war Jeanne nur deshalb noch so bedrückt, so schlampig und reizbar und nicht bei der Sache. Mit einem Seufzer ließ Polly sich bäuchlings neben ihre Freundin fallen und versuchte vergebens einzuschlafen.

»Du?« Jeanne gähnte und öffnete langsam die Augen; sie stemmte sich auf einen Ellbogen und sah Polly an. »Eigentlich ist es nicht das Wahre, wie?« meinte sie nach einer kleinen Weile.

»Was?«

»Ich meine, es funktioniert nicht. Du bist immer noch ganz aufgedreht.«

»Ja, ich – so bin ich wohl.«

»Es geht nicht nur dir so.« Jeanne strich Polly über die Stirn, die widerspenstigen, zerzausten Locken. »Es ist auch für mich nicht ganz das Wahre. Das Problem ist, ich liebe dich als Freundin, wirklich, aber eigentlich bist du nicht mein Typ.« Sie seufzte.

»Wie?« Polly drehte sich auf die Seite.

»Wenn du es wärst, hätte ich mich damals im September nie darauf eingelassen, hier zu wohnen; das hätte einfach zu weh getan.«

Polly fuhr erschrocken hoch und sah ihre Geliebte an. »Du meinst, ich bin für dich nicht attraktiv?« fragte sie und bekam vor Überraschung den Mund nicht mehr zu.

»Hm, nein. Nicht richtig.« Jeanne lächelte abbittend und schüttelte den Kopf. »Die Sache ist, mir haben es fast immer nur die mageren, wirrköpfigen jungen Rothaarigen oder

Rötlichblonden angetan, solche wie Betsy. Du bist mir viel zu vernünftig und erwachsen.«

Und zu alt und zu dick, dachte Polly und hätte am liebsten bitter aufgelacht.

Jeanne mußte einen Wechsel oder ein Zucken im Gesicht ihrer Freundin bemerkt haben, denn sie fuhr rasch fort: »Das heißt nicht, daß du nicht ungemein hübsch wärst, Liebes. Bestimmt würden sich eine Menge Frauen für dich interessieren. Ida hat schon zu mir gesagt –«

»Warum hast du dann aber vorgeschlagen –?« rief Polly, indem sie sich ganz aufsetzte, um ihrer Freundin ins Gesicht zu sehen. Der Gedanke, daß man in diesem Zusammenhang mit Ida über sie gesprochen hatte, war ihr widerlich.

»Ach ja, das war wohl, weil ich so elend und enttäuscht war. Du ja auch. Aber es war eben doch keine gute Idee. Du warst so wunderbar lieb zu mir. Das Dumme ist nur, daß ich immer noch so schrecklich in Betsy verliebt bin, obwohl mir klar ist, daß ich sie wahrscheinlich nie mehr wiedersehe. Aber bei allen anderen habe ich das Gefühl, ihr untreu zu sein.«

»Verstehe.« Polly war immer noch zum Lachen oder Weinen; ihr kam das Ganze wie ein schlechter Witz vor.

»Und überhaupt bin ich für dich ja auch nicht wirklich attraktiv, Darling.« Jeanne lächelte.

»Doch, aber – zumindest –« Polly stieß einen nervösen Seufzer aus. »Ich habe wohl nur eine andere Vorstellung vom Lieben. Aber ich dachte, du –«

»Ich weiß.« Jeanne lachte laut und fröhlich, aber auch ein bißchen traurig. »Wir waren eben beide höflich.«

»Vielleicht.«

»Ich sag dir was. Wir stehen jetzt auf und gehen in einen richtig verrückten Film. Einen mit wilden Tieren, oder Wesen aus fernen Welten.«

»Gut. Ich schaue mal in der *Times* nach, was es gibt.« Polly stand auf. »Aber weißt du was?« meinte sie, indem sie sich an der Tür noch einmal umdrehte. »Wenn du immer noch in Betsy verliebt bist, solltest du sie vielleicht mal anrufen. Ich meine, es könnte doch sein, daß sie darauf nur wartet.«

»Vielleicht«, meinte Jeanne, dann wurde ihre Miene düster. »Vielleicht auch nicht.« Sie nahm das Kissen, auf dem sie gelegen hatte, und schüttelte es nachdenklich. »Nun gut. Ich werd's mir überlegen.«

KENNETH FOSTER, Maler.

– Ja, ich habe in meinen Unterlagen nachgesehen. Laurie Zimmern war im Frühjahr 1945 am Bennington in meiner Malklasse, zweites Jahr.

– Ich erinnere mich sehr gut an sie. Meine Beine mögen schon wackeln, aber mein Kopf ist noch ganz klar. Außerdem erinnere ich mich immer an meine begabten Schüler.

– Es gab nicht so viele davon, wie Sie vielleicht glauben. Wenn ich einen oder zwei in einer Klasse von zwanzig hatte, schätzte ich mich glücklich.

– Nein, man weiß das nicht gleich. So einfach ist das nicht. Sehen Sie, es ist nicht nur das Können, das den Erfolg macht. Wenn man so lange lehrt wie ich, weiß man, daß in jedem Jahrgang einige Schüler echtes Talent haben, und einige haben vielleicht echten Ehrgeiz: den leidenschaftlichen Wunsch, Maler zu werden. In meinen zweiten Klassen am Bennington hatten die meisten weder das eine noch das andere, jedenfalls nicht so, daß es einem aufgefallen wäre.

– Es waren durchaus nette Mädchen. Etliche haben dann gut geheiratet und recht intelligent mit Bildersammeln angefangen, weil Leute wie Garrett Jones und ich ihnen etwas beigebracht haben. Aber Künstlerinnen sind sie nicht geworden.

– Ja, Talent *und* Ehrgeiz; um es in der Kunst zu etwas zu bringen, braucht man sehr viel von beidem. Wenn Sie nur das eine haben, ist es eine Tragödie. Ich habe so viele junge Leute gekannt, die um alles in der Welt Maler werden wollten. Sie hätten alles dafür getan, alles aufgegeben, Tag und Nacht gearbeitet, jahrelang, aber sie hatten einfach nicht die nötige Begabung. Man wußte gleich, daß ihr Leben ein einziges Elend sein würde.

– O ja, ich habe ihnen das zu sagen versucht, vor allem anfangs. Das nützt gar nichts; sie stempeln einen nur als bösartigen, lebensfeindlichen Spießer ab. Sie setzen einen auf die gleiche Liste mit denen, die John Keats getötet und van Gogh mittellos haben sterben lassen und so weiter.

– Und manchmal, das ist fast noch schlimmer, hat man dann welche, die zwar Talent haben, aber keinen Ehrgeiz. Die lassen es sich von ihren Eltern oder Ehepartnern ausreden, Maler werden zu wollen, weil das kein sicherer, kein ordentlicher Beruf ist. Statt dessen studieren sie Jura oder Betriebswirtschaft oder kriegen bloß Kinder. Wie viele Stunden meines Lebens habe ich damit vertan, auf solche Leute einzureden! Man mag schon gar nicht mehr dran denken.

– Nein, bei Laurie Zimmern war es anders. Sie hatte die Gabe: einen großartigen, sehr feinen Farbensinn, und sie zeichnete hervorragend. Außerdem wollte sie mit aller Macht malen; ich glaube, das war das einzige, was sie überhaupt je gewollt hat. Aber vor der Welt außerhalb des Ateliers hatte sie Angst.

– Ja, ich erinnere mich zum Beispiel an den Empfang nach der Bennington-Schülerausstellung am Quartalsende. Es herrschte ziemliches Gedränge. Natürlich war die gesamte Fachschaft da, und etliche Verwandte und Freunde und Leute aus der Stadt. Es war für Laurie die erste Ausstellung, und sie hatte solche Angst, daß sie buchstäblich kein Wort herausbrachte.

– Ja, so im Laufe des nächsten Jahres hat sie dann etwas mehr Selbstvertrauen bekommen. Ich glaubte allerdings nicht, daß sie je genug davon haben würde, um es zu schaffen. Aber sie war eben auch gescheit. Sie wollte eine berühmte Malerin werden, und zwar schnell. Und sie war intelligent genug, um zu wissen, wie sie geartet war und daß sie unbedingt jemanden brauchte, der ihre Arbeit förderte und sich zwischen sie und die Welt stellte.

– Also, in diesem Jahr am Junior College hatte sie drei Bilder in der Schülerausstellung, und jeder, der etwas davon verstand, konnte sehen, daß diese Bilder mit Abstand die besten von allen waren. Garrett wollte die Künstlerin kennenlernen, und ich habe sie ihm vorgestellt. Das werfe ich mir eigentlich heute noch vor, obwohl – wie hätte ich das ahnen können? Sie lernten sich jedenfalls kennen, und Laurie sah ihre Chance und packte sie beim Schopf.

– Sie wußte, was sie wollte. Das dürfen Sie laut sagen. Jedenfalls ließ sie sich nichts in die Quere kommen. Und niemanden. Seine Frau bedeutete ihr weniger als ein alter Putzlappen. Sie wissen doch, daß er damals verheiratet war?

– Und Sie wissen wohl auch, daß er mit meiner jetzigen Frau verheiratet war.

– Doch, ganz recht.

– Nein, wenn Sie es wissen wollen, es überrascht mich gar nicht. Garrett redet jetzt nie mehr davon, aber er und Roz waren sieben Jahre lang miteinander verheiratet. Als er die Anstellung am Bennington bekam, hat sie eine prima Stelle in New York aufgegeben, um mit ihm herzukommen, und dann hat sie hier zum halben Gehalt im Dekanatsbüro gearbeitet.

– O ja, ich kannte beide gut. Bis Laurie Zimmern auf den Plan trat, waren wir drei gute Freunde und haben alles gemeinsam gemacht.

– Ich hatte beide sehr gern. Sie sahen beide gut aus und waren nette Leute, voller Schwung. Und überaus glücklich miteinander. Roz war so warmherzig und geistreich und fröhlich, jederzeit zu allem bereit, und Garrett war blitzgescheit. Obwohl ich nur ein paar Jahre jünger war als er, habe ich intellektuell zu ihm aufgesehen; er wußte soviel, und sein Kunstverstand, sein Urteilsvermögen war jederzeit unantastbar.

– Nun, ich habe mit den Jahren auch noch etwas anderes gelernt, nämlich daß manche Männer, auch die gescheitesten, bei Frauen hoffnungslos schwach sind. Und eine gewisse Sorte Frauen spürt das natürlich und macht es sich zunutze.

– Ich glaube nicht, daß es mit Liebe das allermindeste zu tun hatte, jedenfalls nicht bei ihr. Wenn Sie meine Meinung hören wollen, war das einzige, was Laurie Zimmern je geliebt hat, sie selbst und die Malerei, in dieser Reihenfolge.

– O ja, schön war sie. Das mußte sie schon sein, wenn Garrett sich für sie interessieren sollte, und begabt auch.

– Ja, es stimmt, das sagen die Leute oft. Und eine gewisse Ähnlichkeit kann ich nicht leugnen, vor allem bei ihren frühen Bildern. Aber schon damals hatte Lauries Arbeit so etwas Mystisches, Surrealistisches, was meine nie hatte – was ich auch gar nicht wollte.

– Nein, das hatte nichts mit Einfluß zu tun; es war etwas Grundlegenderes, glaube ich: eine ähnliche Art, die Welt zu sehen. Natürlich habe ich ihr einige technische Dinge beigebracht. Und ich konnte ihr einige Künstler der Vergangenheit nennen, deren Werke sie sich vielleicht ansehen sollte. Das ist im Grunde alles, was man für so jemanden tun kann. Es ist schon paradox: Nicht den besten Schülern kann man tatsächlich etwas beibringen, sondern denen, die nur geschickt und begabt sind.

– *Sehr* gut. Und wenn sie nicht durchgedreht und mit diesem albernen Jüngling ausgerissen wäre – wenn sie am Leben geblieben wäre – ich glaube, man würde sie heute als eine der bedeutendsten Malerinnen ihrer Generation betrachten. Ja, mit Sicherheit.

– Ich sehe da keinen Widerspruch. Genie hat nichts mit Charakter zu tun; die größten Künstler waren manchmal Heilige, andere waren Schweine.

– O ja, wir sehen Garrett und Abigail sehr oft. Anfangs

durfte man ja vor Roz seinen Namen nicht mehr aussprechen, und das konnte man ihr nicht verdenken. Aber nachdem Laurie ihn verlassen und er wieder geheiratet hatte, war es leichter. Wir mögen Abigail beide sehr. Außerdem ist das jetzt so lange her. Und Roz ist eine wunderbar großherzige Frau; sie trägt nichts nach. Oder wie sie sagt: Ein Elefant vergißt nie, aber wer will schon ein Elefant sein?

– Natürlich wird es nie mehr sein wie früher, aber was ist das im Leben schon? Wir vier vertragen uns. Erst letzten Sommer haben wir zusammen so eine Kreuzfahrt gemacht, haben die griechischen Inseln abgeklappert, und ich habe viele Aquarelle gemalt.

– Ja, das war eine tolle Sache. Wenn meine Beine mitmachen, wollen wir uns für nächstes Frühjahr die Bergstädte Norditaliens vornehmen.

9

In der Nacht vor Thanksgiving lag Polly im Haus ihres Stiefvaters in Rochester in dem Zimmer, das seit ihrem neunten Lebensjahr immer ihres gewesen war. Die steile Schräge der Decke und der fleckige, abblätternde Kalk waren ihr so vertraut wie ihre eigene Haut, die ebenfalls fleckig zu werden und abzublättern begann. Die Bücher ihrer Kindheit standen noch auf den Regalen hinter der Tür, ihre alten Poster – Monet und die Beatles – hingen noch an den Wänden. Die groben ockerfarbenen Vorhänge, die sie selbst gesäumt hatte, waren inzwischen von der Sonne gebleicht, aber nach wie vor verfingen sie sich im Griff des Flügelfensters.

Für Polly war ihr altes Mansardenzimmer noch immer das einzige im Haus, in dem man sich wirklich wohl fühlen konnte. Die anderen waren zwar auch ganz gemütlich, aber potthäßlich; nicht daß sie vulgär oder pompös eingerichtet gewesen wären – nur eben ohne jeden Geschmack. Im Wohnzimmer schlugen tannengrüne Polstermöbel sich mit einem olivgrünen Teppichboden und meergrünen Brokatvorhängen, alles von dauerhaftester Qualität; frühamerikanische Möbel wetteiferten mit viktorianischen Erbstücken und skandinavischer Moderne. Bilder und Wandschmuck waren allein nach ihrer symbolischen Bedeutung ausgewählt: Familienfotos, Fußbänkchen mit rosenbestickten Überzügen, die Pollys Mutter angefertigt hatte, Aschenbecher und ein Zeitungsständer, die ihre Halbbrüder in der Schule gemacht hatten, und ein peinlicher Pastellabklatsch von Degas' ›Tänzerin‹, für den Polly in der siebten Klasse einen Preis bekommen hatte. Noch schlimmer waren die Urlaubssouvenirs von Bea und Bob: Kiosk-Aquarelle von Provincetown und Paris, ein vergoldetes Pappmaché-Tablett aus Rom, ein Königshochzeitsteller aus London und ein riesiger, häßlicher Feigenkaktus aus New Mexico. (Mit elf Jahren hatte Polly, nachdem sie gehört hatte, daß Alkohol ein sicheres, wenn auch langsam wirkendes tödliches Gift sei, dieses Monstrum einmal umzubringen versucht, indem sie es mit Sherry goß, im Monat darauf dann mit Gin. Die Putzfrau war verdächtigt worden, heimlich zu süffeln, aber der Kaktus war weiter gediehen und gedieh bis heute.)

Als Teenager hatte Polly sich ebenso taktlos wie aussichtslos beklagt, das Haus müsse doch wohl nicht so aussehen. Es war groß, wohlproportioniert im Stil der Zwanziger und für die Ewigkeit gebaut. Ein Englischprofessor, der gleich um die Ecke an der Crossman Terrace wohnte und mit dessen Kindern Polly zur Schule ging, hatte ein fast genau gleiches Haus; aber es war innen nicht nur gemütlich, sondern auch schön eingerichtet, mit geschmackvollen Möbeln und Bildern und großblättrigen Zimmerpflanzen, die mit Liebe arrangiert waren.

Aber nicht nur aus ästhetischen Gründen fühlte Polly sich in Rochester stets etwas unbehaglich. Das Haus erinnerte sie immer noch an ihr damaliges Leben. Schon wenn sie hineinging, kam sie sich vor wie in einem feinen, feuchtkalten Nebeldunst, der sie mit ihrer früheren Wut und Niedergeschlagenheit anstecken wollte.

Für ihre Mutter war der Umzug nach Rochester eine feine Sache gewesen, das sah Polly jetzt ein; Bea hatte sich so etwas immer gewünscht: eine stabile Ehe mit einem verläßlichen Mann, der sich vom Physikstudenten nach und nach zum ordentlichen Professor emporgearbeitet hatte. Nach allem, was Bea durchgemacht hatte, mußte es herrlich für sie gewesen sein, ein großes, komfortables Haus am Park zu besitzen und in ehrbaren Abständen zwei Söhne zu bekommen, die Bobs friedfertiges Temperament und seine Begabung für Mathematik und Naturwissenschaften hatten.

Aber in dieser glücklichen Familie war Polly eine Fremde. Sie haßte Mathematik; sie war launisch und schrie und kreischte und warf mit Sachen um sich. Sie war zu alt für ihre neue Familie – zehn und dreizehn Jahre älter als ihre Halbbrüder. Sie paßte nicht zu ihrer Mutter und Bob und den Jungen mit ihren glatten Haaren und der langweiligen hellbraunen Hautfarbe. Sie trug nicht einmal denselben Namen wie sie; ein Mädchen aus ihrer Klasse hatte sie einmal gefragt, ob sie adoptiert sei. Oft wußten Leute, die zu einer Party ins Haus kamen, gar nicht, wer sie war. »Sie sind gewiß der Babysitter«, hatte einmal eine Frau in einem glänzenden, perlenbestickten roten Kleid zu ihr gesagt, als sie in die Küche kam.

Ihre Mutter hätte sie wirklich gern babysitten lassen, aber meist wollte Polly nicht, weil ihre kleinen Brüder sich immer gegen sie zusammentaten, sobald die Eltern aus dem Haus waren, und nicht auf sie hörten. Verzogene, dumme kleine Jungen, hatte sie damals gedacht; jetzt waren sie nur noch todlangweilig und spießig.

Lorin Jones hatte auch einen Halbbruder gehabt, mit dem sie als Kind nicht gut auskam, erinnerte sich Polly und fühlte einen Nachhall des Erschauerns, mit dem sie sich mit ihr identifiziert hatte. Aber für mich war es schlimmer, dachte sie; ich hatte davon zwei.

Als Polly vierzehn war, erhielt Bob Milner einen Preis für ein Physiklehrbuch, und ein Reporter von der *Times-Union* kam ihn interviewen. Polly war an diesem Nachmittag bei einer Freundin, nur zwei Straßen weiter, aber niemand rief dort an, damit sie nach Hause käme und mit auf dem Foto von

Professor Milner und seiner Familie sein könnte oder gar in dem Artikel mit erwähnt würde. Bob bedauerte das hinterher, als es zu spät war. »Ist schon gut«, antwortete Polly. »Ich bin ja sowieso nicht mit dir verwandt.«

Bei ihrer Mutter war das anders: Mit ihr fühlte Polly sich verwandt, auch wenn sie nicht begreifen konnte, was Bea an Bob und den Jungen fand – merkte sie denn nicht, wie langweilig sie alle miteinander waren? Bea war wenigstens nicht langweilig; manchmal sagte sie erstaunlich kluge, sogar witzige Sachen über Leute und Begebenheiten. Aber sie war hoffnungslos unemanzipiert und gänzlich ohne Ehrgeiz. Sie war Bob Milner immer noch dafür dankbar, daß er sie geheiratet und in so ein trostloses Nest wie Rochester entführt hatte; und sie konnte es noch immer nicht fassen, wie nett er im Vergleich zu den meisten Männern war.

Und das Empörende daran war, Bob *war* ja »nett«. Er hatte sich stets bemüht, Polly gerecht zu werden, das mußte sie zugeben. Er bezahlte ihr die Schule bis hin zum Studium; nie zog er bei Geschenken oder Musikunterricht oder Reisen ihre Halbbrüder vor. Natürlich war er unter anderem auch deshalb so nett, weil zu Hause immer alles nach seinem Kopf ging; dafür sorgte schon Bea.

Zum Beispiel hatte Bob Milner seine Söhne nach den beiden Physikern, die er am meisten bewunderte, Albert und Hans nennen dürfen; Bea hatte bei der Namenswahl sowenig mitzureden gehabt wie zuvor bei der Wahl von Pollys Namen – die Großmutter ihres Vaters hatte auch schon Paula geheißen. Einmal, schon auf dem College, hatte Polly ihre Mutter gefragt, ob es sie nicht gestört habe, daß ihre Männer immer die Namen für ihre Kinder ausgesucht hätten. Zuerst hatte Bea offenbar gar nicht gewußt, wovon Polly redete; dann hatte sie lächelnd die Hände auf die alte Tretnähmaschine gelegt, auf der sie gerade eine nicht sehr geschmackvolle Flickendecke zusammennähte. »Nein, der Gedanke ist mir nie gekommen«, sagte sie, während sie den Stoff hin und her schob. »Aber ich finde Namen auch nicht so wichtig, du etwa?«

»Ich finde sie sehr, sehr wichtig«, hatte Polly geantwortet; damals hatte sie mit dem Gedanken gespielt, ihren Namen in Stephanie zu ändern, ohne daß sie jetzt noch einen guten Grund dafür gewußt hätte.

Aber vielleicht wollte ich deshalb meinen Jungen unbedingt Stephen nennen, dachte sie. Er sollte so werden, wie ich mir damals einen Stephen oder eine Stephanie vorstellte, wahrscheinlich wegen *Porträt des Künstlers als junger Mann* – unabhängig, kunstliebend und tapfer.

Und was war Stevie nun für ein Mensch? Polly seufzte. Im Moment hatte sie keine Ahnung.

Seit seiner Ankunft in Rochester war es, um es mit seinen Worten auszudrücken, »ein einziger Graus« gewesen. Fassungslos hatte Polly ihn am Flughafen auf sie zukommen sehen, mit langen Schritten, viel größer wirkend in seinen neuen Cowboystiefeln und äußerlich überhaupt zu einem echten Western-Jüngling gewandelt. Sein widerspenstiges braunes Haar (dem ihren so ähnlich und früher auch immer genauso lang) war gebändigt und kurzgeschoren, und er trug einen Skianorak, den sie an ihm nicht kannte, so einen mit lauter Reißverschlüssen und Klappen und Klettstreifen.

»Stevie, Junge!«

»Hi, Mams.«

Nicht nur das klang gezwungen, auch als Polly ihn in die Arme nahm und küßte, schien Stevie es zum ersten Mal im Leben eher zu erdulden als zu erwidern. Auf dem Weg zum Haus ihrer Mutter ließ er ihre Fragen mehr über sich ergehen, als daß er sie beantwortet hätte. Er sah sie kaum an und starrte dafür Pollys Halbbruder Alby und seiner frischgebackenen

Frau Carolee, die vorn saßen, unverwandt ins Genick. Vielleicht fühlte ihr Sohn sich ja durch Carolees Gegenwart gehemmt, obwohl Fremde ihn bisher noch nie eingeschüchtert hatten: Im August hatte er sich noch auf der Fahrt zum Flughafen La Guardia ganz angeregt mit dem Taxifahrer über Tornados unterhalten.

Zu Hause wurde es nicht besser. Diese ganzen Monate hatte Polly sich auf diesen Moment gefreut, und nun fand sie kein Mittel gegen Stevies Reserviertheit. Auf ihren Vorschlag setzte er sich zwar zu ihr in die Küche, während sie den Walnußkuchen backte, den er immer so gern aß, knackte für sie die Nüsse und leckte auch hinterher die Schüssel aus, aber zur Unterhaltung steuerte er nur einsilbige Platitüden bei. Ja. Nein. Klar. Mir geht's gut. Dad geht's gut. Die Schule ist okay. »Kein Problem«, war seine stehende Redewendung. Ihr geliebtes Kind, an dessen lebhafter Gesprächigkeit sie immer solche Freude gehabt hatte, war zu einem höflichen, wortkargen Fremden geworden.

Beim Dinner aber paßte er sich sofort der lauten, banalen Konversation an, die bei den Milners üblicherweise von den Männern dominiert wurde. Er und Bob und Bobs Söhne tauschten Erfahrungen mit Computerspielen und Science-fiction-Filmen aus und erzählten vor einem bewundernden Publikum, bestehend aus Bea und Carolee, vom Bergsteigen und Wildwasserfahren. Danach half Stevie den Männern beim Abwasch und folgte dann Alby und Hans zum Pokerspielen ins Studierzimmer. So ging das immer in diesem Haus: Man konnte sich fast nie unter vier Augen unterhalten. Am besten fand sie sich damit ab; übermorgen würden sie und Stevie ja wieder nach New York fahren, und dann hätte sie ihn zwei Tage lang für sich allein.

Bisher hatte sie ihn weiß Gott noch nicht für sich allein gehabt, dachte Polly, als sie am folgenden Abend den Tisch abräumte und ihre Mutter die Teller unter dem Wasserhahn vorspülte, wie sie es in derselben Küche noch an jedem Thanksgivingfest getan hatten, seit Polly neun war. Bea Milner hatte inzwischen eine neue Spülmaschine bekommen, und mit der wachsenden Familie hatte auch der Eßtisch Ausziehplatten bekommen, aber sonst war alles in dreißig Jahren geradezu gespenstisch gleich geblieben. Vermutlich waren ein paar Teile von Beas langweiligem Vergißmeinnicht-Service zu Bruch gegangen und die eine oder andere ihrer geblümten Leinenservietten verschlissen, aber sie waren stets durch Gleichartiges ersetzt worden.

Bob und seine Söhne plus Stevie saßen derweil, wie jedes Jahr, vorm Fernseher und sahen ein Footballspiel, und Polly und Bea besorgten den Abwasch, obwohl sie doch auch schon das Dinner zubereitet hatten. Normalerweise waren nach dem Essen die Männer dran, aber an Thanksgiving waren sie immer freigestellt. Damit hatte Polly sich ja auch schon abgefunden. Aber etwas anderes wurmte sie jetzt: Wieso saß Carolee, Albys Frau, mit den Männern beim Football?

»Ich sehe nicht ein, wieso Carolee uns nicht helfen muß«, murrte sie, während sie eine Plastikfolie über das Pyrexglas mit dem Preiselbeerkompott legte. »Sie ist doch hier nicht mehr zu Besuch, sondern gehört zur Familie, oder?«

»Hm, ja«, räumte Bea gelassen ein. Sie war eine recht hübsche Frau, klein und untersetzt, das hellbraune Haar getönt und gewellt, ihr Gesicht faltenreicher und weniger markant als Pollys. Ihre großen runden Augen waren mehr hell als dunkel, und ihre Bewegungen hatten etwas Gefälliges, Vogelartiges. »Aber sie ist doch so ein Footballnarr.

Ich glaube, sie wird von so einem Spiel genauso gepackt wie Alby oder Hans, hast du nicht auch den Eindruck?«

»Es scheint so«, mußte Polly zugeben, und etwas anderes blieb ihr auch nicht übrig, denn die Begeisterungsschreie ihrer Schwägerin waren laut bis in die Küche zu hören, noch lauter im Eßzimmer, als Polly von dort die Dessertteller holte. Wie typisch sie und Bea sich doch verhielten, dachte sie, während sie die Teller aufeinanderstellte. Sie lud ihre Klagen und Ärgernisse wie schmutziges Geschirr bei ihrer Mutter ab, und Bea spülte mit milder Resignation und Rechtfertigung alles schonend weg. Auch wenn Polly das mittlerweile durchschaute, beruhigte es sie irgendwie.

»Für mein Gefühl gehört Carolee jetzt wirklich zur Familie«, sagte ihre Mutter, als Polly zurückkam.

»Ja, ja«, antwortete Polly; für ihr Gefühl war Carolee, von Beruf Naturwissenschaftlerin und im übrigen ein Trampel, allzusehr eine Milner.

»Ich glaube, sie wird Alby sehr gut tun. Sie ist zwar nicht so gescheit wie er, aber durch und durch nett, findest du nicht?« Bea nahm sich ein paar Trauben von einem der Teller, die Polly soeben hereingebracht hatte; auch ihre Eßgewohnheiten erinnerten an einen Vogel.

»Ganz nett ist sie ja«, gab Polly zu. »Aber nicht besonders interessant.«

»Das vielleicht nicht«, seufzte Bea, während sie die klebrige Schüssel auskratzte, in der die Süßkartoffeln gewesen waren. »Aber das finde ich eigentlich auch nicht so wichtig. Weißt du, Polly, wenn man jung ist, will man immer, daß alle Leute interessant sind. Später begreift man, daß es viel wichtiger ist, wenn sie aufrichtig und anständig sind. Das habe ich an meiner Arbeitsstelle gemerkt.«

»So?« Bea war seit acht Jahren Vizedirektorin – eine bessere Sekretärin eigentlich – im Sommerschulprogramm der Universität.

»Immer wenn wir eine Bewerbung bekommen, in der über den Studenten nicht viel mehr steht, als daß er oder sie ›interessant‹ sei, schreibe ich hinter den Namen ein kleines V, das heißt ›Vorsicht‹.« Bea kicherte plötzlich. Da sie sonst nie trank, wurde sie von den ein, zwei Gläschen Sherry, die sie sich an Feiertagen genehmigte, immer schnell beschwipst.

»Wie geht's dir überhaupt bei der Arbeit?« fragte Polly, der erst jetzt auffiel, daß Bea im Trubel des allgemeinen Wiedersehens gar nichts von sich erzählt hatte.

»Ach, recht gut. Um diese Jahreszeit geht's bei uns natürlich ruhig zu; wir stellen gerade das neue Verzeichnis zusammen.«

»Dann geht's dir also gut«, meinte Polly. Eine Frage war das im Grunde nicht, denn Bea war chronisch zufrieden.

»Ja, ja. Ich habe alles, was ich brauche.« Sie stockte und hielt eine häßliche Terrine aus Steingut unter den Hahn, wobei der warme Strahl auf den Rand traf, der einen durchsichtigen Fächer emporschickte. »Wenn nur du etwas glücklicher wärst.«

»Mir geht's doch gut«, sagte Polly.

»Manchmal mache ich mir nämlich Sorgen um dich.«

»Oh«, sagte Polly überrascht; es sah ihrer Mutter nicht ähnlich, sich um irgend etwas Sorgen zu machen.

»Mhm. Weißt du, als ich Bob heiratete, hatte ich nämlich gedacht, es wäre für dich das beste, in einem netten Städtchen wie Rochester aufzuwachsen. Und in einer normalen Familie. Aber manchmal frage ich mich jetzt, ob ich mich nach unserem Umzug hierher auch genug um dich gekümmert habe. Ich war immer mit den Jungen beschäftigt: Alby mit seinem Asthma und Hans mit seinen Schwierigkeiten beim Lesenlernen. Du warst so vernünftig, so redegewandt, so begabt, bei dir wußte ich, daß du immer zurechtkommen würdest. Zumindest dachte ich, du würdest immer zurechtkommen.« Sie strich sich mit der nassen, geröteten Hand eine verrutschte Locke aus dem Gesicht.

»Ich komme ja auch wirklich zurecht«, tröstete Polly sie. Jahrelang hatte sie sich gewünscht, ihre Mutter einmal zugeben zu hören, sie habe vielleicht etwas falsch gemacht. Aber als es nun geschah, machte es sie nur verlegen und gab ihr das unangenehme Gefühl, die Küche neige sich und rutsche in den Keller.

»Ganz unglücklich warst du doch hier auch nicht, oder?« Bea ließ das Geschirrtuch ins Becken fallen und drehte sich zu ihrer Tochter um.

»Nein, es war schon recht, es war schön«, log Polly.

»Ich fand es so schade, daß es mit dir und Jim nicht geklappt hat. Aber du wirst sicher bald einen anderen netten Mann finden.« Bea steckte eine Handvoll Löffel in die Spülmaschine und sah Polly mit einem kurzen Lächeln an, das zugleich Frage war.

»Mm«, machte Polly. Nein, ich werde nicht bald einen anderen netten Mann finden, dachte sie, denn es gibt in New York keine »netten Männer«. Ich suche jetzt wohl eher eine nette Frau.

Und ebensogut kann ich Bea auch gleich die Wahrheit sagen, dachte sie, indem sie an ihrer Mutter vorbei auf die neue Küchentapete starrte, ein plumpes Gewürzdosenmuster in Avocado, Orange und Braun. (Wie kann ein Graphiker nur so eine trübsinnige Tapete entwerfen, und wie kann ein Laden so etwas bestellen?) Sie wird außer sich sein, dachte Polly, aber was soll's? Ihre Mutter war immer so schwer aus der Ruhe zu bringen, warum sollte sie nicht zur Abwechslung einmal außer sich geraten? »Ich weiß gar nicht, ob ich das will«, sagte sie. »Du – äh – kennst doch meine

Freundin Jeanne, die du voriges Jahr mal in New York kennengelernt hast, die jetzt mit mir in der Wohnung lebt.«

»Mhm.« Ihre Mutter knabberte geistesabwesend an einer übriggebliebenen Knusperstange.

»Die ist ja lesbisch. Und ich könnte es auch sein, glaube ich.«

»O Polly!« Bea ließ die Knusperstange ins Wasser fallen. »Wirklich?«

»Ich weiß es nicht genau. Aber es könnte sein.«

»Ja, also, wenn es dich glücklich macht«, sagte Pollys Mutter endlich, während sie ein paar Stangen Sellerie in Plastik wickelte. »Ich meine, deine Freundin Jeanne schien mir ja sehr nett zu sein.«

»Ja, aber sie ist... ich meine, wir sind nicht –«, stotterte Polly.

Bea hörte jedoch nicht zu. Sie sah mit sonderbar fernem Lächeln an ihrer Tochter vorbei. »Weißt du, auf der Oberschule war ich mal *unheimlich* verliebt in die Führerin unseres Tennisteams.«

»Wirklich?«

»O ja.« Bea mußte wieder kichern; sie war eindeutig beschwipst. »Sie war so groß und sportlich; irgendwie hat sie mich an deinen Vater erinnert. Oder umgekehrt wohl, er erinnerte mich an sie, als ich ihn kennenlernte, denn das war natürlich Jahre später.«

»Du meinst – soll das heißen, daß du und dieses Mädchen ein Paar wart?« Polly starrte über die marmorierte Arbeitsplatte aus avocadofarbenem Vinyl ihre Mutter an.

»Nein, nein. Jedenfalls nicht richtig«, sagte Bea lächelnd und kramte einen Teller in die Spülmaschine. »Ich meine, ich habe sie regelrecht angebetet, aber wir *hatten* natürlich nichts miteinander. Nichts *Ernstes* zumindest, wenn du verstehst.« Sie kicherte.

»Und ich hatte geglaubt, du würdest schockiert sein«, sagte Polly, nun ihrerseits leicht schockiert.

»Aber nein, Kind. Das ist ja nicht wie bei den Männern, oder? Diese gräßlichen Bars, in die sie gehen, und die fürchterlichen Krankheiten, die sie kriegen können. Wenn es etwa um Hans ginge, da würde ich mir schon Sorgen machen. Aber bei uns ist das doch anders. Bei mir arbeitet so eine Frau im Büro, die lebt seit achtzehn Jahren mit ihrer Freundin zusammen, und es sind die ruhigsten und nettesten Leute, die man sich vorstellen kann, nur daß sie diesen schrecklichen Abessinier haben.«

»Abessinier?« Polly war von allem, was ihre Mutter in den letzten Minuten gesagt hatte, so verwirrt, daß sie schon einen schwarzen Butler – oder Koch? – mit Turban vor sich sah.

»Ja, einen Kater.« Bea kicherte. »Aber ich glaube, du solltest Jim lieber nichts davon sagen«, fuhr sie fort. »Ich meine, solange du dir nicht sicher bist. Er ist ja immer so dafür, daß Leute konsequent sein sollen. Und wenn es dann nachher doch nicht so ist, denkt er nur, du weißt nicht, was du willst.«

Polly konnte ihre Mutter nur wieder groß ansehen; noch nie im Leben hatte sie dazu geraten, irgend etwas vor Jim geheimzuhalten. »Ja, gut«, willigte sie ein, während sie sich fragte, ob sie denn wirklich wußte, was sie oder irgendwer anders eigentlich wollte.

»Und das gilt auch für Stevie, meinst du nicht?« Bea räumte noch zwei Tassen in die Spülmaschine.

»Stevie wollte ich sowieso nichts sagen, vorerst«, pflichtete Polly ihr bei. »Damit wollte ich warten, bis er wieder nach Hause kommt.«

»Viel besser. So, ich glaube, mehr Teller bringen wir darin nicht mehr unter.« Bea füllte den Spülmittelbehälter mit einem körnigen, weißrosa Pulver aus einer Schachtel, auf der COMET stand, klappte die Tür zu und drückte auf EIN.

Als Polly, gefolgt von Stevie, am Nachmittag nach Thanksgiving ihre Wohnung aufschloß, glaubte sie diese genauso vorzufinden wie verlassen: leer, kalt (sie hatte den Thermostaten kleiner gestellt), dunkel und unaufgeräumt. Statt dessen war sie warm und hell und voller Blumen. Ein wahres Feuerwerk langstieliger hellroter Rosen krönte ihren Schreibtisch; ein noch größerer Gladiolenstrauß breitete grünweiße Mottenflügel über dem Kaffeetisch aus.

Sie blieb verdattert stehen; dann hörte sie Schritte in der Diele, und Jeanne kam hereingestürmt.

»Polly!« rief sie unter Lachen. »Es ist etwas Wunderbares passiert! Betsy hat ihren Mann verlassen!«

»Das ist ja prima«, sagte Polly und warnte Jeanne mit einer Kopfbewegung, daß ihr Sohn da war.

»Oh, hallo, Stevie.« Jeannes Stimme sank um eine Oktave und wurde leiser.

»Hallo«, antwortete Stevie ebenso wenig begeistert.

»Also.« Jeanne holte Luft. »Ich habe jedenfalls mal meine Sachen bei dir in die Kammer geräumt. Da würde ich heute abend und morgen gern noch bleiben, denn bei Ida ist es so entsetzlich voll. In der ganzen Wohnung schlafen Leute auf dem Fußboden, und man kommt einfach nie ins Bad.« Sie lächelte unsicher. »Ich meine, wenn es dir recht ist.«

»Natürlich ist es mir recht«, sagte Polly. Was hätte sie sonst auch sagen sollen?

»Was ist hier eigentlich los?« fragte Stevie vernehmlich, als er seiner Mutter über den Flur folgte.

»Ach, nichts. Eine Bekannte von Jeanne hat ein bißchen Ärger mit ihrem Mann.« Polly mußte vor Bestürzung schlucken, als sie sich vor ihrem Sohn so lügen – oder zumindest um die Wahrheit herumreden – hörte.

Kaum war Stevie fortgegangen, um einen Freund zu besuchen, erfuhr Polly die Einzelheiten. Jeanne hatte Betsy am Abend vor Thanksgiving angerufen – mit aufregenden Folgen. »Ich bin dir ja so dankbar!« rief sie und mußte Polly wieder an sich drücken. »Wirklich, wenn du es mir nicht so geraten hättest, wahrscheinlich hätte ich sie nie angerufen.«

Betsy hatte am anderen Ende der Leitung vor Freude geweint. »Ich dachte, es wäre aus, ich dachte, du wolltest mich nie mehr wiedersehen«, hatte sie glücklich geschluchzt. Dann hatte sie einen Koffer gepackt, ein Taxi gerufen und war geradewegs zu Jeanne gekommen. Während Polly in Rochester war, hatten sie in Pollys Bett freudige Wiedervereinigung gefeiert.

»Ich wußte, daß es dir sicher recht wäre«, erklärte Jeanne lächelnd. »Das heißt, ich wußte ja, daß du Stevies Zimmer schon für ihn hergerichtet hattest, da wollte ich kein Durcheinander machen. Natürlich habe ich für dich die Bettwäsche gewechselt. Ach, Polly, es war so herrlich.« Jeanne breitete die Arme aus, als wollte sie die ganze Welt umarmen; ihre Wangen glühten rosig in seliger Erinnerung. »Du bist doch nicht böse?«

»N-nh.« Polly schüttelte den Kopf und ärgerte sich, als sie merkte, daß sie eben doch böse war. »Natürlich nicht. Und wo ist Betsy jetzt?«

»Bei ihren Eltern in New Canaan, bis Montag. Da hätte sie schon zu Thanksgiving hinfahren sollen, mit ihrem Mann, aber sie hat angerufen und gesagt, es geht ihr nicht gut. Jetzt will sie ihnen alles sagen.«

»Mhm«, machte Polly. »Und da bleibt sie jetzt also eine Weile?«

»Nein, nein, nur dieses Wochenende. Es wäre viel zu weit, immer von dort zum College hin und zurück zu fahren, und wir möchten natürlich auch zusammensein. Wir wollen in ihrer Wohnung in Brooklyn Heights zusammenleben, sowie dieses Ekel dort ausgezogen ist.« Jeanne beugte sich über die Gladiolen und zupfte eine halbtote Blüte ab.

»Demnach wird er ausziehen?«

»Aber ja. Er muß, denn die halbe Wohnung gehört Betsy; sie haben sie doch zum Teil vom Geld ihrer Eltern gekauft. Aber ich dachte, bis dahin könnte sie ja hier wohnen.«

»H-i-e-r?« Polly konnte einen erschrockenen Unterton nicht verhindern.

»Nur für kurz. Und natürlich erst, wenn Stevie wieder weg ist. Ich dachte, wir könnten vielleicht das Stockbett in dein Zimmer stellen, vielleicht auch auseinandernehmen und zwei Einzelbetten daraus machen, das wäre praktischer für dich. Und dann stellen wir das Doppelbett für uns in Stevies Zimmer.« Sie strahlte. »Das wäre doch soviel netter.«

»Hm«, meinte Polly, »ich weiß nicht.«

»Betsy würde sich natürlich an der Miete beteiligen, dann käme es auch billiger für uns alle.«

»Hm«, machte Polly. Ihre Freundin hatte nicht von »Miete teilen« gesprochen. Und warum auch? dachte sie. In Jeannes Augen war Polly geradezu reich. Jeanne lebte mehr schlecht als recht von einem mickrigen Dozentengehalt, und Betsy, die mit einem kleinen einjährigen Lehrauftrag Studienanfänger im Aufsatzschreiben unterwies, mußte noch mehr knausern.

Polly war trotzdem ärgerlich und fühlte sich überfahren wie ein Kind, dessen Eltern hinter seinem Rücken Entscheidungen für sein Leben trafen. Sie wollte Betsy nicht in der Wohnung haben, und sie wollte in ihrem eigenen Bett schlafen. Das auszusprechen hätte aber selbstsüchtig und mißgünstig geklungen. Und es wäre ja wahrscheinlich nur für ein paar Wochen. Länger konnte es auch nicht sein, denn vor Weihnachten würde Stevie wieder ganz nach Hause kommen. »Das stimmt«, gab sie nach.

»Oh, herrlich! Danke!« Jeanne war unruhig auf dem Sofa herumgerutscht und sprang jetzt auf, um Polly noch einmal an sich zu drücken. »Und entschuldigen muß ich mich auch bei dir«, fuhr sie fort. »Ich weiß, daß ich nach dem Bruch mit Betsy einfach unausstehlich gewesen sein muß.«

»Nicht direkt.«

»Doch, doch, Polly. Ich war entsetzlich launisch und zerstreut und auch im Haus keine große Hilfe. Und du hast das ertragen wie ein Engel. Aber jetzt mache ich alles wieder an dir gut; wir beide. Du, ich bin so glücklich! Ich muß sofort Betsy anrufen.«

»Ich möchte dich gern um etwas bitten«, sagte Polly, nachdem Jeanne ihre letzten kindischen Liebesschwüre ins Telefon gehaucht hatte. »Könntest du uns, wenn Stevie nach Hause kommt, ein bißchen allein lassen, damit wir mal miteinander reden können?«

»Klar. Ist was los?«

»Nein. Ich hatte nur in Rochester nicht viel von ihm. Da geisterte überall meine Familie herum, und die kennst du ja. Also, wenn du dich für ein Stündchen verdrücken könntest –«

»Was meinst du mit ›verdrücken‹?« Jeannes Stimme stieg ein bißchen. »Du meinst, ich soll hinausgehen und eine Stunde lang ums Geviert laufen? Denn in den Park kann ich nicht; es ist ja schon fast dunkel draußen.«

»Natürlich nicht«, sagte Polly. »Aber wenn du – was weiß ich? – in mein Zimmer gehen und dort ein bißchen arbeiten könntest, während ich Abendessen mache.«

»Gut«, willigte Jeanne ein. »Du sagst mir dann einfach, wann ich wieder rauskommen darf, ja?«

Aber dann blieb Jeanne doch nicht in Pollys Zimmer. Vielmehr strich sie, kaum daß Stevie wieder da war, durch die

Wohnung wie eine Katze durch ihr von Fremden betretenes Revier – obschon sie dabei rücksichtsvoll leise war. Keine Sorge, ich will euer Gespräch nicht stören, schien ihr Verhalten auszudrücken. Aber ihr könnt mir's nicht verübeln, wenn ich mal ins Bad gehe oder mir die *Times* hole.

Ob es nun an Jeannes Allgegenwart lag oder nicht, Polly fand jedenfalls noch immer kein Mittel gegen Stevies Reserviertheit, und dabei war er im Flugzeug und im Taxi von La Guardia doch noch recht gesprächig gewesen und hatte erzählt, was er in New York alles tun und welche Jungen er besuchen wolle. Beim Abendessen war er immer noch ganz unnatürlich still und höflich, und wenn einmal so etwas wie eine Unterhaltung in Gang kam, verstummte sie bald wieder. Vielleicht weil man so deutlich spürte, daß Jeanne seine Themen – Skifahren in Colorado, *Raumschiff Enterprise*, Halleyscher Komet – bei allem ehrlichen Bemühen doch höchst uninteressant fand. Wenn das so weiterging, dachte Polly, hätte sie ebensogut in Rochester bleiben können, umgeben von Verwandten. Vielleicht wäre das sogar besser gewesen; wenn Stevie dort nicht mit ihr gesprochen hätte, wäre es ihr nicht so aufgefallen. Aber war es wirklich Jeannes Schuld, oder war ihr Sohn ihr tatsächlich fremd geworden? Nachdem nämlich das Geschirr abgewaschen war, verbrachte er den Rest des Abends am Telefon oder vor dem Fernseher. (»Stört's dich, Mams? Ich möchte *Miami Vice* nicht verpassen.«)

»Na, wie war's?« fragte Jeanne, nachdem er zu Bett gegangen war. »Hast du dich mal gut mit Stevie unterhalten?«

»Eigentlich noch nicht.« Polly seufzte. »Wir sind noch immer ein bißchen gehemmt voreinander.«

»Ja, das ist mir aufgefallen.«

»Obwohl er gar nicht mehr in Colorado ist, kommt es mir vor, als wäre er fast noch genauso weit weg. Und er hat sich so furchtbar gute Manieren zugelegt.«

»Jedenfalls ißt er nicht mehr so unappetitlich«, bestätigte Jeanne.

»Ich meinte nicht nur seine Tischmanieren. Es ist – ja – sein ganzes Auftreten. Er ist so ruhig und höflich, daß es mir fast Angst macht. Ich weiß es einfach nicht.« Sie schwieg kurz und wartete darauf, daß Jeanne fragte: »Was weißt du nicht?«

»Ich meine«, fuhr sie dann fort, »es war wohl zu erwarten, daß es eine Weile dauern würde, bis er sich hier wieder ganz zu Hause fühlte, aber zum Teufel auch –« Wieder wartete Polly, und wieder sagte ihre Freundin nichts. »Natürlich sind in diesem Alter drei Monate eine ganz schön lange Zeit im Leben. Wie für dich oder mich ein ganzes Jahr.« Kein Kommentar. »Ich sehe ein, daß ich da einfach dranbleiben muß, ihm Zeit lassen. Aber im Moment erkenne ich mein eigenes Kind einfach nicht wieder.«

»Aber Polly. Stevie ist jetzt vierzehn. Er ist nicht mehr dein Kind. Er wird erwachsen, er entwickelt sich zu einem Mann.« Jeanne sprach das Substantiv voll Verachtung aus. Sie hätte ebensogut »zum Affen« sagen können.

»Das mag ja stimmen.«

»Ich weiß, daß du den Tatsachen manchmal nur schwer ins Auge siehst.« Ihre Freundin sprach jetzt freundlicher, sanfter, beruhigender. »Aber du mußt dich einfach damit abfinden, daß du ihn am Ende verlierst.«

Diesmal blieb Polly die Antwort schuldig. Nein, ich finde mich nicht ab! dachte sie. Und ich sehe auch nicht schwer den Tatsachen ins Auge. Sie öffnete schon den Mund, doch eingedenk der dünnen Wände schloß sie ihn wieder; wenn die Diskussion zwischen ihr und Jeanne laut würde, bekäme Stevie sie womöglich mit. »Vielleicht«, brummte sie abschließend. »Und jetzt bin ich müde. Gute Nacht.«

Verdrossen stapfte sie in ihr Schlafzimmer, aber dort lag sie noch lange wach und grübelte, während sie sich hin und her wälzte, ob Jeanne vielleicht doch recht hatte. Gab es den Stevie, den sie kannte und liebte, endgültig nicht mehr? Oder hielt er sich hinter seiner neuen lakonischen Art und den teuren Westernklamotten nur versteckt?

Als Polly am nächsten Morgen gerade ein spätes Frühstück für ihren Sohn gemacht hatte und ins Bad gegangen war, hörte sie aus der Küche ein Splittern, dann ein lautes »O Scheiße!«

Sie ließ die *Times* zu Boden fallen, zog die Hosen hoch und stürzte über den Flur, gerade rechtzeitig, um Jeannes Geheul zu hören: »Nein! Nicht Betsys allerliebste japanische Teekanne!«

»Entschuldigung – ich hab das nicht –« Stevie hatte sich vor Jeannes Jammer und Zorn in eine Ecke verzogen; da stand er mit offenem Mund, die Arme abwehrend erhoben.

»O verdammt. Vielleicht können wir sie ja kitten –«, begann Polly.

»Sei nicht albern! Siehst du nicht, daß da nichts mehr zu machen ist?« Jeanne bückte sich, um mit beiden Händen je ein knochenförmiges Stück Porzellan aufzuheben, und richtete sich mit einem Ausdruck tiefsten Schmerzes wieder auf. »Wie traurig sie sein wird!«

»Menschenskind, Entschuldigung! Aber ich hab das Ding ja nicht mal angerührt, ehrlich«, protestierte Stevie. »Ich hab doch bloß die Schranktür aufgemacht, da ist sie von der Platte gefallen. Warum mußt du sie auch da so hinstellen?«

»Ich habe Betsys Teekanne an denselben Platz gestellt wie immer; wo sie hingehört.« Jeanne hatte sich wieder in der Gewalt; ihr Ton war kühl. »Jeder Mensch mit Augen im Kopf hätte sie dort auch –«

Stevies Zerknirschung verwandelte sich in Empörung. »Hör mal, ich hab Entschuldigung gesagt, Himmel Arsch!«

Jeanne zuckte bei dem ungehörigen Wort, reagierte aber sonst nicht. »Was soll ich sonst noch machen? Eine neue kaufen? Okay, mach ich.«

»Dazu wärst du wohl kaum in der Lage«, sagte Jeanne mit verkniffenem Lächeln. »Das war eine antike Kanne; sie hat schon Betsys Großmutter gehört.«

Eine halbe Stunde später kniete Polly auf dem Küchenboden und rieb mit einem nassen Papiertuch über den abgetretenen Kunststoffbelag. Gerade wischte sie den letzten Rest Rosenblättertee und die letzten scharfkantigen Scherben des japanischen Porzellans auf. Aus dieser Lage hörte sie die Wohnungstür zugehen, was ihr meldete, daß Jeanne fortgegangen war, um eine neue Teekanne zu kaufen. (»Nein danke, das mache ich lieber selbst. Du wüßtest sowieso nicht, wonach du suchen solltest.«)

Jetzt kamen Schritte über den Flur; Stevie ließ sich gegen den Türrahmen plumpsen.

»He, Mams«, sagte er. »Das brauchst du nicht. Ich hab das Zeug doch schon aufgewischt.«

»Ich weiß, Stevie.« Polly ging in die Hocke und lächelte zu ihm auf. »Ich will nur dafür sorgen, daß hier keiner mitten in der Nacht reinkommt und losbrüllt, weil er sich einen Splitter in den Fuß getreten hat. Dieses Porzellan ist ganz schön scharf.« Sie schüttelte den Kopf; sie selbst hatte sich schon ins Knie geschnitten.

»Die würde ein Mordstheater machen.« Er grinste. Das hatte Polly zwar nicht gemeint, aber sie ließ es durchgehen. Sie war so froh, den echten Stevie wiederzuhaben, ihn mit seiner echten Stimme reden zu hören. Wie sie sah, hatte er sogar schon wieder eines seiner alten Hemden an, ein rotkariertes aus Flanell, das sie letzten Winter zusammen bei Macy's gekauft hatten, nur war es jetzt leider in den Ärmeln zu kurz.

»Du, Mams«, sagte er, indem er den Kühlschrank öffnete. »Kann ich was von diesem Kuchen haben, oder wolltest du den aufheben?«

»Natürlich kannst du davon haben, wenn du Hunger hast.« Sie stand auf. »Nimm dir, was du willst.«

»Klasse!« Er verschwand hinter der Kühlschranktür und tauchte mit dem Rest von Jeannes Aprikosentorte in der einen und einer Flasche Tonic in der anderen Hand wieder auf. »Bei Dad ist nie genug zu essen im Haus.«

»Das ist schlecht.« Polly mußte grinsen.

»Das ist wegen Debbie, die will immer abnehmen.«

»Das ist schlecht«, wiederholte sie ebenso unaufrichtig.

»Du?« meinte Stevie kauend. »Bist du noch sauer auf mich, wegen heute morgen?«

»Ich war nie sauer auf dich. Es war ein Unglück, sonst nichts. Aber du könntest dich vor Jeanne ein bißchen mit deinen Ausdrücken zurückhalten, okay? Sie rastet aus, wenn einer flucht. Solche Leute gibt's ja.«

»Ich weiß. Du, Mams?« fuhr er kauend fort.

»Ja?«

»Wieso ist Jeanne überhaupt hier? Kann sie nicht woanders wohnen?«

»Na ja, im Moment nicht. Sie sucht gerade eine Wohnung.« Pollys Lächeln verblaßte. »Und über Thanksgiving konnte sie nicht nach Hause, weil sie ja keine richtige Familie hat.« (Ganz stimmte das nicht; Jeanne hatte in Portsmouth in New Hampshire einen Vater und einen Bruder, aber die verabscheute und fürchtete sie.) »Macht es dir denn soviel aus, wenn sie hier ist?«

»Weiß nicht.« Stevie zuckte die Achseln. »Nicht direkt. Ich meine, so kann sie dir Gesellschaft leisten, solange ich weg bin. Ich weiß bloß nicht, warum du sie so magst.«

»Wir sind richtig gute Freundinnen«, sagte Polly fest.

»Vorigen Monat, als ich die Grippe hatte, war sie schrecklich lieb zu mir. Und du mußt zugeben, daß sie prima kocht. Warte nur mal ab, bis du ihre Mousse au chocolat gekostet hast, die sie uns für heute abend machen will – du magst doch noch Schokolade, oder?«

»Klar«, sagte Stevie, aber ohne rechte Begeisterung und wieder ganz in seiner vorherigen zugeknöpften Art.

»Ich weiß, daß Jeanne ein bißchen –« Pollys Stimme schien zu gerinnen. »Jedenfalls bin ich sicher, daß du sie auch mögen wirst, wenn du sie erst besser kennst.«

»Ich muß sie ja nicht mögen, Mams.« Stevie trank einen Schluck Tonic direkt aus der Flache; wenn Jeanne das sähe, wäre sie angewidert. »Du magst ja meine Freunde auch nicht alle.«

»Doch!« protestierte Polly.

»Du magst Billy nicht besonders.«

»Nun ja.« Polly grinste. »Mag sein. Aber das geht nicht gegen ihn persönlich, es ist nur, weil er so ein Computerfreak ist; vor Erwachsenen weiß er nie etwas zu sagen.«

»Und überhaupt mag Jeanne mich ja auch nicht; also, wen stört's?« Stevie öffnete achselzuckend wieder den Kühlschrank.

Mich stört's, hätte Polly gern gesagt, aber die Worte gingen ihr nicht über die Lippen. »Wie kommst du darauf?«

»Weiß nicht.« Stevie schwieg und schaute, die dichten Augenbrauen zu einem verwunderten Stirnrunzeln zusammengezogen, über die offene Kühlschranktür hinweg seine Mutter an. »Weil – wie sie mich immerzu beobachtet. Ich hab das Gefühl, sie hat mich auf dem Kieker; sie wartet nur darauf, daß ich Mist baue. Wie heute morgen. Sie hat ihre blöde Teekanne bestimmt mit Absicht so hingestellt, nur um zu sehen, ob ich sie vielleicht kaputtmache.«

»Ach, Stevie!« rief Polly. »So etwas würde Jeanne nicht

tun.« Aber ihr Sohn, der gerade Preiselbeermarmelade mit den Fingern naschte, antwortete nicht.

Eine Stunde später, nachdem Stevie fort war, kam Jeanne zurück und brachte eine Plastiktüte mit der Aufschrift »Pottery Barn«.

»Hast du eine Kanne gefunden?« Polly sah von ihren Notizen auf.

»Hm, ja, ich habe so etwas Ähnliches wie eine Teekanne gefunden.« Jeanne wickelte gleichgültig eine schlichte weiße Kanne aus. »Die muß es vorerst tun.«

»Was hat sie gekostet? Ich zahl's dir gleich.«

»Keine Eile, Darling. Kleine Fische, nur zwölf Dollar.«

»Das sind doch keine kleinen Fische.« Polly stand auf und begann nach ihrer Handtasche zu suchen.

»Bemüh dich nicht. Ich sag dir was. Irgendwann, wenn ich mal Zeit habe, gehe ich zu Bloomingdale's, und wenn ich da was Hübsches finde, kannst du mir die kaufen.« Jeannes Lächeln war offen und liebenswürdig, ihr Ton beiläufig, und doch hatte Polly den Eindruck, daß ihre Freundin noch wütend war.

»Gut«, willigte sie ein, denn es war schließlich nur gerecht. Aber welch ein Theater um eine »blöde Teekanne«!

Aber so ungewöhnlich war das nicht. Jeanne hatte die Angewohnheit, Dinge überzubewerten; über irgendeinem alten Spiegelrahmen oder einem mottenzerfressenen Fransenschal in einem Schaufenster an der Columbus Avenue konnte sie in Verzückung geraten. Wenn man sie von ihrer Englandreise vor zwei Jahren erzählen hörte, mußte der absolute Höhepunkt das Victoria und Albert Museum gewesen sein, und während ihrer Okkupation hatte Stevies Zimmer sich in einen Schauraum für zerfranste Seiden und Perlgläser und angeschlagene Marketerien verwandelt.

Jeanne liebt Dinge mehr als Menschen, dachte Polly. Aber schließlich hatte Jeanne die meiste Zeit ihres Lebens niemanden für sich gehabt, den sie hätte lieben können. Ihre Mutter war gestorben, als sie zehn war, ihr Vater und ihr Bruder waren ungehobelte, trinkfeste frankokanadische Patriarchen, und Kinder hatte sie keine. Polly sah ihre Freundin jetzt voll Mitleid an.

»Wo ist Stevie? In meinem Zimmer?« fragte Jeanne.

Du meinst, in seinem Zimmer, dachte Polly, sagte es aber nicht. »Nein, er ist irgendwen besuchen gegangen.«

»Ah.« Jeanne ließ sich mit einem Seufzer aufs Sofa fallen, zündete sich eine Zigarette an und nahm die *Vogue* zur Hand, die sie sich manchmal kaufte, um sich etwas Gutes zu tun, wie sie sich auch manchmal tütenweise Kirschen mit Schokoladenüberzug kaufte. »Weißt du«, meinte sie ein paar Sekunden später über den Rand der Illustrierten hinweg, »eigentlich müßte Stevie ja Betsys Teekanne bezahlen, nicht du.«

»Und *du* weißt, daß Stevie bestimmt keine zwölf Dollar hat.« Polly hätte fast gelacht; es war typisch für ihren Sohn – wie es typisch für ihren Vater gewesen war, dem sie ihn jetzt auch körperlich ähneln sah – daß er einfach nicht sparen konnte. Aber Jeanne lächelte nicht.

»Er wird wohl irgendwo zwölf Dollar haben, auf einem Sparkonto oder so. Und er bekommt doch Taschengeld.«

»Du findest wirklich, daß Stevie dir von seinem Taschengeld die Kanne bezahlen soll? Er kriegt doch nur zwei Dollar die Woche. Selbst wenn er dir die Hälfte davon gäbe, würde er lange brauchen.«

»Und warum nicht?« Jeanne lächelte. »Auf diese Weise würde er etwas lernen.«

»Lernen?«

»Ja. Lernen, behutsamer mit anderer Leute Sachen umzugehen. Sofern das möglich ist.« Sie lachte geringschätzig.

»Nun, vielleicht kann er ja einen Teil bezahlen«, sagte Polly, die mit ihrem Ärger kämpfen mußte. »Aber ich finde eigentlich nicht – es war doch nur ein Unglück.« Sie sah ihre Freundin an und erwartete eine Bestätigung, bekam aber nur ein Schweigen zur Antwort. »Ich meine, Stevie hat die Kanne ja nicht mit Absicht zerbrochen.«

»Da wäre ich nicht so sicher.« Jeanne blätterte mit einem ratschenden Geräusch eine Zeitungsseite um.

»Ach was, natürlich nicht.« Polly schüttelte lächelnd den Kopf. »Ihr –« Sie besann sich. Ihr leidet beide an einem lachhaften Verfolgungswahn, hatte sie sagen wollen; er glaubt nämlich, du hättest sie absichtlich so hingestellt. Aber das hätte erst recht Krach geben können.

»Ich weiß, daß Stevie dein Unschuldslämmchen ist. Oder war. Er wird aber jetzt erwachsen, und du solltest auch ein bißchen erwachsener werden.«

»Du meinst – du glaubst wirklich –« Polly wurde lauter.

»Es würde mich nicht wundern, wenn er es mit Absicht getan hätte.« Jeanne war die Liebenswürdigkeit in Person. »Gewollt versehentlich zumindest. Meine Güte, die Kanne stand für jeden deutlich sichtbar auf der Ablage. Niemand hätte sie übersehen können, nicht einmal ein Mann, höchstens wenn er sie übersehen wollte.«

»Stevie hat sie aber übersehen. Himmel, und ich weiß selbst, daß er erwachsen wird. Gerade deswegen ist das doch passiert; er wächst jetzt so schnell, daß er ungeschickt wird. Er weiß gar nicht, wie groß er ist, darum eckt er ja immerzu irgendwo an und stößt Sachen um. So geht's den meisten heranwachsenden Jungen.«

»Ja, ja, die übliche Ausrede.« Jeannes Ton wurde mit einemmal ganz bitter und hart. »Aber so geht es zu in dieser Welt: Die Männer lernen schon als Kinder, daß sie, wenn sie erst mal größer und stärker werden, getrost Sachen kaputtmachen dürfen, oder auch Menschen. Im Grunde dürfen sie das ihr Leben lang, und immer wird man sie in Schutz nehmen und ihnen vergeben; bezahlen müssen sie nie. Bezahlen müssen am Ende immer die Frauen. Wie meine Mutter.«

»Ich wollte nicht sagen –«

»Aber sieh doch mal, du hast nicht gesagt: ›Alle Heranwachsenden zerschlagen Sachen.‹ Das sagt kein Mensch. Auch Mädchen wachsen schnell in diesem Alter, aber bei ihnen läßt keiner das als Entschuldigung gelten. Wenn sie etwas kaputtmachen, werden sie bestraft. Sie müssen lernen, sich zu beherrschen und anderer Leute Eigentum zu achten. Ist es vielleicht nicht so?« Sie verschränkte ihre runden, rosigen Arme über dem lavendelfarbenen Jacquard-Pullover.

»Doch, kann sein. Aber ich finde, du bist gegenüber Stevie unfair«, sagte Polly störrisch. »Und das empfindet er auch so. Er meint, du magst ihn nicht. Und vielleicht hat er ja recht.«

Jeanne stand auf und kam zu ihr; sie kauerte sich neben den Schreibtisch, so daß ihr und Pollys Gesicht auf gleicher Höhe waren. »Sag so etwas nicht«, sagte sie mit leiser, zitternder Stimme. »Ich liebe Stevie, weil er dein Kind ist. Ich sorge mich nur darum, was aus ihm wird, was in dieser Gesellschaft aus allen Männern wird. Ich meine, du brauchst ihn dir doch nur jetzt anzusehen. Sein Leben lang war er immer mit dir zusammen; dann geht er für ein paar Monate zu seinem Vater und kommt völlig verändert zurück.«

»Ich finde nicht, daß er sich so sehr verändert hat. Im Innern –«

»Der Prozeß ist natürlich noch nicht abgeschlossen. Er ist ja erst vierzehn. Ich weiß, daß es hart ist.« Sie legte Polly eine Hand auf den Arm und sah sie mit ihren runden, hellen Augen an, in denen Tränen glänzten. »Du tust mir sehr, sehr leid – ihr beide. Aber du darfst nicht denken, daß ich ihn nicht mag. Bitte.«

Jeanne sprach sanfter denn je, ihre Haltung war demütig, und doch fühlte Polly die Hand ihrer Freundin wie ein schweres Gewicht auf ihrem Arm. »Gut, ich werde es nicht mehr denken«, mußte sie schließlich sagen.

MRS. MARCIA ZIMMERN, Witwe von Lorin Jones' Vater.

– Aber nein, ich freue mich, daß Sie wiedergekommen sind, und nicht nur, weil Sie mir diese Kekse von Fraser-Morris mitgebracht haben. Wie reizend von Ihnen, daran zu denken. Ich esse sie für mein Leben gern, aber bei diesem Wetter komme ich so schlecht auf die andere Parkseite mit meinem schlimmen Bein. Nun greifen Sie aber auch selbst zu, bitte.

– Ach, dummes Zeug, Sie brauchen doch nicht abzunehmen.

– Recht so. Und dazu ein Schlückchen zu trinken? Ich meine immer, daß man bei solch düsterem Regenwetter, wo es ja auch noch so früh dunkel wird, ab und zu eine kleine Aufmunterung braucht. Ich gönne mir dann meist einen Gin-Orange...

– O ja, ich habe über Laurie nachgedacht und mich zu erinnern versucht, für Ihr Buch. Dabei ist mir wieder eingefallen, wie sehr sie Artischocken liebte. Wir haben hier schon immer darüber gelacht, daß ich für sie unbedingt Artischocken auf den Tisch bringen mußte, wenn es welche zu kaufen gab. Und echte Sauce hollandaise mußte ich dazu machen, denn die aus dem Glas mochte sie nicht.

– Nein, ich mag selbst keine; die bekommen meinem Magen nicht, zuviel Säure. Aber Laurie liebte sie nun mal. Sie aß die ihren dann immer ganz langsam, und wir übrigen mußten warten, daß es mit dem Essen weiterging; dann hat sie die Blätter auf ihrem Teller zu allerlei kunstvollen Mustern gekramt, Fächern oder Seerosen. Oder manchmal wie einen Fisch, mit den Schuppen und so.

– Nein, zu ihren Bildern ist mir nichts Neues eingefallen.

– O ja, natürlich, sie hat uns zur Hochzeit ein Bild geschenkt. Ich hab's verkauft, als Dan tot war, da hat Mr. Herbert recht.

– O nein, überhaupt nicht. Ich wollte es nur nicht mehr haben, das ist alles.

– Sie brauchen sich nicht zu entschuldigen; jeder würde erst mal denken, es wäre mir ums Geld gegangen. Und ich kann nicht bestreiten, daß es mir damals ganz gut getan hat, ein bißchen Geld auf der Hand zu haben. Wußten Sie schon, daß nach einem Todesfall alle Bankkonten gesperrt werden?

– Ja, auch die gemeinsamen, das ist das Schlimmste. Ich sage jedenfalls zu allen meinen verheirateten Freundinnen, egal wie sehr du deinen Mann liebst, richte dir ein eigenes Konto ein ...

– Aber hören Sie, ich möchte nicht, daß Sie in Ihr Buch schreiben, Dan hätte nicht ordentlich für mich gesorgt. Ich kann mich nicht beklagen. Wir haben das Leben genossen, solange wir noch konnten, das war seine Philosophie. Wir haben herrliche Zeiten zusammen erlebt: Wir waren in Europa, Mexiko, Israel, Südamerika. Ich bin in Ägypten auf einem Kamel geritten und hab den ganzen Fluß zugedeckt gesehen von so langbeinigen weißen Vögeln, dicht an dicht, wie die Jones Beach am ersten Mai. Lebe in der Gegenwart, das ist mein Motto. Ich hatte ein herrliches Leben mit Dan; ich bereue gar nichts.

– Nein, ich habe Lauries Bild aus dem einzigen Grund verkauft, daß mir nichts daran lag.

– Nun, ich kann Ihnen gar nicht genau sagen, warum. Es war einfach kein Bild, das mir gefiel. Nicht daß Sie mich falsch verstehen, ich liebe moderne Kunst. Sehen Sie die Drucke da über dem Sideboard?

– Ja, und wußten Sie auch, daß Henri Matisse, als er die machte, so schlimme Arthritis hatte, daß er gar nicht mehr malen konnte, aber er hat nicht aufgegeben, er ist einfach hingegangen und hat bunte Papierstückchen ausgeschnitten. So was bewundere ich.

– Und dann natürlich noch die Chagall-Radierung im Flur, die ich Ihnen letztesmal schon gezeigt habe. Sie ist sehr wertvoll, sagt mein Sohn. Aber dieses Bild werde ich nie verkaufen; es erinnert mich an meine polnische Großmutter väterlicherseits. Was die für Geschichten erzählt hat! Ich muß immer weinen, wenn ich daran denke, daß sie erst nach Amerika kommen konnte, als sie schon grauen Star auf den Augen hatte und zu alt war, um sich noch was anzusehen...

– Was mir an Lauries Bild nicht gefiel? Also, zum einen die Farben, ich konnte solche Farben noch nie leiden, diese tristen Brauns und Graus, und die verschwommenen Violetts. Aber was mich eigentlich gestört hat, wenn Sie's genau wissen wollen – kann ich Ihnen nachschenken?

– Aber Sie nehmen doch noch einen Keks...

– Ja, also gut, Lauries Bild. »Wer kommt da?« hatte sie's genannt. Sie haben das Bild ja gesehen und erinnern sich wohl an diese käferartigen kleinen Dinger, die darauf herumwimmeln. Und da kommt von links ein viel größeres Ding gewissermaßen durch die Luft herunter, eine Motte vielleicht. Oder vielleicht eine Frau in einem Nachthemd aus lavendelfarbenem Chiffon, ganz dünn und mit so zartem, hellbraunem Haar, oder vielleicht sind es auch solche – wie sagt man noch dazu – Antennen?

– Fühler, richtig.

– Nun gut, es mag ja eine »abstrakte Komposition« sein, aber auf mich hat es eben immer so gewirkt. Und ich glaube, das war von Laurie auch so beabsichtigt. »Wer kommt da?« Also, bestimmt nicht Laurie, denn sie hatte lange, dunkle Haare, fast schwarz, und bestimmt auch nicht ich. Also, wer kommt da wohl?

– Ich will es Ihnen sagen: Celia, Lauries Mutter. Und genau deswegen hat sie es uns geschenkt, damit Dan immerzu an seine verstorbene Frau erinnert wurde, und ich sollte auch an sie erinnert werden. Von ihr verfolgt, könnte man auch sagen. Jedesmal, wenn ich in dieses Zimmer trat, sollte ich Celia sehen.

– *Oooh* nein, zu Dan habe ich davon ganz gewiß nichts gesagt. Wenn er nicht von selbst darauf kam, wollte ich es ihm nun wirklich nicht auf die Nase binden. Ich habe allerdings vorgeschlagen, das Bild in sein Arbeitszimmer zu hängen. Ich fände es ja schön, habe ich zu Dan gesagt, aber es paßte hier nicht zu meiner Farbenzusammenstellung: goldfarbener Teppichboden und Polster, dazu die roten und blauen Farbtupfer, die ich extra passend zu meinen Matisse-Drukken ausgewählt hatte. Die ließen Lauries Bild einfach nicht zur Geltung kommen, habe ich zu ihm gesagt.

– Nein, erreicht habe ich gar nichts. Dan meinte, es würde Laurie schon kränken, wenn wir ihr Bild nur vom Kamin, über den sie es gehängt hatte, dort drüben in die Ecke umhängten. Aber er liebte mich und wollte, daß ich glücklich war, darum hat er angeboten, das ganze Zimmer umdekorieren zu lassen, daß es mit Lauries Bild harmonierte.

– Um Gottes willen. Das hätte mir gerade noch gefehlt, meine schöne Wohnung in Laurie Zimmerns tristen Wischiwaschifarben ausmalen zu lassen.

– Ich konnte nichts machen. Also habe ich beschlossen, das Bild einfach nicht mehr zu sehen. Ich habe mir beigebracht, nicht mehr in diese Richtung zu gucken, und das habe ich sechzehn Jahre lang auch meist geschafft.

– Eben, und als Dan nicht mehr war, habe ich mir das Ding darum vom Hals geschafft, sowie es schicklicherweise ging. Rod, das ist mein Sohn, hat neulich zu mir gesagt: Du hättest das Bild behalten sollen, Mama, es ist jetzt bestimmt 'ne Menge wert. Aber mir tut nichts leid. Ich wollte diese tote Mottenfrau nicht einen Tag länger über meinem Kaminsims hier hereinkommen sehen, als ich unbedingt mußte.

– Vielleicht. Meine Schwester hat gemeint, wenn du's vom religiösen Standpunkt aus betrachtest, hat Celia gewonnen: Jetzt hat sie ihn wieder. Nicht daß ich so ein Zeug glaube. Und überhaupt, wenn es ein Leben nach dem Tod gäbe, würden sich so viele Frauen um Dan prügeln, daß eine armselige, kleine Käferfrau wie sie doch gar keine Chance hätte.

– Verstehen Sie mich nicht falsch, ich hatte nie etwas gegen Celia Zimmern. Sie war nach allem, was man so hört, wirklich eine nette Frau; ich habe sie nur einmal gesehen. Und daß sie gescheit war, weiß auch jeder. So eine richtige Intellektuelle, hat lauter solche dicken Bücher gelesen. Ich denke, sie hat Dan immer das Gefühl gegeben, daß er neben ihr ein Trampel ist, wahrscheinlich ohne daß sie's wollte. Aber sie war so fürchterlich fade und blaß und untüchtig. Sie war bestimmt nicht die richtige Frau für ihn.

– Hübsch, ja. Hübsch will ich Ihnen zugestehen, aber in der Ehe ist Hübsch nicht alles. Soll ich Ihnen mal erzählen, was meine Mutter gesagt hat? Sie hat gesagt: Was mußte Dan auch eine Schikse heiraten? Was hat man denn von einer Schikse? Wunderbrot. Ohne Geschmack, ohne Nährwert. Und dann war Celia in den letzten Jahren soviel krank, da war sie doch zu nichts mehr zu gebrauchen.

– O ja, natürlich hatte er sie gern. Als sie krank war, hat er ihr die besten Ärzte besorgt, er hat alles getan, was ein Mensch nur tun konnte. Aber jedesmal, wenn er sie im Krankenhaus besuchen mußte, hat's ihn schier zerbrochen. Zu mir hat er immer gesagt: Marcia, wenn ich mal abtreten muß, will ich schnell abtreten. Nach seinem Herzinfarkt hat der Arzt zu ihm gesagt: Sie müssen es ruhig angehen, Mr. Zimmern, keine Anstrengung, kein Alkohol, kein Tabak, keine Steaks, Eier oder Butter, ich weiß nicht was noch alles, und jeden Tag ein Mittagsschläfchen, dann können Sie noch Jahre leben. Eine Woche lang hat er's versucht, vielleicht auch zwei, dann hat er gesagt, hol's der Teufel. Wenn ich so leben soll, kann ich auch gleich tot sein, waren seine Worte.

– Ja. Ein halbes Jahr später war er tot. Aber ich denke, das hat er so gewollt. So langsam dahinzusterben wie Celia, das wäre nichts für ihn gewesen.

– Nein, ich hatte gar nichts gegen sie, sie hat mir eigentlich nur leid getan. Bloß ihre Tochter, die konnte ich nicht ausstehen.

– Nun, die meisten normalen Kinder würden sich zum Beispiel freuen, wenn ihr Vater eine Frau findet, mit der er sich noch ein schönes Leben machen kann, statt bis ans Ende seiner Tage Trübsal zu blasen in diesem großen, traurigen leeren Haus in White Plains. Lennie, Dans Sohn, der war immer nett zu mir. Nicht daß wir viel gemeinsam gehabt hätten, aber er ist immer mal wieder zum Essen gekommen und hat eine Flasche Wein mitgebracht, und wir haben dann herzlich miteinander gelacht ... Aber Laurie – oder »Lorin«, wie Sie ja immer sagen – das ist ja auch so etwas, dieser Phantasiename, den sie sich da zugelegt hat. Ich fand das immer affektiert. Dan hat sich nie daran gewöhnt; er hat sie weiter Laurie genannt, ich also auch. Aber ich weiß, daß sie das übelnahm. Wenn sie hier anrief, sagte sie immer: »Hier Lorin«, und ich antwortete: »Ja, Moment, Laurie, ich hole deinen Vater.« So, nun trinken wir aber noch ein Schlückchen Gin. Na los, was kann's denn schaden? Wir sind doch erwachsene Frauen.

– Wie sie mich behandelt hat? Gehaßt hat sie mich von der ersten Sekunde an, wirklich, das habe ich immer gefühlt. Zum einen fand sie mich zu jung –

– Ich war um die Vierzig, und Dan ging auf Fünfundsechzig zu, na und? Er hatte mehr Schwung und Courage als die meisten Männer im halben Alter. Wenn er in ein Zimmer kam, ging eine Zweihundertwattbirne an, und das bis zum

Schluß. Noch wie er schon im Krankenhaus im Sterben lag, sogar da war er noch so – entschuldigen Sie.

– Ich wollte nicht zu heulen anfangen. Es ist nur – ich meine, ich hab ja meinen ersten Mann geliebt, er war ein netter Kerl, aber im Vergleich zu Dan absolut ahnungslos. Dan war das Beste, was mir im Leben passieren konnte. Wissen Sie, als Witwe mit zwei Kindern kriegt man nicht mehr so viele Offerten, jedenfalls nicht solche. Klar, mit mir ausgehen, sich mit mir amüsieren, das wollten viele Männer. Aber heiraten? Pustekuchen. Als Dan mir einen Antrag machte, hab ich nicht lange darüber nachgedacht, wie bald ich vielleicht Witwe sein würde. Da muß man sich auf seine Instinkte verlassen, nicht wahr?

– Das ist jedenfalls meine Rede. Aber Laurie verstand das nicht. Sie hat wahrscheinlich gedacht, ich wollte ihn des Geldes wegen heiraten, dabei hatte er soviel ja auch wieder nicht. Außerdem fand sie mich wohl nicht gebildet genug. Und dann war sie der Meinung, wir hätten nach dem Tod ihrer Mutter nicht lange genug gewartet, und daran gab sie mir die Schuld.

– Hm, fast sieben Monate, und das hätten die meisten Leute für lange genug gehalten, zumal Celia schon so lange dauernd im Krankenhaus gewesen war. Aber nicht Laurie... Und wenn Sie die Wahrheit wissen wollen, sie fand auch, wir hätten uns schon vor Celias Tod zu gut verstanden.

– Bitte, und wenn es so gewesen wäre? Dan war ein gesunder, gutaussehender Mann, und Celia war ihm schon so lange keine richtige Frau mehr gewesen, wenn Sie mich verstehen. Aber seine Tochter konnte das Leben nicht sehen, wie es ist. Sie war eifersüchtig wie ein verzogenes kleines Mädchen. Nur daß sie eben kein Kind mehr war. Fast dreißig. Sie war garstig zu mir.

– Sie hat mich als die böse Stiefmutter behandelt, das Gefühl hatte ich immer; als ob ich ihr nachstellte oder so.

– Sie hat ja nicht direkt etwas getan. Aber wenn Sie's schon wissen wollen, die meiste Zeit hat sie zum Beispiel nicht einmal mit mir geredet, jedenfalls nicht richtig. Gut, sie war schüchtern, na und? Wenn man einen Menschen schon Jahre kennt, sollte man seine Schüchternheit doch mal überwinden. Aber es war immer dasselbe: Sooft wir uns sahen, hat sie das Wort fast nur an ihren Vater gerichtet. Als wenn ich gar nicht im Zimmer wäre, nur daß sie mir dann und wann so einen heimtückischen Aschenputtelblick zuwerfen mußte.

– Nein, Dan hat davon nichts gemerkt. Er war doch so ein lieber Mensch, er hat von allen, die ihm nahestanden immer nur das Beste gedacht, und sie war schließlich sein Töchterchen.

– O doch, sie wußte, was sie tat. Das wußte sie genau. Ich bedaure, Ihnen das sagen zu müssen, wo Sie doch ein ganzes Buch über sie schreiben sollen, aber ein angenehmer Mensch war Laurie Zimmern nicht.

10

Ein kalter, trüber Tag zu Dezemberbeginn; eine Bildhauer-Vernissage im Museum. Polly war da; zusammengesunken saß sie in einem hinteren Gang, unweit der Telefonzelle, auf einer klebrigen schwarzen Lederbank. Sie tat, als wartete sie darauf, telefonieren zu können, aber in Wahrheit versteckte sie sich.

Ich hätte nicht herkommen sollen, dachte sie; gleich nach ihrem Termin beim Endodontisten hätte sie nach Hause gehen sollen. Aber sie hatte sich nicht eingestehen wollen, daß Dr. Bebb ihr nicht nur weh getan und ihr Angst gemacht, sie beleidigt und ihr ein Kopfweh erster Güte angehängt hatte, sondern ihr obendrein auch noch den ganzen Nachmittag verdorben. Schlimm genug, daß er sie hartnäckig »Paula« genannt und ihr gesagt hatte, sie knirsche nachts wahrscheinlich mit den Zähnen, nein, er hatte auch noch die Frechheit besessen, seine Arbeit mit der ihren zu vergleichen.

»Marge Dunn sagt, Sie seien Schriftstellerin«, hatte Dr. Bebb gemeint, während sie in seinem gepolsterten Kunstledersessel um fast neunzig Grad nach hinten gekippt lag, in eine summende Leuchtstoffröhre starrte und seine monströs vergrößerten, dicken weißen Finger, die Knollennase und seine dicke Brille vor Augen hatte.

»– ich – – irek –«, brachte sie halberstickt heraus, während er ihr den Mund mit Wattetupfern ausstopfte.

»Aber Sie recherchieren zur Zeit für ein Buch, nicht?«

»– ah«, bestätigte Polly und fühlte sich verraten von Marge, ihrer regulären Zahnärztin – die ihr ganz selten auch nur ein bißchen weh tat, und auch dann immer nur nach vorheriger Warnung und Entschuldigung.

»Roman?«

»Äh – äh.«

»Also Sachbuch«, kombinierte Dr. Bebb, wobei sein vergrößertes blasses Gesicht sich zu einem noch selbstzufriedeneren Lächeln dehnte.

»– ah.«

»Schwierig?« Er fuhrwerkte mit einer Preßluftdüse in ihrem Mund herum. »So ein bißchen wie Detektivarbeit, was?«

Was soll das, dachte Polly, ein Verhör? Sie versagte ihm die Antwort in Form eines »– ah« oder »– äh«.

»Ich sagte, ein bißchen wie Detektivarbeit, Ihre Recherchen, nicht?« wiederholte Dr. Bebb und wartete mit dem Bohrer in der dicken Hand.

»– ah«, bestätigte Polly jetzt, denn je eher sie antwortete, desto schneller hätte sie es hinter sich.

Dr. Bebb lächelte selbstgefällig. »Ganz stillhalten jetzt«, befahl er und senkte den Bohrer. Ein lautes, unangenehmes Vibrieren erfüllte Pollys Kopf, ein nervenzerfetzender, sirrender Druck.

»Bitte ausspülen«, sagte er endlich. »Wissen Sie, Paula, manchmal empfinde ich das, was ich hier tue, auch als so eine Art Detektivarbeit«, fuhr er fort, während er ihr mit seinen dicken Wurstfingern und einer Stahlsonde im Mund herumstocherte. »Einen Zahn bis an seine Wurzel zurückverfolgen. Und man weiß nie im voraus, in welche Richtung die Wurzel verläuft, wußten Sie das?« Er bewegte die Sonde und erzeugte einen kurzen, hochkarätigen Schmerz.

»Arrh!«

»Entschuldigung«, brummte Dr. Bebb ohne jedes Mitgefühl. »Damit hätten wir also etwas gemeinsam, nicht?« Wieder wartete er mit seinem Instrument in der Hand, aber Polly mochte eine Antwort nicht einmal gurgeln. Wir haben gar nichts gemeinsam, du Fettwanst, dachte sie.

Doch, das habt ihr wohl, erwiderte eine Stimme in ihrem Kopf. Bohrst du denn nicht nach den kranken Wurzeln in Lorin Jones' Leben? Und gedenkst du sie nicht mit Zement auszugießen und das Ganze danach an der Oberfläche glattzupolieren?

Ich hätte nie zu Dr. Bebb gehen sollen, dachte Polly, wie sie dort bei der Telefonzelle saß. Oder sie hätte schon nach zehn Minuten wieder gehen sollen, denn da wußte sie schon, wes Geistes Kind er war. Man sollte doch meinen, es gebe in einer Großstadt wie New York City auch eine kompetente Endodontistin, aber Marge kannte keine. Sie schickte ihre Patientinnen immer zu Dr. Bebb. »Er ist ein guter Mann«, hatte sie betont. »Howie« (ihr Mann und seines Zeichens Kieferchirurg) »hält viel von ihm.«

Schön, er mochte Marge und ihrem Mann etwas vorgemacht haben, aber Polly machte er nichts vor. Seine Spezialität war nicht gewöhnliche Zahnreparatur, sondern Mord und Begräbnis in einem. Sie hatte ihn auf den ersten Blick als ihren natürlichen Feind erkannt, aber ihre natürliche Instinktreaktion auf Gefahr – Kampf oder Flucht – war momentan durch die Angst blockiert gewesen, sie könne als feige und neurotisch dastehen, und außerdem hatte Marge zu ihr gesagt, wenn sie sich nicht bald einer Wurzelbehandlung unterziehe, werde sie zwei obere Backenzähne und schließlich auch die unteren verlieren. Und so war sie, statt Dr. Bebb ihre peruanische Einkaufstasche an den Kopf zu schlagen oder vom Behandlungsstuhl zu springen und aus der Praxis zu fliehen, dageblieben und hatte es zugelassen, daß er ihren Zahn ermordete und mit Zahnzement einbalsamierte und sie mit einem rasenden Kopfweh wieder entließ.

Aber Kopfweh hatte ihr in der letzten Woche so ziemlich alles bereitet, was passierte. Nicht weiter bedeutend, aber doch ärgerlich, war am Montag nach Thanksgiving zunächst ihr Interview mit Lorin Jones' Stiefmutter gewesen, die Lorin als egozentrisch und gehässig dargestellt hatte. Und sie hatte eine Geschichte zum besten gegeben, die Lorins Ruf nichts als schaden würde, wenn sie in der Biographie wieder auftauchte. Polly mußte sie schlicht vergessen, wie sie vieles von dem vergessen mußte, was ihr in letzter Zeit zu Ohren gekommen war; wahrscheinlich lauter Lügen.

Pollys zweites und schlimmeres Kopfweh hatte am Tag danach mit Betsys Einzug in ihre Wohnung begonnen. Schön war es ja, Jeanne wieder einmal gutgelaunt zu sehen, überquellend vor Liebe, und sich von ihr mit wunderbar einfallsreichen Kasserolen und phantasievollem Gebäck verwöhnen zu lassen.

Polly hätte Betsy, der Ursache dieser Verwandlung, also eigentlich dankbar sein müssen, aber sie konnte sie schon jetzt nicht mehr sehen. Im Gegensatz zu Jeanne, die ganztägig unterrichtete und dauernd zu irgendwelchen Fachschaftskonferenzen mußte und sonst noch alle möglichen gelehrten und feministischen Veranstaltungen und Komitees besuchte, hatte Betsy fast den ganzen Tag frei. Zwei Vormittage in der Woche mußte sie ins College; sonst war sie immer zu Hause und hielt ständig das Bad besetzt, wo sie sich ausgiebig in Erdbeer- oder Aprikosen-Schaumbad aalte und anschließend die griesigen roten und orangen Ringe in der Wanne ließ, ihre Wäsche wusch oder ihr feines, erdbeerblondes Kraushaar shamponierte, das in nassem Zustand die Farbe von feuchtem Sägemehl hatte. Die ganze übrige Zeit hing sie an ihrem Walkman und hörte Soft-Rock oder romantisch-klassische Musik. Oft sang und summte sie dazu, vermutlich unbewußt, aber laut. »Yeah-yeah, a-yeah-

yeah«, hörte Polly sie unmelodisch schmettern, während sie mit gelbem Markierstift die Bücher und Aufsätze anstrich, die Jeanne ihr empfohlen hatte, oder in ihr Tagebuch schrieb oder eine Bluse bügelte. Erst wenn Jeanne am späten Nachmittag nach Hause kam, stöpselte Betsy sich wieder aus.

Und anders als Polly und Jeanne war Betsy von Natur aus schlampig. Wo sie in der Wohnung ging und stand, hinterließ sie ein Fährte von Schuhen, Pullovern, Handtaschen, Kämmen, Haarnadeln, Kaffeetassen, Brillen (ihre hellblauen Augen waren kurzsichtig), Illustrierten und losen Zeitungsblättern. Folglich lief sie (oder stolperte, falls ohne Brille) dauernd in der Wohnung umher und suchte irgendwelche verlegten Gegenstände. »Darling, du brauchtest nur immer gleich alles aufzuheben, dann würdest du nicht ständig deine Sachen vermissen«, versuchte Jeanne ihr oft zu erklären; aber sie sagte es wie zu einem verzogenen und dennoch geliebten Kind.

Betsy ahnte, daß sie unwillkommen war, und bemühte sich mit aller Macht um Pollys Gunst. So erbot sie sich immerzu, ihr mittags einen Lunch zu machen. Ihre Spezialität waren winzige und ebenso geschmack- wie kalorienarme Schnittchen: geviertteiltes hartgekochtes Ei auf dreieckigem Toast, garniert mit Avocadoscheiben und Piment; oder pürierter wäßriger Thunfisch mit Oliven und Kresse auf Roggenknäckebrot. Wäre Polly darauf angewiesen gewesen, von Betsy beköstigt zu werden, sie wäre Hungers gestorben.

Betsy erbot sich auch, in die Waschküche hinunterzugehen und Pollys Bettwäsche und Handtücher zu waschen, oder für sie einkaufen und in die Reinigung zu gehen; nie verließ sie die Wohnung, ohne zu fragen, ob sie nicht »irgend etwas für sie tun« könne. »Doch«, hätte Polly am liebsten oft gesagt, »du könntest ausziehen.«

Polly wußte, daß sie Betsy das Gefühl gab, unerwünscht

zu sein, und daß sie es wahrscheinlich aus Eifersucht tat, weil es sie störte, Jeanne nicht mehr für sich allein zu haben. Sie vermißte Jeanne sogar bei sich im Bett, und das nicht nur – vielleicht nicht einmal hauptsächlich – im sexuellen Sinne, auch in jeder anderen Beziehung.

Es war ja so unglaublich schön gewesen, ihr Bett mit Jeanne zu teilen. Jeanne wälzte sich nicht umher wie Jim, der das Bettzeug zerwühlte und mit seinen harten Ellbogen und Knien in Pollys Revier eindrang. Alles war weich an ihr, nachgiebig und umhüllend. Wenn das Licht aus war, lagen sie warm und wohlig beieinander, beredeten das Neueste vom Tage und vertrauten einander flüsternd Geheimnisse und Erinnerungen an. Und wenn Polly später, wie es manchmal vorkam, mit pochendem Herzen und verspannten Muskeln aus dem Schlaf fuhr, brauchte sie sich nur ihrer Freundin zuzuwenden. Ohne aufzuwachen, streckte Jeanne dann die Arme aus und zog Polly sanft an sich, bis sie wieder ruhiger und rhythmischer atmete und in einen tieferen, süßeren Schlaf versank.

Das war nun alles vorbei. Betsy teilte jetzt diese Wärme und Wohligkeit und Nähe; Betsy beanspruchte für sich allein Jeannes ganze Aufmerksamkeit und Sympathie – die sie nach Jeannes Worten brauchte, weil sie so jung und hilflos war.

Und so fordernd. Wenn Betsy abends den Abwasch gemacht hatte (meist nicht sehr gut), kam sie zu Jeanne aufs Sofa und umschlang sie, hungrig wie ein Kind. Und auch danach gab sie nie ganz Ruhe, sondern drängte sich, während sie miteinander plauderten, fest an Jeanne und drückte ihre Hand oder ihren Arm. Zwischendurch kuschelte sie sich dann wieder an wie ein zu groß geratenes Hündchen und küßte und koste sie, wobei es sie nicht störte, daß Polly mit im selben Zimmer war; vielleicht genoß sie es sogar.

Am gescheitesten wäre es natürlich gewesen, Polly hätte

sich auch jemanden zum Küssen und Kosen gesucht; aber das wurde immer unwahrscheinlicher, je mehr Zeit verstrich. Mit den Männern war sie fertig, und die Frauen, die sie durch Jeanne bisher kennengelernt hatte, waren entweder nicht zu haben oder wirkten nicht auf sie. Vielleicht werde ich ja nie mehr mit jemandem schlafen, dachte Polly bekümmert. Für den Rest ihres Lebens würden sich nur noch Zahnärzte und Gynäkologen in ihrem Mund und allem anderen betätigen. Statt sexuell etwas zu erleben, würde sie hilflos, die Füße in Metallbügeln oder eine Papierserviette um den Hals, in Behandlungszimmern herumliegen.

Polly seufzte auf, daß es fast ein Stöhnen war. Sowie sie ihre Kräfte wieder beisammen hätte, wollte sie sich durch das Gedränge in der Galerie, das ja bald nachlassen mußte, ins Freie kämpfen und nach Hause fahren, massenhaft Actifed schlukken und ihr Bett aufsuchen. Vielmehr Stevies Bett, dachte sie ärgerlich, denn das ihre stand jetzt bei Jeanne und Betsy in Stevies Zimmer.

In ein paar Wochen wären Jeanne und Betsy natürlich fort und Stevie wieder zu Hause. Wieder ganz zu Hause, hätte sie gern gesagt; aber nicht einmal das war jetzt sicher. Gestern abend hatte sie ihn in Denver angerufen, und da hatte er erwähnt, daß sein Vater es wohl gut fände, wenn er noch bis nächsten Juni in Colorado bleibe, damit er nicht mitten im Jahr die Schule wechseln müsse. »Und was hältst du davon?« hatte Polly gefragt, mit Mühe einen Aufschrei unterdrükkend.

»Weiß nicht«, hatte Stevie in höflich nichtssagendem Ton geantwortet.

»Dann denk doch mal darüber nach, ja?« hatte sie in den Apparat geschrien.

»Ja, gut«, hatte Stevie wie aus ein paar Tausend Meilen Entfernung geantwortet, und die waren es ja auch.

»Gib mir mal bitte deinen Vater«, sagte Polly, während bereits die Schmeißfliegen der Wut in ihrem Kopf summten und schwirrten; und als Jim sich meldete, konnte sie nicht mehr an sich halten und schrie ihn an. Wie immer blieb er empörend vernünftig und ruhig. Ja, gab er zu, er habe von dieser Möglichkeit gesprochen. Aber er meine, das müßten sie Stevie selbst entscheiden lassen; so sei es am besten und fairsten. Am besten vielleicht, dachte Polly wütend; aber wie konnte es auch am fairsten sein, wenn Jim jederzeit mit seinen ach so vernünftigen Argumenten zur Stelle war, seinen teuren Ködern, seinem – mit den Worten ihrer Mutter – »normalen Familienleben«?

Jetzt in diesem Moment faßte Stevie vielleicht den Entschluß, für immer in Denver zu bleiben, und sie hielt sich hier in einem Museum versteckt, mit rasendem Kopfweh und einem beginnenden pochenden Schmerz im Kiefer.

Schon gleich nach ihrer Ankunft war ihr klar geworden, daß sie hier nie hätte herkommen dürfen. Sie hatte geglaubt, es werde sie ablenken und aufmuntern, wenn sie alte Freunde wiedersähe; aber es hatte sie nur noch elender gemacht. Alle, die sie kannte, erschienen ihr zu sehr herausgeputzt, ein bißchen unwirklich und so merkwürdig um sie besorgt; wie es ihr gehe, fragten sie in einem Ton, als erwarteten sie schlechte Nachrichten. Und wie vorauszusehen, wollten viele wissen, wie sie mit ihrem Buch über Lorin Jones vorankomme. »Oh, danke, recht gut«, mußte sie immer wieder lügen.

Dann lief sie einer alten Bekannten über den Weg, die von Pollys Beurlaubung gehört hatte und annahm, sie sei »wieder aufs Malen gekommen«. »O nein, das habe ich vor Jahren aufgegeben«, mußte Polly sagen. »Aber ich schreibe ein Buch über –« und so weiter.

»Du hast das Malen aufgegeben? Ach je. Warum denn?«

Polly hatte es gar nicht erst zu erklären versucht. Statt dessen hatte sie sich entschuldigt und war wie ein verlegener Teenager auf die Toilette geflüchtet.

Dort hatte sie, als sie vor dem Waschbecken stand, eine bedrückende, aber erhellende Vision. Sie sah in den Spiegel und stellte fest, daß Dr. Bebb ihr mit dem in den Kiefer gespritzten Novocain nicht nur das halbe Gesicht gefühllos gemacht, sondern die Muskeln auf dieser Seite gelähmt hatte, so daß ihr ganzes Elend in dem schiefen Gesicht wie festgefroren war. Kein Wunder, daß so viele ihrer Freunde sich nach ihrer Gesundheit und Gefühlslage erkundigt hatten. Sie hatte keine Ahnung, wie lange diese Lähmung dauern würde; aber es war auch sinnlos, das Ende hier abzuwarten. Sobald das Gedränge etwas nachließ, würde sie sich davonmachen.

Polly konnte von hier aus, wo sie jetzt saß, einen Ausschnitt des Hauptausstellungsraums sehen, einer hohen, rauchigen, von Punktstrahlern erhellten Galerie voll vielfarbiger Körper und Formen. Wie vor zwei Monaten in der Galerie Apollo hatte sie wieder das Gefühl, in ein Aquarium zu sehen: diesmal ein riesengroßes voller Meeresfauna, Fischen und Krustentieren und Wasserpflanzen aller Art, ein Gewimmel wedelnder bunter Flossen und Schleier, glitzernder Schuppen und winkender Scheren und Fühler – alles überdeckt von einem trüben Schaum abgestandener Blasen. Keines dieser Geschöpfe hatte einen Blick für die Bilder und Skulpturen; eher krabbelten und schwammen sie dazwischen herum wie Krebse und Fische, die ahnungslos inmitten seltener Korallen und versunkener Schätze ihre Bahnen zogen.

»Polly, Darling.« Soeben kam Jacky Herbert auf sie zugeschwommen; eine glänzende blaßgrüne Weste, schuppenartig gerafft, spannte sich über seinem ansehnlichen Bauch. »Ich habe ja so gehofft, dich hier zu treffen.«

»Hallo.«

»Wie geht's dir?« Jacky bückte sich, um sie zu beglupschen. »Mein Gott, was hast du denn mit deinem Gesicht gemacht?«

»Ich war nur beim Zahnarzt. Wurzelbehandlung.«

»O wie scheußlich. Das hatte ich letztes Jahr. Ich weiß gut, wie eklig das ist. Du armes Ding.« Er setzte sich neben sie auf die Bank. »Aber ich kann dich gleich ein bißchen aufmuntern. Ich habe so großartige Neuigkeiten: Zwei neue kleine Jones-Aquarelle habe ich entdeckt, von deren Existenz wir nicht einmal wußten.«

»Wunderbar.« Polly bemühte sich um die rechte Begeisterung und fragte sich, wieso sie sich darum erst bemühen mußte. Vielleicht war das ja der Beginn einer klassischen Depression.

»Du mußt bald, recht bald mal in die Galerie kommen, damit ich dir die Fotos zeigen kann. Sicher wirst du ja Dias davon haben wollen. Sie müssen um siebenundfünfzig-achtundfünfzig entstanden sein, beinahe in meiner Lieblingsperiode. Aber diese seltsamen späten Bilder liebe ich ja auch sehr; gäbe es nur mehr davon! ... Wie geht's überhaupt mit dem Buch voran?«

»Ach, danke.«

»Ich höre, du warst bei Grace Skelly.« Jacky schluckte Luft wie ein Fisch.

»Ja. Sie hat mir erzählt, wie gut sie sich mit Lorin Jones verstanden habe und wie glücklich Lorin darüber gewesen sei, daß die Skellys ihr ›Geburt, Kopulation und Tod‹ gekauft hätten.«

»Was hattest du denn erwartet?« Seine Stimme blubberte vor unterdrückter Heiterkeit. »Du glaubst doch nicht, Grace möchte einmal in der Kunstgeschichte nachlesen, daß eine Malerin es nicht ertrug, eines ihrer Bilder in ihrem Besitz zu wissen? Du hast ihr hoffentlich nicht widersprochen.«

»Das nicht. Aber ich werde ihre Version gewiß nicht veröffentlichen.«

»Schade.« Jacky kicherte ungeniert. »Damit könntest du dir nämlich viel Gutes tun. Grace wäre sehr, sehr dankbar; und eines muß man den Skellys lassen: Sie bezahlen ihre Schulden.«

»Aber ihre Geschichte ist doch völlig aus den Fingern gesogen. Das hast du mir selbst gesagt.«

»Na und? Außer uns weiß das doch keiner. Und wer kann sich außerdem darauf verlassen, daß meine Version stimmt? Ich würde es jedenfalls leugnen, wenn mich einer fragte.« Er kicherte wieder, blies die Backen auf und schüttelte den Kopf. Dann wurde seine Miene ernst. »Du denkst doch hoffentlich nicht eine Sekunde daran, das zu veröffentlichen, was ich dir erzählt habe«, fügte er lässig hinzu, indem er betont an Polly vorbeisah.

»Warum nicht?« fragte sie. Sein wegwerfender Ton konnte sie nicht beirren; sie wußte, daß Jacky sich immer dann am lebhaftesten und ernstesten gab, wenn er belanglosen Klatsch erzählte; gab er sich sorglos und uninteressiert, dann meinte er es todernst.

»Das soll doch wohl nur ein Scherz sein.« Jacky gähnte fast, aber er wandte auch den Kopf und sah sie scharf an.

»Wieso soll es ein Scherz sein?«

»Wenn du das schreibst, was ich dir erzählt habe, mein Kind«, nölte er, »dann werden die Skellys nie mehr ein Bild von mir kaufen oder dem Museum eines leihen, solange du dort arbeitest; und Bill würde dich wahrscheinlich sogar wegen übler Nachrede verklagen.«

»Das glaubst du wirklich?«

»Sagen wir, die Möglichkeit liegt sehr, sehr nahe. Und es wäre nicht das erstemal; du erinnerst dich an die Sache mit der *Art News*? Natürlich wurde sie am Ende außergerichtlich beigelegt. Zehntausend Dollar plus Anwaltskosten an den Kläger. Im Geldwert von 1972.«

»Das ist nicht fair.«

»Das ganze Leben ist nicht fair. Sei nicht so naiv, Polly.« Jacky seufzte. »Aber reden wir von etwas Angenehmerem. Du hast dich sehr, sehr gut mit Kenneth Foster verstanden, wie ich höre?«

»Ja, das war sehr nützlich. Er hat mir von Lorins frühen Arbeiten erzählt, und wie sie auf dem College war. Er bewundert sie als Malerin, wie du weißt. Aber menschlich lag sie ihm wohl nicht besonders. Da war ihm Garrett lieber.« Polly sprach neutral und sachlich, aber während des Interviews hatte sie gedacht: Fünfunddreißigjähriger Professor verführt zwanzigjährige Studentin und verläßt ihretwegen seine Frau, und Kenneth Foster gibt die Schuld der Studentin; das treibt die männliche Solidarität doch auf die Spitze.

»Aha.« Jacky gab keinen weiteren Kommentar.

»Überrascht war ich, als er mir erzählte, er hätte Garretts erste Frau nach deren Scheidung geheiratet. Und jetzt seien sie alle gute Freunde, sagt er. Das fiel mir schwer zu glauben.«

»Doch, das stimmt aber.«

»Die meisten, mit denen ich gesprochen habe, wissen nicht einmal, daß Garrett eine erste Frau hatte.«

»Hm, ja.« Jacky verzog sein Fischmaul. »Daß er davon nicht gesprochen hat, wundert mich nicht. Garrett vergißt gern, was nicht zu seinem Image paßt. Tun wir doch alle. Wenn dann doch mal einer von dieser Ehe gehört hat, versucht er sie als eine dieser kurzen, unbedachten Kriegsehen hinzustellen. Dabei war er sechs, sieben Jahre mit Roz zusammen.«

»Wie ist diese Mrs. Foster denn nun wirklich? Ich habe sie nur einmal gesehen, bei irgendeiner Eröffnung.«

»Ach, recht nett. Sie hat natürlich ein schweres Leben hinter sich. Hat sich auch nicht besonders gut gehalten.«

»War sie denn mal hübsch?« fragte Polly zweifelnd, denn sie hatte Roz Foster als übergewichtig und verlebt in Erinnerung.

»O ja, sehr. Das sind Frauen von Malern immer, glaube ich, du nicht? Zumindest anfangs. Meterlange rote Haare und eine herrlich cremige Haut. Garrett hatten es ja auch immer die Schönen angetan, obwohl er kein Maler war. Er hatte sie seiner Meinung nach verdient. Garrett hielt sich für ein Gottesgeschenk an alle Frauen, wie Paolo es einmal ausgedrückt hat, und spielte gern den Weihnachtsmann.« Jacky kicherte.

Polly lachte auch, aber ihr war unbehaglich; ihr spukte der Gedanke im Kopfweh herum, daß Garrett Jones womöglich Jacky oder jemandem, den Jacky kannte, ihren Besuch in Wellfleet geschildert hatte, nur eben leicht verdreht.

»Lorin war natürlich nicht die erste Studentin, mit der Garrett ein Techtelmechtel hatte«, fuhr Jacky fort. »Aber sie war die erste, in die er sich ernsthaft verliebte, und da wurde er unvorsichtig.«

»Und seine erste Frau ist ihm dahintergekommen?«

»Zu guter Letzt, ja. Und es hat Roz arg getroffen. Wie man hört, hatte sie ihn wirklich geliebt. Sie konnte nicht mehr essen und schlafen, fing zu trinken an, fuhr das Auto zu Schrott und drohte sich umzubringen. Garrett war mit seinem Latein am Ende; er hatte richtige Angst. Einen Selbstmord wollte er sich nicht aufs Gewissen laden, denn wer will das schon?«

»Und dann?«

»Ja, dann ging es schließlich so, daß Kenneth Foster ihn von Roz befreite, so daß er Lorin heiraten konnte, und Garrett machte Kenneth berühmt. Da ist er wie Grace Skelly – er bezahlt seine Schulden.« Jacky kicherte.

»Du meinst wirklich –« Polly sah den Kunsthändler mit einer Mischung aus Zweifel und Ekel an.

»Bitte versteh mich nicht falsch.« Jacky wedelte mit den Flossen. »Ich will damit nicht sagen, daß Foster kein hervorragender Maler sei. Aber ohne Garrett hätte er nicht den internationalen Ruf, den er heute hat, und könnte auch die Preise nicht so diktieren. Und das seit Jahren. Aber das ist alles Urgeschichte. Und die Ehe hat ja erstaunlich gut geklappt. Eine Zeitlang war's mal etwas haarig, aber Roz ist jetzt seit zwanzig Jahren bei den Anonymen Alkoholikern, und heute sind sie ein sehr, sehr liebevolles Paar.« Jacky seufzte tief. »Aber damit hast du Gott sei Dank nichts zu tun. Das heißt«, meinte er gedehnt, »du würdest so etwas ja nicht in deinem Buch verwenden wollen.«

»Nein«, bestätigte Polly.

»Ist auch besser so. Überhaupt mußt du doch inzwischen soweit sein, daß du bald mit Schreiben anfangen kannst.«

»Ja, demnächst«, sagte Polly. »Ich muß noch mal zu einem Interview in den Norden, dann fliege ich nach Key West und versuche Hugh Cameron ausfindig zu machen.«

»Du meinst, er ist noch da?«

»Ich weiß, daß er noch da ist. Vor drei Monaten war er's jedenfalls noch. Er hat auf meinen letzten Brief nicht geantwortet, aber zurückgekommen ist der auch nicht, woraus ich schließe, daß er noch da ist.« Polly erwähnte nicht, daß Hugh Camerons bisher einzige Antwort aus einer Zeile bestand, die er mit Filzstift unter ihren ursprünglichen Fragenkatalog geschrieben hatte: *Bedaure – habe keine Zeit, Ihre Fragen zu beantworten.* »Jedenfalls möchte ich die Gegend gern mal kennenlernen, mir das Haus ansehen, in dem Lorin gelebt hat, versuchen, mit Leuten ins Gespräch zu kommen, die sie vielleicht gekannt haben.«

»Ach ja, natürlich.« Jacky schluckte eine Portion verräucherter Galerieluft und blies sie mit einem leisen Pfeifen wieder aus. »Weißt du, wenn du schon mal da unten bist –«, fuhr er in einstudiert trägem Ton fort, bei dem Polly sofort die Ohren spitzte.

»Ja?«

»Du könntest da mal ein bißchen herumstochern. Sehen, ob du noch irgendwelche Bilder entdeckst.«

»O ja, gern.«

»Besonders schön wär's, wenn du das eine oder andere von den späten Graffiti aufstöbern könntest. Da besteht nämlich großes Interesse.«

»Ich weiß«, bestätigte Polly. Lorin Jones' letzte Bilder von Key West taten sich dadurch hervor, daß Wörter oder ganze Sätze darin eingebaut waren, wie bei Dine oder Kitaj. Die beiden, die in der Ausstellung »Drei Amerikanerinnen« gewesen waren, hatten viel Aufsehen erregt.

»Wenn du irgendwie in Camerons Haus hineinkommst, siehst du da vielleicht auch etwas«, meinte Jacky.

»Ich werde mich mal umsehen. Aber hat Lennie nicht nach Lorins Tod alles abgeholt?«

»J-a-a. Vermutlich. Aber ganz soviel war das nicht, bei näherem Hinsehen. Ich habe mich schon manchmal gefragt, warum wir so wenige Lorin Jones' zwischen 1964 und 1969 haben. Sehr viel weniger als zum Beispiel aus den fünf Jahren davor. Und dann wären da noch die beiden großen Leinwände, die auf ihrer letzten Ausstellung keinen Käufer fanden. Die scheinen völlig vom Erdboden verschwunden zu sein. Sie könnte sie natürlich auch hinterher vernichtet oder übermalt haben.«

»Aber du meinst, Cameron könnte sie noch haben?«

»Ich habe das immer für sehr, sehr wahrscheinlich gehalten. Nach allem, was ich gehört habe, wäre es ihm durchaus zuzutrauen, daß er schlicht vergessen hat, Lennie das eine oder andere herauszugeben. Vielleicht aus Gedankenlosigkeit, vielleicht aus Sentimentalität. Oder vielleicht nur aus angeborener Sturheit; wer weiß das schon?«

»Vielleicht auch aus Habgier«, meinte Polly. »Vielleicht war's ihm um das Geld zu tun.«

»Nein.« Jacky schüttelte langsam den schweren Kopf. »Das wahrscheinlich nicht, denn die Bilder waren damals nicht viel wert. Und vielleicht hat Lennie auch nicht so genau gesucht. Wer reißt sich schon um Bilder, die vielleicht ein paar Hunderter einbringen, falls man überhaupt einen Käufer findet? Was damals sehr unwahrscheinlich war.«

»Stimmt«, räumte Polly ein.

»Aber jetzt schreit alle Welt nach Lorin Jones. Die Preise liegen bei zwanzig-, fünfundzwanzigtausend, und steigen. Jetzt sieht die Sache ganz anders aus. Wenn du eine Lorin Jones besitzt, mußt du anfangen, über Versicherungen, Alarmanlagen, Restaurateure und so weiter nachzudenken. Wenn du verkaufst, kannst du dir Stoff für ein ganzes Jahr davon kaufen, oder einen Sportwagen, eine Spanienreise, oder was ein Typ wie Cameron sich sonst so wünscht.«

»Du meinst, Cameron könnte noch ein paar Bilder haben, die er jetzt gern verkaufen würde?«

»Es wäre möglich. Natürlich säße er in einer bösen Klemme. Rechtlich gehört ihm nichts von Lorins Sachen, weil sie nie verheiratet waren und sie ohne Testament gestorben ist. Alles gehört Lennie. Wenn Cameron also etwas verkaufen wollte, müßte er's unter der Hand tun.«

»Das wäre doch nicht so leicht«, wandte Polly ein. Die meisten Sammler, die sie kannte, kauften Kunst entweder, um damit anzugeben, oder als Geldanlage. Zweifelhafte Provenienz war ihnen ein Greuel. Da mußte man allen Leuten, die ins Haus kamen, etwas vorlügen; und richtig peinlich konnte es werden, wenn man das Bild später einmal verkaufen oder aus steuerlichen Gründen einem Museum schenken wollte. Dann würde die erste Frage mit Sicherheit lauten: Wo kommt das her?

»Nein. Wenn Cameron verkaufen will, muß er jemanden finden, der eine Jones zum Sonderpreis haben möchte und bereit ist, sie auf ewig unter Verschluß zu halten. Und ich glaube nicht, daß er – oder sonstwer – das schafft. Für so einen Handel muß man schon ein wirklich bedeutendes Werk anzubieten haben – einen Johns oder Rothko oder Ähnliches. Aber genau da hättest du einen Vorteil auf deiner Seite.«

»Ich?« Polly runzelte die Stirn; ihr Kopfweh wurde immer schlimmer.

»Du, mein Kind.« Jacky gähnte. »Ich könnte nicht an Cameron herantreten, weil man mich als ehrbaren Händler kennt. Aber du könntest bei ihm andeuten, daß du vielleicht am Kauf einer Lorin Jones interessiert wärst, wenn er zufällig eine herumliegen haben sollte.«

»Nein, danke«, sagte Polly mit Nachdruck und schlecht verhohlener Entrüstung. »Ich bin nicht daran interessiert, mich in solche Geschäfte verwickeln zu lassen. Überhaupt hätte ich auch gar nicht das Geld.«

»Natürlich nicht«, sagte Jacky gelassen und beugte sich herüber, um ihr den Arm zu tätscheln. »Aber es wäre doch eine gute Möglichkeit, festzustellen, ob Cameron etwas hat, oder?« Er lächelte fischig. »Und es vielleicht wiederzubekommen.«

»Das schon. Aber ich weiß nicht –«

»Sieh mal, wenn du ein Bild von Lorin in Camerons Besitz fändest, könnten Lennie und ich zu meinem Anwalt gehen und uns erkundigen, was man da machen kann. Vielleicht genügt es ja schon, ihm mit einem Prozeß zu drohen.«

»Und wenn nicht?«

»Dann könnten wir ihn tatsächlich verklagen. Und es gibt

ja auch noch die Polizei. Ich denke mir, das würde ihm nicht gefallen.« Jacky kicherte. »So oder so, falls du auf etwas stoßen solltest, wäre ich dir dankbar, wenn du es mich so bald wie möglich wissen lassen könntest. Du kannst die Galerie jederzeit per R-Gespräch anrufen. Wenn ich nicht da bin, hinterlaß eine Nachricht auf dem Anrufbeantworter ... Oh, Doris, mein Schatz! Wie schön, dich mal wiederzusehen. Und du siehst ja wirklich sehr gut aus.«

Jacky erhob sich und küßte die rauchige Luft neben der Wange der Frau, einer von Pollys früheren Kolleginnen. Polly entschuldigte sich bei der ersten sich bietenden Gelegenheit und trat in die Telefonzelle, die jetzt zum Glück leer war.

Damit ihre Entschuldigung auch echt wirkte, nahm sie den Hörer ab und wählte ihre eigene Nummer. Das verzerrte, unangenehme Unterwassersummen des Freizeichens füllte ihr Ohr, dann das Klingeln ins Leere. Jeanne und Betsy waren ausgegangen, das wußte sie. Während sie lauschte, schaute sie durch das grünbraun getönte Glas hinaus und sah Jacky und ihre anderen Bekannten inmitten der wimmelnden, schwimmenden Schwärme in der Galerie. Jetzt kam ihr das alles noch schlimmer vor: ein Aquarium voller Lügen, Schiebereien, Ausflüchte und Betrug; voll glitschigen Wassergetiers; ertrunkener und verwesender Dinge.

Sie starrte die Streifen und Formen aus leuchtenden Farben an, die über dieser Menge schwebten: talentierte Werke, vielleicht sogar genial. Was tun sie hier, halb versenkt in dieses schleimige Aquarium? dachte sie. Und was tat sie hier?

Aber das mußte sich schließlich auch Lorin Jones gefragt haben. Diese New Yorker Kunstszene, die Polly jetzt sah, war die gleiche, die Lorin gesehen haben mußte: Die Vision einer Unterwasserhölle, die sie zuerst nach Wellfleet, dann noch weiter nach Key West getrieben hatte. Und Polly mußte nun den Spuren folgen, die sie dabei hinterlassen hatte, egal wie ihr dabei zumute war.

Die Wohnung war leer, als Polly nach Hause kam. In der Küche lag ein Zettel von Jeanne mit der Einladung, sie bei einem Solidaritätsfest im Greenwich Village zu treffen, nebst Anweisungen zum Aufwärmen des Abendessens, das sie für den Fall dagelassen habe, daß Polly heute keine Party mehr über sich ergehen lassen wolle.

Müde und dankbar schaltete sie den Herd ein und begann ihre Post zu öffnen, die nur aus Rechnungen und Drucksachen bestand. Außerdem war ein großes, schlecht verschnürtes Päckchen für Stevie gekommen, das ihr Vater aus San Diego geschickt hatte: VIEL GLÜCK ZUM GEBURTSTAG VON GROSSPAPA stand mit rotem Filzstift über der Adresse, und darunter: BITTE GANZ VORSICHTIG ANFASSEN, FREUNDE. Trotz oder gerade wegen dieser Bitte war das Päckchen an einer Ecke aufgeplatzt, und das Geschenkpapier, bedruckt mit rosa und gelben Teddybären, schaute heraus.

Polly betrachtete es mit finsterem Gesicht, dann seufzte sie. Das Päckchen war rundherum typisch für Carl Alter. Das angeschmutzte, wiederverwendete Packpapier, die grobe, fest verknotete Schnur, das unpassende Geschenkpapier, der Appell an die Nettigkeit fremder Leute, die öffentliche Bekundung privater Gefühle; und vor allem die fünfwöchige Verspätung. Als Kind hatte sie die Geschenke ihres Vaters entweder immer nach dem Fest oder überhaupt nie bekommen, und nun erging es seinem Enkel genauso.

Und was in aller Welt sollte sie mit dem Ding nun anfangen? Um es nach Denver weiterzuschicken, war es schon zu spät; es würde hier liegenbleiben müssen, bis Stevie wieder nach Hause kam. Und inzwischen müßte sie ihrem Vater schreiben, um ihm zu erklären, was passiert war. Oder vielleicht ging ein Anruf schneller; sie hatte sowieso schon seit ein paar Monaten nicht mehr mit ihm gesprochen. Viel zu sagen hatten sie einander ja auch nie. Polly interessierte sich nicht für die Artikel, die er in letzter Zeit in *California Living* oder seiner Lokalzeitung untergebracht hatte, oder was sein hoher Blutdruck und die Orchideen seiner jetzigen Frau machten; er interessierte sich nicht dafür, wie es ihr ging, und hatte sich auch nie dafür interessiert. Aber alle paar Monate vollzogen sie das Ritual.

Nachdem sie also Jeannes Casserole (Kalbfleisch mit Pilzen, wie immer ein Gedicht) mit selbstgemachten Nudeln und grünen Bohnen aufgegessen und sich eine Tasse Kaffee gemacht hatte, rief Polly in San Diego an.

»Ja, ja«, sagte ihr Vater, nachdem sie die üblichen Belanglosigkeiten ausgetauscht hatten. »Ich weiß schon, wann Stevie Geburtstag hat, ist doch klar.« (Von wegen, dachte Polly.) »Ich habe doch nur nicht gleich das Fernglas bekommen, das ich ihm schenken wollte.«

»Fernglas«, wiederholte sie. Nach dem Aussehen des Päckchens war es wahrscheinlich sowieso kaputt; und dann kam dieses Geschenk wie immer nicht nur zu spät, es war auch völlig fehl am Platz. In New York konnte man mit einem Fernglas nichts anfangen, höchstens den Nachbarn in die Fenster gucken, und daß Stevie mit so etwas anfing, wollte Polly nun gewiß nicht. Ja, aber in Colorado wäre es hochwillkommen, dachte sie verdrießlich. »Weißt du was?« meinte sie. »Ich lege eine neue Karte dazu und gebe es ihm zu Weihnachten.«

»Nicht doch, nein!« protestierte Carl Alter. Im Geiste sah Polly ihn den Kopf schütteln, ein oder zweimal ganz rasch hin und her, wie er es immer tat. »Ich will nicht, daß Stevie noch länger warten muß. Du gibst es ihm jetzt, klar?«

»Geht nicht«, sagte Polly unwirsch. »Er ist zur Zeit in Denver.«

»In Denver? Ach ja, richtig.«

»Da ist er schon seit September«, sagte Polly. Sie war überzeugt, daß ihr Vater ihr beim letzten Gespräch wieder einmal nicht zugehört oder es sich, was eher zu vermuten war, einfach nicht gemerkt hatte. Wenn er nicht schon immer so gewesen wäre, hätte sie geglaubt, er verliere langsam das Gedächtnis.

»Hm. Er wird dir sicher fehlen.«

»Ja, sehr«, antwortete Polly übellaunig.

»Zu Weihnachten kommt er doch nach Hause, oder?«

»Ja. Aber ich weiß nicht, vielleicht fährt er danach fürs Frühlingsquartal wieder nach Colorado.«

»Hm. Das ist aber schlecht«, meinte Carl Alter ohne jede Anteilnahme oder Überzeugung. »Aber du kannst ihn ja dort besuchen, das gleicht es wieder aus.«

Wie dumm und gefühllos, so etwas zu sagen, dachte Polly und hörte schon wieder das wütende Gebrumm in ihrer Brust. Sie sollte nach Denver fliegen, in einem Motel absteigen und ein paarmal mit Stevie im Restaurant essen, und das werde es dann »wieder ausgleichen«.

»Mach das auf jeden Fall«, fuhr ihr Vater fort. »Flieg nach Colorado und besuch ihn. Ja. Mach das.«

»Ach, so ist das?« Polly riß jetzt die Geduld. »Es ist aber erstaunlich, das von dir zu hören, wo du mich so gut wie nie besucht hast, nachdem ich nach Rochester gezogen war.«

Einen Augenblick war es still in der Fernleitung. »Das war ja was anderes«, sagte Carl Alter endlich. »Du wolltest mich doch nie sehen.«

»O doch!« widersprach Polly; so billig wollte sie ihn auf keinen Fall davonkommen lassen.

»Na hör mal. Damals in Mamaroneck hast du jedesmal einen richtigen Rappel bekommen, wenn ich kam und dich für einen Tag mitnehmen wollte. Das hat mir deine Mutter gesagt. Sie mußte dich praktisch zwingen, mit mir zu gehen.«

»Aber das war doch nicht ... ich ...« Polly geriet vor Wut ins Stottern und verstummte, denn sie hätte sonst für nichts mehr garantieren können.

»Schon gut, Polly-O. Ich verstehe, wie das war. Aber bei dir und Stevie ist das doch anders, oder?«

»Ich glaube schon«, sagte Polly müde. Herrgott noch mal, natürlich war es anders. Sie liebte Stevie; bis zu diesem Herbst waren sie nie getrennt gewesen. Aber wozu das jemandem wie Carl Alter sagen? Wozu ihn anbrüllen?

»Wenn er also in Denver ist, wirst du ihn besuchen, ja?«

»Ja«, sagte Polly resigniert.

»Und du kannst gleich noch was tun. Bring aus Stevie heraus, was er sich zu Weihnachten wünscht, dann werde ich es ihm schicken.«

»Ich wüßte nicht, wozu das gut sein sollte«, sagte Polly, die sich wieder mühsam beherrschen mußte. »Du würdest sowieso nicht daran denken.«

»Doch, doch; ich verspreche es. Menschenskind, was –«

»Es wird genauso sein wie bei mir«, rief Polly wütend. »Du hast immer versprochen! Zwei Jahre hintereinander hast du mir eine Malhexe versprochen.«

»Eine Malhexe?« wiederholte Carl Alter am anderen Ende der USA.

»Das war so ein Rahmen mit Scheiben, damit konnte man Bilder malen, und ich hab dich immerzu gebeten – Ach, lassen wir das«, sagte sie und schämte sich jetzt ihres Ausbruchs. »Ich werde Stevie fragen, was er sich wünscht, aber du weißt ja, daß es für die Weihnachtspost wahrscheinlich schon zu spät ist.«

»Weißt du was? Ich schicke ihm vielleicht einen Scheck, dann kann er sich selbst etwas aussuchen.«

»Gute Idee«, sagte Polly müde und dachte, daraus würde ja doch nichts; sie war jetzt weniger wütend auf ihren Vater – denn was nützte das schon? – als auf sich selbst, weil sie nach all den Jahren so auf ihn losgegangen war. »Ja, tu das nur«, fügte sie noch hinzu.

DANIELLE ZIMMERN KOTELCHUK, Lorin Jones' ehemalige Schwägerin.

– Halt mal, Polly, bevor Sie anfangen, will ich mich noch entschuldigen, daß ich es doch nicht nach New York geschafft habe. Es läuft einfach so, daß ich es mir immer wieder vornehme und dann doch nichts daraus wird. Wenn man auf einer Farm lebt, hat man selbst als Freizeitfarmer am Wochenende einfach immer zuviel zu tun: da ist der Garten in Ordnung zu bringen, die Pferde müssen gefüttert und bewegt werden, die Hunde kriegen gerade wieder Junge, und so kommt eins zum andern. Das ist der eine Grund.

– Der andere ist wohl, daß mir die Stadt zuwider geworden ist. Und Bernie konnte sie natürlich sowieso noch nie leiden. Aber bei einer Stadtpflanze wie mir ist das schon unheimlich. Nur Paris liebe ich immer noch; da fliege ich jeden Sommer für ein paar Wochen hin, wenn ich eben kann. Aber neulich ist mir aufgegangen, daß ich von New York in knapp drei Jahren buchstäblich nur den Kennedy Airport gesehen habe.

– Gut, Sie wollen etwas über Laurie hören. Ich habe hin und her überlegt, was ich Ihnen da Brauchbares erzählen könnte. Es müßte etwas geben, denn ich hab sie doch fast zwanzig Jahre gekannt. Aber eigentlich hatte ich nie das Gefühl, sie gut zu kennen, oder wir hätten uns besonders viel zu sagen.

– Nein, das heißt nicht, daß ich sie nicht gemocht hätte. Ich mochte sie ganz gern, sie war eben nur nicht auf meiner Wellenlänge.

– Gut. Zum Beispiel war ich immer ziemlich geradeheraus, und Laurie war der ausweichende, stille, geheimnisvolle Typ. Als ich sie kennenlernte, dachte ich, sie ist so eine Art Rima, ein Vogelmädchen – haben Sie je *Green Mansions* gelesen? Diese riesengroßen Augen und die dunklen Haarmassen. Ihr Mann hat sie ja auch immer so behandelt wie einen zerbrechlichen Waldgeist, viel zu zart für diese Welt.

– Ich weiß nicht. Wahrscheinlich fand sie, das gehöre dazu, wenn man so aussieht.

– Na, Sie müssen doch auch schon gemerkt haben, daß schlanke Frauen auf andere Männer wirken als dicke. Die Dünnen kriegen immer ältere Männer, so väterliche Typen, die uns Frauen gern für schwach und hilflos halten. Sie wollen uns beschützen und vor der Welt abschirmen.

– Richtig. Und die Dicken ziehen genau den entgegengesetzten Typ an. Egal wie alt, im Grunde sind sie kleine Jungen, die bemuttert werden wollen. Wenn eine mal so richtig aussieht wie ein Haus, genügt ein Blick, schon schreien sie »Mami!«

– Ich glaube, die Dünnen haben es schwerer. Vor allem wenn sie auch noch klein sind; die kriegen dann die aggressiven Macho-Typen, die so gern von ihrem »kleinen Frauchen« reden. Und wenn Sie ganz großes Pech haben, geraten Sie an einen, der nach was Verletzlichem sucht, einer, die er quälen und womöglich vernichten kann.

– Nein, das ist in meinen Augen meist nicht Schicksal, sondern selbstgewählt. Ich sag meinen Studentinnen im Seminar immer, daß sie mit ihrer Entscheidung, ob sie die doppelte Portion Sahneeis bestellen oder darauf verzichten, im Grunde darüber entscheiden, was für einen Mann sie sich wünschen, welche Rolle sie in einer Beziehung spielen wollen.

– Ja, ich glaube, das hat Laurie auch getan, wahrscheinlich unbewußt. Jedenfalls paßte Garrett genau ins Bild. Er ist ihr immerzu mit einem Pullover nachgerannt. Und wenn die Familie zusammenkam, hat er das Reden besorgt und uns erzählt, was für eine große Künstlerin sie einmal sein werde. Als sie dann später bekannt wurde, hat er immer mit ihren neuesten Erfolgen geprahlt.

– Ich glaube, es war ihr sehr peinlich. Wenn Garrett die neuesten Kritiken zu zitieren begann oder uns erzählte, welcher bekannte Sammler gerade wieder ein Bild von ihr gekauft hatte, machte sie auf mich immer einen ganz kläglichen Eindruck.

– O doch, ich glaube, sie war sehr begabt. Daran zweifelt doch heute wohl keiner mehr?

– Ja, als ich noch mit Lennie verheiratet war, hatten wir ein paar von ihren Bildern. Aber die hat er mitgenommen, als wir uns trennten. Ich habe die Kinder und das Haus und den Großteil der Möbel gekriegt, das war ein fairer Handel. Lennie war nie kleinlich, jedenfalls nicht beim Geld.

– Nein, allzusehr fehlen sie mir nicht. Ich bevorzuge mehr Gehalt in der Kunst. Ich weiß, das ist ganz und gar unmodern, aber so richtig gefällt mir nur der französische Realismus des neunzehnten Jahrhunderts: Courbet. Manet. Delacroix und sogar Géricault. Natürlich ist das meine Periode. Ich liebe viel Farbe und Aktion.

– So oft haben wir sie auch wieder nicht gesehen. Lennies Vater hatte an Feiertagen immer gern die Familie um sich, da bemühte er sich dann, uns alle zusammenzutrommeln. Aber er und Marcia sind viel im Ausland herumgereist.

– Ja, Laurie haben wir in unseren ersten Ehejahren öfter gesehen, bevor ihre Mutter starb. Immer wenn wir nach New York kamen, wohnten wir bei Lennies Vater in White Plains. Lennie verstand sich nicht besonders mit Dan, aber Celia mochte er sehr, obwohl sie ja seine Stiefmutter war. Sie war aber weniger die klassische Stiefmutter als irgendwer sonst, den ich je kennengelernt habe.

– Sie war eine richtig liebe Frau. Zuerst habe ich sie ja kaum beachtet, sie war so blaß und unscheinbar und hielt sich so im Hintergrund. Sie sah Laurie sehr ähnlich, hatte aber nicht ihr auffallendes Schwarz und Weiß, auch nicht ihre Energie.

Wenn man in ein Zimmer voll Familie trat, bemerkte man immer zuerst Laurie und Dan, Celia aber so ziemlich als letzte.

– Nun ja, Lennie hatte mir gesagt, sie sei unheimlich intelligent, und als ich mich dann endlich einmal mit ihr unterhielt, merkte ich, daß er recht hatte. Celia hatte praktisch alles gelesen, sogar auf meinem Gebiet. Zum Beispiel den ganzen Proust und Colette und Camus, und das meiste auf Französisch. Auch Balzac, aber den mochte sie nicht. Sie fand ihn vulgär – »erdverbunden« war ihr Ausdruck – und habgierig und zu sehr aufs Geld aus. Aber das ist *la condition humaine*, wie er sagte, nicht?

– Lesen und ein bißchen Gartenarbeit, das war so ziemlich das einzige, was sie je tat. Ich habe sie nie kochen oder nähen oder saubermachen sehen und dergleichen. Sie hatten natürlich eine Hilfe im Haus, und Celia war ja auch schon krank, als ich sie kennenlernte.

– Man merkte es nicht, außer daß sie immer müde wirkte.

– Ich glaube, sie hat gewußt, daß ihr nicht mehr viel Zeit blieb. Sie wollte immer von mir wissen, was in Paris denn in der letzten Zeit an Interessantem herausgekommen sei, und wenn ich ihr ein Buch empfahl, rief sie noch am selben Tag bei Scribner in New York an und ließ es sich expreß schicken. Ich fand das damals ein bißchen albern und extravagant, aber hinterher ist mir klar geworden, daß sie fürchtete, sie könnte sonst etwas verpassen.

– Es ist zum Rasendwerden, wenn man bedenkt, daß der Krebs, an dem sie litt, heute heilbar ist; nur noch etwa zehn Prozent gehen tödlich aus. Wenn sie zwanzig Jahre später geboren wäre, würde sie wahrscheinlich heute noch leben, und vielleicht hätte sie auch noch etwas aus sich gemacht, denn sie hatte einen ungemein scharfen Verstand.

– Ich denke mir, daß Celia im Grunde alles wußte. Sie konnte nur nichts daran ändern, so schien es ihr zumindest.

– Sie hat zum Beispiel gesehen, daß Lennie und ich es miteinander schwerhaben würden, aber daß wir es beide so oder so überleben würden. Und ich bin sicher, sie wußte auch, daß Lennies Vater mit irgendeiner Frau in seinem Betrieb schlief, Marcia, wie sich hinterher herausstellte. Und sie wußte, daß Dan es nicht ertrug, wenn sie krank war.

– Schwäche war ihm zuwider. Das hat Lennie von ihm geerbt. Nur ist es bei Lennie weniger körperliche oder moralische als intellektuelle Schwäche. Er kann Dummheit nicht ausstehen, selbst bei Kindern nicht, und alle Kinder sind doch manchmal ein bißchen dumm. Ich erinnere mich, wie er Roo einmal angebrüllt hat: »Warum mußt du so kindisch sein?« Aber sie *war* doch nun mal ein Kind, vier Jahre alt.

– Ja. Ich habe noch nie darüber nachgedacht, aber ich glaube, auch Laurie konnte Schwäche nicht ertragen.

– Schwäche jeder Art. Aber bei ihr galt das nicht nur für anderer Leute Schwächen, auch für ihre eigenen – dafür wahrscheinlich noch mehr als für die der anderen.

– Nein, sie war viel ehrgeiziger und willensstärker als ihre Mutter, aber sie hatte nicht das Stehvermögen ihres Vaters. Celia hat einmal zu mir gesagt: »Ich wünschte, Laurie wäre ein bißchen mehr wie du, ein bißchen zäher.«

– Nein, nachdem Dan mit Marcia verheiratet war, haben wir sie nicht mehr so oft gesehen. Allerdings sind wir zu Thanksgiving immer nach New York gefahren, und Laurie und Garrett waren dann auch meist da.

– Es war nicht gerade gemütlich. Wie gesagt, Lennie verstand sich nicht besonders mit Dan, und Laurie konnte Marcia nicht leiden.

– Na ja, sie kann schon ziemlich unerträglich sein, aber sie hat ein gutes Herz. Meinen Kindern schickt sie immer noch Geburtstagsgeschenke, obwohl sie doch schon erwachsen sind. Meist ganz alberne Sachen. Mein Jüngster, der mit dem

Friedenskorps in Afrika ist, bekam letzten Februar eine Schachtel Whitman's-Pralinen von ihr, weil er die als Kind immer so gern aß. Natürlich kamen die als Schokoladensoße dort unten an, aber man muß die gute Absicht sehen.

– Ja, jedes Jahr, bis Laurie dann Garrett verließ. Und wir waren ein paarmal bei ihnen auf Cape Cod.

– Recht gut. Das Hauptproblem war, wir hatten ziemlich bald zwei kleine Kinder, und sie hatten keine. Roo hat dauernd irgendwas Kostbares zerschlagen, und unsere Celia war noch ein Baby, und Sie wissen ja, wie Babys schreien können, manchmal nur, um in der Übung zu bleiben.

– Ja, ich habe Hugh Cameron ein paarmal gesehen, nicht auf Cape Cod, aber später, bevor er und Laurie sich in Florida ansiedelten.

– Nach meinem Eindruck war er ein Kind. Und würde auch immer eines bleiben, das sah man damals schon. Einer von diesen tumben Toren, die überall, wo sie hinkommen, Unheil stiften. Solche Männer müßten im Dunkeln leuchten, um die Frauen zu warnen.

– Ja. Sie waren Kinder, beide, die sich vor dem wirklichen Leben die Augen zuhielten.

– Nein. Sie hat mich manchmal ganz schön aufgeregt, aber ich wußte, daß es auf eine Weise nicht ihre Schuld war. Sie war falsch erzogen worden. Ihre Mutter war wunderbar auf ihre Art, und Dan war auch ganz recht, aber er war ein Macho, wie er im Buche steht. Er liebte Sport und Partys und Trubel und kommandierte gern die Frauen herum. Aber er war auch großzügig und hatte unsere Kinder richtig gern; er fehlt ihnen heute noch.

– Kurz gesagt, sie waren das typische patriarchalische Ehepaar. Dan bestimmte alles, und Celia war nur sein Anhängsel. So ist Laurie natürlich in dem Glauben aufgewachsen, die Männer würden schon alles für sie regeln. Als sie endlich versuchte, auf eigenen Füßen zu stehen und für sich selbst zu sorgen, war es zu spät. Das ist meine Meinung.

– Ja; irgendwas ist ihr als Kind mal zugestoßen. Ich glaube, als sie zehn war. Es war beim Elterntagspicknick an dieser ländlichen Tagesschule, die sie besuchte. Laurie hatte sich irgendwie selbständig gemacht und sich verlaufen, und als man sie endlich fand, saß sie zusammengekauert in einem Spielhaus auf dem Hof des Kindergartens und hatte keine Höschen mehr an.

– Sie war nicht vergewaltigt worden oder so was. Das weiß ich. Der Hausarzt hat es gesagt. Aber sie war fast von Sinnen vor Angst.

– Niemand hat je herausbekommen, was da eigentlich passiert war. Laurie sagte es nicht; sie hat wochenlang kaum geredet. Es gab einen schrecklichen Aufruhr, und ihre Eltern nahmen sie von dieser Schule und schickten sie woandershin.

– Es war schlimm für alle. Unter anderem gab jeder in der Familie sich selbst die Schuld, weil er nicht besser auf Laurie aufgepaßt hatte. Und die meisten Vorwürfe machte sich mein Exmann. Sein Vater hatte ihm gesagt, er solle seine Schwester suchen gehen, aber er hatte keine Lust dazu und ist statt dessen hinter der Schule die Feuerleiter hinaufgestiegen, um einen Ellery Queen zu lesen.

– Nein, ich glaube nicht, daß ein einziges schlimmes Kindheitserlebnis einen Menschen kaputtmachen kann. Ich meine, bei jedem gibt's doch etwas, worauf er für alles im Leben die Schuld schieben kann, wenn er will. Seht her, kann er sagen, man hat mich zu Boden geworfen und auf mir herumgetrampelt, und nun bleibe ich die nächsten sechzig Jahre hier im Dreck liegen, damit alle sehen, wie übel man mir mitgespielt hat. Ich glaube, man sucht sich sein Leben selbst aus. Natürlich passieren einem Dinge, aber es liegt bei einem selbst, was sie bedeuten.

– Gut, ja, wenn einem wirklich etwas nachgeht, sollte man wohl zu einem guten Psychiater gehen und es sich von der Seele reden.

– Nein, das hat Laurie nie getan, nicht daß ich wüßte. Das war nichts für sie. Aber es war natürlich auch eine freie Entscheidung.

11

Im violetten Nachglühen eines warmen, dezemberlichen Sonnenuntergangs stand Polly Alter, schwindlig vor Hitze und Reisemüdigkeit, am Empfang eines Gästehauses auf Key West, das nur Frauen aufnahm. Heute früh war in New York noch alles grau und griesig gewesen wie ein schlechtes Mezzotinto. Sie war mit einer so ekligen Erkältung aufgewacht, daß sie anrufen wollte, um ihren Flug zu annullieren, aber sie hatte immer nur das Besetztzeichen gehört. Da hatte sie es aufgegeben und sich mit ihrer Reisetasche zum Flughafen geschleppt, wo sie ächzend und schniefend an Bord ging und durch die Stratosphäre von Schwarzweiß nach Technicolor geweht wurde. Fünf Stunden später umfing sie beim Aussteigen ein schwüler, strahlender Tropentag mit Kokospalmen und blaugrünem Meer, genau wie auf den billigen Reisepostern.

Und nicht nur die Szenerie war unwirklich. Auch die Menschen, die sie bisher gesehen hatte, erschienen ihr unheimlich, beginnend mit dem Taxifahrer. Sie bewegten sich und redeten in Zeitlupe, als wäre der Projektor nicht ganz in Ordnung. Lee, die Inhaberin der Pension Artemis, bewegte sich so langsam wie unter Drogen. Fünf Minuten hatte sie gebraucht, um Pollys Reservierung zu finden, und jetzt fand sie Pollys Zimmerschlüssel nicht.

»Ich weiß, daß er hier irgendwo ist. Ich finde ihn im Moment bloß nicht«, meinte Lee mit trägem Lächeln. Sie war kräftig gebaut, dunkelhäutig und hübsch, eine reifere Ausgabe von Gauguins polynesischen Schönheiten. Ihre buschigen, schulterlangen schwarzen Haare waren eisengrau gesträhnt, ihre gegerbte Haut leuchtete magentarot über den breiten Wangenknochen, und ihre knotigen braunen Füße waren nackt.

Während Polly wartete, schob Lee Papiere hin und her und machte Schubladen auf und zu. Immer wieder unterbrach sie die Suche, um ans Telefon zu gehen, einer Mitbewohnerin eine Briefmarke zu geben, Polly ein Glas Passionsfruchtsaft und Nachos anzubieten (Polly lehnte ab, weil sich ihr der Magen umdrehte) und ihr zu versichern, wenn sie heute nacht nicht in ihr Zimmer könne, werde sie es in der Hollywoodschaukel auf der Veranda dennoch sehr bequem haben.

Polly stand mit Reisetasche, verstopfter Nase und dickem Brummschädel an den Tresen gelehnt und hörte dem irritierenden Klimpern der bunten Glasglöckchen zu, die in der schwülen Abendbrise schaukelten. Am besten machte sie sich hier wohl schleunigst aus dem Staub und suchte sich ein Motel.

Als Lee ihr schwitzendes Glas mit dem dunkelroten Passionsfruchtsaft abstellte, um die wackligen Papiertürme aufs Neue zu durchsuchen, überlegte Polly, ob Ida, die sie noch nie hatte leiden können, sie vielleicht absichtlich in diese Klapsmühle geschickt hatte.

»Hören Sie mal, es wird spät«, sagte sie. »Vielleicht sollte ich mich doch besser nach einem Motel umsehen.«

»Kommt überhaupt nicht in Frage.« Lees Lachen klang fast nervös. »Ida bringt mich um, wenn ich eine Freundin von ihr in ein Motel ziehen lasse.«

»Ich bin ja nicht direkt eine Freundin von Ida«, wandte Polly ein. »Ich meine, so gut kenne ich sie gar nicht, sie hat mir diese Pension doch nur –«

»Heureka!« Mit einem breiten Triumphgrinsen, das ihre kräftigen, unregelmäßigen weißen polynesischen Zähne sehen ließ, hob Lee einen Schlüssel hoch. »Wußte ich doch, daß er hier irgendwo war.«

Nachdem Polly ihr Gepäck auf einer grell orangen Batikdecke deponiert hatte und fortgegangen war, um sich irgendwo einen Hamburger zu kaufen, rief sie als erstes bei Hugh Cameron an. Sie stand in einer Telefonzelle vor der Imbißstube und probte, während sie die Prozession der Touristen und Müßiggänger betrachtete, die sich auf der Duval Street vorbeischob, im Geiste noch einmal die Worte, die sie sich zurechtgelegt hatte. (Hier Paula Alter aus New York, Sie werden sich erinnern, daß ich Ihnen wegen Lorin Jones geschrieben hatte. Ich weiß, Sie haben geantwortet, daß Sie zuviel zu tun hätten, aber ich habe extra die weite Reise nach Key West gemacht, um mit Ihnen zu reden, es ist wirklich wichtig, also ... bitte ... wenn es Ihnen möglich wäre ...)

Während sie dem Wählzeichen nachhorchte, malte sie sich aus, wie Cameron sich langsam und unwirsch von seinem Sessel erhob und zum Telefon ging. Er sei ein schwieriger, ungehobelter Mensch, hatten ihr in New York alle gesagt. Vielleicht würde er sie anschreien oder beschimpfen – ihr sagen, sie solle Leine ziehen, sich verpissen.

Das regelmäßige Surren des Telefons, zuerst bedrohlich, klang nach und nach nur noch mechanisch. Entweder war Hugh Cameron nicht zu Hause, oder er hob einfach nicht ab. Krank und erschöpft lehnte sie sich an die Wand der Zelle und wünschte sich, sie wäre nie hierhergekommen; sie wünschte, sie hätte von Key West oder Lorin Jones nie gehört. Sie war es leid, dieser ungreifbaren, widersprüchlichen Frau über die ganze Ostküste nachzujagen, leid, die Lügen und Halbwahrheiten zu sortieren, die Lorins frühere Bekannten ihr erzählten. Letzten Endes war es Lorins Schuld, daß sie hier in diesem schwülen Nest saß, statt zu Hause im Bett zu liegen.

Überhaupt war ihr nur Lorins wegen in den letzten Monaten alles schiefgegangen. Wenn sie nicht soviel hätte herumreisen müssen, um Interviews zu machen, hätte sie nie eingewilligt, daß Stevie fürs Herbstquartal zu seinem Vater zog. Jeanne wäre nicht bei ihr eingezogen, so daß es keine peinliche sexuelle Beziehung zwischen ihnen gegeben hätte, und vielleicht hätte Betsy überhaupt nie einen Fuß in ihre Wohnung gesetzt.

Und es war letzten Endes auch Lorins Schuld, daß Polly wahrscheinlich ihren Sohn verlieren würde. Stevie hatte zwar noch nicht endgültig beschlossen, nach Weihnachten wieder nach Denver zurückzukehren, aber Jim meinte, er »neige offenbar in diese Richtung«. Das war so eine typische Phrase für Jim, aber Polly konnte nicht anders als es sich wörtlich vorstellen: Stevie stand am Ostrand von Denver hoch oben auf einer verschneiten Bergstraße und neigte sich nach der Stadt hin, wie gegen einen starken Wind.

Jim hatte Polly bei seinem letzten Anruf außerdem eine »sehr gute Nachricht« unterbreitet: seine neue Frau erwarte ein Baby. Als Polly das hörte, überkam sie eine irrationale Wut, die es ihr unmöglich machte, ihm zu gratulieren. Wie konnte Jim es wagen, ein anderes Kind als Stevie zu haben! Dem folgte, in einer noch stärkeren Welle, wütender Neid. Ich hätte auch noch ein Baby bekommen können, dachte sie, ich bin noch nicht vierzig; aber ich werde keines haben. Wahrscheinlich werde ich den Rest meines Lebens völlig allein verbringen.

Pollys Nase lief wieder; ihr Kopf schmerzte noch schlimmer. Sie hängte ein, bezahlte den halbgegessenen Hamburger und torkelte auf ihr Zimmer zurück. Dort schälte sie sich aus ihrem ehemals frischgebügelten, jetzt durchgeschwitzten, schlabbrigen Hemd nebst Hose. Sie putzte sich die Zähne mit eklig lauwarmem Wasser, das auch bei längerem Laufen nicht kälter wurde, stieg in das niedrige, knarrende Korbbett und sank mehr oder weniger in Ohnmacht.

Heiß und verschwitzt erwachte sie am nächsten Morgen spät in einer Flut von orangerotem Sonnenlicht, das durchs Fenster hereinströmte, denn sie hatte gestern abend vergessen, das Rollo herunterzuziehen – heiß und verschwitzt auch von der nun nachlassenden Umklammerung eines – jawohl – eines nassen Traums. Kein Wunder auch; sie lebte seit Wochen enthaltsam, vor Jeanne sogar fast ein Jahr lang. Jetzt befand sie sich an einem Ort, wo schon die Luft, die vom Fischerhafen und dem Watt herüberwehte, nach Sex roch. Auch in dem Traum waren eine Küste und Fische vorgekommen und – wie sie sich gereizt erinnerte – ein Mann. Sie sprang aus dem Bett und begab sich auf die Suche nach einer Dusche, vorzugsweise einer kalten.

Doch als sie dann unter dem kalten Wasserstrahl stand, entdeckte Polly noch etwas: Ihre Erkältung war weg. Sie fühlte sich aus unerfindlichen Gründen pudelwohl. Schön. Jetzt brauchte sie nur noch ihre Recherchen abzuschließen, nach New York zurückzukehren, das Buch zu schreiben und fertig; für immer fertig mit Lorin Jones. Sie rubbelte sich mit einem groben, gestreiften Strandhandtuch trocken und schlüpfte in ihren Jumpsuit, Marke Bananenrepublik, der ihr zum Erforschen zweifelhafter tropischer Territorien gerade recht erschien.

Nachdem sie unten ein spätes Frühstück (süßen, frisch gepreßten Orangensaft, koffeinfreien Tee und Müsli) eingenommen hatte, probierte sie von der Pension aus noch einmal Camerons Telefonnummer, während Lee, die alles über ihr Projekt hatte wissen wollen, ungeniert zuhörte. Als sie keine Verbindung bekam, blieb Lee optimistisch.

»Ach, mach dir keine Sorgen. Sicher war der alte Knacker

gestern abend aus; und jetzt könnte er bei der Arbeit sein. Was macht er beruflich?«

»Weiß ich nicht. Vor zehn Jahren hat er an irgendeinem College im Mittleren Westen unterrichtet, an welchem, weiß offenbar niemand. Ich denke mir aber, daß er sich inzwischen zur Ruhe gesetzt hat, weil er wieder auf Key West wohnt.«

»Hm, trotzdem. Vielleicht ist er bei Fausto oder anderswo zum Einkaufen. Vergiß doch deine Nachforschungen mal ein Weilchen und mach dir einen schönen Tag. Geh schwimmen; schau dir die Insel an.«

»Für so was habe ich leider keine Zeit«, sagte Polly steif.

»Wozu denn die Eile, Schätzchen?« Lee grinste sie freundlich, vielleicht mehr als freundlich an. »Du kannst hier wohnen, solange du willst; ich mache dir den Wochentarif. Und es ist so ein schöner Tag draußen, den solltest du genießen. Angeblich ist ja ein Sturm im Anzug.«

»Ein Sturm?«

»Ja. Heute früh kam's im Fernsehen – nicht von diesem dämlichen Wetteramt in Miami, sondern von unserer örtlichen Radarstation, demnach könnte es stimmen. Wenn du eine halbe Stunde warten kannst, komme ich mit.« Sie beugte sich so weit über ihren vollgestapelten Bambustisch, daß ihr viel zu großer, tief ausgeschnittener tangerinfarbener Mumu weit aufklaffte und vor Polly ihre vollen braunen Brüste mit den vergrößerten rosa Warzen entblößte. Ihre Haut hatte diesen schweren, matten Schimmer, den Gauguin so liebte, Polly aber nicht.

Sie zögerte nur kurz, bevor sie ablehnte. Es war der erste Antrag, der ihr seit dem Fiasko mit Jeanne gemacht oder angedeutet worden war. Doch selbst wenn sie Lee attraktiv gefunden hätte, war etwas an ihr, wie überhaupt an diesem ganzen Key West, was Polly abstieß: etwas Lockeres, träge Überhitztes. Und sollte sie sogar länger auf dieser lockeren, überhitzten Insel bleiben, hätte sie auch dann keine Zeit zu verlieren: Sie mußte aus dem Telefonbuch alle siebzehn Kunstgalerien heraussuchen, ins Amt für Bevölkerungsstatistik und in die Bibliothek gehen und immer wieder Hugh Camerons Nummer zu wählen versuchen.

Ein paar Stunden später stand Polly schon wieder in einer Galerie, in der noch kein Mensch je von Lorin Jones gehört hatte, und gab sich den Anschein, die ausgestellten Bilder zu betrachten. Die meisten waren Stilleben, große Akrylbilder, dick mit schmutzigem Rot und Orange beschmiert, häßliche Nachempfindungen des letzthin modischen Neuen Realismus.

Mein Gott, dachte sie, wie sie vor so einem breiigen, überanstrengten Porträt eines Fernsehapparats mit einem verstaubten Philodendron stand: So könnte ich auch malen. Besser. Welch eine Farce, das alles: Ein untalentierter Maler wie dieser da bekam Ausstellungen, Stipendien und Preise, fand Händler und Kritiker und verkaufte an Museen und Sammler (alles in der Hochglanzbroschüre, die ihr der Galerieinhaber aufgedrängt hatte, gewissenhaft aufgeführt). Warum in Gottes Namen hatte Polly je das Malen aufgegeben?

Sie ging von den Bildern weg und sah durchs Schaufenster nach draußen. Eine Wolke hatte sich vor die Sonne geschoben und alles verändert. Wie ein Bühnenbild nach dem Verlöschen der Lichter, hatte Key West seinen ganzen buhlerischen Charme verloren; es wirkte fade, schäbig, notdürftig.

Ich hätte bei meiner Malerei bleiben sollen, dachte sie. Dann würde ich jetzt kein Buch über eine Frau schreiben wollen, die ich nie gekannt habe, nie kennen werde; die mich nicht hätte leiden können, wenn ich sie gekannt hätte, denn sie konnte Kritiker, Kunsthändler und Museumsleute nicht leiden, das sagen alle. Wahrscheinlich hätte sie mich gehaßt.

Und vielleicht hätte ich Lorin Jones gehaßt, wenn ich sie gekannt hätte, dachte Polly, während sie die unnatürlich gefiederten Bäume, die abblätternden weißgerahmten Häuser und die schlaglöchrigen Straßen betrachtete. Ja, ich hasse sie auf eine Weise, weil durch sie soviel Verdruß in mein Leben gekommen ist. Und weil sie eine geniale Malerin war und ich keine bin.

Das Ganze war so bitter ungerecht. Warum mußte so eine ichbezogene, verlogene, unverläßliche Frau wie Lorin diese Gabe von den Göttern bekommen haben, und nicht eine warmherzige, gerade und ehrliche Frau wie Polly Alter?

Sinnlos, danach zu fragen. Wenn Tausende von Menschen in aller Welt verhungerten, war so ein kleiner göttlicher Patzer, Lorin Jones alles Genie und bleibenden Ruhm zu geben und Polly Alter nur unrentable Plackerei und ein paar verstaubte alte Bilder in einer ausgedienten Badewanne, nicht weiter erwähnenswert.

Aber eigentlich waren weniger die Götter schuld als Lorin, dachte Polly. In ihrer Kindheit und Jugend hatte man ihre Bilder, genau wie Lorins, sehr gelobt, und auch sie hatte Preise und Ehrungen bekommen. Im College und noch ein paar Jahre danach hatte sie gehofft, fast sogar damit gerechnet, eine anerkannte amerikanische Malerin zu werden. Anders als Lorin konnte sie nicht den ganzen Tag malen, denn sie hatte keinen reichen, einflußreichen Kritiker zum Mann und mußte sich selbst ernähren. Sie hatte auch keine Eintrittskarte zu den New Yorker Galerien. Trotzdem hatte sie sich weiter bemüht, hatte gearbeitet und gehofft, bis alles schiefging.

Und *wann* war alles schiefgegangen? Polly wußte es ganz genau. In Eastham war es gewesen, in ihren Flitterwochen in

Massachusetts, genau in dem Moment, als sie ins Frühstückszimmer herunterkam und diese Landschaft von Lorin Jones dort hängen sah, über dem Sideboard mit zwei gedrechselten Kerzenhaltern und einer Schale Orangen. Sie hatte das Bild angestarrt und bestaunt; da hatte sie noch nicht gewußt oder sich eingestanden, was es bedeutete; daß schon jemand anders, nämlich Lorin Jones, in der Malerei all das gemacht hatte, was sie zu tun sich gewünscht oder gehofft hatte.

Aber unbewußt hatte sie wohl schon gemerkt, was da passiert war. Denn genau von dem Moment an hatte ihre Hand gezaudert, und alles war ihr mißlungen, nur weil sie sich so bemühte, nicht Lorin Jones zu imitieren, ihre Farben und ihre charakteristischen Themen zu meiden, ihre Pinselführung. Ohne einen Finger zu rühren hatte Lorin Jones nur dadurch, daß sie zwanzig Jahre früher geboren war, Polly Alter als Malerin vernichtet.

Und Polly war machtlos. Sie konnte nicht mehr malen, und sie konnte sich nicht revanchieren; sie konnte Lorin Jones nicht mehr schaden, weil sie schon tot war. Statt dessen hatte sie sich darauf eingelassen, ihre Rivalin zu preisen, auf daß sie noch berühmter und noch mehr bewundert würde.

Oder – die Idee zischte ihr ins Ohr wie eine Schlange – sie konnte ein Buch schreiben, das zeigte, wie kalt, selbstsüchtig, nachtragend, verschlossen und ganz und gar neurotisch Lorin Jones bei all ihrer Begabung gewesen war. Sie konnte durchblicken lassen, daß man sich manchmal eben entscheiden müsse, ob man ein guter Mensch oder ein guter Maler sein möchte, und Lorin Jones den dunkleren Weg gewählt habe.

Polly verließ die Galerie und wandte sich quer über die Insel nach Nordwesten, dem Haus zu, in dem Lorin Jones einmal gewohnt hatte. Wenn sie großes Glück hatte, war der Besitzer zu Hause und bereit, mit ihr zu reden. Wenn sie großes Pech hatte, war das Haus abgerissen und durch ein Motel oder Kaufhaus ersetzt.

Die Sonne war wieder herausgekommen, und der Himmel hatte die Farbe einer Gasflamme, aber nichts, woran sie vorbeikam, sah echt aus. Die Häuser waren zu klein und gleichförmig weiß, die Sonne zu groß und grell, und alles, was hier wuchs, wirkte so steif und unnatürlich wie in einem Dschungel von Rousseau: riesige schuppige Palmen gleich pflanzlichen Alligatoren; Laubbäume mit knallroten Blüten, gewaltigen krummen Wurzeln, lackierten Blättern und langen, blaßbraunen Klettergewächsen, die schlangengleich herunterhingen. Darunter prangten Gärten voll unnatürlicher Blumen: übergroße rosa Garnelen, magentarot glänzende Trompeten mit obszönen roten Stempeln und halbmeterlange, karmesinrote Flaschenbürsten.

Die Fauna war nicht minder exotisch und unnatürlich als die Flora. Gefleckte Riesenspinnen schaukelten in zwei Meter großen Netzen zwischen den Ästen tropischer Bäume; hellgraue kleine Eidechsen huschten nervös an gekälkten Zäunen entlang und erstarrten plötzlich zu welkem Laub. Auf einem Hof standen langhalsige weiße Vögel, so groß wie Puter; auf einem anderen lag eine Schildpattkatze von der Größe eines Terriers.

Und schlimmer noch die Menschen: Ein bärtiger Penner mit einem unterarmlangen Leguan um den Hals, wie der alte Fuchskragen ihrer Großmutter; eine Frau führte zwei Dakkel in Boxershorts spazieren; einem weißen Cadillac entstieg ein Mann mit Karl Marx auf dem T-Shirt und verschlissenen Segeltuchsandalen an den Füßen. Ein halbnackter Jugendlicher winkte Polly aus einem Mansardenfenster zu; und über ihr saß in einem der blühenden Bäume ein langhaariger Pirat mit rotem Halstuch und goldenen Ohrringen und beschnitt die Äste mit einer gefährlich aussehenden Motorsäge, wobei er ihr grinsend zurief, sie solle aufpassen da unten.

Auf dem Weg durch die Stadt hielt Polly unsicher Ausschau nach Hugh Cameron. Sie hatte nie ein Bild von ihm gesehen, aber immer wenn sie einem großen, schmalen blonden Mann um Mitte Sechzig begegnete (»blaß und dürr« hatte Garrett Jones ihn genannt), beäugte sie ihn kurz und argwöhnisch. Vor der Bibliothek (aus krabbenrosa Stuck) wäre sie fast über die Straße gerannt und hätte den Mann dort gefragt, ob er Cameron sei, was sie nur deshalb unterließ, weil im selben Moment ein anderer älterer Mann aus dem Haus trat und ihren Verdächtigen mit Frank anredete.

Das Haus, in dem Lorin Jones einmal gewohnt hatte, stand noch. Es war, wie so viele andere Häuser auf dieser Insel, ein Bungalow aus weißem Fachwerk – kleiner als die meisten, besser gepflegt als manche. Polly erkannte die viereckigen Säulen und die schwere, schattenspendende Traufe, unter der Lorin Jones auf dem letzten von ihr bekannten Foto gestanden hatte.

Neben dem Haus sonnten sich hinter einem hohen Lattenzaun zwei jüngere Männer in Hawaii-Shorts auf einer Terrasse. Der eine hatte sich ein *Wall Street Journal* übers Gesicht gelegt; der andere las in *Christopher Street*, die er sich zugleich als Sonnenschutz waagerecht über den Kopf hielt. Zwei schwule Yuppies, wer hätte es gedacht, hatten Lorins ehemaliges Haus übernommen.

Während Polly dastand und gaffte, warf der Lesende einen Blick zu ihr herüber, ließ die Zeitung sinken und richtete sich auf. »Pardon, aber suchen Sie jemanden?« rief er.

»Nein.« Polly zögerte. »Oder eigentlich doch.«

»Vielleicht können wir Ihnen helfen.« Er kam ans Tor, gefolgt von seinem Freund, und beugte sich herüber.

Ja, das Haus gehöre ihnen, sagten sie fast wie aus einem Munde, aber über seine Vorgeschichte wüßten sie nichts. Sie hätten es vor drei Jahren von einer alten Dame gekauft, die jetzt tot sei. Nein, sie hätten sie nie gesehen. Sie wüßten nur, daß sie in Miami gewohnt und das Haus über Jahre an einen armen Schlucker nach dem andern vermietet habe. Es sei eine Ruine gewesen, ein regelrechter Trümmerhaufen. Aber sie hätten es seitdem von Grund auf renoviert; die früheren Mieter würden es wohl kaum mehr wiedererkennen.

»Aha. Ja. Danke«, sagte Polly immer wieder, während ihr bei jeder neuen Enthüllung der Mut mehr sank. Sie wandte sich zum Gehen, aber die beiden Yuppies ließen es nicht zu; sie bestanden darauf, ihr vorher das Haus zu zeigen.

»Ach was, das macht doch keine Umstände. Mein Gott, Sie sind von so weit hergekommen. Und überhaupt zeigen wir das Ding gern vor, stimmt's, Phil?«

»Stimmt«, bestätigte Phil. »Außerdem sind wir Ihnen dankbar. Es ist doch richtig aufregend, zu erfahren, daß in unserm Haus mal eine berühmte Malerin gewohnt hat.«

»Es war ja ein unwahrscheinliches Glück, daß wir gerade hier waren, als Sie kamen«, sagte sein Freund, indem er ihr die Fliegengittertür aufhielt. »Im Grunde ein Wink des Schicksals.«

»Ron hat völlig recht. Die meiste Zeit des Jahres sind wir nämlich oben in den Catskills und vermieten das Haus. Nur im Dezember kommen wir hierher auf Urlaub; da gibt's nicht viel zu vermieten.«

Polly folgte Phil und Ron durch die unpersönlichen, niedrigen weißen Zimmer mit ihren Strohgeflechten, Bambustischen mit Glasplatten, wachsblättrigen tropischen Pflanzen und nichtssagenden gerahmten Postern, ganz wie in einem Ferienhotel der gehobenen Klasse. Von Lorins Geist war hier nichts zu spüren; nichts ließ erahnen, daß sie je hier gelebt oder gearbeitet haben könnte.

Phil und Ron bemerkten Pollys Enttäuschung nicht. Euphorisch zeigten sie ihr, was sie hier alles verbessert hatten (»Gefällt Ihnen das Bad? Also, wenn Sie das gesehen hätten, bevor wir hier einzogen, Sie hätten sich geschüttelt, hab ich nicht recht, Ron?«) und luden sie zum Lunch auf ihrer Terrasse ein; sie wollten *alles* über Lorin Jones wissen.

»Danke, aber ich glaube nicht –«

»Ach was, kein Aber. Sie müssen. Es ist sowieso schon alles fertig. Ich habe einen guten New Yorker Wein im Kühlschrank, Erzeugerabfüllung, und ganz frische Croissants aus der französischen Bäckerei. Und Phil hat einen herrlichen Krabbensalat mit Bohnensprossen und grüner Sesamtunke gemacht, die ist seine Spezialität. Für uns ist das viel zuviel, soviel dürften wir gar nicht essen.« Ron klopfte sich auf den tellerflachen Bauch.

Polly öffnete den Mund und wollte höflich ablehnen. Sie trank prinzipiell nichts zum Lunch, und zu erfahren gab es hier offenbar nichts mehr. Aber eine unbestimmte Trägheit – die Nachwehen ihrer Erkältung oder die lässig-sinnliche Atmosphäre von Key West – mußte in sie gefahren sein, denn sie hörte sich statt dessen akzeptieren.

Noch ehe sie halb fertiggegessen hatten, war sie froh darum. Während sie von Lorins frühen Werken sprach, legte Ron plötzlich seine Gabel hin.

»Du, Phil«, rief er. »Vielleicht ist so die Eidechse in die Besenkammer gekommen!«

»Stimmt ja! Kommen Sie, die müssen wir Ihnen zeigen.«

Polly folgte ihnen ins Haus. An der Rückwand der Besenkammer befand sich unter einem Regal eine wunderhübsche Bleistiftzeichnung, etwa fünf mal acht Zentimeter groß. Aus einem Abstand von ein, zwei Metern wirkte sie wie eine echte Eidechse.

»Die könnte von Lorin Jones sein«, sagte sie mit angehaltenem Atem. »Mit Bestimmtheit kann das natürlich niemand sagen. Aber wieso gerade in der Besenkammer?«

»Sie hat sie vielleicht hier gesehen«, meinte Ron. »Diese Tierchen kommen oft ins Haus.«

»Ins *Haus*?«

»Ja«, bestätigte Phil. »Wir sehen dauernd welche.«

»Ih!« Polly sah sich betreten um.

»Die sind doch nützlich. Sie fangen die Insekten: Fliegen, Mücken, alles.«

»Sie meinen, sie hätte das nach der Natur gemalt?« fragte Polly.

»Anzunehmen. Was ist denn Ihre Meinung?«

»Könnte sein«, wiederholte sie. Zum ersten Mal seit vielen Wochen war Lorins Geist ihr wieder gegenwärtig, stand unmittelbar neben ihr in dieser Besenkammer und malte mit blasser, schmaler Hand bedachtsam auf dem weißen Putz. Malte ein Selbstporträt, dachte Polly; ein Porträt ihrer Seele: klein, verlogen, nervös, kaltblütig.

»Eigentlich gut zu wissen, daß eine Künstlerin das gemalt hat«, meinte Ron. »Es hat uns nämlich immer ein bißchen gegruselt.«

»Wieso gegruselt?«

»Wir hatten natürlich keine richtige Angst –« warf Phil mit verlegenem Lachen ein.

»O doch. Vor allem du. Du wolltest es übermalen.«

»Na ja, wir dachten, es könnte so was – eben irgend so was Abergläubiges sein.«

»Wudu«, erklärte Ron. »Den gibt's auf dieser Insel nämlich immer noch, und nicht zu knapp. Vor allem in der schwarzen Bevölkerung. Ursprünglich stammt sie ja zumeist von den Westindischen Inseln –«

»Auch bei den Kubanern«, meinte Phil. »Diese eine Kellnerin im Fourth-of-July, die hat bestimmt den bösen Blick. Und manchmal passieren auf dem Friedhof merkwürdige Sachen.«

»Zum Beispiel?«

»Hm, ja. Ich weiß nicht. Manchmal bewegen sich dort nachts so komische Lichter. Oder man hört Geräusche –«

»Alles wahrscheinlich nur Humbug«, unterbrach ihn Ron. »Sie wissen doch, wie die Leute reden.«

»Das denke ich auch«, sagte Polly. Sie schüttelte den Kopf, um den Humbug daraus zu vertreiben. »Waren hier noch mehr solche Bilder, als Sie das Haus kauften?«

»Nein, nichts«, sagte Ron. »Aber wahrscheinlich sind die meisten Zimmer ja mal gestrichen worden, seit diese Malerin gestorben war. In der langen Zeit vielleicht öfter als einmal. Ich meine, wie lange war das, zwischen ihr und uns?«

»Rund zwölf Jahre«, räumte Polly ein. Sie suchte im Umdrehen die Wände ab. Befanden sich unter der glänzenden weißen Farbe noch andere, größere, schönere, verwirrendere Bilder: Schlangen, Insekten, Vögel, Blumen, Gesichter – gespenstische Visionen, jetzt vor ihr versteckt, wie so vieles über Lorin Jones vor ihr versteckt war?

Polly spazierte durch die zunehmende Nachmittagshitze langsam zu ihrer Pension zurück. Sie fühlte sich übersättigt, benebelt und desorientiert, als treibe sie durch eine Fernsehsendung mit zu grell eingestellten Farben. Vielleicht war sie ein bißchen betrunken, oder ihre Erkältung kehrte zurück. Vielleicht litt sie aber auch unter einem Klimaschock: Sie war noch nie in den Tropen gewesen, überhaupt noch nie südlicher als Washington. Vielleicht strahlte hier deshalb alles so, wirkte nichts echt.

Am besten sollte ich wohl wieder auf mein Zimmer gehen und es auszuschlafen versuchen, dachte Polly. Dann müßte ich zum Gericht und mir die Unterlagen über Lorin Jones' Tod ansehen – infolge Lungenentzündung, hatte ihr Bruder gesagt. Bevor Polly nach Key West kam, hatte sie diese Diagnose nicht angezweifelt, jetzt aber schien die Lüge zum Himmel zu stinken. Wie sollte man in diesem Klima denn eine Lungenentzündung bekommen, geschweige daran sterben?

Teils um eine vielleicht sinnlose Arbeit hinauszuschieben, teils weil die Sonne so heiß und hell war, bog Polly in eine schattige Seitenstraße ein. Hier mußte sie langsamer gehen, weil Blütenkaskaden von betörendem Duft bis in Gesichtshöhe über den Gehsteig herabhingen und überall schlangenartige Wurzeln aus dem Pflaster brachen.

Sie nahm sich noch einmal Lees Stadtplan vor und sah, daß sie nicht weit von Hugh Camerons Haus war. Vielleicht war er ja jetzt zu Hause; wenn sie persönlich vor ihn hintrat, hatte sie vielleicht eine Chance, ihn zum Reden zu bringen. Sie mußte ihn finden und interviewen, denn außer ihm schien keiner zu wissen, wie es Lorin Jones ergangen war, nachdem sie Wellfleet verlassen hatte, wie sie nach Key West gekommen war, was sie dort getan hatte und wie sie gestorben war. Wenn Polly nicht mit Cameron reden konnte, blieb in ihrem Buch eine unangenehm große Lücke, und man würde sie für inkompetent halten.

Das Haus an der Frances Street war ebenfalls ein flacher weißer Bungalow, an dem bis auf einen besonders merkwürdig aussehenden, über und über mit dunkelroten, orchideenartigen Blüten bedeckten tropischen Baum nichts weiter Auffälliges war. Nur noch seine Lage: Es stand unmittelbar dem städtischen Friedhof gegenüber. Und es sah, wie Polly verzagt feststellte, selbst wie ein Grabmal aus: zugeschlossen und praktisch aufgegeben. An den vorderen Fenstern waren die Läden zu, und auf der Veranda hatte sich totes Laub aufgeweht; ein hohes Holztor zum Hinterhof war von einer struppigen, knallrot blühenden Bougainvillea überwachsen. Entweder war Hugh Cameron aus der Stadt, oder er war einfach faul und interessierte sich nicht dafür, wie sein Haus aussah.

Polly ging die Stufen hinauf und läutete. Niemand kam aufmachen, und aus dem Haus war auch nichts zu hören. Fluchend über ihr Pech überlegte sie, was sie denn nun in drei Teufels Namen machen sollte, und ging dabei langsam weiter die Straße hinunter, die in der Nachmittagshitze still und verlassen war. Entweder waren die Leute alle am Strand oder hielten Siesta. Auf einmal überkam sie der irre Wunsch, es ihnen gleichzutun, auf ihr Zimmer zu gehen und sich den schwülen Träumen der letzten Nacht wieder hinzugeben; oder sich halbnackt in den heißen Sand zu legen und zu dösen, umgeben von halbnackten, fremden Leibern. Doch es wäre dumm und pflichtvergessen, ihre Zeit mit Herumliegen zu vertun, draußen oder drinnen. Sie war hier nicht auf Urlaub, sie war zum Arbeiten hier. Und jetzt sollte sie lieber zu Camerons Haus zurückgehen und ihm eine Nachricht hinterlassen.

Während sie die Frances Street wieder zurückging, sah Polly eine Bewegung am anderen Ende des nächsten Häuserblocks, genau vor Camerons Haus. Ja! Das Seitentörchen unter der Bougainvillea ging auf, und heraus kam ein Mann mit einer Ausziehleiter. Der Mann war aber eindeutig nicht Cameron, denn er war groß und blond, etwa in ihrem Alter, und trug einen weißen Overall wie ein Anstreicher, und jetzt ging er zu einem Kleinlaster, der am Straßenrand stand.

Wenn der Mann aber am Haus gearbeitet hatte, wußte er vielleicht, wann Cameron zurück sein würde. Polly eilte im Laufschritt auf ihn zu.

Der Mann hörte ihre Schritte auf dem holprigen Pflaster, schob die Leiter auf den Wagen und drehte sich um. Zuerst musterte er Polly, die noch etwa zehn Meter entfernt war, mit gelassener Neugier, dann mit deutlich anzüglichem Grinsen; zuletzt breitete er spöttisch beide Arme aus, wie um sie aufzufangen.

Polly blieb wie angewurzelt stehen, verlegen und wütend. Der Anstreicher zuckte grinsend die Achseln, setzte sich hinters Steuer, ließ den Motor an und fuhr weg.

Zu keiner Bewegung fähig, sah Polly den Wagen um die Ecke biegen, wobei sie die Schrift an der Seite las: REVIVALS CONSTRUCTION. Die blitzende Aluminiumleiter zwinkerte ihr zu, als ein Sonnenstrahl darauf fiel, und der rote Lappen an ihrem Ende winkte frech, bevor er verschwand.

Sie stand weiter auf dem Gehsteig, ganz außer Atem, obwohl sie nur ein paar Schritte gelaufen war – wütend auf ihn und sich. Warum war sie nicht einfach weitergelaufen, vorbei an dem Dreckskerl, ohne ihn zu beachten? Oder nüchterner betrachtet: Warum war sie nicht auf ihn zugegangen und hatte ihn kurzerhand gefragt, wo Cameron war? Sie lebte doch schon Jahre in New York und war es gewöhnt, daß Bauarbeiterlümmel sie verulkten und angafften und ihr nachpfiffen. Falls dieser Kerl sich einbildete, sie sei ihm nachgerannt, hätte sie ihn nur mit derselben kalten Verachtung abblitzen zu lassen brauchen, die sie für solche Primitivlinge auf Lager hatte.

Es mußte dieses schreckliche Klima sein: die Sonne, die Hitze und die Feuchtigkeit, die sie so langsam machten und verwirrten. Sie schob das Kinn vor, sah noch einmal auf den Stadtplan und schlug mit stetigem New Yorker Schritt den Weg zur Stadtmitte ein.

Bis halb sechs hatte Polly noch dreimal erfolglos bei Hugh Cameron anzurufen versucht. Sie hatte Lees kalten Kräutertee und selbstgebackene Johannisbrotkekse dankend abgelehnt, vor dem nachmittags geschlossenen Gerichtsarchiv gestanden und zwei weitere Kunstgalerien besucht, ohne etwas zu erfahren. In der einen waren die Wände mit überteuerten, kitschigen Seestücken und Postern tapeziert gewesen, und von Lorin Jones hatte noch keiner je gehört. In der anderen, etwas besseren, hatte die junge Frau keine Ahnung, daß Lorin Jones jemals auf Key West gelebt hatte.

In dieser Galerie, die klimatisiert war, hatte Polly sich nett mit der Besitzerin unterhalten, aber als sie dann wieder auf die Duval Street hinaustrat, umhüllte sie erneut ein Schwall von Depressionen und heißer Luft. Die Häuser warfen schon längere Schatten; sie war jetzt vierundzwanzig Stunden auf Key West und hatte genau nichts erreicht. Sie hatte nichts Brauchbares erfahren und den Menschen, den sie hier hatte interviewen wollen, noch gar nicht angetroffen. Als einziges hatte sie eine kleine Zeichnung gefunden, deren Urheberschaft nicht zu beweisen war. Während Polly so auf dem Gehsteig stand, unschlüssig, was sie als nächstes tun solle, schob sich ein Strom von Touristen, Hippies und Freaks an ihr vorbei, alle in einer Richtung. Sie mußten auf dem Weg zum Mallory Square sein, wo sich laut Ron und Phil allabendlich Menschenmassen versammelten, um die Straßenartisten und den Sonnenuntergang über dem Golf von Mexiko zu bestaunen. Polly interessierte sich für beides nicht, aber der Verkehrsstrom zog sie im Verein mit ihrer Müdigkeit und Trägheit in der Menge mit. Und das war vielleicht nicht einmal so schlecht. Schließlich war der Sonnenuntergang am Mallory Dock hier eine feste Institution, die auch Lorin Jones gekannt und sicher einmal gesehen haben mußte.

Am Pier, einem Betondamm am hinteren Ende eines großen Parkplatzes, standen die Touristen schon dicht an dicht. Boote aller Größen, vom Dinghy bis zum Trawler, tüpfelten das helle, lichtschillernde Meer: Segelboote stampften und wendeten, Motorboote tuckerten heiser im Leerlauf, und in der mittleren Ferne schaukelte ein Schoner mit cremeweißen Segeln vor Anker. Weiter draußen schwebten flache Mangroveninseln am Horizont wie pflanzliche Wale.

Einige der Schaulustigen saßen auf einer niedrigen Mauer am Außenrand des Piers und starrten übers Wasser. Andere spazierten auf der Landseite zwischen den Buden umher und kauften billigen Muschelschmuck, Hüte aus Palmblättern, Scheiben von roten Wassermelonen, schlechte Aquarelle, plump geflochtene Lederarbeiten, handbemalte T-shirts und krümelige Kekse. Am größten war das Gedränge jedoch bei den Straßenartisten: zwei Clowns, der eine von ihnen auf einem Einrad; ein dürrer Schlangenmensch; ein schwitzender Riese, der mit brennenden Fackeln jonglierte; eine karibische Blechband; zwei weißgeschminkte Harlekins mit einem dressierten Pudel.

Laut Ron und Phil kamen manche dieser Gruppen Jahr für Jahr zum Mallory Dock. Konnte nicht der eine oder andere auch schon zu Lorin Jones' Zeit hier gewesen sein? Wahrscheinlich nicht; Ende der Sechziger hatten die meisten von ihnen noch Strampelhöschen angehabt; nur die beiden Harlekins mochten in fortgeschrittenem Alter sein.

Da es demnach möglich war, daß Lorin sie auch schon gesehen hatte, drängte Polly sich zwischen das Publikum dieser Harlekins. Sie schienen trotz ihrer angestrengten Albereien unter der Hitze und Luftfeuchtigkeit ebenso zu leiden wie Polly, vielleicht auch unter ähnlichen Depressionen. Ihre Bewegungen waren verträumt, matt und künstlich – oder eher noch gekünstelt. Sie trugen klassische Kostüme, in denen sie für Picasso in seiner blauen oder rosa Periode hätten posieren können, oder für einen seiner Epigonen. Die Frau trug ein verblichenes rosa Ballettröckchen, ihr Partner eine knittrige, azurblaue Trikothose mit rautengemusterter Jacke. Aber ihre Gesichter waren angemalt wie Clownsgesichter, und der Mann hatte eine scheußliche orangefarbene Perücke auf und eine rote Ballonnase. War das eine bewußte Persiflage auf die klassischen Bilder der modernen Kunst, Bilder, die zumindest einigen der hier die Runde machenden Gaffer im Unterbewußtsein herumschwirren mußten?

Während sie dastand und ihnen zusah, mußte der magere Pudel, den sie blaßrosa eingefärbt und in eine Halskrause plus Narrenkappe gesteckt hatten, auf einen hohen Schemel springen. Der männliche Clown vollführte einen wackligen Kopfstand, und die Frau klemmte ihm einen mit Kreppapier umwickelten Reifen zwischen die emporgereckten Füße. Dann versuchte sie mit übertriebenen Lockrufen und Gesten, den Pudel zum Sprung durch den Reifen zu animieren. Aber jedesmal, wenn er springen wollte, tat der Clown, als verlöre er das Gleichgewicht, kippte um und mimte unter dem Gelächter der Menge Bestürzung und Verlegenheit. Unter gemimten Schmerzen stellte er sich dann komisch entschlossen erneut auf den Kopf, und wieder klemmte ihm die Frau den Reifen zwischen die Füße. Jedesmal, wenn der Mann umfiel, zögerte der Pudel und stimmte ein ängstliches Bellen an. Da seine menschlichen Gefährten stumm blieben, ging sein schrilles, aufgeregtes Kläffen durch Mark und Bein.

Ja, dachte Polly. Genauso ist es. Männer sind unverläßliche, inkompetente Angeber, und wenn sie versagen, spielen sie sich vor der Umwelt um Mitleid auf. Die Frau versucht dem Pudel, der offenbar beider Kind ist, Mut zu machen;

aber der Mann läßt beide im Stich. Glatt. Sie schüttelte den Kopf, um ihn klar zu bekommen, und zog sich aus der Menge zurück.

Während die dunstige Sonne dem kräuselig-hellen Wasser entgegensank, ging Polly wieder den Pier hinauf und schaute uninteressiert in die Buden. Dann blieb sie, jetzt weniger uninteressiert, in der Nähe eines Tisches voller Batikhemden stehen, die aussahen, als hätte jemand in Technicolor darauf gekotzt. Dahinter stand ein Mann, den sie schon einmal gesehen zu haben glaubte: der Arbeiter mit der Leiter, der nachmittags bei Camerons Haus gewesen war. Jedenfalls war dieser Mann genauso goldbraun, sein Gesicht genauso lang und schmal, sein helles Haar genauso gesträhnt. Und siehe da, auf seinem verwaschenen grünen T-shirt, dessen Ärmel er bis zu den muskulösen Schultern hochgerollt hatte, standen die Worte REVIVALS CONSTRUCTION. Vielleicht hatte ihr Glück sich doch gewendet; zumindest hatte sie noch einmal die Chance, zu erfahren, wo Cameron war.

Sie näherte sich dem Verkaufsstand, trat einen Schritt zur Seite, bis ein paar Kunden ihren Kauf abgeschlossen hatten.

»He, Lady!« rief Revivals Construction zu ihr herüber. »Nicht weggehen. Ich hab hier genau das Richtige für Sie.« Aus der Nähe sah er verbrauchter aus als von fern: Seine braune Haut war ledrig und mit Fältchen tätowiert, besonders um die Augen, und seine Haarfarbe war nicht Blond, sondern ein von der Sonne gebleichtes Braun.

Polly blieb stehen und holte zu einem vernichtenden Blick aus. Aber sein Ton war unpersönlich; wahrscheinlich wußte er nicht mehr, daß er sie schon einmal gesehen hatte. Höchstwahrscheinlich gaffte und pfiff er aus Gewohnheit allen Frauen nach, die in seine Nähe kamen. Sie schob sich wieder nach vorn.

»Danke, Schätzchen.« Er gab einer Kundin Wechselgeld

heraus und überreichte ihr eine Plastiktüte, dann wandte er sich wieder Polly zu. »Hier. Das steht Ihnen bestimmt prima.« Er fischte aus seinem Stapel ein rosenrotes T-shirt mit weißem Farbklecksmuster heraus, das an einen frühen Pollock erinnerte.

»Ich weiß nicht –« Das Hemd war eigentlich gar nicht so schlecht. »Was kostet es?«

Revivals Construction warf ihr ein verstecktes Lächeln zu. »Für Sie vier Dollar.«

Polly untersuchte den Stoff auf Fehler. »Das andere, das Sie vorhin verkauft haben, kostete sechsfünfzig.«

»Klar. Je häßlicher, desto teurer. ... Natürlich ist das waschbar.« (Dies galt einer anderen Kundin.) »Wenn Sie wollen, dürfen Sie es in die Waschmaschine stecken. Liegt ganz bei Ihnen.«

»Also gut«, sagte Polly entschlossen und begann in ihrer Handtasche zu kramen.

»Ich habe Sie heute nachmittag schon einmal gesehen«, sprach sie beim Bezahlen weiter. »Drüben in der Frances Street.«

»Ja, ja.« Er lächelte zögernd. »Ich Sie auch.«

»Eigentlich hatte ich Sie da etwas fragen wollen«, hakte Polly ein wenig betreten nach.

»Selbstverständlich ... Alles Natur, hundert Prozent Baumwolle, reine Pflanzenfarben, recht so? ... Also, dann fragen Sie.«

»Sie haben da an einem Haus gearbeitet.«

»Hab ich ... Wie? Sechsfünfzig das Stück, wie's auf dem Schild steht, zwei Stück für zwölf.« Drei zu groß geratene Teenager in Shorts hatten sich durch die Menge gedrängt. »Extragrößen dort drüben ... Passen Sie mal auf«, sagte er nun wieder zu Polly, »das ist hier das reinste Irrenhaus. Können wir uns nach dem Sonnenuntergang auf einen Drink treffen? Sagen wir in einer halben Stunde. ... Natürlich haben wir Kindergrößen, Momentchen. Die sind hier unten irgendwo in einer Schachtel.... Okay?«

»Okay«, willigte Polly ein.

»Bei Billie's, an der Front Street. Hinten im Garten, da ist es stiller. Einverstanden? Gut. ... He, bitte nicht angrapschen: Kindergrößen vier, sechs und acht. Wenn Sie es nicht haben wollen, brauchen Sie es mir nicht ins Gesicht zu werfen, legen Sie es einfach auf den Tisch, okay? Jesses! ... Also bis später.«

Als Polly sich zum Gehen wandte, kam um sie herum Bewegung in die Menge; das Stimmengewirr schwoll an, man strömte von den Buden und Artisten weg in Richtung Meer. Eingefaßt in eine rauchige Dunstschicht schwebte eine himbeerrote Sonne über dem flimmernden Horizont, dann begann sie sich abzuplatten und aufzulösen. Es wurde mucksmäuschenstill, dann gab es prasselnden Applaus, am Ende sogar ein paar Jubelrufe. Polly beteiligte sich nicht daran. Ihr kam das Ganze nicht »irgendwie niedlich« vor, wie Phil gemeint hatte, sondern unecht und kindisch. Bevor der Applaus auch nur abebbte, hatte sie bereits den Rückweg angetreten und kämpfte sich durch die Massen in Richtung Duval Street.

12

Der Garten bei Billie's war von einer Hecke umgeben und von üppigen, gefiederten tropischen Pflanzen überdacht, und soeben begannen die Lichtgirlanden aus bunten Weihnachtskugeln durch das fliederblaue Dämmerlicht zu blinken. Unter einer faserigen Palme saß auf einem flachen Podest ein Mann im Cowboyhemd und schrummte auf einer Gitarre, wozu er einen traurigen Country-Western-Song ins Mikrophon jaulte.

Polly wählte einen der grindigen weißlackierten Eisentische neben der Hecke, weit genug von der Musik entfernt, daß eine Unterhaltung möglich war.

»Kann ich Ihnen etwas bringen?« fragte eine langhaarige Kellnerin, die ihr Tablett an der mageren Hüfte balancierte.

»Nein, danke. Ich erwarte noch jemanden.« Polly hätte gern etwas zu trinken bestellt, weil sie Durst hatte; wenn sie aber bestellte, bevor Revivals Construction da war, würde er sie für ungezogen oder trunksüchtig oder beides halten.

Ringsherum füllten sich die Tische; es war gleich halb sieben. Vielleicht kam Revivals Construction ja auch gar nicht; vielleicht wollte er sie lieber doch nicht wiedersehen. Polly war verstimmt und nervös und fühlte sich – gegen alle Vernunft, denn warum sollte es ihr etwas ausmachen? – verschmäht. Sie klaubte an den weißen Lackblasen auf dem Tisch herum und betrachtete die lachenden, trinkenden Touristen um sie herum.

»Hi!« Revivals winkte vom Garteneingang her.

»Hi!« rief Polly zurück. Während sie ihn mit beachtlicher

Schnelligkeit und Gewandtheit zwischen den vollbesetzten Tischen herumkurven sah, mußte sie sich gestehen, daß er ein Mann war, den die meisten Frauen als attraktiv bezeichnen würden: groß, breitschultrig und schmalhüftig, viel helles Haar und ein Gesicht, das mit seiner Kombination von anmutigen Kanten und Flächen fast kubistisch wirkte.

»Tut mir leid, daß ich zu spät bin.« Er zog den Stuhl neben dem ihren heraus und lächelte, gar nicht leidend.

»Schon gut«, sagte Polly.

»Nie wieder. Ich will mit diesen verdammten T-shirts nichts mehr zu tun haben.«

»Wollen Sie Ihr Geschäft aufgeben?«

»Wie? Ach so, nein, das ist nicht mein Geschäft; ich habe da nur für einen Freund die Stellung gehalten. Ist Ihnen das Lokal recht?«

»O ja, gewiß.« Polly rutschte ein Stückchen zurück. An seinem dreieickigen Lächeln und der Art, wie Revivals Construction seinen Stuhl an den ihren herangeschoben hatte, erkannte man deutlich, daß er sie schon erobert zu haben glaubte – oder schlimmer noch, sie ihn. Von diesem Irrtum könnte sie ihn leicht abbringen, aber dann wäre er verärgert und würde nicht mehr mitspielen.

»Gefällt Ihnen die Musik?«

»O ja, gewiß«, wiederholte Polly, obwohl sie gar nicht zugehört hatte.

»Der Junge war oben in Nashville mal ein Star.«

»So?«

»Hat drei Schallplattenserien gemacht. Verdammt gut. Aber hier hört ihm nicht einmal einer zu, wenn Sie mal darauf achten.« Er schüttelte den Kopf. »Blödes Volk.«

»Schade darum.«

»Ja. Aber so sind die Touristen.« Revivals Construction zuckte die Achseln, dann lächelte er. »Anwesende ausgenommen, versteht sich.« Er stemmte die Ellbogen auf den Tisch und lehnte sich zu Polly herüber. Sein nackter Arm unterhalb seines aufgerollten Ärmels wirkte mit den geäderten Muskel- und Knochenwölbungen ebenfalls kubistisch. »Und wie hat Ihnen der Sonnenuntergang gefallen?«

»Hm.« Polly zögerte, aber warum sollte sie nicht sagen, was sie meinte? Sie brauchte Revivals ja Gott sei Dank nicht zu interviewen, und er hatte mit der New Yorker Kunstszene oder Lorin Jones nichts zu tun. »So toll fand ich ihn auch wieder nicht. Gewundert hat mich, daß da überhaupt welche geklatscht haben.«

»Ja. Aber das tun sie immer. Die Touristen bilden sich doch ein, das würde alles nur für sie inszeniert.«

»Das hatte ich auch gedacht«, sagte sie überrascht.

»Die glauben, die Sonne verneigt sich vor ihnen. Buchstäblich.« Er grinste und faßte sie kurz am Handgelenk. »Na, was möchten Sie trinken?«

»Ein Bier, glaube ich«, sagte Polly, und als ihr die instinktive Reaktion in ihrem Arm bewußt wurde, sagte sie sich, daß sie lieber schnell die Situation klären sollte. »Was ich Sie fragen wollte –«, begann sie.

»Momentchen.« Er winkte der Kellnerin. »Zwei Helle. Okay?«

»Ja.« Aber vielleicht sollte sie doch lieber mitspielen, bis sie erfahren hatte, was zum Teufel mit Hugh Cameron los war, der sich am Telefon noch immer nicht gemeldet hatte.

»Übrigens, ich heiße Mac.«

»Polly«, antwortete sie und mußte an ihre Kindheit denken, als Vornamen noch ein Zeichen der Vertrautheit gewesen waren. Wenn sich jetzt Kellner und Stewardessen als Jack und Jill vorstellten, hatte das gar nichts zu bedeuten.

»Freut mich, Sie kennenzulernen.« Mac streckte die Hand aus. Stärke und Dauer seines Händedrucks zeigten klar, daß er es »auf sie abgesehen« hatte, wie Jeanne es nennen würde. »Und wie lange bleiben Sie auf Key West?«

»Weiß ich noch nicht. Drei, vielleicht vier Tage.«

»Ach, so ein Pech. Ich hatte gehofft, Sie wollten die ganze Saison hierbleiben.« Er grinste vielsagend.

»Nein.« Polly lächelte zurück, ohne es eigentlich zu wollen, und fühlte den ehemals vertrauten Ansturm von Empfindungen. Vor fünf Jahren hätte sie es noch genossen, in einem tropischen Garten zu sitzen und mit einem gutaussehenden Mann zu flirten; jetzt wußte sie es besser.

»Gefällt's Ihnen bisher?«

»Teils, teils«, rutschte es Polly wahrheitsgemäß heraus, bevor ihr klar wurde, daß es wie eine Aufforderung klingen mußte; und entsprechend reagierte Mac darauf.

»Dann waren Sie vielleicht noch nicht in den richtigen Ekken. Tanzen Sie gern?«

»Ja – nein.« Sie fühlte sich wie mit beiden Füßen im Treibsand. »Kommt darauf an.«

»Kommt worauf an?«

»Hm –« Die Ankunft des Biers rettete Polly.

»Danke, Susie ... So, dann auf Ihren Aufenthalt in der letzten Zuflucht.«

»In der letzten Zuflucht?«

»So nennen wir das hier.« Er hob sein schaumtropfendes Glas und stieß mit ihr an. Polly hörte sich verlegen lachen. »Und was haben Sie bisher alles gesehen?«

»Nicht viel. Das Meer, so einige Kunstgalerien. Ich meine, wahrscheinlich ist doch ein Urlaubsort wie der andere, oder?«

»Nicht immer.« Mac grinste. »Key West hat doch ein paar ganz besondere Attraktionen. Haben Sie schon die Pelikane gesehen?«

»Pelikane?«

»Ja. Große Seevögel, die unten am Hafen auf den Piers sitzen und darauf warten, von den Booten Fische zu klauen.«

»Wie groß?«

Mac legte den Kopf schief und überlegte. »Einen bis anderthalb Meter hoch.«

»Anderthalb?«

»Sie müssen nur mal zur richtigen Zeit an die Garrison Bight gehen, da sehen Sie welche.« Er macht bestimmt Witze, dachte Polly, aber ganz sicher war sie nicht. Key West war so unheimlich, daß es hier auch solche Vögel geben konnte. »Okay, und was wollten Sie mich fragen?« Es klang fast spöttisch; Mac dachte ganz offensichtlich, das sei nur ein Vorwand von ihr gewesen, um sich mit ihm zu treffen.

»Ich wollte wissen ...« Polly holte Luft. »Das Haus, an dem Sie heute nachmittag gearbeitet haben ...«

»Hm?« Er lehnte sich zurück und lächelte versonnen. Die bunten Birnen neben ihm in der Hecke warfen ihren glutroten und blauen Lichtschein auf seine wetterbraunen Wangen und das kantige Kinn.

»An der Frances Street, beim Friedhof«, bemühte Polly sich weiter. »Sie waren da mit so einem Kleinlaster.«

»Stimmt. Ich hab die Dachrinnen gesäubert. Um diese Jahreszeit sind sie immer von Laub verstopft.« Jetzt runzelte er die Stirn, als hätte er Polly erstmals im Verdacht, Hintergedanken nichtsexueller Art zu haben, dann lächelte er gedehnt. »Wollen Sie etwas renovieren oder umbauen lassen?« Sein Ton bewegte sich genau auf der Grenze zwischen Geschäftsmann und Verführer.

»Nein, ich will ...« Polly vergaß nicht, das Lächeln zu erwidern. »Wissen Sie, ich suche nämlich den Mann, der dort wohnt, Hugh Cameron –«

»So?« Mac sah jetzt mißtrauisch und ärgerlich aus: Sein Eroberungszug war ins Stocken geraten.

»Eigentlich bin ich überhaupt nur nach Key West gekommen, um ihn zu interviewen.« Polly lehnte sich zu Mac hinüber und lächelte, aber sein Gesicht und Ton blieben kühl.

»So? Und weswegen wollen Sie ihn interviewen?«

»Na ja, für das Buch, das ich schreibe. Es ist die Biographie einer Malerin, die er gekannt hat. Seit Dienstag abend, als ich hier angekommen bin, rufe ich dauernd bei ihm an, aber er meldet sich nie. Ich habe mich schon gefragt, ob er vielleicht aus der Stadt ist.«

»Ja, kann sein.« Mac lehnte sich noch weiter zurück und sah fort.

»Sie haben ihn nicht in letzter Zeit mal gesehen?« bohrte sie und wußte, noch ehe sie fertig gesprochen hatte, daß sie einen strategischen Fehler begangen hatte.

»Wie? Nein.« Mac trank einen Schluck Bier und starrte in das schaumverschmierte Glas. »Das Haus ist jedenfalls ab dem kommenden Wochenende vermietet.«

»Vermietet?«

»Ja, ja. Viele Leute hier vermieten im Winter ihre Häuser. Ein Haus wie dieses – drei Schlafzimmer, Swimmingpool – bringt leicht zweieinhalbtausend im Monat.« Er sah sie noch immer nicht wieder an.

»Wirklich?« Polly lächelte, was das Zeug hielt, und versuchte wieder eine freundschaftliche Atmosphäre herzustellen. »Das hätte ich nie gedacht. Kein Wunder, daß hier so viele Yuppies herumlaufen.«

Mac antwortete nicht, er setzte sich nur zurecht und starrte ins Abseits. Sie folgte seinem Blick und sah drei hübsche Mädchen an einem Tisch auf der anderen Gartenseite. Er hat begriffen, daß ich nicht an ihm interessiert bin, dachte sie, und nun mag er nicht mehr. Sie fürchtete um ihr Forschungsprojekt – und fühlte unwillkürlich einen Stich dummer Enttäuschung. »Sie meinen also, Mr. Cameron sei schon fort?«

»Möglich.« Mac zuckte die Achseln.

»Haben Sie seine neue Adresse?«

Er schüttelte langsam den Kopf.

»Aber Sie müssen doch wissen, wo Sie ihn erreichen«, beharrte Polly. »Zum Beispiel muß er Ihnen doch das Säubern der Regenrinnen bezahlen, oder?«

»Ich hab mein Geld schon.« Mac sandte wieder einen Blick quer durch den Garten, trank sein Bier aus und sah auf die Uhr. »Hören Sie, ich muß jetzt weg. Ich bin bei Freunden zum Abendessen eingeladen.«

»Okay«, sagte Polly im mutlosen Ton der Enttäuschung. Ihr Pech schlug mit voller Wucht wieder zu.

»Also, dann.« Mac stand auf. »Man sieht sich mal wieder.« Sein Lächeln war leer und nichtssagend.

»Danke für das Bier.«

»Nichts zu danken.« Mac machte kehrt und wollte davoneilen, stockte, drehte sich wieder um und sah sie fest an. »Hören Sie.« Er kam einen Schritt näher, schwieg eine halbe Ewigkeit, wie es Polly vorkam, und fuhr fort: »Wie wär's, könnten wir uns nicht hinterher wieder treffen? Vielleicht irgendwo tanzen gehen?«

Gnadenfrist, dachte Polly. »Klar, warum nicht?« hörte sie sich antworten. Nicht daß mir etwas an ihm läge, sagte sie sich, aber ich muß diese Adresse bekommen.

»Ich könnte Sie gegen neun abholen. Falls Sie sich nicht zu vornehm sind, in einem Lastwagen zu fahren.« Er grinste.

»Natürlich nicht.« Polly bemühte sich um einen beiläufigen Ton, der weder entrüstet noch anzüglich klang.

»Okay. Dann müssen Sie mir nur noch sagen, wo.«

In der Pension Artemis stellte Lee, im roten Mumu mit tropischen Blüten, zwei Teller gedünsteten Fisch auf den Tisch und füllte die Weingläser. Sie hatte es sich nicht nehmen lassen, Abendessen zu kochen, und Polly nur gestattet, eine Flasche Soave beizusteuern. »Und jetzt erzähl mir alles, was du heute erlebt hast«, sagte sie lächelnd.

»Gut.« Polly schilderte ihren Lunch bei Ron und Phil, ihre vergeblichen Besuche bei Camerons Haus und in den Galerien, den Sonnenuntergang am Mallory Dock. Sie zitierte auch (ohne Quellenangabe) Macs Aphorismus über diese Zeremonie, nicht aber ihr Gespräch bei Billie's. Schon schlimm genug, zugeben zu müssen, daß sie sich heute abend noch einmal mit ihm traf.

»Du gehst mit diesem Kerl aus, den du mit einer Leiter aus einem Haus hast kommen sehen?« Lee beugte sich über den Tisch; ihre schwarzen Haare mit den Schleifchen baumelten herunter, ihre nahezu schwarzen Augen funkelten vor Belustigung.

»Ich muß«, erklärte Polly. »Ich kenne hier sonst keinen Menschen, der irgendeine Verbindung mit Hugh Cameron hat.«

»Und was ist er für einer?«

»Hm, ich weiß nicht. Um die Fünfundvierzig; sieht nicht schlecht aus«, sagte sie wegwerfend.

»So so, sieht nicht schlecht aus.« Lee lachte anzüglich.

»Wenn man so was mag«, meinte Polly desinteressiert.

Lee musterte sie abwägend. »Na, dann viel Spaß. Und hüte dich vor dunklen Gassen«, meinte sie abschließend und stand auf, um den Tisch abzuräumen.

»Keine Bange.« Auch Polly wollte aufstehen, aber Lee drückte sie mit ihrer warmen braunen Hand wieder hinunter.

»Nein, du bleibst sitzen. Meine Regel heißt, kein Gast in meiner Küche.«

Polly blieb, unzufrieden mit sich, allein am Tisch zurück und starrte düster auf das hübsch gewirkte Tischtuch. Bei Billie's hatte sie in ihrer Ungeduld beinahe alles verpatzt. Sie hätte Mac in dem Glauben lassen sollen, sie sei hier nur auf Urlaub, um sich dann später beiläufig nach Hugh Cameron zu erkundigen. Überhaupt hätte sie sich an Jeannes Rat halten sollen, den Männern grundsätzlich Honig ums Maul zu schmieren, ein Rat, der ihr in bezug auf Jacky Herbert und Garrett Jones solches Unbehagen bereitet hatte. Aber schließlich war sie mit Jacky fast befreundet, und Garrett war ein bedeutender Kunstkritiker, mit dem sie beruflich wohl noch viele Jahre zu tun haben würde. Mac war hingegen nur ein Handwerker auf Key West, den sie, wenn sie hier abreiste, wahrscheinlich nie mehr wiedersehen würde.

Aber nun müßte sie einen ganzen Abend mit ihm in irgendeiner hiesigen Spelunke verbringen. Vielleicht lohnte es sich ja. Er wußte bestimmt, wo Hugh Cameron zu erreichen war, oder konnte es zumindest in Erfahrung bringen. Und vielleicht wußte er auch noch mehr. Wenn er zum Beispiel schon früher für Cameron gearbeitet hatte, war er bei dem Halunken vielleicht mal im Haus gewesen und hatte gesehen, ob da noch Bilder von Lorin Jones waren. Polly sollte also lieber weiter an Mac interessiert tun, bis sie alles erfahren hatte, was er wußte.

Du *bist* ja interessiert an ihm, sagte eine Stimme in ihr, nicht im Kopf, sondern wesentlich tiefer unten.

Bin ich gar nicht, sagte Polly.

»Hier, bitte.« Lee kam mit einer handgeschnitzten Holzschale voll leuchtender tropischer Früchte zurück, mehr denn je ein Bild von Gauguin. »Am liebsten würde ich dich ja selbst ausführen und dir etwas von der Stadt zeigen«, meinte sie. »Unten an der Duval Street ist eine echt gute Piano-Bar. Aber dummerweise muß ich heute abend im Haus bleiben, weil noch Gäste mit dem Auto aus Miami kommen, und wer weiß, wann die eintreffen.«

Sie setzte die Schale mitten auf den Tisch und stellte sich so dicht neben Polly, daß sie mit ihrer breiten Hüfte Pollys Schulter streifte, wobei sie ihr mit ihrer sehnigen braunen Hand über die Locken strich. »Richtig schönes Haar hast du, weißt du das?«

Mehr sagte sie nicht, aber Polly wußte so gewiß, als wäre es in das komplizierte Webmuster der Tischdecke geschrieben, daß Lee von ihr angetan war und, nachdem sie soeben erfahren hatte, daß Polly sich nichts aus Männern machte, gern etwas damit anfangen wollte.

Da Frauen in solchen Dingen jedoch zurückhaltender und taktvoller waren, würde Lee, wenn Polly nicht darauf einging, keine weiteren Annäherungsversuche machen, zumindest nicht offen. Lee würde sie nie angrapschen oder laut auffordern: He, komm mit mir ins Bett! Niemand mußte peinlich berührt sein, niemand sich verletzt fühlen. Aber es wäre für Polly jetzt ganz leicht gewesen, wortlos, durch schlichtes Eingehen auf die Liebkosung, oder durch Erwiderung des Kompliments, zu Lee zu sagen: Ja, komm.

»Sind das echte Mangofrüchte?« fragte sie statt dessen.

»Ganz recht.« Lee lächelte so frei, als wäre nichts geschehen, nichts entschieden worden. Und das war es vielleicht auch nicht, noch nicht. »Probier mal eine. Aber laß dich warnen, die kleckern ganz schön.«

»Hoppla!« entfuhr es Polly überrascht, aber auch erleichtert, als die Tür der Sagebrush Lounge hinter ihr und Mac zuschlug und sie in eine Art Lagerhalle einschloß, wo Tierhörner und Geweihe an den Wänden hingen und eine lärmende Klimaanlage im Verein mit Country-Rock aus dem Verstärker die Luft erzittern ließ. Links sah sie eine überfüllte Tanzfläche, rechts eine lange Bar, an der Männer in Arbeitskleidung und Cowboyzeug lehnten. Mac war ähnlich kostümiert: er hatte seine Revivals-Construction-Weste gegen ein blaues Westernhemd mit Perlmuttspangen getauscht. Polly trug noch immer ihren zerknitterten Bananenrepublik-Jumpsuit; sie hatte sich nicht wie zu einem Stelldichein umziehen wollen, schon gar nicht vor Lee.

»So was haben Sie wohl auf Key West nicht erwartet, wie?« versuchte Mac die Musik zu übertönen. Er winkte zwei Männern an der Bar zu und führte sie an einen Tisch.

»Das kann man wohl sagen«, schrie Polly zurück und holte noch einmal tief Luft. Die Sagebrush Lounge lag an einer kaum beleuchteten Nebenstraße irgendwo draußen beim Flughafen, gleich neben einem Sumpf und gegenüber einer Wohnwagensiedlung. Auf dem Weg hierher hatte Polly sich bemüht, so etwas wie eine Unterhaltung in Gang zu halten, aber mit den Gedanken war sie bei Lees Bemerkung über dunkle Gassen gewesen, und je weiter Mac aus der Stadtmitte herausfuhr, desto drohender war ihr die Möglichkeit erschienen, er könne sich als psychopathischer Frauenschänder entpuppen. Ihr Instinkt sagte ihr, daß er keiner war; aber wie viele Frauen waren schon vergewaltigt und sogar ermordet worden, weil sie ihren dummen Instinkten vertraut hatten!

»Ich dachte mir, es würde Ihnen hier gefallen, weil Sie was für Country-Musik übrig haben«, sagte oder brüllte Mac. »Es ist natürlich recht konventionell.«

»Die Männer da drüben sehen aus wie Cowboys.«

»Die fühlen sich auch so.«

»Aber es gibt natürlich auf den Keys keine Ranchen«, brüllte Polly, um nur ja nicht dumm zu erscheinen.

»Hier unten nicht. Die sind weiter oben, um Marathon herum.«

»Wirklich? Meinen Sie richtige Rinderfarmen?«

»Ja. Vor allem die Seekuh ist in diesen Breiten berühmt.«

Polly lachte. »Ich glaube Ihnen kein Wort.«

»Okay.« Mac lächelte. »Ganz wie Sie wollen. Ein Bier?«

»Ich hatte eher an eine weiße Schorle gedacht«, schrie Polly, obwohl ihr bewußt war, daß sie in der Pension schon fast eine halbe Flasche Soave getrunken hatte.

»Die würde ich hier nicht empfehlen.« Mac grinste. »Glauben Sie mir, hier ist nur das Bier genießbar; außer wenn Sie für harte Sachen sind.«

»Dann bleibe ich bei Bier.«

»Was?«

»Bier!« kreischte Polly. Bei diesem Höllenlärm würde es nicht leicht sein, das Gespräch auf Hugh Camerons derzeitigen Aufenthaltsort zu bringen.

»Recht so.«

Sie hatte kaum wieder Luft geholt, als schon eine Flasche vor Mac und eine Flasche mit Glas vor ihr erschienen; klares sexistisches Stereotyp. Sie goß das Bier ins Glas und nahm sich vor, es so langsam wie möglich zu trinken; sie mußte einen klaren Kopf behalten, falls Mac sich doch noch als psychopathischer Frauenschänder entpuppen sollte. Vielleicht ging sie am besten überhaupt jetzt mal unter irgendeinem Vorwand hinaus, um Lee anzurufen und ihr zu sagen, sie sei mit Mac – Mac wer oder was? – in der Sagebrush Lounge.

»Sagen Sie.« Polly versuchte normal zu atmen. »Wie heißen Sie eigentlich noch, außer Mac?«

»Wie?« Sie glaubte durch das rhythmische Dröhnen der Musik ein momentanes Zögern zu vernehmen und schob es auf Macs Unlust, sich »auf was einzulassen«, wie er es wahrscheinlich ausdrücken würde. »MacFlecknoe. Richard MacFlecknoe. Wie der Dichter. Aber wir sind nicht verwandt, soviel ich weiß. Und Sie?«

»Polly Alter.« Da die Musik sich in dem Moment gerade ausgetobt hatte, erscholl ihr Name peinlich laut. »Eigentlich ja Paula«, sagte sie, jetzt leiser. »Aber keiner, den ich leiden kann, nennt mich so.«

»Dann werde ich mich hüten.« Mac lächelte zögernd. »Sagen Sie mal, kennen Sie diesen Mann eigentlich, den Sie hier interviewen wollen?«

»Hugh Cameron? Ja, natürlich.«

»Ich habe erfahren, daß er diesen Winter in Italien ist.«

»Italien!« entfuhr es ihr fast wie ein Heulen.

»Ja, in Florenz. Ich habe Ihnen die Adresse besorgt. Hier.« Er reichte ihr einen zusammengefalteten Zettel.

»Oh, danke.« Polly versuchte ein dankbares Gesicht zu machen, aber das war nicht leicht. Sie hatte weder die Zeit noch das Geld, Hugh Cameron nach Italien nachzureisen, und selbst dann hätte sie keine Garantie dafür gehabt, daß er mit ihr reden wollte. Jetzt konnte sie nur noch versuchen, soviel wie möglich aus Mac herauszuholen. Vielleicht konnte er ihr auf Key West ein paar Freunde von Cameron nennen, die, wenn Polly Glück hatte, schon zu Lorin Jones' Lebzeiten hiergewesen waren.

»Möchten Sie tanzen?« Die Musik hatte wieder eingesetzt, so laut wie vorhin, aber langsamer.

»Ja, gern«, willigte sie ein.

Doch während Mac sie zur Tanzfläche führte, sah Polly die Leute nicht mehr *en face* herumhüpfen und die Glieder verrenken, sondern paarweise engumschlungen schaukeln. Notgedrungen mußte sie ihm gestatten, den Arm um sie zu legen, und legte ihm ihrerseits die Hand auf die Schulter. Sie hatte Jahre nicht mehr mit jemandem Twostep getanzt – als sie aufs College kam, war der schon aus der Mode gewesen.

Die Melodie war schlicht und sentimental, ein kindlicher, über einen langsam pochenden Rhythmus gesponnener Singsang von verlorener Liebe. Mac hielt sie zuerst höflich von sich ab, doch bald begann er sie fester an sich zu ziehen. Anmaßend und ärgerlich, aber so war es leichter, sich synchron zu bewegen, gemeinsam sich wiegend, fast einlullend. Es gefiel ihr nur, weil sie schon so lange niemanden mehr im Arm – aber er war doch ein Mann, ein wildfremder Mann obendrein. Sie sollte auf Abstand gehen, damit er nicht auf Gedanken kam.

Aber sie ging nicht auf Abstand. Du kannst es dir nicht leisten, ihn vor den Kopf zu stoßen, denk an deine Recherchen, sagte sie sich, während sie den Arm immer höher auf Macs Schulter hinaufschob und fühlte, wie seine Muskeln sich unter dem Hemd bewegten. Das Wichtigste zuerst.

»Dieser Mann, dessen Adresse Sie mir gegeben haben«, sagte sie leise. »Hugh Cameron.«

»Hm?« Mac sah sie von oben an.

»Kennen Sie ihn gut?«

Er schwenkte sie herum, dann sagte er: »Nein, so gut eigentlich nicht.«

»Soviel ich gehört habe, soll er ein wahres Schw..., ich meine, ein wahrhaft schwieriger Mensch sein.«

»So? Mich hat er bisher nicht besonders schlecht behandelt.« Mac packte Polly fester, schob beide Hände hinter ihren Rücken und zog sie so eng an sich, daß ihre Körper sich in ganzer Länge aneinanderpreßten.

Polly versuchte es zu ignorieren, holte tief Luft und bohrte weiter: »Dann arbeiten Sie schon lange für ihn?«

»Für wen?«

»Cameron.«

»Mhm.«

Sie wartete, aber er sagte nichts weiter. Der Rhythmus der kitschigen Musik setzte sich fort, geschmeidig bewegten sie sich gemeinsam. Polly fühlte sich leicht und locker werden, ihre Sinne verschwammen, als hätte sie zu lange in einem heißen Bad gelegen. Sie packte sich innerlich am Kragen und nahm einen neuen Anlauf, sprach aber jetzt in einem schläfrigen Flüsterton, der zur Musik paßte. »Sie sind also schon lange auf Key West?«

»Ja, das kann man sagen.«

»Aha – wie lange?«

»Weiß nicht. Neunzehn, zwanzig Jahre, plus oder minus.«

»Dann könnten Sie Lorin Jones ja einmal selbst begegnet sein.« Mac wirbelte Polly einmal kräftig herum und antwortete nicht. »Die Malerin, über die ich schreibe.«

»Hm?«

»Haben Sie sie gekannt?«

»Nö.« Mac legte seinen Kopf an Pollys; sein warmer Atem bewegte ihr Haar, als er sprach. »Kann ich nicht behaupten.«

Wieder Pech, dachte Polly; aber ein anderer Teil von ihr, der Lorin Jones zum Erbrechen satt hatte, flüsterte: Gott sei Dank. Lorin Jones für eine Weile zu vergessen, das war's, was dieser Teil sich jetzt wünschte, was er brauchte; nicht mehr zu fragen und zu bohren; sich einfach zu der simplen Weise dieser Country Band zu bewegen und Worte ohne großen Sinn zu flüstern.

»Dieser alte Song hat mir schon immer gefallen.«

»Ja, er ist hübsch.«

Aber sie konnte es sich nicht verhehlen, daß unterhalb dieser banalen Konversation die ganze Zeit ein anderer, viel lebhafterer Austausch im Gange war. Macs und ihr Körper sprachen miteinander wie zwei gutaussehende Irre mit nichts als Sex im Hirn; und Polly hörte deutlich, was sie sagten, wieder und immer wieder:

»He, du, hast du Lust?«

»Klar.«

»Wann?«

»Jederzeit.«

»Ich mache so etwas nicht mehr«, sagte sie zu dem einen Irren, der ihr Körper war; aber er hörte ihr nicht zu.

Die Band wiederholte den letzten Refrain und steigerte ihn zum Crescendo. Mac hielt Polly fest umschlungen und vollführte mit ihr eine gekonnte Verbeugung, aus der er mit dem Ende des letzten Tons wieder auftauchte.

»Ich find's gut, wie Sie tanzen«, sagte er, indem er sich von ihr löste, aber den einen Arm um sie liegen ließ.

»Danke.« Polly gab das Kompliment nicht zurück. Es gibt nur eins, dachte sie benebelt, als die Musik wieder einsetzte; ich muß auf dem schnellsten Wege hier raus, bevor noch etwas anderes passieren kann.

»Können Sie das auch?«

»Was?«

Mac zeigte auf die Tanzfläche. Die meisten Paare hatten sie verlassen, aber die übrigen stampften jetzt paarweise im Kreis herum wie Kinder, wenn sie Pferd spielen.

»O nein!«

»Es ist leichter, als es aussieht. Irgendwann bringe ich Ihnen das mal bei.« Er bugsierte sie an ihren Tisch zurück. »Noch ein Bier?«

Polly nickte und bereute es sofort. Aber gut, du mußt es ja nicht trinken, sagte sie sich dann, während Mac der Kellnerin mit zwei erhobenen Fingern winkte.

»He, Polly.« Mac neigte sich zu ihr herüber und schrie fast, um die galoppierenden Tänzer zu übertönen. »Sind Sie verheiratet?«

Polly schüttelte den Kopf. »Ich war's mal.«

»Ja? Ich auch.« Er lächelte. »Hat nicht geklappt, wie?«

»Nein.«

»Bei mir auch nicht. Schon ab der Hochzeitsnacht ging's schief, aber dann hat mich der Eigensinn gepackt, und ich hab's drei Jahre durchgehalten.«

»Bei mir ging's eine Weile ganz gut, aber dann glaubte mein Mann unbedingt nach Denver ziehen zu müssen.«

»Und was war an Denver so verkehrt?«

»Nichts. Außer daß ich dort keine Stelle kriegte.« Warum erzähle ich ihm das alles? dachte Polly, während sie sich reden hörte, als wäre es die Stimme einer anderen. Weil es egal ist, gab sie sich zur Antwort. Gewiß, sie zogen einander ins Vertrauen, aber doch nur mit der anonymen Offenheit von Fremden, die zufällig im selben Bus oder Flugzeug saßen und wußten, daß sie sich nie wiedersehen würden.

»Aha. Kinder?«

»Ein Sohn, vierzehn Jahre. Aber er ist für dieses Schulquartal bei seinem Vater. Noch bis Weihnachten.«

»Hart, wie?«

»Ja«, gestand Polly und fragte sich, woher Mac das wußte – es mußte ihr Tonfall gewesen sein. »Ja, er fehlt mir richtig.«

»Trotzdem haben Sie's gut. Mir fehlen die Kinder, die ich nie hatte.«

»Sie können doch immer noch –«

Mac schüttelte den Kopf und sah zur Seite, bevor er sich langsam wieder umwandte. »Ich finde nicht die richtige Frau«, schien er zu sagen, aber da er diesmal nicht die Stimme hob, war es schwer zu erkennen. Die Musik war lauter geworden; die tanzenden Paare stampften und trappten immer schneller; Polly wurde schon vom Zusehen schwindlig. Sie sollte jetzt eines tun, sie sollte sagen, daß sie nach Hause müsse, sowie er sein Bier ausgetrunken hatte, denn ihres wollte sie ja nicht mehr trinken... Aber soeben sah sie, daß sie es bereits getrunken hatte.

Die Band machte eine kleine Pause zum Atemholen, dann begann sie von neuem mit einem langsamen Stück, einem klagenden Lied von verlorener Liebe.

»Tanzen wir«, sagte Mac im Aufstehen.

Diesmal versuchte Polly keine Konversation zu machen. Sie ließ sich gleich in den warmen, driftenden Nebel sinken, an Mac gelehnt und eins mit seiner Bewegung. Denn es war ja egal, sobald die Musik endete, würden sie nach Hause fahren. Aber jetzt – jetzt –

»Du«, flüsterte Mac auf einmal, den Mund ganz nah an ihrem Gesicht. »Kennst du das Haus, in dem du da wohnst? Diese Pension Artemis?«

»Mhm.«

»Artemis. Weißt du, wer das war?«

»Irgendeine griechische Göttin, glaube ich«, sagte Polly.

»Stimmt. Eine eifersüchtige Jungfer. Hat ihre beste Freundin in eine Bärin verwandelt, weil sie mit Zeus geschlafen hatte.«

»Tatsächlich?«

»Ich bin nicht so ungebildet, wie du vielleicht denkst.«

»Hm.« Polly fiel etwas ein, wovon Ron und Phil gesprochen hatten: daß sich auf Key West viele Aussteiger aus der Mittelschicht niedergelassen hätten, Ex-Hippies, die hier ein Restaurant oder eine Kunstgalerie aufgemacht hätten oder Boote vermieteten oder – warum nicht? – Häuser reparierten und davon lebten. »Nette Leute, die meisten«, hatte Ron oder Phil erklärt.

»Aber diese Pension«, sagte Mac. »Das ist ein Lesbenhaus; hab ich zumindest so gehört.«

Polly schluckte; dann schalt sie sich für ihr Zögern und sagte: »Ja, ich weiß. Ich bin auch lesbisch.«

»Wie?« Mac lachte. »Du hättest mich glatt reinlegen können.« Er drehte sich zur Musik und zog sie noch fester an sich. Es war klar, daß er ihr nicht glaubte; oder falls er ihr doch glaubte, war es ihm egal.

»Und was machen nun deine Nachforschungen?« fragte er, als sie an den Tisch zurückgingen.

»Es geht. Das heißt, in letzter Zeit tut sich da nicht viel. Meine Reise hierher hat mir nicht viel gebracht.«

»Nicht viel gebracht, so?« meinte Mac grinsend. »Das hört man aber ungern.«

»Ich meinte nicht – sehen Sie – weißt du –« Was ist nur los mit mir? dachte Polly. Das Bier. »Ich meine, da habe ich diesen weiten Weg nach Key West gemacht und soviel Geld ausgegeben, und nun kann ich weder Hugh Cameron ausfindig machen noch sonst jemanden, der ihn oder Lorin Jones kannte, und ich komme nicht mal in sein Haus.«

»Ins Haus? Was würde dir das denn nützen, wenn er nicht da ist?«

»Ich möchte sehen, ob er noch Bilder von Lorin Jones hat. Das Museum, in dem ich arbeite, hatte vor ein paar Jahren eine Ausstellung, und ich hatte ihm geschrieben, ob er noch etwas habe, was er uns leihen könne, aber er hat gar nicht geantwortet.«

»Ach.« Mac drehte sein leeres Glas.

»Vielleicht hast du ja mal was gesehen, wenn du schon im Haus warst.«

»Gesehen? Was?«

»Ob da Bilder sind. Wahrscheinlich Ölgemälde. Vielleicht aber auch Aquarelle.«

»Bilder –.« Mac schien nachzudenken. »Ich erinnere mich nicht so recht. Wahrscheinlich habe ich nicht besonders darauf geachtet. Noch ein Bier?«

»O nein, danke. Ich muß zurück.« Polly sah auf die Uhr. »Die Pensionsinhaberin hat gesagt, sie ruft die Polizei an, wenn ich bis zwölf nicht wieder da bin.«

»Hat sie?«

»Sie hat Angst, du wärst vielleicht ein psychopathischer Frauenschänder«, hörte Polly sich sagen, vielmehr lügen.

»Sie hat mich doch noch nie gesehen«, protestierte Mac.

»Ich weiß.«

»Wahrscheinlich hält sie ja alle Männer für Frauenschänder.« Er lachte.

»Schon möglich.« Polly hätte sich selbst einen Tritt geben können, weil sie das mitmachte, weil sie Lee falsch zitierte und sie in ein schiefes Licht rückte.

»Ich persönlich setze in der Liebe mehr auf Kooperation.« Mac sah Polly voll an. Irgend etwas lag in seinem Blick. Sie versuchte wegzuschauen und schaffte es nicht ganz. »Also gut. Fahren wir?«

Von einem Moment auf den anderen war der rauchige, pulsierend sinnliche Nebel der Sagebrush Lounge von der warmen, stillen Nacht abgelöst. Polly spürte eine gespannte, bange Vorahnung – oder war es Vorfreude? – als Mac mit ihr durch eine dunkle Nebenstraße fuhr – wohin?

»Du bist also lesbisch«, fragte er plötzlich. »Seit wann?«

»Ich lebe seit zwei Monaten mit einer Frau zusammen«, antwortete Polly wahrheitsgemäß und doch irreführend, und zugleich wurde ihr klar, daß selbst dies nicht sehr eindrucksvoll klang. Oder vielleicht doch, denn Mac war soeben auf einen breiten, hell beleuchteten Boulevard eingebogen, den auf einer Seite Kinos, Drive-in-Restaurants und Motels säumten, auf der anderen eine Reihe sich wiegender Palmen vor dem bewegten Wasser der Bucht. »Das heißt, ich *habe* mit ihr zusammengelebt«, fügte sie hinzu, um nicht den Eindruck zu wecken, sie ginge fremd.

»Das heißt, jetzt nicht mehr«, sagte oder fragte er.

»Nein, nicht direkt«, gab sie zu.

»Aha.« Sie waren jetzt in eine Straße eingebogen, die Polly wiedererkannte, unweit der Pension Artemis. Es gab wohl nichts mehr zu sagen, also sagte Polly nichts. Es ist vorbei, ich bin in Sicherheit; ich werde ihn nie wiedersehen, dachte sie und war wütend auf sich, weil es sie nicht erleichterte.

»Paß mal auf, ich habe eine Idee«, sagte Mac, als er vor der Pension hielt. »Wie wär's, wenn ich den – ich meine, ich könnte mir vielleicht den Schlüssel zu Camerons Haus besorgen; von dem Makler, der es vermietet.«

»Das könntest du?« entfuhr es Polly.

»Klar. Das heißt, wahrscheinlich. Ich kann ihm ja sagen, ich müßte mal die Wasserrohre im Bad kontrollieren oder so. Dann könnten wir uns morgen, wenn ich Feierabend habe, dort treffen, und du könntest dich nach diesen Bildern umsehen.«

»Das wäre wirklich prima.« In ihrer Begeisterung legte Polly ihm die Hand auf den Arm. »Wenn dir das nicht zu viele Umstände macht –«

»Nein. Vergnügen.« Mac legte seine Hand auf ihre. »Dann sehen wir uns dort – um vier?«

»Prima«, wiederholte Polly. Sie wollte über die Sitzbank zur Tür rutschen, aber er zog seine Hand nicht fort; vielmehr faßte er die ihre fester. »So, und danke für die Einladung.«

»Gern geschehen.« Mac drehte sich ganz zu ihr um und küßte sie fest, aber nur ganz kurz, und ließ sie wieder los, bevor sie Zeit zum Reagieren hatte. »Bis morgen um vier«, wiederholte er, als sie aus der Kabine kletterte.

Der Kleinlaster röhrte davon, und Polly stand »verdattert«, wie ihre Mutter sagen würde, vor der Pension Artemis. Die Tür war verschlossen, und nur in der Diele brannte ein Lämpchen mit Rubingläsern. Entweder war Lee ausgegangen oder schon im Bett. Polly schloß die Tür auf und ging auf ihr Zimmer.

Worüber regst du dich so auf? fragte sie sich. Dein Glück hat sich gewendet. Morgen wirst du Camerons Haus sehen, und wer weiß, was du da vielleicht findest? Gemälde, Zeichnungen – sogar Briefe und Notizen, wenn Mac dich nicht hindert ...

Oder drücken wir es mal so aus, sagte eine andere Stimme. Du triffst dich mit einem Mann, den du kaum kennst, in einer Stadt, die du kaum kennst, und in einem leeren Haus, in dem es wahrscheinlich gar keine Bilder gibt, weil das wahrscheinlich nur seine Masche ist, um dich hinzulocken und mit dir zu machen, was er will.

Und was du willst, sagte eine andere Verräterstimme.

Das Zimmer kam ihr heiß und klein und beengend vor; Polly schob das Fenster hoch, aber der Luftzug, der da hereinwehte, schwül von tropischen Blütendüften und Auspuffgasen und Tanggeruch, war noch tückischer und drükkender. Sex, flüsterte er.

Nun gut, du fühlst also etwas, tönte die erste Stimme schrill in Pollys Ohr, während sie auf der schmalen Strohmatte zwischen Bett und offenem Fenster hin und her ging. Aber das kommt nur daher, daß du seit fast einem Monat mit keinem Menschen mehr etwas gehabt hast; natürlich bist du dadurch anfällig. Das heißt aber doch nicht, daß du gleich mit jedem ins Bett mußt, der daherkommt; schon gar nicht mit einem Mann.

Nun gut, du wirst also mit Mac allein sein. Aber wenn er dir unsittliche Anträge macht, wie deine Mutter es nennen würde, brauchst du nur nein zu sagen; er wird ja nicht gleich über dich herfallen. Und wenn du dich schon nicht beherrschen kannst, sagte sich Polly, wenn du mit jemandem schlafen zu müssen glaubst, muß es nicht Mac sein. Es gibt ja noch Lee – eine großmütige, warmherzige (wenn auch leicht meschugge) Frau, die dich mag und hier unten im Haus ist.

Polly versuchte sich Lee vorzustellen; sie zog ihr im Geiste den geblümten Mumu aus und betrachtete ihre vollen, schweren, ledrigen Brüste, die starke Taille, die kräftigen polynesischen Hüften; die buschigen schwarzen Achselhöhlen, den wahrscheinlich schwarzen Busch weiter unten –

aber sie fühlte weniger als nichts. Lee war nicht, was sie sich wünschte; sie wünschte sich –

Es war die dumme alte Sehnsucht nach dem Märchenprinzen, die immer wieder durchbrach wie ein hartnäckiges tropisches Unkraut. Sie hatte diese Wucherpflanze im Lauf der letzten zwei Jahre mit Stumpf und Stiel ausgemerzt geglaubt, die Erde durchgeharkt und festgestampft, auf der sie einst gediehen war. Doch hier in diesem schwülen, widernatürlichen Klima von Key West war das Unkraut wieder gesprossen.

Im Grunde war es eine Sucht, genau wie Jeannes Sucht nach Zigaretten. Es müßte einen Verein dafür geben. Anonyme Heterosexuelle könnte er heißen, und wenn einen das unbezähmbare Verlangen packte, rief man dort über den heißen Draht an und redete mit einer lieben Frau, bis es einem wieder besser ging. Jeanne hatte gesagt, sie hätte schon alles versucht, um das Rauchen aufzugeben: Gruppengespräch und Einzeltherapie und Hypnose und Aromazigaretten und Nikotinkaugummi, Wechsel auf eine Marke, die ihr nicht schmeckte, allmählicher Abbau, schlagartiges Aufhören. Schließlich habe sie eingesehen, daß sie vom Rauchen-Nichtrauchen regelrecht besessen war und diese Besessenheit alles andere aus ihrem Leben verdrängte. Sie konnte sich auf nichts anderes mehr richtig konzentrieren: keinen Artikel mehr zu Ende schreiben, keine ordentliche Vorlesung mehr halten, es nicht mehr genießen, sich mit Freunden zu treffen oder ins Kino zu gehen oder sich ein gutes Essen zu gönnen, manchmal sogar mit Betsy zu schlafen, weil sie immerzu an Zigaretten dachte. So hatte sie endlich beschlossen, darauf zu pfeifen. Es sei viel leichter, sagte Jeanne, kurzerhand eine zu rauchen, wenn ihr danach war, und dann nicht mehr daran zu denken.

Sollte Polly es mit ihrer Sucht genauso machen? Sollte sie kurzerhand mit Mac schlafen, einmal – vorausgesetzt, er führte so etwas im Schilde – damit sie es los war? Im Augenblick fand sie ihn ja nicht nur attraktiv, sie mochte ihn auch. Aber wahrscheinlich war es gar keine echte Zuneigung, die sie für ihn empfand, nur ein getarntes sexuelles Bedürfnis, verstärkt durch das Klima. Und wahrscheinlich war es nur eine Frage der Zeit, bis er etwas schön Chauvinistisches sagen oder tun würde, und dann konnte sie ihn schlicht vergessen.

Zudem wäre es in so einem Fall grundverkehrt, sich an Lee zu wenden. Eine andere Frau benutzte man nicht einfach so, man respektierte ihre Gefühle, ihre Integrität als Mensch – wo hatte sie diese Phrase neulich gehört? Ach ja, von Jeanne. Wenn Jeanne aber jetzt hier wäre, würde sie Polly raten, nicht zu tun, was zu tun sie in großer Gefahr war.

Fünf nach halb zwölf. Schon spät, aber Jeanne blieb oft lange auf. Und selbst wenn sie schon im Bett war, es handelte sich hier um eine Krise, und es würde ihr nichts ausmachen, dafür aufzustehen. Es sei denn, sie und Betsy waren gerade – aber dann fiel Polly ein, wie Jeanne immer, wenn sie mit ihr im selben Bett schlief, immer das Telefon ausstöpselte, bevor sie »ein bißchen tummelten«.

Polly schlich auf Zehenspitzen in die Diele hinunter. Bei jedem Knarren der Treppe blieb sie stehen und stützte ihr Gewicht so gut wie möglich auf das abgegriffene Mahagonigeländer.

Das Klingelzeichen daheim an der Central Park West tönte so laut durch das schlafende Haus, daß Polly jeden Moment damit rechnete, Lee würde erscheinen, gefolgt von mehreren Gästen. Bitte, sollten sie doch kommen. Helft mir, würde sie zu ihnen wie zu Jeanne sagen. Wenn ihr mir nicht helft, tue ich etwas Unvernünftiges, Gefährliches. Aber am Telefon meldete sich niemand, und niemand kam.

13

Am folgenden Nachmittag saß Polly um Viertel vor vier auf den breiten, laubbedeckten Stufen zu Hugh Camerons Haus. Die schweren, geblähten Wolken hatten nichts zur Senkung der Temperatur getan. Es war eher noch wärmer als gestern; das Licht war diffus und von einem bedrückenden rötlichen Violett. Mac kommt nicht, dachte sie zum vierten oder fünften Mal. Sei doch froh, dann kannst du wenigstens nichts tun, was du hinterher bereust. Aber sie war nicht froh; sie schämte sich und war zornig und enttäuscht wie ein genesener Alkoholiker, der rückfällig werden wollte und sich vor einem verschlossenen Spirituosenladen wiederfand.

Wenn sie Jeanne erreicht hätte, wäre sie vielleicht in ihren guten Vorsätzen gestärkt worden; aber Lee, die eigentlich auf derselben Seite stehen sollte, war keine Hilfe. Obwohl sie, wie es manch andere empfunden hätte, einen Korb bekommen hatte, war sie unverändert nett und interessiert. »War's schön gestern abend?« hatte sie beim Frühstück gefragt; und als Polly zugab, es sei gar nicht so schlimm gewesen, und sie werde Mac heute noch einmal treffen, hatte Lee nur wissend gegrinst. Wahrscheinlich war sie selbst so eine Sexoholikerin; wahrscheinlich schlief auf Key West so ziemlich jede mit jedem der daherkam und ihr gefiel, ohne Rücksicht auf Geschlecht, Beruf, Alter, Familienstand oder politische Partei. Klar, nur zu, amüsier dich, hatte sie mehr oder weniger zu Polly gesagt; Polly hatte auf sie gehört, und nun hatte sie die Bescherung.

Die ganze Reise nach Key West war reine Zeit- und Geldverschwendung gewesen, ein nutzloser Aufwand an Energie. Heute zum Beispiel hatte sie Stunden im Zeitungsarchiv der öffentlichen Bibliothek zugebracht und nicht einen Hinweis auf Lorin Jones gefunden. Sie war sogar zum Amtsgericht gegangen und hatte nach endlosem Warten Lorins Totenschein einsehen können, auf dem als Todesursache tatsächlich »Lungenentzündung« stand. Lennie Zimmern hatte also nach seinem besten Wissen die Wahrheit gesagt; doch Polly hatte noch ihre Zweifel.

Sie starrte über den rissigen, holprigen Gehsteig und die schlaglöchrige Straße hinweg zum gegenüberliegenden Friedhof. Konnte Lorin Jones dort begraben sein? Wenn ja, wie konnte Cameron es ertragen, jeden Tag das Grab der Frau vor Augen zu haben, die er verlassen und dann einfach sterben lassen hatte?

Dieser Friedhof auf Key West war anders als die Friedhöfe im Norden. Hier sah man keine Trauerweiden und Ziersträucher, keine gepflegten Rasenflächen und Grabsteine in Reih und Glied. Hier erstreckte sich hinter einem Eisentor mit Vorhängeschloß und einem Maschendrahtzaun mit Stacheldraht darüber (wozu?) ein großes, ungepflegtes Areal voller Grabmonumente. Halt, keine Monumente – Gruften, erkannte Polly. Kisten aus seifig weißem Marmor und unbehauenem grauem Stein lagen im hohen, welken Gras verstreut wie von einem entgleisten Güterzug gefallen. Manche waren mit Bildhauereien oder kunstvollen Schnörkeln verziert, viele mit grellbunten Plastikblumengebinden: wächsernen hellroten und orangen Rosen, violetten Stiefmütterchen, weißen Lilien. Das Unerfreulichste von allem war, daß sich unter etlichen der nächststehenden Grabmäler die Erde gesenkt oder gehoben hatte, so daß sie ungehörig schief in die Luft ragten. Man konnte sich vorstellen, wie die Toten, unter ihnen Lorin, da herauszukommen versuchten oder schon herausgekommen waren. Darum vielleicht der Stacheldraht. Vielleicht waren sie dort alle, unsichtbar, die bösen Geister, eines gewaltsamen oder vorzeitigen Todes gestorben wie Lorin Jones, und krallten sich nun an den Maschendraht mit ihren dünnen, trockenen Eidechsenhänden und brüllten nach ihrem verlorenen Leben.

Polly rief wütend ihre Gedanken zur Ordnung; solch morbide Phantasien waren nicht ihr Stil. Vielleicht kam das von Phils und Rons gestrigem Geschwätz über Wudu, oder es war dieses schwere, heiße, anormale Klima. Außerdem hatte Lennie Zimmern gesagt, die Asche seiner Schwester sei vor Key West ins Meer gestreut worden; sie war gar nicht hier.

So, sie würde Mac noch fünf Minuten geben, beschloß Polly; dann wollte sie gehen. Wahrscheinlich gab's hier sowieso nichts. Es war schließlich schon über fünfzehn Jahre her, und damals war Lennie in dem Haus am Aurelia Lane gewesen und hatte alles nach New York gebracht.

Zwei Minuten. Eine. Also, hol's der Teufel. Doch als Polly sich gerade auf den Weg machte, bog der Kleinlaster von Revivals Construction um die Ecke.

»Entschuldigung!« rief Mac, während er mit quietschenden Bremsen auf der falschen Straßenseite anhielt und auf den Gehsteig sprang. »Wartest du schon lange?«

»Macht nichts.« Drei Treffen, drei Verspätungen, dachte sie; es mußte ein Charakterzug sein. Aber sinnlos, sich zu beklagen; nach dem heutigen Tag würde sie ihn ja wahrscheinlich nie mehr wiedersehen.

Mac lächelte ebenso freundlich wie verlegen, eben wie einer, der Schelte verdient und erwartet. »Schönen Tag gehabt?«

»So lala.« Polly zuckte die Achseln.

»Das tut mir aber leid.« Er grinste; offensichtlich tat es ihm überhaupt nicht sonderlich leid – oder um gerecht zu bleiben, auch nicht sonderlich gut. »Gehen wir ins Haus?«

In Hugh Camerons Haus war es hinter den geschlossenen Läden und heruntergelassenen Bambusrollos sehr still, schattig und fast kühl. Zuerst sah Polly gar nichts; dann erkannte sie allmählich, halb zwischen Boden und Decke schwebend, ein sehr großes Bild. Das konnte – mußte –

»War's das, wonach du gesucht hast?« fragte Mac.

»Ich – glaube ja«, keuchte sie halberstickt.

»Moment mal.« Rasselnd ging ein Bambusrollo hoch. Die goldenen Lichtstreifen auf dem Kachelboden wurden breiter; die Riesenleinwand erstrahlte in Weiß und Umbra und Pfirsichrosa mit zinnoberroten Flecken und schwarzer Inschrift. Ja. Das mußte eines von Lorin Jones' späten Graffiti sein, nur noch freier und leuchtkräftiger als alle, die Polly bisher gesehen hatte. Seitlich unten war in dicker, heller Farbe so etwas wie ein M oder H darauf geschmiert, wie ein Franz Kline in Pastell; und von der gegenüberliegenden Ecke verlief eine dünne Schrift schräg nach oben.

»Ja. Das ist von Lorin, es muß von ihr sein!«

»Aha«, sagte Mac gleichgültig.

»Aber ich verstehe das nicht. Lorins Bruder war doch nach ihrem Tod hier und hat angeblich alle ihre Werke mitgenommen. Dieses Bild hat er nie erwähnt.«

»So?«

»Ich verstehe nicht, wie er es übersehen konnte.«

»Vielleicht war's ja nicht im Haus«, meinte Mac, wobei er teilnahmslos durch eine gläserne Schiebetür auf den von unnatürlich weißen Plastikmöbeln und unnatürlich grünem Gesträuch umgebenen Swimmingpool hinaussah. Es ist ihm egal, es interessiert ihn gar nicht, dachte Polly. Und an mir ist er auch nicht interessiert, nicht mehr. Sie hätte froh sein sollen, aber sie war gekränkt und fühlte sich elend.

»Du meinst, Cameron hätte es versteckt?« fragte sie.

Mac hob die Schultern, ohne sich umzudrehen.

»So was kann man gar nicht verstecken; viel zu groß.«

»Natürlich kann man«, sagte er. »Stell es hinten an den Zaun und wirf eine alte Decke oder was Ähnliches darüber.«

»Kann sein. Es wäre dem Halunken ja wohl zuzutrauen.«

»Wie kommst du darauf, daß er ein Halunke ist?« Mac kam langsam wieder in die Zimmermitte zurück.

»Weil alle es sagen. Zum Beispiel hat er Lorin Jones im Stich gelassen, als sie im Sterben lag. Er hat nicht einmal versucht, ihr zu helfen.«

»So erzählt man es sich?«

»Ja.«

»Und du willst es in deinem Buch auch so schreiben?«

»Ja, warum nicht? Ich will die Wahrheit schreiben.« Polly sah wieder das Bild an, versuchte mit schiefgelegtem Kopf die Schrift zu entziffern. *»Was ist... was ist die Ernennung«*, las sie. »Sieht aus wie *Ernennung*, könnte aber auch *Erkennung* heißen – was meinst du?«

»Laß mich mal sehen.« Mac stellte sich unmittelbar hinter sie. »*Erinnerung*, glaube ich«, sagte er nach einer Weile. *»Was ist die Erinnerung an den Wind unter Wasser?«*

»Klingt wie Lyrik. Lorin Jones' Kunsthändler meint, die Texte auf diesen letzten Bildern stammten größtenteils aus Hugh Camerons Gedichten.«

»Schon möglich«, sagte Mac.

Ich bin ihm leid, er wartet nur darauf, daß ich endlich gehe, dachte sie. Na schön, vergiß ihn. Konzentrier dich auf deine Arbeit. »Das muß ich nachprüfen«, sagte sie. »Dummerweise habe ich noch nicht viel von Camerons Werk aufspüren können, obwohl ich weiß...«

Polly erschrak; Mac hatte soeben seine Hände auf ihre Schultern gelegt. »... daß es mindestens zwei Gedichtbände von ihm gibt, aber ich habe sie noch nicht –« Sie drehte sich um und öffnete den Mund, um den Satz zu vollenden; er schloß ihn mit einem langen Kuß.

Ich bin darauf nicht gefaßt, dachte Polly und fühlte, wie sie hinsank; ich hatte nicht damit gerechnet – ihr Blick konzentrierte sich auf eine Bücherwand hinter seinem Kopf. Camerons Bücher. Und Camerons Gedichte mußten hier auch irgendwo sein – »Warte«, flüsterte sie, als Mac einmal Luft holen mußte. »Nicht jetzt – noch nicht –«

»Ich weiß.« Mac grinste. »Du willst zuerst das andere Bild sehen.«

»Ist noch eins da?«

»Ich glaube, ja. Da drinnen.« Er wies mit dem Kopf zu einer offenen Tür.

Das zweite Zimmer, das ebenfalls eine Tür zur Terrasse hatte, enthielt vor allem ein niedriges, breites Doppelbett. Darüber hing, eindeutig erkennbar selbst in dämmrigem Licht, das durch die geschlossenen Läden hereindrang, Lorin Jones' verschollenes »Nachbeben«. Polly erkannte es nach dem unscharfen Schwarzweißfoto in den Akten der Galerie Apollo, allerdings nur anhand der halbabstrakten Seetanggebilde am unteren Rand, denn das Bild war stark beschädigt. In der Mitte klaffte ein unregelmäßig gezacktes Loch, als wäre etwas Großes mit Gewalt von hinten durch die Leinwand gestoßen worden.

»Scheiße!« sagte sie gepreßt.

»Was gibt's?«

»Das siehst du doch.« Polly hatte ihre Stimme wieder besser unter Kontrolle, aber in ihrem Kopf summte es wütend. »Das ist dieses eine Bild von Lorin Jones, das nach ihrer letzten Ausstellung spurlos verschwand, und nun ist es völlig zerstört.« Natürlich von Hugh Camerons Hand. Er war der Typ, der das Bild seiner Geliebten zerstören und den Beweis seiner Schandtat fast zwanzig Jahre lang über seinem Bett hängen lassen würde.

Mac trat näher heran. »Für mich sieht das aus wie Absicht«, meinte er.

»War es wohl auch«, sagte Polly böse. »Das war der Mistkerl, der hier wohnt.«

»Nein, ich meinte Lor- ... deine Malerin. Guck mal, wie der Text darauf gemalt ist.«

Das stimmte; die Schriftzeile, die auf Jackys Foto nicht vorhanden war, begann oben links im Bild, führte unten um das Loch herum und ging dann weiter nach rechts oben. Polly konnte sie nur lesen, wenn sie sich weit über das breite Bett beugte – Mac mußte weitsichtig sein.

»Nie hast du's kommen sehen ... eh daß es fort war«, las sie langsam. »Ich weiß nicht – kann schon sein, daß sie das selbst getan hat«, räumte sie ein und begriff, als sie es sagte, daß in diesem Falle die Bedeutung des Bildes nicht geschmälert wäre; sie mochte sogar gesteigert worden sein. »Aber das wird sich wohl nie beweisen lassen. Ich möchte wissen –«

»Könntest du das nicht später wissen wollen?« Mac war sehr viel näher gekommen und strich ihr langsam mit der Hand den Rücken hinunter; ganz hinunter.

»Nein, warte, ich muß –« Schwer atmend ging Polly einen Schritt auf Abstand.

»Ach was, komm schon.« Er zog sie wieder zu sich. »Das Bild fliegt nicht weg.«

Das nicht, dachte sie. Aber ich; mein Flug geht übermorgen. Ich muß planen. Was ich brauche, sind Beweise, daß die Bilder hier sind. Fotos. Ich brauche Farbfotos. Heute ist es zu spät, aber morgen könnte ich mir eine Kamera mieten oder leihen – vielleicht von Lee? Wenn ich dann nach New York zurückkomme –

Aber sie konnte jetzt nicht klar denken. Sie war jetzt auf

Key West mit einem Mann in einem Schlafzimmer, und der küßte soeben ihren Nacken. Seine Lippen waren heiß, seine Zunge beredt. Sie sank zurück, sank gegen ihn.

»Polly«, flüsterte Mac und zog sie zum Bett.

Halt, warte, sagte ihr Kopf. Aber ein anderer Teil von ihr erwiderte: Warum nicht? Du willst es doch. Und Mac will es ja auch; er verdient es sogar, denn er hat dich in dieses Haus gelassen und dir geholfen, Lorins Bilder zu finden. Sie taumelte und fiel langsam auf die rauhe, weißliche Baumwolldecke.

Nun gut, dann tu's, sagte eine Stimme in ihrem Kopf. Aber vergiß dich nicht ganz. Gut, küß ihn nur, keuchte die Stimme. Gut, laß ihn ruhig dein Hemd öffnen und deine Brüste lekken. Aber mach dir um Himmels willen nichts aus ihm, sonst wirst du nur wieder verletzt und betrogen. Vergiß nicht, daß du ihn kaum kennst; vergiß nicht alle diese scheußlichen Geschlechtskrankheiten, die man neuerdings erfunden hat.

Ungeachtet dieser guten Ratschläge war es dann aber Mac, der zuerst abließ. Er stützte sich auf die Ellbogen und sah Polly von oben an, dann setzte er sich halb auf.

»Du«, sagte er leise. »Einen Moment noch. Ich muß dir etwas sagen.«

»Okay«, keuchte sie. Als sie merkte, daß ihre Hand auf der farbbespritzten Beule in seinen Jeans lag, zuckte sie zurück, als hätte sie sich verbrannt. Benebelt, erhitzt und pochenden Herzens rückte sie von ihm. Herpes, dachte sie.

»Es ist –« Er schluckte.

Los, weiter, dachte sie, während sie ihn immer entsetzter anstarrte. Tripper, Syphilis. Oder diese schrecklichen Warzen, die man jetzt bekam – wie hießen sie noch? »Ja?«

»Ich –«

Womöglich sogar AIDS. Schließlich waren sie hier auf Key West.

»Ich – lebe mit einer Frau zusammen, auf Sugarloaf Key.«

»So?« fragte Polly. Stille. »Und?«

»Das war's. Ich fand nur, das sollte ich dir sagen.«

»Das war's schon?«

»Mhm.«

»Okay.« Sie lachte erleichtert auf.

»Was ist daran so komisch?«

»Nichts. Nur daß ich gedacht hatte, du wolltest mir sagen, daß du so eine, du weißt schon, so eine eklige Infektion hast.«

»Nichts da.« Er grinste. »Meines Wissens bin ich sauber. Ich bin nur schon seit zwei Jahren mit Varnie zusammen und hab so was noch nie gemacht.« Er sah Polly an. »Stört's dich nicht?«

»Nein. Das heißt, Menschenskind, ich bin nur noch bis Sonntagmorgen hier. Es ist mir doch egal, mit wem du zusammenlebst.«

»Das hört man gern«, sagte Mac. Und dann, ganz leise, noch so etwas wie: »Oder auch ungern.«

»Was?«

»Nichts.« Er drehte sich wieder zu ihr hin und machte mit seiner warmen, rauhen Hand ihr Safarihemd jetzt vollends auf. »Pssst.«

Eine halbe Stunde später war das Strohgeflecht des Bettvorlegers mit abgeworfenen Kleidern bestreut, und deren Besitzer lagen dösend umschlungen auf der zerwühlten Tagesdecke. Über ihnen schwebte Lorin Jones' verschollenes Bild, geheimnisvoll und – trotz des klaffenden Lochs in der Mitte – heiter. Ohne dich, dachte Polly verschlafen, läge ich jetzt nicht hier in Hugh Camerons Bett. Ich hätte nie gewußt –

Ihre Empfindungen waren sonderbar, noch sonderbarer als seinerzeit in Wellfleet, dabei war im Grunde etwas Ähnliches geschehen. Ihr war, als wäre sie wie durch Magie zu Lorin Jones geworden und der Mann neben ihr, der seine rauhe Arbeiterhand auf ihrer Brust und ein Bein quer über ihr liegen hatte, zu Hugh Cameron.

Aber das war natürlich nicht einmal im magischen Sinne plausibel, denn dies war nie Lorins Haus gewesen. Es war nur wieder so eine Nachwirkung ihrer monatelangen Beschäftigung mit Lorins Geschichte: ein Zeichen ihrer Besessenheit, der Verquickung von Lorins Leben mit ihrem eigenen, hätte Jeanne gesagt.

Halbwach löste sich Polly jetzt aus Macs Umklammerung und stützte sich auf einen Ellbogen, um ihn anzusehen. Nackt war Mac von der Taille aufwärts dunkelbraun, mit ausgebleichten grauen Flecken, unterhalb bis zu den Fußknöcheln gleichmäßig hell. Sein Körper war, genau wie sein Gesicht, lang und hager und bestand aus lauter Steilflächen, schmalen Graten und klar umgrenzten Muskelwölbungen.

Nun hast du's also getan, sagte sie sich und wartete, daß Scham und Verlegenheit sich einstellten, aber sie empfand nur Freude, Glück und Zärtlichkeit. Ich hab ihn gern, sagte ihr Empfinden: Ich möchte nicht mehr fort von Key West, ich möchte bei ihm bleiben... Sie schüttelte ärgerlich den Kopf: Wie dumm doch der Körper war, wie gierig, wie unbekümmert um das Wohl seiner Bewohnerin!

Sie hätte trotzdem böse sein müssen; wenn schon nicht auf sich, dann wenigstens auf die Welt. Warum war das alles so dumm eingerichtet? Warum sollte es mit einem Mann, den sie kaum kannte, soviel schöner sein als mit einer Frau, die sie liebte?

Ein warmer Windstoß bog draußen die Äste und drang ins Zimmer. Mac streckte sich, gähnte, schlug die Augen auf und lächelte träge zur Decke. Dann drehte er sich Polly zu, und sein Gesicht bekam einen anderen Ausdruck.

»O Gott«, sagte er leise und setzte sich auf.

»Was ist los?«

»Nichts.« Er lächelte wieder, aber nur kurz und gezwungen. »Es war so schön«, sagte er, ohne sie anzusehen.

Ja, dachte Polly. Und nun wünscht er sich, er hätte es nicht getan. So sind die Männer, weißt du das nicht mehr? Er möchte jetzt nichts wie weg. Sie erhob sich langsam.

»Warte. Steh noch nicht auf.« Mac streckte die Hand aus und hielt sie zurück. »Du bist so schön, wie du so daliegst.« Er fuhr ihr mit dem Finger über die eine Brust wie über eine Skulptur aus einem seltenen, exotischen Material, dann beugte er sich darüber, um sie zu küssen.

»Müßten wir nicht –«

»Pssst.«

»Jesses, sieh mal, wie spät es ist«, sagte Mac nach einer ganzen Weile. »Vielleicht sollten wir uns wieder mal was anziehen.«

»Gut«, sagte Polly. Das ist nicht sein Haus, erinnerte sie sich plötzlich. Es ist eine Ferienwohnung. Er hat hier nichts verloren, jedenfalls nicht so was. Sie stellte sich vor, wie Hugh Cameron plötzlich hereinkäme; oder viel wahrscheinlicher der Makler. Peinlich für sie; eine Katastrophe für Mac. Sie bückte sich rasch und hob ihren roten BH und Schlüpfer vom Boden auf.

»Hör zu, ich muß noch mal auf die Baustelle und sehen, was meine Leute machen«, sagte Mac, während er seine Jeans anzog. »Aber das dürfte nicht lange dauern. Wie wär's mit Abendessen?«

»Gut«, hörte Polly sich allzu schnell einwilligen.

»Es ist jetzt kurz vor fünf. Sagen wir um sechs?«

»Einverstanden.« Aber was ist mit der Frau, mit der Mac zusammenlebt, wie er sagt? dachte sie beim Binden ihrer Turnschuhe. Vermutlich hatte er gestern bei dieser Frau zu Abend gegessen – und ihr dann etwas vorgelogen, um mit

Polly in die Sagebrush Lounge gehen zu können. Aber das ging sie schließlich nichts an.

Geht dich nichts an? meldete sich in Polly plötzlich ihr Schutzengel zu Wort: eine Marmorfigur, groß und streng wie eine griechische Statue, wahrscheinlich die Artemis aus der Pension. Und wo bleibt deine weibliche Solidarität, das Mitgefühl mit deinem eigenen Geschlecht? Du mußt ihn nicht heute abend wiedersehen.

Es ist doch nur für ein paar Stunden, erklärte Polly. Dann kann sie ihn wiederhaben.

»Ich fahre dich jetzt nach Hause«, sagte Mac, als er ihr die Tür aufhielt. »In ungefähr einer Stunde kann ich dich dann wieder vor der Pension abholen. Okay?« Er lächelte, als wüßte er die Antwort schon.

»Gut, okay«, sagte Polly.

In der Abenddämmerung verdichteten sich die tiefhängenden Wolken und wälzten sich indigorot und rötlichgrau wie die düsteren Riesenblumen von O'Keeffe über die Insel. Der Wind, der nachmittags aufgekommen war, blies jetzt stärker.

»Ja, das ist der Sturm, den sie im Fernsehen gemeldet haben«, bestätigte Lee lächelnd. Sie hatte Polly schon zur Wiederauffindung der verschollenen Lorin-Jones-Bilder gratuliert und wollte ihr eine Polaroidkamera besorgen. Als Polly dann auch noch damit herausrückte, daß sie heute abend wieder mit Mac ausgehen werde, grinste Lee wissend. »So ist's recht, Schätzchen«, meinte sie. »Du kannst nicht immer nur arbeiten, doch nicht auf Key West.«

»Nun ja«, sagte Polly. »Irgendwie ist das ja auch Arbeit. Recherche. Ich hoffe von ihm noch etwas über Hugh Cameron zu erfahren.«

»Bestimmt.« Lees breiter polynesischer Mund verzog

sich erneut zu einem Grinsen. »Du wirst ja sicher wissen, was du tust.«

»O ja, keine Sorge«, log Polly – denn Herrgott noch mal, was *tat* sie denn? Was hatte sie bereits getan?

Einmal zumindest etwas Nützliches: Sie hatte Jacky Herbert in der Galerie Apollo angerufen und ihm die Entdekkung der beiden verschollenen Bilder gemeldet. Immerhin war ihre Reise nach Key West, auch wenn sie Hugh Cameron nicht gefunden hatte, doch auf eine Art erfolgreich gewesen.

Und auf mehr als eine Art, dachte sie, als sie jetzt Mac von der Seite betrachtete, der neben ihr auf der Terrasse eines Strandlokals saß, genannt Louie's Back Yard. Der Wind, der hier noch stärker wehte, schüttelte die Bäume über ihnen, ließ einen Schauer winziger Blätter auf sie regnen und warf Welle auf schaumgrüne Welle im Laternenschein gegen die Ufermauer. Die meisten anderen Gäste hatten sich auf die höhere, besser geschützte Veranda zurückgezogen oder waren nach drinnen gegangen.

»Möchtest du mal eine Piña Colada versuchen?« schlug Mac vor. »Das ist eine hiesige Spezialität.«

»Aber ja.«

Der Barkellner, ein Michael-Jackson-Typ mit langen Wimpern, gab Kokosmilch und Ananassaft in einen Mixbecher, schüttelte ihn und stellte ein hohes Glas, das aussah wie ein Vanille-Milkshake mit eigenem rosa Papierschirmchen, vor Polly hin. Sie kostete vorsichtig von dem zuckrigen Schaum.

»Zu süß vielleicht?«

»Hm, irgendwie schon.«

»Dann laß sie stehen«, sagte Mac. »Trink was anderes.«

»Gut. Ich nehme eine Schorle.«

Mac winkte dem Kellner und bestellte. »Du, hör mal, ich

möchte nicht, daß du Key West schon abschreibst. Morgen gehen wir in den Full Moon Saloon; da geht's ein bißchen schmuddelig zu, aber es gibt eine prima Muschelsuppe und echte Limonentorte von den Keys.«

»Du meinst also, ich gehe morgen wieder mit dir essen?« meinte Polly und gab sich Mühe, nicht zu lächeln.

»Was ist denn? Kannst du nicht?«

»Ich weiß nicht recht. Ich überlege nur –«

»Ja?«

»Was ist mit der Frau, mit der du zusammenlebst, wie du sagst?«

»Das ist meine Sache.« Macs Ton wurde kühl, dann unsicher. »Stört es dich?«

»Eigentlich nicht«, antwortete sie ebenso kühl.

»Dann ist es ja gut.« Er sah auf das dunkelnde, aufgewühlte Meer hinaus.

Mich mag es ja vielleicht nicht stören, aber dich, dachte Polly. Du hast ein schlechtes Gewissen, weil du mit einer anderen Frau geschlafen hast. Und ich, weil ich genau das nicht getan habe. Es ist schon ein Witz.

»Es ist so, zwischen Varnie und mir hat's in letzter Zeit ein paar Unwetter gegeben«, sagte Mac nach kurzer Pause. »Sie ist ein echtes Kind der Achtziger: Was sie sucht, ist Sicherheit und einen Vater für ihr Kleines. Sie hat nämlich eine vierjährige Tochter. Nun möchte sie heiraten und eine Kleinfamilie gründen, aber ich versuche Zeit zu schinden.«

»So?«

»Ja.« Er nickte. »Gestern abend bin ich nicht einmal mehr hingefahren, sondern hab hier in der Stadt geschlafen, in dem Haus, an dem wir gerade arbeiten.«

»Oh.« Eine verlegene Pause trat ein. »Du willst nicht heiraten«, sagte Polly endlich.

»Nein.« Mac schüttelte mehrmals den Kopf. »Jedenfalls

nicht Varnie. Ich weiß, was das heißen würde. Lebensversicherung, Urlaub bei den Schwiegereltern, sogenannter Beruf mit Zukunft und zweimal die Woche mit ihr schlafen, weil ich's dem Staat Florida versprochen habe. Mein Geschmack ist das nicht.« Er zog seinen Gin-tonic zu sich, aber statt zu trinken, nahm er den Plastikhalm aus dem Glas und ließ, indem er das obere Ende mit dem Finger zuhielt, zwei Tropfen von der Flüssigkeit auf die zerknitterte Papierhülle des Halms fallen. Die papierene Raupe wand und streckte sich und fiel in sich zusammen.

»Das habe ich seit dem sechsten Schuljahr niemanden mehr machen sehen!« rief Polly.

»Willst du's mal probieren?« Er grinste.

»Meinetwegen.«

Als nun ihre Raupe sich aufbäumte und wieder senkte, sah Polly zum ersten Mal, woran das erinnerte. Die anderen Kinder mußten es schon immer gewußt haben, deshalb hatten sie so gekichert und sich angestoßen.

»Du«, sagte Mac. »Mußt du Sonntag morgen wirklich nach New York zurück?«

»Ich hatte es jedenfalls vor.«

»Warum kannst du nicht noch ein bißchen bleiben? Ich würde dir hier gern noch so vieles zeigen. Und ich habe den ganzen Sonntag frei. Dann könnten wir zum Riff hinausfahren, wenn der Sturm sich bis dahin ausgetobt hat.« Mac sah wieder auf die Wellen, die jetzt im Lichtschein von einem milchigen Aquamarin waren. »Hast du schon mal geschnorchelt?«

»Nein«, gestand Polly.

»Es ist schön unter Wasser. Im wahrsten Sinne des Wortes nicht von dieser Welt.« Er beugte sich zu ihr herüber und streichelte ihren Arm. »Du kannst dein Ticket sicher umbuchen lassen.«

Tu's nicht! rief Artemis, plötzlich wieder erschienen in wallenden steinernen Gewändern. Du hast deinen Spaß gehabt; wenn du jetzt nicht aufpaßt, verliebst du dich am Ende noch in diesen untauglichen Menschen.

»Gut, ich kann's ja mal versuchen«, sagte Polly, die Ohren störrisch verschlossen vor dieser inneren Stimme. »Aber bis Mittwoch muß ich wieder zurück sein, da habe ich ein Interview verabredet.« Was macht es denn schon? argumentierte sie; es sind doch nur drei weitere Tage. Eigentlich will ich ihn mir ja nur abgewöhnen. Ja, versetzte Artemis. Das sagen Süchtige immer. Nur noch ein Schuß. Zum Abgewöhnen.

»Prima.« Mac rückte noch näher heran und streichelte Pollys Gesicht.

»Ich habe nur gesagt, ich will's versuchen.« Trotz ihres Vorsatzes lächelte sie. Nun gut, gestand sie sich, ich mag ihn. Vielleicht könnte ich ihn sogar lieben. Was ist daran auszusetzen? Es ist dumm und gefährlich, du wirst dir weh tun, antwortete Artemis, aber ihre Stimme klang dünn und schrill.

»Prima«, wiederholte Mac und legte die Hand auf ihren Arm. Der Wind wehte stärker; vor der Terrasse tosten die blaßgrünen, schaumgekrönten Wellen. Er und Polly sahen sich an und mußten lächeln.

»Du«, sagte er schließlich. »Ich muß dir noch etwas sagen.«

»Schieß los.« Sie lachte.

»Es ist, äh... dieser Mistkerl, den du suchst, Hugh Cameron... der bin ich. Ich meine, ich bin er.« Sein Gesichtsausdruck war in der zunehmenden Dunkelheit nicht zu erkennen.

»Wie?«

»Ich bin Hugh Cameron.«

Er nimmt mich auf den Arm, dachte Polly. Das ist genau so

ein Touristenmärchen wie die Ranch für Seekühe und die anderthalb Meter großen Pelikane (beides hatte Lee schon unter schallendem Gelächter dementiert). »Das ist nicht wahr«, sagte sie. »Du hast mir doch gesagt, er ist in Italien. Außerdem bist du dafür nicht annähernd alt genug.«

»Ich bin achtundvierzig.«

»Na bitte.« Sie lächelte, obwohl es ein paar Jahre mehr waren, als sie angenommen hatte. »Wenn Lorin Jones noch lebte, wäre sie jetzt fast sechzig. Als sie mit Cameron von Wellfleet wegzog, war sie siebenunddreißig; das ist jetzt zweiundzwanzig Jahre her, dann wärst du also damals –«

»Sechsundzwanzig gewesen.« Mac nickte ernst, als wollte er wirklich den Spaß noch weitertreiben.

»Richtig.« Polly lächelte. »Außerdem ist Hugh Cameron ein Dichter – und war Lehrer an einem College.«

»Ganz recht. Er war Lehrer an einem College, bekam aber keine Professur und ist darum jetzt Bauunternehmer auf Key West.« Mac lächelte immer noch nicht; seine Miene war geradezu grimmig.

Polly starrte ihn an. »Beweis es mir«, sagte sie.

»Okay.« Mac seufzte; dann griff er in die Gesäßtasche seiner Jeans und zog eine schweinslederne, mit Lederriemen umstochene Brieftasche heraus, wie Stevie mal eine bei den Pfadfindern gemacht hatte. »Hier. Führerschein, Lesekarte der Bibliothek, Mitgliedsausweis der Konsumgenossenschaft, Visacard –« er breitete sie auf dem feuchten Holztresen aus.

Cameron, Hugh Richard. H. R. Cameron, Hugh Cameron.

»O mein Gott«, sagte Polly langsam. Dann entrang sich ihr ein irres Lachen. Sie schob ihren Stuhl von dem seinen weg, aufs Meer zu.

»Ich wollte dir das schon eher sagen. Vorhin im Haus.

Aber ich konnte nicht. Ich wußte, du würdest mich sofort mit Fragen bombardieren, und ich rede nicht mehr gern von diesen Jahren. Es war eine schlimme Zeit in meinem Leben.«

»So?« fragte Polly, mit den Gedanken nur halb da. Ich hatte heute nachmittag doch recht, dachte sie und fühlte sich total verwirrt, als hätte sie selbst es dadurch erst herbeigeführt.

»Außerdem dachte ich, du würdest nicht mit mir schlafen wollen, wenn du es wüßtest. Du warst so schlecht auf Cameron zu sprechen, das Miststück, den Halunken, den Scheißkerl, hast du immer gesagt.«

»Du lieber Gott.«

»Nachdem ich dich nämlich in der Frances Street gesehen hatte, habe ich mich immerzu selbst in den Hintern getreten, weil ich mir die Chance vermasselt hatte. Als du dann am Mallory Dock wieder auftauchtest, dachte ich, es gibt da oben wohl doch einen, der mich liebt.« Er zeigte zu den rußschwarzen, immer tiefer hängenden Wolken. »Dann kam ich zu Billie's und erfuhr, daß du die Frau aus New York warst, die mir so nachstellte, und da wollte ich mich nur noch ganz schnell aus dem Staub machen. Und ich bin ja auch schon fast gegangen, stimmt's?«

»Stimmt«, echote Polly halbbetäubt.

»Es war nur so, du sahst so toll aus, wie du dort saßt. Ich konnte dich nicht so einfach ziehen lassen. Ich dachte, zum Kuckuck, das ist eben Karma, wie mein Freund Sandy sagen würde. Da muß man zugreifen.«

»Du bist Hugh Cameron«, sagte Polly, als hätte sie es endlich begriffen.

Mac nickte.

»Dann war das dein Haus.«

»Ja.«

»Und es ist auch nicht vermietet, du wohnst da.«

»Ja und nein. Es ist tatsächlich ab morgen vermietet.«

»Aber sonst stimmt nichts von allem, was du mir erzählt hast.« Sie zitterte jetzt vor Wut. »Du lebst gar nicht mit einer Frau namens Varnie zusammen, und du heißt auch nicht Mac.«

»Das meiste stimmt schon. Ich habe zumindest bis gestern mit Varnie zusammengelebt. Und hier nennen mich alle Mac. Der Name Hugh hat mir noch nie gefallen, ich weiß gar nicht, warum ich ihn so lange ertragen habe. In Nebraska, wo ich herkomme, war das früher ein Tuntenname. In der Schule mußte ich mich dauernd damit hänseln lassen. ›Huh, Cameron, huhu!‹ «

»Du hast mich angelogen«, sagte Polly, ohne auf seine Darstellung einzugehen.

»Hm, ja. Aber für eine gute Sache.« Mac grinste, wenn auch nervös. »Und du hast mich schließlich auch angelogen.«

»Hab ich nicht.«

»Aber ja. Du hast mir erzählt, du wärst lesbisch.« Mac lächelte jetzt. »Gestern abend, als ich dich vor der Pension Artemis absetzte, habe ich mich kaum getraut, dich zu küssen. Ich hab ja auch ganz schnell wieder von dir abgelassen, bevor du mir eine runterhauen konntest.«

»Das hätte ich auch tun sollen«, sagte Polly mit einem kurzen, hysterischen Lachen.

»Ach, komm. So schlimm ist das alles doch auch wieder nicht. Ich bin noch immer derselbe Mensch wie heute nachmittag.«

»Nein, der bist du nicht.« Siehst du, sagte die große geflügelte Göttin in ihrem Kopf. Du bist da hineingerauscht wie eine sexbesessene Irre. Und das ist nun die Strafe.

»Ich hätte es dir ja nicht zu sagen brauchen«, begehrte Mac auf. »Ich hätte den Mund halten können. Ich fand nur, wir sollten von Anfang an ehrlich miteinander umgehen.« Er grinste verlegen.

»Dafür ist es ein bißchen spät«, sagte sie mit zornigem Zittern in der Stimme.

»Besser spät als nie.«

Polly traute sich nicht, zu antworten. Sie wandte sich von Mac ab und starrte aufs Meer, das vor der Terrasse milchig grün, jenseits der Lichter aber dunkel und wabblig schien wie eine giftige Gallerte.

»He, Baby.« Mac beugte sich zu ihr vor und legte ihr seine kräftige Hand auf den Arm. »Hau nicht gleich die Tür zu. Im Grunde weißt du doch gar nichts über mich.«

»Ich weiß genug«, sagte sie und sah mit einem todtraurigen Blick zuerst zu ihm, dann wieder über die tosende Gallerte hinweg zu anderen Ländern voller Narretei und Trug.

»Herrgott! Und was soll ich jetzt tun? Dich in die Pension zurückbringen?«

»Ich weiß nicht.« Pollys Stimme bebte. »Es wäre vielleicht besser.«

»Okay.« Mac stand auf.

»Ich muß nachdenken.«

»Okay. Soll ich dich morgen vormittag mal anrufen?«

»Ja – nein. Na gut.«

14

Das ist ja wirklich irre«, rief Lee und mußte laut lachen, während sie Tomaten und Paprika für eine Gazpacho zerschnitt und in den Mixer tat. Das tiefe, pulsierende Surren des Geräts fügte sich in das Prasseln des Regens ein, der auf das Dach der Veranda klatschte; das Unwetter, das Lee vorausgesagt hatte, war da. »Und du hattest die ganze Zeit keine Ahnung, wer er war?«

»Einen Moment habe ich mal daran gedacht«, sagte Polly. »Aber dann habe ich mich gleich für verrückt erklärt.«

»Du hattest ihn aber doch richtig gern. Du fandest ihn doch nett.«

»Mhm«, gab sie zu.

»Menschenskind, vielleicht ist er doch auch ein netter Kerl«, versuchte Lee den Kulissenlärm zu übertönen.

»Er hat mich belogen«, sagte Polly bockig, Lee somit gleichsam der moralischen Laxheit zeihend.

»Trotzdem –« Lee hielt inne. »Nun ja, aber du hast wenigstens etwas von Key West zu sehen bekommen... stimmt's, Schätzchen?« meinte sie grinsend und nahm sich eine rote Zwiebel vor.

»Mhm«, räumte Polly zerknirscht ein. Sie hatte eine heiße, ruhelose Nacht hinter sich, gestört von Donner und Blitzen und schließlich dem Knattern und Heulen eines losbrechenden Tropengewitters. Wieder und wieder hatte sie Macs Gesicht vor sich gesehen, und seinen Körper. Du bist wirklich etwas langsam von Begriff, meine liebe Polly, hörte sie Jeannes Stimme.

Gegen Morgen hatten die tropfnassen Blätter vor dem Fenster im Schein der Blitze die Gestalt von Lorin Jones' letztem Foto angenommen, jetzt mit einem höhnischen Eidechsengrinsen. Du dachtest, er wäre jetzt wohl dein, aber er ist mein, sagte dieses Lorin-Reptil, ohne die Lippen zu bewegen. Noch immer mein, immer mein.

»Insgesamt bist du also weitergekommen«, fuhr Lee fort. »Heute nachmittag brauchst du jetzt nur noch die Fakten aus dem Kerl herauszuholen.«

»Ich wollte, ich brauchte nie wieder mit ihm zu reden«, sagte Polly mit einem Nachdruck, der sie selbst überzeugen sollte.

»Aber Schätzchen.« Lee schaltete mit ihrer sehnigen braunen Hand den Mixer kurz aus. »Ich kann ja verstehen, wie dir zumute ist. Aber immerhin hat er die Fakten, die du brauchst –«

»Falls er sie mir gibt.« Polly seufzte. Das Unwetter paßte so recht zu ihrer Stimmung, einer triefenden Depression. Ihr war zum Heulen, aber das kam vielleicht nur von der Zwiebel.

»Warum sollte er denn nicht?« Lee warf eine Handvoll merkwürdig aussehender Kräuter in den Mixer: dunkelrotes Basilikum und ungekräuselte Petersilie.

»Weil er es von Anfang an nicht wollte, darum.« Wieder mußte Polly seufzen, fast stöhnen.

»Und was hast du nun vor?« fragte Lee, während sie Öl in den Mixer goß, was sein Sirren zu einem tiefen Summen dämpfte.

»Ich weiß es nicht. Vielleicht sehe ich mir noch ein paar Galerien an.«

»Das kannst du ja. Baden ist heute ganz bestimmt nicht drin.« Lee schaltete den Mixer wieder ab; der Regen prasselte weiter, stärker und lauter. »Das mit dem Wetter tut mir leid,

Schätzchen«, meinte sie. »Aber du kannst nicht sagen, ich hätte dich nicht gewarnt.«

Meine heutige Lektion, dachte Polly, als sie nachmittags durch dichten Dunst und Regen zur momentanen Baustelle von Revivals Construction stapfte. Die tiefen Wolken von gestern abend waren noch tiefer auf die Insel herabgesunken und ertränkten die unnatürlichen gefiederten Bäume, die abblätternden weißgerahmten Häuser und die schlaglöchrigen Straßen. Sei auf Kummer gefaßt, traue niemandem – so hieß die Lektion.

Das Haus, das Mac und seine Leute gerade sanierten, sah hinter dem zweieinhalb Meter hohen Bretterzaun fertig aus, war aber eine leere Hülle. Drinnen war es bis auf die Balken und Wandverkleidungen ausgeweidet; der Dachstuhl lag bloß, und die Innenwände waren nur noch Balkengerüste, durch die sich die Stromkabel schlängelten. Die ganze Rückwand war entfernt und durch eine schmutzige Plastikplane ersetzt, an der ein schmieriger Regen hinunterlief, wodurch die Skelettzimmer wie ein im Bau befindliches Bühnenbild wirkten. Eine Tischsäge und allerlei Werkzeug und Bretter schmollten unter weiteren Plastikfolien, und durch ein Leck über der Haustür tropfte es mißmutig in einen orangefarbenen Eimer.

»Tut mir leid, daß es hier so aussieht«, sagte Mac, als er Pollys tropfenden Poncho auf einem Stapel Bretter ausbreitete, über dem eine nackte Birne an einem losen Kabel von einem Dachbalken hing. »Ich würde gern mit dir woandershin gehen, aber ich muß hier noch auf den Anruf eines Lieferanten warten. Meine Leute habe ich schon nach Hause geschickt; wir können hier sowieso nichts machen, bevor die Gipsplatten hier sind. Komm, setz dich.« Er schob ihr einen farbbekleckssten Klappstuhl hin. »Trinkst du einen Kaffee?«

»Meinetwegen«, sagte Polly so unbeteiligt wie möglich. Sie hatte sich vorgenommen, ganz ruhig zu bleiben und keine Zeit mit Streiten zu vertun.

»Und wie läuft's?« Mac ging in die Hocke und löffelte Kaffeemehl in eine verbeulte Kaffeemaschine.

»Ganz gut«, sagte sie.

»Immer noch böse, wie?« meinte er mit einem Blick über die Schulter.

»Und wieso sollte ich es nicht sein?« fragte Polly in bemüht leichtem Ton. »Nach all den Lügen.«

»Ich könnte dir ein paar Gründe nennen.« Mac richtete sich auf und musterte sie mit einem wissenden, lüsternen Blick. Als sie nicht darauf einging, stellte er das Lächeln wieder ab. »Teufel noch mal«, sagte er. »Ich habe reinen Tisch gemacht, oder? Und wenn wir schon von Lügen reden, du hast ja von Garrett Jones und diesen anderen New Yorker Typen wahrscheinlich wahre Greuelgeschichten über mich gehört.«

»Ja, ich habe von dir gehört«, antwortete sie trotzig.

»Von Jones?«

»Zufällig ja.«

»Und du nimmst an, daß er immer die Wahrheit sagt, ja?« Er grinste.

»Es war ja nicht nur er.« Polly sah Mac/Hugh an und stellte mit Verdruß fest, daß er immer noch lächelte – und immer noch unverschämt gut aussah.

»Aha. Wer noch?«

»Hm, Mr. Herbert von der Kunstgalerie. Der hat mir auch ein paar Sachen erzählt.«

»Prima. Ein Hahnrei und ein Louis.« Mac kramte auf einer Werkbank zwischen ein paar Eisenteilen herum und fand ein Tütchen Zucker und einen Pappbecher Halb-und-Halb. »Etwas anderes ist so ein Kunsthändler nämlich nicht. Wenn der einem Maler bei der Arbeit zuschaut, sieht er nicht das Schöne, das da entsteht. Er sieht Scheiße aus dem Pinsel fließen und sich in Geld verwandeln.«

»Das ist ungerecht«, rief Polly. »Ich kenne Jacky Herbert – und Mr. Carducci – sie haben Lorin Jones' Arbeiten ehrlich bewundert.«

»Klar.« Mac setzte sich nach Cowboymanier auf einen alten Wiener Stuhl. »Solange sie lieferte und für sie die dreißig Prozent abfielen.«

»Das ist –«, begann Polly und unterbrach sich. Warum sollte sie Jacky oder Paolo verteidigen? Sie war weder ihnen noch irgendeinem anderen Mann etwas schuldig. Außerdem war das hier nicht ihre Aufgabe; ihre Aufgabe war, zuzuhören und Fakten zu sammeln. »Und wie lautet deine Version?«

»Willst du sie wirklich hören?« Mac kippte seinen Stuhl nach hinten und sah sie scharf über die gebogene Rückenlehne hinweg an.

»Natürlich.«

»Schön.« Er ließ den Stuhl wieder sinken. »Ich sage dir alles, was du wissen willst. Da kann ich gleich klare Verhältnisse schaffen.«

»Okay«, sagte Polly und fügte ein ungnädiges »Danke« hinzu.

»Gut.« Die Kaffeemaschine hatte zu blubbern aufgehört; Mac ging davor in die Hocke. »Milch und Zucker?«

»Nur Milch, bitte.«

»Also, was möchtest du hören?« fragte er, indem er ihr eine angeschlagene Tasse reichte, auf der in Rot die höhnischen Worte standen: KEY WEST – KEIN WEG WAR MIR ZU WEIT.

»Hm, was du willst. Alles«, sagte Polly und zwang sich zu einem unbekümmert freundlichen Ton, während sie sich hätte ohrfeigen können, daß sie ihren Recorder nicht mitgebracht hatte; sie war heute wirklich von der Rolle.

»Vermutlich stellt Garrett es so hin, daß ich mich an Lorin, sein unschuldiges kleines Genie, herangemacht und sie von ihm weggelockt habe.«

»So ungefähr«, gab sie zu.

»Sicher hat er dir nicht erzählt, daß er selbst, während sie monatelang allein in diesem eiskalten Bauernhaus in Wellfleet saß, durch die Lande reiste und mit jeder schlief, die ihn haben wollte.« Mac sah prüfend in Pollys Gesicht und fuhr fort: »Ich sauge mir das nicht aus den Fingern. Im Kunstzentrum wußten es alle. Mit den Malerinnen im Zentrum hat er ja auch immer anzubändeln versucht, wenn er in Provincetown war.«

»So?« fragte Polly mit einem Zweifel im Ton, den sie gar nicht hatte.

»O ja. Immer nach derselben Masche. Zuerst erzählte er der Frau, wie sensibel und einfühlsam sie sei; dann sagte er ihr, was er alles für ihre Karriere tun könne, wenn er wolle. Du brauchst mir nicht zu glauben, du kannst jeden fragen, der damals dort war.«

»Gut, das tue ich vielleicht«, sagte sie kühl und dachte: Garrett hat seine Masche in zwanzig Jahren nicht geändert. »Hast du ihn persönlich gekannt?«

»Klar. Er war doch auf den meisten unserer Partys und Eröffnungen und prahlte da mit den vielen berühmten Künstlern herum, die er kannte, und den bedeutenden Bildern, die er besaß.«

»Mhm«, brummte Polly. Mac sagt die Wahrheit, dachte sie. Das war der Garrett Jones, den sie kannte, nur durch eine dunkle Brille gesehen.

»Er hat auch viel von Lorin geredet. Er mußte jedem beibringen, was seine Frau für eine große Künstlerin war.«

»Ich glaube, er hat sie geliebt«, wandte sie ein.

»Wenn man das Liebe nennt.« Mac schnitt eine Grimasse.

»Ich habe auf den ersten Blick gesehen, daß er gar nicht echt etwas für sie empfand; sie war nur ein Stück in seiner Sammlung.«

»Und wußte Lorin Jones von seinen Affären?«

»Ich glaube, sie ahnte etwas. Aber das war gar nicht das Hauptproblem. Was sie eigentlich rasend machte, war seine Art, ihr bei der Arbeit dreinzureden.«

»Wie meinst du das?« Polly stellte ihre Tasse auf eine Rolle Dachpappe und beugte sich vor.

»Garrett hatte doch lauter Theorien im Kopf. Dauernd mußte er Lorins Bilder kommentieren und ihr sagen, an welche anderen Maler sie ihn erinnerten und wie sie in die jeweils aufkommende zeitgenössische Tradition paßten. Täglich wollte er sehen, was sie gemacht hatte. Das wurde so schlimm, daß Lorin es bei ihm in New York nicht mehr aushielt und so viel wie möglich auf Cape Cod blieb. Aber Garrett kam natürlich hin und wieder auch nach Wellfleet, und dann gab er ihr keine Ruhe. Sie mußte sich manchmal in ihr Atelier einschließen, wie sie mir erzählt hat, nur um sein unentwegtes Gerede nicht mehr zu hören. Und auch dann kam er und rüttelte an der Klinke und redete durch die Tür auf sie ein, verstehst du?«

»Ich kann es mir vorstellen.« Aber Polly brauchte es sich nicht vorzustellen; sie erinnerte sich lebhaft, wie Garrett an der Tür zu Lorins Atelier gerüttelt hatte. »Dann war sie also praktisch schon bereit, ihn zu verlassen, als du auf der Bildfläche erschienst.«

»Ich glaube, ja. Sie wollte auch weg vom Cape; sie fand, die Landschaft hätte ihr nichts mehr zu bieten. Ich habe sie später immer aufgezogen, sie sei doch nur mit mir weggegangen, um Nebraska zu sehen. Ich hatte ihr nämlich mal erzählt, wie dort das Licht war, wo ich herkam, und das interessierte sie. Nun, ich war jedenfalls auf dem Sprung dorthin, und mein

Kombi war groß genug, um sie und ihre Sachen mitzunehmen. Es war Schicksal.« Er lachte, aber es klang nicht fröhlich.

»Dann seid ihr also vom Cape nach Nebraska gezogen?«

»Ganz recht. Wir haben uns Zeit gelassen und unterwegs gecampt und im Auto geschlafen. Das war ganz schön. Aber als wir dann ankamen, war es doch nichts für sie. Irgendwie stimmten die Farben nicht... Jedenfalls haben wir nach ein paar Wochen wieder unsere Sachen gepackt und sind über Kanada nach New Hampshire gefahren, in die MacDowell-Kolonie, wo ich für den Sommer ein Stipendium hatte. Aber die dortige Landschaft gefiel Lorin auch nicht.«

»Warum nicht?« fragte Polly. Verzogen, ruhelos und mäkelig, dachte sie.

»Genau weiß ich es nicht. Sie sagte, die Weißen Berge seien zu grün. Jedenfalls sind wir dann im Herbst wieder nach Westen gefahren, nach Iowa City; dort hatte ich ein einjähriges Autorenstipendium.«

»Du hattest zuerst ein Stipendium in Provincetown, dann in der MacDowell-Kolonie und dann in Iowa?«

»Mhm.« Mac grinste verlegen. »Ich war damals viel auf Achse.«

»Und wie gefiel es Lorin in Iowa?«

»Nicht besonders.« Er schüttelte den Kopf. »Eine Zeitlang lief es gar nicht schlecht, aber dann kam der Winter, und sie zog sich eine Bronchitis zu und wurde sie nicht wieder los. Und die Künstlergemeinde machte sie fix und fertig.«

»Ach ja?«

»Weißt du, denen war sie nicht ganz geheuer, weil sie doch aus New York kam und sie selber meist noch tief in ihrem Regionalismus steckten. Aber wir haben den Winter hinter uns gebracht. Ein Ehepaar, das wir in der MacDowell-Kolonie kennengelernt hatten, stellte uns dann sein Haus hier in der

Seminary Street für die Nachsaison zur Verfügung, und so kamen wir nach Key West. Und obwohl es Sommer war, wo es hier ja verdammt heiß werden kann, fühlte Lorin sich sofort zu Hause.«

»Hat die Hitze ihr nichts ausgemacht?«

»Nicht viel. Oben im Norden war sie ja immer so krank. Und im Winter fror sie, vielleicht weil sie so dünn war. In Iowa hatte sie im Bett immer Füße wie Eiszapfen.«

»Du warst viel jünger als sie«, sagte Polly, indem sie Mac betrachtete. Er muß sehr gut ausgesehen haben damals, dachte sie. Himmel, er sah doch auch jetzt noch gut aus.

»Ja. Elf Jahre. Aber für mich war sie nie eine ältere Frau. Bei Varnie Freeplatzer, meiner jetzigen Freundin auf Sugarloaf Key, spielt der Altersunterschied allerdings eine Rolle in der Beziehung. John F. Kennedy und Martin Luther King und Woodstock sind für sie nur noch Kapitel im Geschichtsbuch, wenn du verstehst, was ich meine.«

»Mhm.« Polly nickte. »Und das war bei Lorin anders?«

»O ja. Ich hatte nie den Eindruck, daß sie überhaupt ein Alter hatte oder wußte, wie alt andere Leute waren. Vielleicht hat sie ja deshalb den Fehler gemacht, einen aufgeblähten alten Furz wie Garrett Jones zu heiraten.« Er grinste.

»Du läßt kein gutes Haar an Garrett«, sagte Polly, die merkte, wie ihre eigene vorteilhafte Meinung von Garrett rasch dahinschwand. »Alle sagen aber doch, daß er gut zu Lorin war. Und sehr großzügig.«

»O ja, solange sie ihm gehörte. Hinterher – jedenfalls hat er gründlich dafür gesorgt, daß sie bei der Scheidung keinen Cent bekam.«

»Sie hat nichts bekommen?« Dann hat Garrett mich belogen, dachte sie, zumindest hat er das verschwiegen.

»Nein. Sie ist nicht einmal auf die Idee gekommen, Unterhalt zu verlangen, bis ihr Vater ihr dazu riet.«

»Das war Dan Zimmerns Idee?«

»Ja. Sie sollte sich einen Anwalt nehmen und klagen, und wenn Garrett sich querlegte, sollte sie ihn wegen Ehebruchs verklagen. Aber Lorin wollte darüber nicht einmal reden.«

»So?« meinte Polly. »Aber sie hatte doch schon das Geld von ihrem Gemeinschaftskonto auf Cape Cod, oder?« fragte sie, weil ihr das gerade einfiel.

»Ja. Fünftausend Dollar. Das war damals natürlich viel mehr als heute, aber ewig reichte es auch nicht. Und dann hat sie ein paar Bilder verkauft, von ihrer Ausstellung im nächsten Jahr, ihrer letzten.«

»Und dann? Warum hat sie nicht mehr ausgestellt?«

Mac sah weg und schwieg, dann schaute er Polly wieder an. »Du mußt verstehen, daß Lorin nicht so war wie andere Leute«, sagte er schließlich. »Sie hatte eine wirklich enge Beziehung zu ihren Bildern; konnte sich nicht von ihnen trennen. Und das wurde immer stärker mit der Zeit. Sie sah sie als einen Teil von sich; ihre Kinder vielleicht.«

»Ihre Kinder?«

»Ja. Ich meine, eine Frau hat doch meist diesen Mutterinstinkt, und wenn sie keine Kinder hat, kann der sich auf alles mögliche richten. Und dann kann sie nicht loslassen. Bei einer Tante von mir sind es die Möbel. Sie ist fast neunzig, muß sie aber noch immer polieren und abstauben.«

»Hm.«

»Und so war Lorin auch. Immer wenn sie sich von einem Bild trennen sollte, machte es sie richtig krank. Die meiste Zeit, die ich sie kannte, lebte sie in Trauer um die Bilder, die sie in jüngeren Jahren verkauft hatte. Als Schriftsteller kann man sein Werk ja für immer behalten; man braucht nur einen Fotokopierer. Aber stell dir mal vor, du könntest von einem Gedicht oder einer Geschichte jeweils nur ein Exemplar machen, und das müßtest du, um zu essen, an irgendeinen reichen Knochen verkaufen und es vielleicht nie mehr wiedersehen. Scheiße, das wäre doch wie Sterben, oder?«

»Stimmt«, gab Polly zu.

»Nachdem ich darüber mal nachgedacht hatte, konnte ich verstehen, wie ihr zumute war... Entschuldige.« Am anderen Ende des Hauses, wo ein khakifarbener Schlafsack auf dem Boden lag, hatte ein Telefon zu klingeln begonnen.

Während Mac sich daneben hockte und in den Hörer fluchte, öffnete Polly ihre Tragetasche und schrieb auf die Rückseite einer Quittung: »Nebraska – Mai 63 – falsche Farben. MacDowell – Sommer – zu grün. Iowa 63/64.«

»Tut mir leid«, sagte er, als sie den Zettel wieder wegsteckte. »Dieser Armleuchter kann uns noch immer nicht die Lieferung bestätigen. Ich muß noch eine Weile hierbleiben.«

»Schon recht.« Im stillen dankte Polly dem unbekannten Armleuchter, dessen Saumseligkeit ihr weitere Fragen und – ja, ja, auch mehr Zeit mit Mac – ermöglichte.

»Möchtest du noch einen Kaffee?«

»Nein, danke.« Polly trank den letzten lauwarmen Schluck und beugte sich nach vorn, um die Tasse auf die Dachpappe zu stellen. Mac glaubte, sie wolle die Tasse ihm reichen, und griff danach; ihre Hände stießen zusammen, und ein unsichtbarer Funke sprang zwischen ihnen über. O Gott, ich will ihn immer noch, dachte sie.

»Erzähl mir von den beiden Bildern, die du noch hast«, sagte sie mit zittriger Stimme.

»Was soll ich dir davon erzählen?« fragte Mac, ebenso zittrig.

»Zum Beispiel, wie es kommt, daß du sie behalten hast. Wir dachten nämlich alle, die seien verschollen. Lennie sagt, er hat alles von Lorin mitgenommen.«

»Ja, aber diese Bilder gehörten nicht Lorin. Sie hat sie mir geschenkt.« Mac hielt Pollys starrem Blick stand; in dem Licht hier drinnen waren seine Augen mehr grün als blau.

»Du hast aber nie gesagt, daß du sie hast. Ich hätte sie doch für die Ausstellung leihen können, wenn ich es gewußt hätte.«

»Vielleicht. Ich hatte nur keine Lust, sie auszuleihen.«

»Ganz schön egoistisch«, meinte Polly, langsam gar nicht mehr kühl. »Ich meine«, erklärte sie, »wenn man bedenkt, wie viele Leute sie wirklich gern sehen würden und –«

»Mag schon sein. Aber ich denke mir, wenn ich diese Bilder nach New York schicke, kriege ich sie wahrscheinlich nie mehr zurück. Ein paar Jahre vor ihrem Tod hat Lorin der Galerie Apollo mal zwei Aquarelle geschickt, an denen ihr nichts mehr lag. Nachdem sie verkauft waren, hat sie keinen Cent bekommen; ihr Händler meinte, sie schulde ihm noch Geld.«

»Aha.« Und davon hat mir Jacky nichts erzählt, dachte Polly. »Wovon hat Lorin denn gelebt, nachdem sie keine Bilder mehr verkaufte?«

Mac grinste. »Hauptsächlich von mir.« Er sah Polly an, was sie wohl für ein Gesicht machte, und zuckte die Achseln. »Sieh mal, sie war es einfach gewöhnt, einen Mann zu haben, der sie ernährte. Nach ihrer Erfahrung waren Männer dazu da. Erst ihr Vater, dann Garrett, und dann fand sie wohl, daß ich an der Reihe war. Sie hat ihr Leben lang nie etwas anderes getan als gemalt.«

Ein Parasit, der die Männer ausbeutete, dachte Polly. »Und du hast das akzeptiert?« fragte sie.

»Klar. Damals habe ich mitgespielt. Ich war doch noch ein kleiner Junge; und ich war verliebt. Außerdem ahnte ich schon, wie gut Lorins Arbeiten waren. Da dachte ich, wenn ihr erst mal das Geld ausgeht, verkauft sie eben noch ein paar Bilder; mir war noch nicht klar, wie sie das sah.«

»Aber es war doch wohl nur fair«, meinte Polly. »Du hast von ihr gelebt, dann hat sie von dir gelebt.«

»Den Teufel habe ich!« sagte Mac, zum ersten Mal böse, seit Polly ihn kannte. »Ich habe von Lorins Geld nichts angerührt. So bin ich nicht erzogen worden. Ich habe hier eine Stelle als Gärtner angenommen und mich um Lehraufträge an Colleges bemüht.«

»Und Lorin? Was hat sie getan?« fragte Polly, ohne sich zu entschuldigen, wie sie es zuerst gewollt hatte.

»Sie ist zu Hause geblieben und hat gemalt.« Mac zuckte die Achseln.

Sie hat gemalt, während du gegraben und gejätet hast und ich Kataloge tippen mußte, dachte Polly, deren Sympathie sich immer weiter Mac zuneigte. »Und wie lange ging das so?«

»Weiß ich nicht mehr. Sechs Monate, neun Monate. Ich wurde dann als Gastdozent in den Norden von New York berufen.«

»Und Lorin ging mit?«

»Nein. Sie fand es zu beschwerlich, ihre ganze Ausrüstung hin und her zu transportieren, und es war ja nur für acht Monate.« Mac schüttelte langsam den Kopf. »Aber für mich waren es acht schlimme Monate.«

Selbstsüchtig, kalt und rücksichtslos, dachte Polly. Ein negativer Lebensbericht über Lorin Jones würde sich gewiß viel leichter schreiben lassen als ein positiver.

»Danach bist du dann nach Key West zurückgekommen und hast wieder als Gärtner gearbeitet?«

»Ja, und was sich sonst noch so bot. Zimmermann, Dachdecker, Klempner, Maler.«

»Und es hat dir nichts ausgemacht«, sagte Polly und versuchte es nicht wie eine Frage klingen zu lassen.

»Es ging schon. Das Dumme war nur, daß ich nicht viel

zum Schreiben kam. An manchen Tagen war ich nach der Arbeit einfach fix und fertig; besonders im Sommer.« Mac grinste und kniff die grünen Augen zusammen.

»Aha.« Lorin hat dir deine künstlerische Laufbahn ebenso ruiniert wie mir meine, dachte Polly. Aber verschwieg Mac nicht doch etwas? »Lorin wird doch wenigstens das Kochen und Saubermachen besorgt haben, oder?« fuhr sie so neutral wie möglich fort. »Oder gilt das für dich nicht als Arbeit?«

Mac grinste. »Glotz mich nicht so feministisch an. Klar ist das Arbeit. Harte Arbeit. Ich muß es wohl wissen, denn Lorin hatte keine Lust zum Kochen und Saubermachen. Das hab ich schon gemerkt, als wir nach Iowa kamen. Sie wußte angeblich nicht, wie das ging, und konnte es irgendwie auch nicht lernen. Natürlich war sie mit Hauspersonal großgeworden, und Garrett hatte auch immer eine Zugehfrau für sie. Wenn sie auf dem Cape allein war, hat sie das Geschirr einfach ins Spülbecken gestellt und gewartet, bis die Frau kam. Gegessen hat sie sowieso nur verrückte Sachen, meist Obst und Joghurt und Suppe und Kräcker. Wenn ich was Richtiges essen wollte, mußte ich es mir selbst kochen. Ein paarmal habe ich zu erreichen versucht, daß sie wenigstens das Geschirr abwusch, aber es war sinnlos. Sie vergaß es, oder ließ Angebranntes in den Töpfen oder zerschlug irgendwas.« Mac lachte.

»Hm.« Von dieser Taktik hatte Polly schon gehört; im feministischen Sprachgebrauch hieß das »Sich-dumm-Stellen« und wurde immer von Männern angewandt.

»Man muß eben verstehen, daß für Lorin das einzige, was wirklich zählte, ihre Malerei war. Nichts anderes bedeutete ihr etwas.«

»Du stellst sie als ziemlich selbstsüchtig hin«, versuchte Polly die Probe aufs Exempel zu machen.

»Selbstsüchtig? Ich weiß nicht.« Mac schüttelte den Kopf.

»Sie verschenkte immer Geld an Bettler und Straßenartisten. Und sie trat dir ihren letzten Löffel Eiscreme ab, wenn du ihn nur hoffnungsvoll genug angucktest.« Er lächelte, als blickte er in die Vergangenheit. »Trotzdem war sie der ichbezogenste Mensch, den ich je gekannt habe.«

»Ichbezogen?«

»O ja. Zuerst merkte man das gar nicht, denn Lorin gab nicht das mindeste auf Geld und Besitz oder allseitige Beachtung. Sie wollte nur in Ruhe gelassen werden und malen. Aber wer ihr dabei in die Quere kam, hatte nichts zu lachen.«

Ja, das stimmt wohl, dachte Polly. »Aber bei dir muß es doch anders gewesen sein, weil sie verliebt war«, meinte sie.

»Ich war in sie verliebt. Ich habe nie behauptet, sie sei in mich verliebt gewesen.« Mac schüttelte langsam den Kopf, als hätte irgendeine unsichtbare Person etwas gesagt, womit er nicht einverstanden war.

»Du meinst wirklich, Lorin hat dich nicht geliebt?« fragte Polly überrascht.

»Nicht wie ich sie. Aber das war nicht direkt persönlich zu verstehen. Sie konnte einfach nichts und niemanden besonders gern haben, jedenfalls nicht so sehr wie ihre Bilder. Nicht einmal Sex.«

»Sie mochte Sex nicht?« fragte Polly und verkniff sich den Zusatz: *Nicht einmal mit dir*?

Mac sah an ihr vorbei durch ein Wandskelett, das vielleicht einmal eine Schlafzimmerwand werden sollte. »O doch, manchmal schon. Aber das war dann ihre ureigenste Angelegenheit. Sie sagte nie etwas, sie begab sich sozusagen nur in eine andere Welt. Ich beklage mich ja nicht, aber seinerzeit –« Er runzelte die Stirn. »Ich wußte ja gar nicht, wie gut ich's hatte, bis ich mich mit meiner Frau und ihrem *Leitfaden zum Eheglück* und *Die vier Stadien der Erregung* herumplagen durfte.« Er lachte bitter. »Lorin brauchte ich hinterher nie zu fragen, wie es für sie war. Das Dumme war nur, wenn sie sich so richtig ins Malen stürzte, blendete sie aus.«

»Du meinst, sie blendete den Sex aus.«

»Ja, das auch. Manchmal für Tage am Stück. Ich wurde dann sauer und schwor ihr, wenn sie das nächstemal Lust habe, würde ich sagen, Pech gehabt, nichts drin, ich arbeite an einem Gedicht.«

»Hast du's getan?«

»Na ja, ich hab's ein paarmal versucht. Aber Lorin hat mich immer rumgekriegt. Sie war ja auch so schön. Diese Augen, der Mund, die Hände, und dieses lange dunkelbraune Haar, das so glänzte, daß es immer ein bißchen feucht aussah, ohne es zu sein. Sie konnte die Vögel in der Luft und die Thunfische in der Bucht becircen. Und bei Gott, das wußte sie.«

Lorin Jones hat dir übler mitgespielt als mir, dachte Polly, während sie Macs markantes Profil betrachtete, das schekkige kurze Kraushaar hinter seinem Ohr. Aber warte, dir werde ich's geben, sagte sie stumm zu Lorin. Allen werde ich sagen, wie du auf Kosten der Männer gelebt und deinem Ehrgeiz Menschen geopfert hast. Die Welt wird erfahren, wie selbstsüchtig du warst, wie hinterhältig, wie bösartig.

»Du meinst, sie knipste ihren Charme beliebig an und aus«, sagte sie.

»Ja. Jedenfalls bei mir. Lorin wollte mich fest am Gängelband haben, verstehst du? Sie wollte die Gewißheit haben, daß ich immer da war, falls sie etwas brauchte. Kaum war das geklärt, ging sie weg, ohne auch nur das Haus zu verlassen, wenn du verstehst, was ich meine.«

»Mhm.« Du bist noch immer wütend auf sie, dachte Polly. Und kein Wunder. »Wieso habt ihr eigentlich nie geheiratet?« fragte sie weiter.

»Weiß ich nicht. Vielleicht lag es daran, daß Garrett die

Scheidung so verschleppt hat. Als die dann endlich durch war, habe ich sie allerdings gefragt, ob sie mich heiraten will.«

»Und was hat sie geantwortet?«

»Sie hat gemeint: ›Nein, warum?‹ Mir ist damals kein Grund eingefallen.« Mac zuckte die Achseln. »Entschuldige.«

Wieder stand er auf und ging mit langen Schritten über die rohen Dielen ans Telefon. Aber diesmal machte Polly sich keine Notizen. Sie saß nur da und starrte durch das Wandskelett neben ihr, ohne etwas zu sehen. Endlich durchschaue ich dich, du kaltes Biest, dachte sie. So einen Mann hattest du, und hast ihn nicht einmal geliebt.

»Gut«, dröhnte Mac aufgekratzt ins Telefon. »Danke... Du, wie's aussieht, kriegen wir die Lieferung jetzt am Montag«, rief er.

»Ah, gut«, murmelte sie, mit den Gedanken woanders.

»Wie fühlst du dich?« fragte er leise. Er stand ganz dicht neben ihr und sah auf sie herab.

»Ganz gut, glaube ich.« Polly lächelte ihn kurz an. Du müßtest jetzt gehen, sagte sie sich, du weißt, was sonst passieren kann. »Also, danke für die vielen Informationen.« Sie stand auf und mußte sich an der Stuhllehne festhalten, denn aus irgendeinem Grund war ihr flau in den Beinen.

Mac kam langsam noch näher. »Ich habe nämlich heute den ganzen Tag die Hölle durchgemacht«, sagte er und legte ihr die Hand auf den nackten Arm, gleich unter der Schulter.

»Hölle, wieso?« Polly wollte mit Macht einen Schritt auf Abstand gehen, brachte es aber nicht fertig.

»Ja. Ich hatte eine Heidenangst, du würdest nicht kommen.« Er faßte Pollys anderen Arm und zog sie an sich.

Moment, warte doch, um Gottes willen! sagte sie sich. Du hast gesagt, du wolltest das nicht wieder tun, oder?

Aber sie tat es dann wohl doch.

»Warum du?« fragte Mac etwas später, halb auf einem Ellbogen hochgestützt und den Blick auf Polly, die auf seinem zerwühlten Schlafsack auf der Luftmatratze lag. »Das möchte ich doch mal wissen.«

»Was?« Polly machte die Augen nicht auf. Gleich würde sie sich wieder erinnern, wer sie war, wo sie war; aber im Augenblick trieb sie in einem warmen Nebel der Zufriedenheit dahin; sie fühlte sich wie ein Stapel Pfannkuchen in heißem Ahornsirup. Diesen Gedanken fand sie zwar komisch, aber sie war zu schläfrig, um auch nur zu kichern.

»Warum du mir so gefällst. Das ist unlogisch. Ich meine, du bist gar nicht das, was ich immer für meinen Typ gehalten habe. Normalerweise fliege ich mehr auf diese Bohemepflanzen.«

»Mh?« Polly gähnte und öffnete langsam die Augen. Sie fühlte sich im reinen mit der Welt und allen, die darin lebten – bis auf diese destruktive, verhaßte Bohemepflanze Lorin Jones.

»Sicher bin ich ja auch nicht der Typ, auf den du normalerweise fliegst«, meinte Mac grinsend.

Jetzt sah sie ihn an. »Nein, nicht direkt«, wich sie aus; seinerzeit, als sie überhaupt noch auf Männer flog, war er genau der Typ gewesen, auf den sie flog. »Aber du bist wenigstens kein Maler oder Schriftsteller.«

»Den Teufel bin ich nicht!« Mac richtete sich halb auf und lachte. »Wie meinst du das eigentlich?«

»Hm, ja.« Polly schluckte erneut ein Gähnen hinunter. »Ich meine, du hast zwar mal Gedichte geschrieben, das weiß ich, aber wie du jetzt redest, hast du es doch schon vor einer ganzen Weile aufgegeben.«

»Ich habe nur aufgegeben, es zu unterrichten. Herrgott, ich *mußte*. Wenn du in der Schriftstellerei nicht bis Vierzig den Durchbruch geschafft hast, kannst du Lehraufträge vergessen. Mein Gott, du hast so wunderschöne Brüste.« Er beugte sich über die eine und küßte sie genüßlich. »Doch, schreiben tue ich noch. Ab und zu veröffentliche ich auch etwas, und zur Zeit stopple ich wieder ein Buch zusammen.«

»Entschuldige.«

»Macht nichts.« Mac strich ihr nachdenklich unter der Brust entlang. »Einmal habe ich's ja aufzugeben versucht. Das war nach Lorins Tod, und ich war verheiratet und hatte wieder einen Lehrauftrag in Iowa City. Ich fand und fand keinen Verlag für mein zweites Buch und wurde richtig depressiv. Aber dann dachte ich, hol's der Henker, warum soll ich etwas aufgeben, was mir solchen Spaß macht und worin ich gar nicht so schlecht bin? So sehe ich es heute noch. Und dann besteht ja immer die Chance, daß ich mal Glück habe. Vielleicht schreibe ich doch mal ein richtig gutes Gedicht, vielleicht auch mehr. Wenn ich aber aufgebe, kann ich alle Hoffnung begraben ... Die andere auch.« Er nahm sich die andere Brust vor.

»Ich habe früher gemalt«, sagte Polly plötzlich.

»Tatsächlich?« Mac hob den Kopf und sah sie an.

»Ich hatte sogar mal eine Ausstellung.«

»Mhm.« Wieder sah er sie bedächtig an. »Aber jetzt schreibst du Biographien.«

»Ich schreibe nicht direkt Biographien. Nur dieses eine Buch.«

»Ich würde gern mal deine Biographie lesen.« Mac grinste. »Ich möchte gern wissen, woher du so phantastisch im Bett bist.« Er küßte ihren Bauch von oben bis unten.

»Schlecht bist du auch nicht gerade«, antwortete sie und hob die Hüften seinem Mund entgegen.

»Weißt du was, Polly?« meinte Mac erheblich später. »Es könnte mir richtig ernst werden mit dir.« Er zog sich ein

T-shirt mit der Aufschrift REVIVALS CONSTRUCTION über, diesmal marineblau statt grün. »Was meinst du dazu?« fuhr er fort, als Polly, die sich die Turnschuhe zuband, nicht reagierte.

»Ich weiß nicht«, sagte sie.

»Du meinst, keine Chance, wie?«

»Nein, ich meine – Menschenskind, ich habe dich erst vor zwei Tagen kennengelernt. Und überhaupt lebe ich in New York und du hier.«

»Das könnten wir ändern«, meinte Mac wie nebenher und lächelte.

»So? Wie denn?« Polly band sich den anderen Schuh und sah zu ihm auf. Er nimmt mich auf den Arm, dachte sie.

»Zum Beispiel könnte ich nach New York ziehen. Oder du nach Key West.«

»Das kann ich mir nicht leisten«, antwortete sie und lächelte ebenfalls.

»Klar kannst du. Wenn man auf den Keys erst eine Bleibe hat, braucht man zum Leben nicht viel. Außerdem gehört dir eine Wohnung an der Central Park West, stimmt's?«

»Stimmt«, gab Polly zu.

»Wie groß?«

»Vier Zimmer. Aber das eine ist winzig.«

»Trotzdem. Soviel ich über die New Yorker Mieten gehört habe, könntest du sie vermieten und hier davon leben.«

»Vielleicht. Aber was soll ich auf Key West tun, außer mit dir zu schlafen?« fragte sie fast lachend.

»Weiß ich nicht. Dein Buch schreiben. Oder vielleicht wieder zu malen anfangen.« Er zuckte die Achseln. »Dein Sohn kann auch mitkommen; ich habe Platz genug. Es würde ihm sicher hier gefallen.«

Einen Moment sah Polly sich und Stevie schon auf Key West: Sie saßen auf den abgetretenen Stufen zu Macs Haus, unter dem Orchideenbaum. Aber wahrscheinlich meinte er das ja gar nicht ernst; es sollte nur heißen, daß er sie gern hatte.

»Denk mal darüber nach, ja?«

»Okay«, willigte Polly ein, wohl wissend, daß sie sowieso darüber nachdenken würde, ob sie wollte oder nicht.

»Du bleibst ja – sowieso noch – ein Weilchen hier – oder?« stotterte Mac, von Gefühlen übermannt.

»Bis Dienstag. Falls ich mein Ticket umbuchen kann.« Polly sah ihn an, und überwältigt von den Gefühlen, die in ihr aufkamen, schmiegte sie sich kurz an ihn, um sie mit einer kleinen Liebkosung zu verwischen.

»Gut. Und hoffentlich habe ich dir jetzt alle Fragen für dein Buch beantwortet.« Mac legte eine Hand auf den Hosenboden ihrer Jeans.

»Doch – ja.« Polly gab sich innerlich einen Ruck und rief sich zur Pflicht zurück. »Nur eins noch –«

»Hm?«

»Du sagtest vorhin, Lorin sei manchmal zwar noch im Haus, aber auf eine Art schon weg gewesen.«

»Ja. Das kam zum Teil wohl von den Drogen.«

»Drogen?« echote Polly – viel zu spät um einen ruhigen Ton bemüht. Davon hat Lennie mir nichts gesagt, dachte sie. Oder Jacky oder Garrett. Vielleicht wußten sie es ja nicht.

»Hast du nicht gewußt, daß sie Drogen nahm?«

»Nein«, gestand Polly. Süchtig also auch noch, sagte eine gehässige Stimme in ihr; auch das kannst du aller Welt erzählen.

»Sie hat.« Er räusperte sich. »Eine Zeitlang haben wir beide. Das war ja damals nicht die Welt.«

»Was für Drogen?«

Mac grinste. »Also, um von vorn anzufangen, auf dem Cape meist Marihuana und Hasch. Im großen und ganzen bin ich dann hier unten dabei geblieben; bei meiner Art von

Arbeit kann man sich auch kaum was anderes leisten, wenn man nicht irgendwann von der Leiter fallen oder sich ein Loch in die Hand sägen will. Und an Wochenenden haben wir ein bißchen LSD und Mescalin probiert, um zu sehen, ob es unserer Arbeit half.«

»Hat es geholfen?«

»Nicht sehr. Ich schrieb die vermeintlich tollsten Sachen, aber wenn ich dann von dem Trip wieder runter war, kam es mir meist ziemlich hohl vor. Bei Lorin hat's besser geklappt, aber sie konnte, wenn sie high war, nicht mehr malen, was sie sah –« Mac verstummte und starrte in den Regen, der über die Plastikfolie an der Rückseite des Hauses strömte.

»Und?« drängte Polly.

Stille. Endlich sagte er: »Etwas später ging Lorin dann auf Speed über. Damals wußte keiner, was das mit einem machte. Und es gefiel ihr, weil sie länger arbeiten konnte, ohne müde zu werden. Und anfangs nahm sie es ja auch nur ab und zu mal, wenn sie so richtig in ein Bild vertieft war. Schlimm wurde es erst, als ich in Maine war.«

»Wann warst du denn in Maine?«

»Achtundsechzig, neunundsechzig. Ich hatte keine Zeit zum Schreiben und wurde fast verrückt, da hat mir dann ein Freund eine Stelle am Colby –«

»Das war doch aber die Zeit, als Lorin starb«, unterbrach ihn Polly. »Februar 1969.«

»Ja, ich weiß«, sagte Mac fast ironisch.

»Entschuldige, ich –« Polly schluckte, dann fragte sie weiter. »Du hast also damals am Colby College unterrichtet?«

»Ja. Ich bin aber über die Weihnachtsferien hergekommen, und da sah ich, daß Lorin schlimm dran war. Sie arbeitete an einer Serie von Unterwasserbildern und wollte keine Zeit mit Schlafen vertun. Da ist sie zu einem Arzt gegangen und hat ihm erzählt, sie müsse abnehmen und brauche einen

Appetitzügler. Und dieser Quacksalber hat ihn ihr gegeben. Ich habe ihr klarzumachen versucht, das sei doch Wahnsinn, sie sei sowieso schon zu dünn; sie aß doch nie genug. Aber sie hat mir einfach nicht zugehört.«

»Lennie Zimmern sagt, Lorin sei an Lungenentzündung gestorben«, sagte Polly.

»Das stimmt auch, objektiv gesehen. Beim Schnorcheln hat sie sich die geholt. Wir sind im Sommer immer ein paarmal zum Riff hinausgefahren, aber in diesem letzten Jahr hatte es Lorin richtig gepackt, da wollte sie jede Woche hin. Es machte sie richtig high, bäuchlings im Wasser zu liegen und das Schauspiel da unten zu beobachten. Es war ja auch absolut phantastisch, wenn man die richtige Stelle gefunden hatte. Es gibt da so eine bestimmte Art von kleinen Fischen, die sie besonders liebte: fast durchsichtig, mit ganz langen, schleierartigen weißen Flossen, die schwimmen immer in Schwärmen herum, aber ich weiß nicht mehr, wie sie heißen. Auf dem Bild über meinem Sofa sind welche.«

»Und dabei hat sie sich die Lungenentzündung geholt?«

»Mhm. Sie war so ungeduldig und wollte unbedingt schon im Februar zum Riff, bevor das Meer richtig warm war. Dann ist sie zu lange drin geblieben. Aber sie selbst hat das wahrscheinlich gar nicht gemerkt, weil sie so versessen war. Sie hat sich ganz böse erkältet. Aber sie mochte ja keine Ärzte, und als sie dann doch zu einem ging, war's zu spät.«

»Und du warst nicht da.«

»Nein. Ich hätte da sein sollen, aber ich war's nicht. Ich hätte sie in dem Zustand, in dem sie war, nicht allein lassen dürfen, aber ich glaubte ein braver Junge sein zu müssen und meine Unterrichtsstunden nicht verpassen zu dürfen.« Mac stöhnte fast vor Sarkasmus. »Bis einen Tag vor ihrem Tod wußte ich nicht einmal, daß Lorin im Krankenhaus war. Und bis ich dann nach Hause kam, war es schon vorbei.«

»Das tut mir leid«, brummte Polly und entschuldigte sich im Geiste für alles, was sie in den letzten Monaten über Hugh Cameron und sein Verhalten gegenüber Lorin gesagt oder gedacht hatte.

»Schon gut. Es ist lange her, und wir haben uns, wie ich schon sagte, gar nicht mehr so gut verstanden.«

Hatte er das gesagt? Polly erinnerte sich nicht, aber sie mochte ihm nicht widersprechen.

»Aber irgendwie hat's das nur noch schlimmer gemacht, verstehst du?« Mac sah sie an. »He, Polly!« Er legte ihr den Arm um die Schulter. »Ist dir was?«

»Nein, nichts«, sagte sie, ohne selbst so recht davon überzeugt zu sein. »Das heißt, ich fühle mich ziemlich schlimm. Ich wußte ja nicht –«

»Das hat dir wohl keiner gesagt.«

Polly schüttelte den Kopf. Im Geiste sah sie Lorin Jones bäuchlings im salzigen, aquamarinblauen Wasser des Golfs treiben, die langen dünnen Arme und Beine von sich gestreckt in der Form eines hellen Sterns; ihr dunkles Haar wallte in den Wogen wie Seetang. Unter ihr schwamm zwischen Korallenarmen ein Schwarm kleiner blasser Fische umher. Ihre großen Augen, naß und sternförmig bewimpert hinter einer Schnorchelmaske mit weißem Gummirand, standen weit offen. Aber sie zwinkerten nicht, denn sie war tot.

Herrgott, was ist denn los mit dir? schalt Polly mit sich. Warum ist dir so zum Heulen? Lorin Jones ist nicht ertrunken, sie ist im Memorial Hospital der Florida Keys gestorben. Und du magst sie ja nicht einmal. »Es ist dumm, aber ich –«, begann sie und wäre am letzten Wort fast erstickt. Sie stand auf und wandte sich ab.

»Ist doch schon gut«, sagte Mac. Er kam zu Polly und legte die Arme um sie.

»Ich –« Wieder hatte sie einen Kloß im Hals, aber sie schluckte ihn hinunter. »Ich meine, ich kannte sie ja nicht einmal.« Nein, sagte eine innere Stimme, du hast nur vor, ihren Ruf zu ruinieren, nicht wahr? Bald wird man den Namen Lorin Jones in den Schmutz treten, soviel Unrat willst du über sie ausgießen, aus purem Neid und Haß und sexueller Eifersucht. Tot und entehrt soll sie sein, ist das nicht der Sinn und Zweck? Aber du wirst leben und erfolgreich sein. Ist das nicht der Sinn und Zweck? Polly wurde von einem Anfall von Selbstekel geschüttelt. Verzeih mir, Lorin, sagte sie stumm. Nein, ich werde dich nicht verraten. Ich werde dir nicht schaden; es war ein Irrtum.

»Entschuldige«, sagte sie, die Augen halb zugekniffen. »Jetzt ist mir wieder besser.«

Mac küßte sie flüchtig und sah sich in dem düster werdenden Rohbau um. »Ganz schön trostlos hier«, meinte er mit einem Blick auf die Uhr. »Ich sag dir mal was, wir verduften jetzt hier und gönnen uns irgendwo eine schöne Muschelsuppe. Okay?«

»Okay. Aber ich sollte vorher noch mal in die Pension gehen und mich ein bißchen frisch machen«, hörte Polly sich sagen und wunderte sich, wie zittrig ihre Stimme klang.

»Gut. Irgendwie siehst du nämlich aus, als wenn du dich auf dem Boden gewälzt hättest. Aber mir macht das nichts.« Mac drückte sie wieder an sich.

Polly hielt sich einen Moment ganz steif, dann ergab sie sich ohne Vorbehalte in den Kuß. Genieße es lieber, sagte sie sich fast heulend. Viel Zeit bleibt dir nicht mehr.

RUTH MARCH, Fotografin

– Ja, ich wollte mit Ihnen reden, wie ich schon zu Dad sagte. Er meint, Sie kriegen so viele schlimme Sachen über Tante Laurie zu hören, so richtig fieses Zeug. Da möchte ich doch mal ein bißchen für Ausgleich sorgen.

– Ja, gewiß, ich war erst dreizehn, als sie starb. Und als ich sie zum letzten Mal gesehen habe, war ich elfeinhalb. Aber ich kann mich gut an sie erinnern. Das sollte ich wohl auch, denn sie hat gewissermaßen mein Leben verändert.

– Was sie getan hat? – Aber Sie müssen hören, wie das kam, die ganze Geschichte.

– Okay. Es war in den Weihnachtsferien, ein Jahr bevor sich meine Eltern trennten, da waren wir alle zu Besuch bei Grandad und Marcia in New York. Es war dort immer ein bißchen ungemütlich, deshalb fuhren wir da nicht sehr oft hin und blieben auch nie lange. Sie waren sowieso die halbe Zeit auf Reisen, in Europa und so. Grandad war so ein rastloser Typ; aber das verstehe ich, da bin ich wie er.

– Ich hatte damals immer das Gefühl, daß Dad gar keine richtige Familie hatte; nicht so eine wie meine Mutter, deren Eltern vierzig Jahre immer im selben Haus in Brookline gewohnt haben, mit lauter Onkeln und Tanten, Vettern und Kusinen und Nachbarn in der Umgebung. Kinder haben ihre Familie gern an einem Ort zusammen, nicht? Das merke ich schon bei meinem, und der ist erst drei.

– Also, Dads Mutter und Tante lebten in Florida, und in New York hatte er nur noch seinen Vater und Marcia und seine Schwester Laurie, meine Halbtante. Das war mir ja immer ein bißchen unheimlich. In der Familie erzählt man sich den Witz, ich hätte als ganz kleines Kind mal meine Mutter gefragt, welche Hälfte von Tante Laurie denn nun mir gehöre.

– Ich weiß nicht. Ich muß wohl gedacht haben, es ist vielleicht ihre linke Seite, oder alles von der Taille aufwärts. Ich meine, gewundert hätte es mich nicht. Daß sie nicht so war wie andere Leute, das sah schon ein kleines Kind.

– Sie war ja schon mal ganz anders als alle anderen Frauen in meiner Familie. Sie war keine richtige Jüdin, nur zu der einen Hälfte, die nach jüdischem Gesetz nicht zählt, und vom Judentum wußte sie überhaupt nichts. Dann war sie regelrecht mager, gar nicht wie wir andern alle, und sie hatte so langes, glänzendes Haar, das immer ein bißchen feucht aussah. Sie sprach nicht viel und hatte immer so was Abwesendes, als wenn sie die halbe Zeit überhaupt nicht im Zimmer wäre. Wenn sie von Celia oder mir überhaupt Notiz nahm, redete sie nicht so mit uns, wie Erwachsene sonst mit Kindern reden. Ich glaube, sie wußte gar nicht so genau, was ein Kind ist.

– Na ja, wir waren also an dem Nachmittag alle in der Wohnung. Es hatte zu gießen angefangen, so daß wir nicht in den Park gehen konnten, und Marcia gab Celia und mir Papier und Buntstifte, damit wir beschäftigt waren, während die Männer vor dem Fernseher saßen und sie und Mama das Abendessen machten.

– Sie wissen ja, wie man Kinder immer so einordnet: Das eine ist ein Trampel, das andere ist musikalisch und was sonst noch. Nun waren alle in meiner Familie, außer mir, gut im Reden, also war man der Meinung, weil ich gern malte, würde ich später sicher Malerin, wie Tante Laurie. Dummerweise konnte ich nur gar nicht besonders gut malen, und das wurde mir mit meinen elf Jahren gerade klar.

– Ich versuchte zwei Pferde zu malen, die ich morgens im Park hatte herumlaufen sehen, aber ich kriegte sie nicht hin. Ich wurde immer wütender und stach mit den Buntstiften aufs Papier ein. Das war so ein billiges weiches Malpapier aus dem Zehncentladen; für Filzstifte hätte es ja gereicht, aber

Marcias Buntstifte waren nun mal zu hart dafür. Immerzu stach ich Löcher ins Blatt, und dann riß ich es heraus, knüllte es zusammen und warf es durchs Zimmer. Zuletzt war ich so sauer, daß ich mit meiner kleinen Schwester zu streiten anfing.

– Tante Laurie kriegte von dem allen scheinbar nicht viel mit, aber während meine Mutter mich zu beruhigen versuchte, zog sie sich ihren Duffelcoat an und ging fort, ohne irgendwem ein Wort zu sagen. Eine Stunde später kam sie tropfnaß wieder und gab mir eine Plastiktüte, und darin war, schön eingepackt, diese große, schwere Kamera, eine Leica.

– Also, um ganz ehrlich zu sein, so richtig gefreut hat sich keiner. Mama fand die Kamera viel zu teuer und kompliziert für eine Elfjährige, und da hatte sie recht. »Laurie, das hättest du nicht tun sollen!« Genau das hat sie gesagt und auch gemeint.

– Tante Laurie hat darauf gemeint, es sei ein Weihnachtsgeschenk. Das kam auch nicht sehr gut an, denn von den Anwesenden feierte keiner Weihnachten, nur Chanukka. Außerdem fanden alle, daß Tante Laurie auch etwas für Celia hätte mitbringen sollen, wenn sie mir schon etwas schenken wollte. Der Meinung war Celia natürlich auch, obwohl sie kein Theater deswegen machte. Aber eine Kamera hätte sie sowieso nicht haben wollen.

– Ich eigentlich auch nicht. Im Grunde war ich sogar beleidigt. Ich hatte das Gefühl, Tante Laurie als die Künstlerin der Familie hätte mir zugeschaut und gesehen, daß ich nun mal nicht gut war, nicht wie sie, und es auch nie sein würde. Ich tat ihr also leid, und das konnte ich damals nicht ausstehen. Kann ich heute noch nicht.

– Aber sie muß es doch irgendwie gewußt haben. Als sie sah, wie ich mich mit diesen Pferden abmühte – genau das nachzumachen versuchte, was ich gesehen hatte, nicht wie ein Maler, sondern wie ein Fotograf, da wußte sie, was ich brauchte. Damals hab ich das nur nicht begriffen. Für mich war's so, als wenn sie gesagt hätte: Armes Kind, gib's lieber gleich auf. Anders konnte ich das gar nicht verstehen, denn mit elf Jahren hatte ich noch keinerlei Respekt vor der Fotografie; ich wußte gar nicht richtig, was das war.

– Ja, als wir wieder zu Hause waren, habe ich dann mal einen Film eingelegt und das Ding ausprobiert, aber ich war nicht mit dem Herzen dabei. Ich wußte nicht, was man da einstellen mußte, und überhaupt war die Kamera viel zu groß für mich; ich konnte sie nicht einmal ruhig halten. Die Bilder waren Mist, und da hab ich das ganze Zeug in einen Schrank gesperrt.

– Nun ja, und ein paar Jahre später starb dann Tante Laurie, als ich knapp vierzehn war; Dad flog hinterher nach Key West, um dort alles zu regeln. Er fand ein rundes Dutzend Fotobände, ganze Jahrgänge. Alles was Rang und Namen hatte: Cartier-Bresson, Steiglitz, Bourke-White, Walker Evans und alte Sammelmappen von *Life*. Und irgendwann vor ihrem Tod hatte Tante Laurie darin überall ihren Namen gelöscht und dafür meinen hingeschrieben. »Laura Zimmern«, später »Laura Jones« oder »Lorin Jones« war überall dick mit Tinte durchgestrichen, und darunter stand »Ruth Zimmern« in ihrer schmalen, schnörkeligen Schrift, die fast aussieht wie die Kalligraphien des vorigen Jahrhunderts; Sie haben sie wahrscheinlich mal gesehen.

– Also hat Dad mir die Bände geschickt. Ich hatte die Kunst inzwischen abgeschrieben. Die Familie – und ich auch – war damals der Meinung, ich würde mal auf einer Farm leben und mich um Tiere kümmern, wie mein Stiefvater Bernie.

– Also, ja, die Fotobände. Als ich die sah, ging mir ein ganzer Kronleuchter auf. Ich hatte bis dahin keine Ahnung gehabt, was Fotografie sein konnte, aber kaum hatte ich das gesehen, wollte ich so was auch machen. Ich hab die Leica herausgeholt, und jetzt war ich ja auch groß genug, sie ruhig zu halten und die Gebrauchsanweisung zu verstehen. Und so fing das Ganze an. Ich glaube, ohne Tante Laurie säße ich jetzt dick und zufrieden irgendwo als Landtierärztin.

– Himmel, nein. Wie Marcia immer sagt, ich bereue nichts. Ich wünsche mir nur, ich könnte Tante Laurie irgendwie mal wiedersehen und mich bei ihr bedanken, weiter nichts.

15

Polly saß in der dämmrigen, hohen Eingangshalle eines Universitätsgebäudes auf einer Holzbank und wartete auf Leonard Zimmern, um mit ihm zum Lunch zu gehen. Aus dem Unterrichtsraum gegenüber hörte sie Gemurmel und Füßescharren, und ein kalter, nach Schnee riechender Windstoß schlug ihr jedesmal ins Gesicht, wenn die Außentür aufflog und ein paar Studenten in den für Prüfungszeiten typischen Klamotten nebst müden, elenden Gesichtern einließ.

Auch Polly war müde und fühlte sich elend. Sie hatte mit der Weihnachtseinkauferei noch gar nicht angefangen, und heute nachmittag hatte sie wieder einen Termin bei Dr. Bebb. Stevie kam bald nach Hause, und das war etwas, worauf sie sich freuen konnte; aber nach Jims Worten würde er für den Rest des Schuljahrs wahrscheinlich wieder nach Denver zurückkehren.

Immerhin konnte sie sich dazu gratulieren, gerade noch rechtzeitig von Key West weggekommen zu sein. Aber es war knapp gewesen. Nach der Umbuchung ihres Tickets hatte Polly ihr Projekt so gut wie vergessen und sich nur noch Mac und dem Vergnügen hingegeben. Sie waren im Morgennebel am Meer gejoggt und bei Sonnenuntergang in den rotgefärbten Wellen geschwommen und hatten sich unter Sternen (sehr romantisch, wenn auch etwas kratzig) im Sand geliebt. Sie waren noch einmal tanzen gewesen, hatten auf einem Flohmarkt einen Hut aus Palmenblättern erstanden und den Krabbenfischern beim Entladen zugesehen.

Sie waren nicht draußen beim Riff gewesen, weil der Seegang noch zu hoch war; aber sie waren mit einem Freund von Mac zum Fischen hinausgefahren und hatten einen sechspfündigen Königsdorsch mit nach Hause gebracht, den Lee dann für sie und noch zwei ihrer Gäste gefüllt und gebacken hatte. Drei Tage lang hatte Polly kaum noch an ihr Buch gedacht, und gearbeitet hatte sie nur mit Mac und seinen Leuten beim Anbringen der Gipsplatten.

Ihr wurde jetzt noch himmelangst, wenn sie daran dachte, wie nah sie daran gewesen war, sich in Mac – nein, Hugh Cameron, verbesserte sie sich – ernsthaft zu verlieben und ihm seine Version über Lorin Jones abzunehmen. Denn natürlich sah er Lorins Leben ebenso parteiisch und verzerrt wie Jacky oder Garrett. Noch schlimmer vielleicht. Aber es war schon so, wie Jeanne gesagt hatte: Obwohl Polly genau wußte, daß ihre Informanten wahrscheinlich samt und sonders unglaubwürdig waren, brauchte sie einem von ihnen nur zu nah zu kommen, schon vernebelte sich ihr Blick, und er oder sie wurde zu einem sympathischen Menschen; Mac sogar mehr als das.

Aber wie Jeanne ihr erklärt hatte, mußte sie die Situation einfach einmal objektiv sehen. »Du magst ja eine tolle Zeit in Florida verlebt haben, Polly, und warum auch nicht? Aber das ernst zu nehmen, wäre doch wirklich ein Fehler. Der Mann hat dich hintergangen, wie er selbst zugibt; er hat die Frau betrogen, mit der er zusammenlebt; er hat zwei wertvolle Gemälde mehr oder weniger gestohlen. Ich mache dir ja keine Vorwürfe. Ich weiß doch selbst zu gut, wie verrückt ich mich manchmal aufführe, wenn mir die Liebe so den Verstand vernebelt, daß ich einfach nicht sehen will, was allen anderen ringsum sonnenklar ist.«

So war Jeanne zum Beispiel sonnenklar, daß Polly sich die ganze Zeit auf Key West in einem sehr labilen Zustand befunden hatte: konfus und leichtgläubig – fast wie unter so einem

Wudu-Zauber, vor dem Ron und Phil sie gewarnt hatten. Und kaum zu Hause, war sie dann mehr oder weniger in Stücke gebrochen.

Und Jeanne hatte sie wieder zusammengeflickt. Jeanne war wunderbar gewesen. Sie hatte mit ihr gefühlt, sie verstanden und energisch bestritten, daß Polly für die Ereignisse auf Key West in irgendeiner Weise verantwortlich sei. Für Jeanne stand fest, daß Hugh Cameron ihre Freundin in sein Haus gelockt und dann praktisch vergewaltigt hatte, während sie krank und elend und erschöpft war – denn war sie nicht mit einer triefenden Erkältung und erhöhter Temperatur nach Hause gekommen? Hatte ihre treue Kaliko-Katze sie nicht sofort ins Bett stecken und wieder aufpäppeln müssen, körperlich und seelisch?

Was auf Key West geschehen war, hielt Jeanne auch zum Teil für eine Nebenwirkung ihrer langen Beschäftigung mit Lorin Jones: ihrer anfangs bewußten und später zunehmend unbewußten Identifikation mit ihrem Objekt. Schließlich hatte sie sogar gleiches erlebt wie Lorin: Sie war zum Beispiel von Lorins Kunsthändler ausgebeutet worden. (Jacky hatte, wie Jeanne ihr ganz richtig klar machte, nicht etwa angeboten, selbst nach Key West zu fliegen oder sich an Pollys Flugkosten zu beteiligen, obwohl er eine hohe Provision kassieren würde, wenn die Bilder, die sie gefunden hatte, erst sichergestellt und verkauft wären.) Garrett Jones hatte sie angegrapscht und von oben herab behandelt; und schließlich hatte Mac/Hugh sie getäuscht und verführt.

Und selbst nachdem Mac/Hugh »reinen Tisch gemacht« hatte, wie er es nannte, war er nach Jeannes fester Überzeugung bei seinen niederträchtigen Lügen geblieben. Daß Lorin Jones zum Beispiel von Speed abhängig gewesen sei, hielt sie für eine faustdicke Lüge; nicht einmal Lorins eigene Schwägerin hatte je davon gehört. Für Jeanne war Cameron ein verlogener und gefährlicher Mensch: An der Oberfläche vielleicht charmant und gescheit, aber innerlich verfault. Womöglich sogar an der Grenze zum Psychopathen, hatte sie gestern gemeint. »Auweia, doch, das kann sein«, hatte Betsy beigepflichtet, die diesen Gesprächen öfter beiwohnte, als Polly lieb war.

»Nun hör aber auf«, hatte Polly protestiert. »So schlimm war er auch wieder nicht.« Aber Betsy und Jeanne hatten sie daraufhin mit identisch bangen Mienen betrachtet wie Krankenschwestern in einem Genesungsheim. Die Infektion ist wohl doch noch nicht ganz weg, sagten ihre Blicke; und sie hatten recht.

Es würde Pollys Aufgabe natürlich sehr erleichtern, wenn sie Jeannes Bild von Mac – das heißt Hugh Cameron – übernähme. Dann könnte sie Lorin Jones, wie zu Anfang, wieder als die geniale Malerin betrachten, die von Männern und dem Männerestablishment kaputtgemacht und endlich vernichtet worden war; sie könnte alles weglassen, was in diese Geschichte nicht paßte. Ihre Biographie würde dann, wie ursprünglich geplant, ein fundierter Angriff auf das Kunstestablishment und zugleich ihre Rache an den Männern sein, die nicht nur Lorin, sondern auch Polly weh getan hatten – lauter Lügner, Ausbeuter und Verführer. »Die werden aufjaulen, wenn das Buch erscheint«, hatte Jeanne neulich gesagt und ihr süßes Katzenlächeln aufgesetzt.

Aufjaulen und womöglich auf Rache sinnen. Garrett Jones und Jacky Herbert und alle ihre Freunde und Anhänger würden Pollys Biographie heruntermachen. Das Buch bekäme schlechte Kritiken in der etablierten Presse und würde sich schlecht verkaufen; damit mußte sie rechnen. Sie würde Nachwirkungen zu spüren bekommen, wenn sie ihre Arbeit im Museum wieder aufnähme: kühle Blicke, kühle Worte, eisige Distanz auf seiten ihrer Vorgesetzten. Ein schneeiger

Wind wie der da draußen würde Polly nach und nach von der New Yorker Kunstszene isolieren; er würde sie noch weiter in eine rein weibliche und überwiegend lesbische Gesellschaft hineintreiben.

Aber mochte sie auch berufliche und finanzielle Nachteile erleiden, sie würde Hilfe und Rückenstärkung von Gleichgesinnten bekommen. Die feministische Presse würde ihr Werk seriös besprechen. Ida und Cathy und Jeannes übrige Freundinnen würden Polly akzeptieren und ihr vertrauen, da sie sich letztendlich doch – und keinen Augenblick zu früh – gegen das patriarchalische System gewandt hatte.

Polly starrte an die schmutzige Wand ihr gegenüber und sah sich, wie in einem Zukunftsfilm, in Idas Wohnzimmer. Sie saß im Schneidersitz in einem Kreis von Frauen, einer dieser Gesprächsrunden, vor denen sie sich bisher immer gedrückt hatte. Sie hatte kurze Haare und trug dunkle alte Wollsachen und einen ernsten, entschlossenen Ausdruck im Gesicht. Neben ihr saßen auf dem höckrigen Teppich, den eine Frauenkommune in Vermont geflochten hatte, Jeanne und Betsy auf der einen Seite, auf der anderen irgendein verschwommenes, gleichgesinntes weibliches Wesen, das warm und besitzergreifend ihre Hand hielt: Pollys künftige Geliebte, wer das auch immer demnächst sein mochte. (»Du findest sicher bald jemand Nettes«, hatte Jeanne erst kürzlich zu ihr gesagt, fast mit den gleichen Worten wie Pollys Mutter.)

Aber warum war diese Vision so platt und schal? Vielleicht lag es ja nur an dem grauen Winterlicht und diesem fleckigen Putz, auf den das Ganze projiziert war. Oder sie war noch immer so tief unten, denn so sehr konnte doch eine Zukunft sie nicht bedrücken, in der sie akzeptiert und geliebt wäre, umgeben von intelligenten, liebevollen Frauen, die bewunderten, was sie getan hatte.

»Schön ist es hier ja nicht gerade«, entschuldigte sich Leonard Zimmern zwanzig Minuten später, während er in einer koscheren Imbißstube ein Plastiktablett, das die Farbe geronnener Pilzsuppe hatte, auf den Tisch schob. »Aber es ist das einzige in der Umgebung, in dem man um diese Jahreszeit nicht unter Lametta und künstlichen Stechpalmen erstickt.« Er sah Polly scharf an und fuhr fort: »Nicht daß Sie meinen, ich wäre plötzlich zu den Orthodoxen übergelaufen. Aber je älter ich werde, desto mehr stört mich dieser Weihnachtsrummel. Es macht Ihnen hoffentlich nichts.«

»Nein, nein«, sagte Polly, und stellte ihren Kaffee und ein Bagel mit Weichkäse auf den feuchten Tisch.

Lennie setzte sich und rührte in seiner Tasse. »Sie waren also auf Key West und haben Hugh Cameron gefunden«, sagte er.

»Ja«, bestätigte sie.

»Und wie ich höre, ist das noch nicht alles, was Sie gefunden haben.« Lennie lächelte. »Jacky Herbert sagt, Sie hätten auch noch zwei von Lauras Bildern dort gesehen. Darunter sei ein großes von ihrer letzten Ausstellung, das als verschollen galt.«

»Stimmt«, sagte sie. »Cameron hat sie.«

»So so.«

Polly betrachtete Lennie mit schlecht verhohlenem Ärger. Es sah ihm ähnlich, sich über ihre Entdeckung nicht einmal zu wundern – von Begeisterung oder Dankbarkeit ganz zu schweigen.

»Soviel ich weiß, möchte Herbert diese Bilder gern wieder in seiner Ausstellung haben.« Er lächelte verkniffen und zog die dicken, grau durchwirkten schwarzen Brauen hoch.

»Mhm.« Polly lächelte nicht. Die Entdeckung von Lorins verschollenen Bildern war bisher ihr größter Erfolg; sie wollte sie für die neue Ausstellung haben, damit alle sie sehen und bewundern konnten; sie wollte sie für ihr Buch fotografieren lassen. So weit, so gut. Aber wie ging es danach weiter? Jacky würde sie Mac nicht wiedergeben, wenn er es vermeiden konnte; sie würden an Sammler verkauft werden, die Lorin nie gekannt hatten. Aber das sei nicht ihre Sorge, hatte Jeanne gesagt.

»Herbert schlägt vor, wir sollten alle zusammen zu seinem Anwalt gehen«, sagte Lennie. »Er will an Cameron schreiben und ihn auffordern, die Bilder zu schicken, falls er keinen schriftlichen Beweis dafür vorlegen kann, daß sie ihm gehören.«

»Mhm«, bestätigte Polly verdrossen. Sie wußte das alles; erst gestern hatte Jacky sie gedrängt, Lennie so bald wie möglich zu einem solchen Schritt zu überreden.

»Sie finden also auch, daß wir das machen sollten?«

»Ich denke schon«, sagte sie so entschieden wie möglich, wobei sie sich vorhielt, daß die Bilder von Rechts wegen Lennie gehörten und ihre Rückholung moralisch gerechtfertigt und beruflich zu ihrem Vorteil wäre.

»Mich lockt der Gedanke an einen Prozeß nämlich nicht sehr. Da muß ich immer an *Bleak House* denken.«

»Mhm.« Polly hatte *Bleak House* nie gelesen, hätte das aber jetzt um keinen Preis zugegeben. Letzten Endes würde Lennie natürlich doch zum Anwalt gehen, sagte sie sich; er würde sich zwei Bilder im Wert von mindestens zwanzigtausend Dollar das Stück nicht entgehen lassen. Aber vorher wollte er sie noch ein bißchen in die Enge treiben, nur weil's ihm Spaß machte. Er wollte sie ärgern, wie er vor Jahren seine Schwester geärgert hatte. »Entschuldigung. Ich habe die Milch vergessen.«

Das Dumme ist, daß mir der Gedanke an einen Prozeß auch nicht gefällt, dachte sie, während sie sich zwischen den vollbesetzten Tischen hindurchwand. Ich will nicht helfen,

Mac diese beiden Bilder wegzunehmen. Und wenn es auch gegen meine eigenen Interessen und vielleicht sogar illegal ist, dachte sie, als sie die Tasse unter den Spender hielt, aber ich will damit nichts zu tun haben.

»Aufpassen«, warnte sie eine Stimme neben ihr. Polly sah nach unten; ihre Tasse war übergelaufen, und drumherum hatte sich eine Milchpfütze gebildet.

»Pardon.« Aber Mac behauptet, Lorin habe ihm die Bilder geschenkt, dachte sie, als sie den Hebel losließ. Und selbst wenn sie es nicht getan hat, sie bedeuten ihm etwas; gibt ihm das nicht gewissermaßen ein Anrecht darauf?

»Diese beiden Bilder«, sagte sie zu Lennie, indem sie ihre Tasse hinstellte, in der sich fast nur noch lauwarme Milch befand. »Das Problem ist, daß sie eigentlich Hugh Cameron gehören.«

»Wirklich?« Diesmal zog er nur eine seiner theatralischen Brauen hoch.

»Ihre Schwester hat sie ihm nämlich geschenkt.«

»So? Und gibt es dafür Beweise?« fragte er skeptisch und machte sich ihr gleich verhaßt.

Polly biß die Zähne aufeinander. »Es steht auf beiden drauf, auf der Rückseite«, hörte sie sich lügen. »›Für Hugh, in Liebe, Lorin.‹ Als ich Jacky anrief, hatte ich das noch nicht gesehen«, sagte sie aufs Geratewohl.

»So«, meinte Lennie wieder, diesmal herablassend und mit zusammengezogenen Brauen. »Möchte wissen, wer das darauf geschrieben hat.«

»Deshalb hat Cameron die Bilder wohl auch nicht erwähnt, als Sie dort waren«, fuhr sie auf gut Glück fort, erschrocken über ihr eigenes Tun, aber um einen beiläufigen Ton bemüht.

»Mag sein.« Lennie zuckte die Achseln. »Oder aus irgendeinem anderen Grund. Nach meinem Eindruck war er damals halb von Sinnen.« Er schwenkte seine Kaffeetasse. »Aber ich kann nicht behaupten, daß ich darüber ganz und gar unglücklich wäre. Ich habe gerade genug Scherereien mit den Bildern von Lorin, die ich schon besitze: die Versicherungsprämien und Lagerkosten sind zum Lachen. Und seit Sie diese verdammte Ausstellung gemacht haben, ist dauernd das eine oder andere Museum hinter mir her und will etwas geliehen haben.« Er lachte kurz auf. »Jedenfalls mag ich mich jetzt nicht auch noch auf einen Rechtsstreit einlassen. Soll Cameron die Bilder behalten, wenn er will.«

Na bitte, du hast es geschafft, dachte Polly, über sich selbst entsetzt. »Ich dachte, Sie könnten Hugh Cameron nicht leiden«, meinte sie ins Blaue hinein, denn ihr fiel ein, daß Lennie ihn früher – es stand so in ihren Aufzeichnungen – als »typischen *faux-naïf*« bezeichnet hatte, »der sich noch an die Rolle des Künstlers und die Rolle des Kindes klammert, nachdem dafür längst jede Plausibilität dahin ist.

»Sagen wir so, es drängt mich nicht nach seiner Gesellschaft. Aber ich habe nichts gegen Cameron. Er hat's mit meiner Schwester länger ausgehalten, als es die meisten ausgehalten hätten, und soviel ich weiß, hat er sie nicht so hintergangen wie Garrett.«

»Davon haben Sie also gehört?« fragte Polly.

»Mhm.« Lennie zuckte die Achseln. »Das haben wohl die meisten, die sie kannten.«

»Garrett hat sie aber geliebt«, sagte Polly. »Ich glaube, er liebt sie auf eine Weise heute noch.«

»Ja«, sagte Lennie erregt. »Diese Wirkung hat Lolly durchaus auf Männer gehabt, von klein auf.« Er biß wütend in sein Sandwich, wobei ihm gelbe Fetzen am Schnurrbart hängen blieben und ihn plötzlich aussehen ließen wie ein fleischfressendes Ungeheuer.

»Lolly; wurde Ihre Schwester als Kind so gerufen?«

»Mhm.« Er leckte sich die Reste Spiegelei von der Oberlippe und tupfte sich artig den Mund ab; sein Gesichtsausdruck war wieder unbeteiligt.

»Wissen Sie zufällig, woher sie diesen Namen hatte?«

»Genau weiß ich es nicht. Wahrscheinlich daher, daß mein Vater sie als Baby immer Lollypop gerufen hat.« Er trank einen Schluck Kaffee. »Und was haben Sie nun von Hugh Cameron sonst noch erfahren?«

Polly sah Lennie rasch an, dann von ihm fort. Eine lächerliche Vorstellung, er könne wissen, was sich auf Key West abgespielt hatte. Es war nur seine mißtrauisch forschende, zweifellos in Jahrzehnten zwecks Einschüchterung der Studenten entwickelte professorale Art, die in ihr dieses Gefühl der Panik, ihr sichtliches Erröten provoziert hatte. Sie ging zum Gegenangriff über: »Ich habe Verschiedenes erfahren, was Sie mir nicht erzählt haben. Vielleicht wußten Sie es ja selbst nicht.«

»So? Zum Beispiel?«

»Zum Beispiel, wie Lorin gestorben ist.« Lennie sagte nichts; er hielt die klobige weiße Tasse auf halber Höhe zu seinen dünnen, fein geschnittenen Lippen und wartete.

»Sie hat sich beim Baden im Meer erkältet, das Wasser war noch kalt, und sie ist zu lange darin geblieben. Und dann ist sie nicht zum Arzt gegangen, bis es zu spät war.«

»Ja, das hat Cameron mir erzählt«, sagte Lennie mit rauher Stimme. »Und es hat mich nicht allzusehr überrascht«, fügte er hinzu.

»Was hat Sie nicht überrascht?«

»Die ganze Geschichte. Lorin hat's schon immer sehr zum Wasser gezogen. Und schon als Kind hatte sie etwas gegen Ärzte und Krankenhäuser. Sie mochte sich von niemandem in ihrem Körper herumstochern lassen. Oder eben auch in ihrem Hirn.«

»Wer mag das schon?« fragte Polly. Ob Lennie damit wohl sie und ihr Projekt meinte und ihr sagen wollte, Lorin würde das nicht wollen? »Aber sie war ja auch sehr sensibel.«

»O ja. Übersensibel würde mancher sagen.« Lennie lächelte gequält. »Und ich glaube, sie hatte auch ein besonderes Verhältnis zum Tod.«

»Wie meinen Sie das?«

»Nun ja.« Lennie zögerte und wünschte sich vielleicht, er hätte nichts gesagt, dann fuhr er trotzdem fort. »Die wenigen Menschen, bei denen sie sich jemals wirklich sicher gefühlt hatte, waren ja schon alle tot. Ihre Großmutter, beide Eltern und das Dienstmädchen, das sie ihr Leben lang hatten. Laura hat einmal zu meiner Exfrau gesagt, man traue natürlich niemandem mehr richtig, den man später als mit etwa zehn Jahren kennenlerne – als ob das ein ganz natürliches menschliches Phänomen wäre.«

»Das ist ja wirklich traurig«, entfuhr es Polly, die sich zugleich fragte, ob Lorin damit recht gehabt hatte.

»Und als ich sie dann das letztemal sah, als sie nach dem Tod meines Vaters nach New York kam, hat Laura mir erzählt, was sie von ihm geträumt hatte.« Er schwieg.

»Ja?« soufflierte Polly.

»Sie hatte geträumt, ihr Vater und Celia und alle ihre sonstigen verstorbenen Freunde seien auf der anderen Seite eines Schulsportplatzes auf und ab gegangen, der halb im Nebel lag, und hätten nach ihr gerufen. ›Kleiner Wicht, roter Wicht, komm doch her, du traust dich nicht‹, hätten sie gerufen.«

»Ih.« Polly mußte nach Luft schnappen. Er meint, oder will andeuten, daß Lorins Tod eine Art Selbstmord war, dachte sie. Nicht nur die Folge von Erschöpfung, Verwirrung, Vernachlässigung und Selbstvernachlässigung. »Hugh Cameron behauptet, sie hätte in diesen letzten Jahren ziemlich stark an Drogen gehangen«, sagte sie endlich. »Hauptsächlich Speed. Aber ich weiß nicht, ob ich das glauben –« Sie unterbrach sich, als sie Lennies Gesicht zucken und seinen Kopf zur Seite fliegen sah, als hätte eine unsichtbare Person ihm eine schmerzhafte Ohrfeige verpaßt.

»Davon haben Sie nie gehört«, sagte sie.

»Ich – nein. Sagen wir, ich hatte so eine Ahnung.« Er stellte seine Tasse hin.

»Sie meinen also, es könnte wahr sein?« Und wenn es das ist, dachte sie, hat Mac nicht gelogen.

Lennie zögerte. »Ich halte es für möglich. Als wir uns das letztemal sahen, hatte ich jedenfalls den Eindruck, daß sie irgendwas genommen hatte.«

»Aber dann ist sie vielleicht deswegen –«, begann Polly. »Ich meine, wenn sie wirr im Kopf war – muß sie nicht unbedingt haben sterben wollen. Und niemand hat sich wirklich darum gekümmert, niemand hat ihr zu helfen versucht. Es ist eine solche Schande!« rief sie plötzlich so laut, daß andere in der Cafeteria sich umdrehten.

»Das kann man wohl sagen.« Er nickte.

»Mit all ihrer Begabung –«, Polly versuchte ihre Stimme wieder in die Gewalt zu bekommen. »So dumm und überflüssig. Da packt mich doch einfach der Zorn.«

»Ja, mich auch.« Lennie seufzte schwer. »Aber wir sind eben beide zornige Leute.« Er grinste Polly verständnisinnig an.

Ja, das stimmt, dachte sie und wich seinem direkten, bohrenden Blick nicht aus. Und wahrscheinlich reicht das bis in die Kindheit zurück, wie das meiste. Wir sind beide Stiefkinder und hatten jüngere Geschwister, die jeder uns vorzog. Mein Vater hat mich verlassen und eine neue Familie gegründet, genau wie deiner. Dir bin ich ähnlich, nicht Lorin. Für die Dauer eines Augenblicks sah sie Lennie nicht mehr als Gegner und Problem für ihre Recherchen, sondern als Verbündeten und potentiellen Freund. Halt, nein. In diese Falle durfte sie nicht noch einmal gehen.

»Das ist wohl Ansichtssache«, meinte sie ausweichend.

»Wie alles.« Lennies Ausdruck veränderte sich. Er lehnte sich zurück und setzte wieder sein übliches Gesicht auf, das leicht ironische Lächeln. »Also. Und wollen Sie in Ihrer Biographie nun aufdecken, daß meine Schwester Drogen genommen hat?«

»Ich weiß es nicht«, gestand Polly, die plötzlich müde war. Jeannes Meinung war, daß Hugh Cameron, falls er Lorins Drogensucht nicht einfach erfunden hatte, wahrscheinlich schuld daran gewesen war. Aber hätte er wirklich so eiskalt lügen können, und unter den gegebenen Umständen? Ungebeten tauchte in Pollys Kopf ein Bild auf, ein Bild von einem leeren, halbfertigen Haus auf Key West; von Macs Gesicht, als er sich im heißen Dämmerlicht zu ihr herüberbeugte. Sie versuchte mit wütendem Augenzwinkern das Bild zu verscheuchen.

»Ich habe Ihnen ja gesagt, Sie finden womöglich zuviel heraus.« Lennie sah sie an. »Das ist natürlich das Problem bei jedem Buch. Jedenfalls bei solchen, wie Sie und ich sie schreiben. Je weniger man weiß, desto leichter schreibt es sich.«

Er wartete kurz, und als er keine Antwort bekam, schob er seine Tasse fort und zerknüllte seine Papierserviette. »So, ich glaube, nun muß ich mal wieder an meine Arbeit zurück. Aber wissen Sie was, Sie könnten doch mitkommen.«

»Hm –« Polly zögerte.

»Wenn meine Tippmamsell da ist, kann sie Ihnen gleich eine anständige Tasse Kaffee kochen. Das Gebräu von hier schmeckt Ihnen ja wohl nicht, wie man sieht.« Er zeigte auf ihre volle Tasse mit der trüben, lauwarmen Milch.

Aber seine chauvinistische Ausdrucksweise hatte sie in

die Wirklichkeit zurückgeholt. »Danke, aber ich kann nicht«, sagte sie kurz angebunden. »Ich muß noch zuviel erledigen.«

Ein paar Tage später schloß Polly an einem schneematschigen Nachmittag die Tür auf und stapfte mit dicken Stiefeln und schwer mit Päckchen beladen in ihre Wohnung. »Hi!« rief sie.

»Hallo, du«, antwortete Jeanne vom Sofa, auf dem sie sich wie üblich ein Nest aus Kissen gemacht hatte, ausgefüttert mit Illustrierten und Aufsatzheften, einer rosa Strickjacke, ihrem Stickzeug mit bunten Wollknäueln, Filterzigaretten und ihrem Lieblingsaschenbecher, einer herzförmigen Muschel aus Porzellan.

»Willkommen daheim!« Das war Betsys kindisch hohe, lebhafte Stimme, und Polly merkte zuerst nicht, wo sie herkam. Dann sah sie Jeannes Freundin in Yogastellung neben dem Sofa auf dem Boden liegen, den Hintern auf die Hände gestützt und die langen Beine in einer lavendelfarbenen Trikothose nach hinten über den Kopf gelegt, so daß sie zwischen dicken sommersprossigen Knöcheln und knotigen weißen Füßen hindurch zu Polly aufsah.

»Wie geht's euch?« Polly lud ihre Pakete ab und beugte sich übers Sofa; aber Jeanne drehte ihr unerwartet nicht die Wange zum üblichen Begrüßungskuß zu und sah von ihrer Stickarbeit, einem winzigen Zickzackmuster aus knallgrüner Wolle, nicht einmal auf.

»Gut«, antwortete sie in einem Ton, dem Polly sofort entnahm, daß von »gut« keine Rede war.

»Und was ist nun mit der Wohnung an der 23d Street?«

»Wir haben sie nicht gekriegt«, verkündete Betsy aus dem Kopfstand.

»Verdammt. Wie blöd!« sagte Polly. Das war nun schon

die fünfte oder sechste Wohnungspleite seit ihrer Rückkehr von Key West. Alle Wohnungen, von denen Jeanne und Betsy hörten, entpuppten sich entweder als unmöglich oder waren nicht mehr zu haben. Wie zu erwarten, hatte Betsys tyrannischer Mann sich geweigert, aus der Wohnung in Brooklyn Heights auszuziehen. Er wollte mit Betsys Anwalt nicht einmal reden und stellte sich jetzt auf den Standpunkt, Betsy mache zur Zeit eine seelische Krise durch und solle gefälligst in eine Therapie gehen und anschließend zu ihm zurückkommen.

Das Dumme war, daß Stevie ja nächste Woche nach Hause kam. Dann wären Jeanne und Betsy zwar nicht da, weil sie die Feiertage in einer Frauenkommune in Vermont verbrachten. Aber wo sollten sie bleiben, wenn sie von dort zurückkamen und bis dahin keine Wohnung gefunden hatten?

Sollte Stevie in Denver bleiben, was zu allem Kummer immer wahrscheinlicher aussah, würden sie gewiß erwarten, weiter hier wohnen zu können. Polly wüßte dann auch gar keinen Grund, sie hinauszusetzen, so gern sie es wollte.

Das heißt, sie würde Betsy gern hinaussetzen. Seit Betsys Kurs zu Ende war, lungerte sie ständig hier herum. Sie schien immer mehr Platz in der Wohnung zu beanspruchen und täglich jünger und hilfloser zu werden; jetzt zum Beispiel wälzte sie sich wie ein zu groß geratenes Kind hier auf dem Teppich herum.

»Es sind ... ein paar Anrufe ... für dich ... gekommen«, meldete Betsy mit vernehmlichen Yogi-Schnaufern zwischen den Worten und streckte die knochigen weißen Füße zur Decke, als wären die Anrufe von dort gekommen.

»Ja. Garrett Jones hat angerufen«, bemerkte Jeanne schnippisch, während sie einen grünen Wollfaden durch die Leinwand zog. »Ich soll dir sagen, daß er jetzt die Fotos schickt, die du so gern hättest.«

»Oh, gut.« Polly knöpfte ihren Dufflecoat auf. Offenbar war ihre Freundin nicht nur enttäuscht wegen der Wohnung an der 23d Street, sondern ernsthaft sauer wegen etwas anderem; was?

»Und dieser Mann von Key West hat auch schon wieder angerufen«, fuhr Jeanne in einem Ton fort, der die Frage schon beantwortete.

»So?« In Pollys Brust wollte so etwas wie ein aufgeregter Schluckauf hochkommen, sie unterdrückte ihn aber. Zwischen ihr und Mac war es aus – was bei dieser Nachricht zuckte, war nur ihre Schwäche, die ihn gern noch ein einziges Mal fragen hören wollte: »Na, wann kommst du nun wieder nach Key West?« (»Wenn du mir vor Weihnachten noch Bescheid gibst, sage ich Tony, er soll das Haus ab Januar, wenn die jetzigen Mieter draußen sind, nicht mehr vermieten«, hatte er bei ihrem letzten Telefonat hinzugefügt.)

»Vor etwa zehn Minuten«, ergänzte Betsy hilfsbereit, während sie die Beine bewegte wie eine Schere.

Verdammt, dachte Polly. »Und was hat er gesagt?«

»Weiß ich nicht«, sagte Betsy keuchend und scherenschnappend. »Jeanne hat mit ihm gesprochen.«

»Er läßt dir sagen, du sollst ihn heute abend nach acht noch mal anrufen. Schon *wieder*.« Jeannes Stimme zog unter das Wort einen dicken Strich.

»Mein Gott!« rief Polly. »Du brauchst mich nicht gleich so anzusehen. Ich habe ihn erst einmal angerufen.« Und nur weil ich ihm doch sagen mußte, was ich Lennie über die Bilder erzählt habe, ergänzte sie bei sich – nur ja nicht laut, denn von dieser unverfrorenen Lüge wußte Jeanne noch nichts.

»Ich finde ja, du *sollst* ihn anrufen«, sagte Jeanne. »Ich finde, du solltest ihn bitten, nicht mehr hier anzurufen, weil du keine Lust hast, mit ihm zu reden.«

»Das kann ich nicht machen. Es könnte ja sein, daß ihm

noch etwas eingefallen ist, was ich brauchen kann; er könnte es sich sogar anders überlegt haben und mir doch die Bilder für die Ausstellung leihen wollen.«

»Wenn es wirklich so ist, kann er dir ja einen Brief schreiben«, meinte Betsy. »Das könntest du ihm sagen.«

»Könnte ich«, räumte Polly ein, den Blick auf Betsy, die jetzt linkisch in die Pedale eines kopfstehenden imaginären Fahrrads trat. Wenn es ein richtiges wäre und auf den Rädern stände, würde sie hinunterfallen und sich weh tun.

»Und ich wollte, du tätest es auch«, sagte Jeanne. »Es ist mir nämlich regelrecht zuwider, mit so einem Menschen reden zu müssen. Einem Menschen, der dich so überrumpelt hat, als du so verwundbar warst.«

»Ich weiß.«

»Ich meine, dir müßte es doch noch unangenehmer sein.«

Da Polly nicht lügen wollte, sagte sie nichts.

»Aber jetzt wollen wir diesen Lumpen mal ein Weilchen vergessen«, sagte Jeanne mit anderer, wärmerer Stimme. »Komm, zeig uns, was du Schönes bei Macy's gefunden hast.« Sie räumte ihre Zeitungen auf den Kaffeetisch, um Platz zu schaffen, und klopfte neben sich aufs Sofa, endlich bereit, sich von Pollys Kampf mit dem trostlosen Wetter und überfüllten Geschäften und Bussen berichten zu lassen und sie tröstend in die Arme zu nehmen.

»Moment. Ich muß rasch noch mal ins Bad.«

Polly ging über den Flur; am Ziel angekommen, hob sie aber nicht den Deckel hoch, sondern setzte sich darauf und zog sich ganz langsam die Stiefel aus.

Ja, dachte sie, es müßte ihr unangenehm sein, mit Mac zu reden. Sie müßte den Wunsch haben, das alles hinter sich zu lassen. Aber sie konnte nicht vergessen, wie er aussah, wie sein Körper sich anfühlte, wie er sich bewegte, wie breit seine flache, kubistische Brust war, wie fest seine langen Beine und die eckigen Fingerkuppen. Und zu allem Übel dachte sie auch immerzu an seinen Steifen: dessen Länge und Farbe – erdbeer-vanille –, den leichten Aufwärtsbogen.

Nach zwei Wochen müßte sie doch jetzt darüber hinweg sein. Sie kam ja auch schon darüber hinweg; in ein paar Monaten werde sie das Ganze vielleicht vergessen haben, hatte sie gestern erst zu Jeanne gesagt. »Natürlich wirst du«, hatte Jeanne ihr beigepflichtet. »Wahrscheinlich sogar früher.«

Aber nicht alle, die sie kannten, waren dieser Meinung. Ida und Cathy dachten zum Beispiel anders. Sie waren nicht gerade hoffnungsvoll gewesen, als Jeanne ihnen von Pollys Abenteuern auf Key West erzählt hatte. Ohne zu wissen, daß Polly mithörte, hatte Ida gemeint, sie sei nicht überzeugt, daß es nur eine zeitweilige Verirrung gewesen sei, ein letzter Fieberanfall. »Polly hat das noch keineswegs hinter sich, meine Liebe, und sie wird es auch nie hinter sich bringen«, hatte Ida verfügt. »Es ist nämlich *in* ihr.« Und Cathy hatte gemeint, es sei wohl traurig, aber wahr, daß man sich auf eine Bisexuelle nie verlassen könne.

Ida und Cathy waren im Irrtum, dachte Polly, während sie den Deckel hob, dem Jeanne vor kurzem einen blaßrosa Plüschüberzug verpaßt hatte, und sich wieder setzte. Sie brauchte nur noch ein bißchen mehr Zeit; und vielleicht etwas Neues fürs Herz. Sie stand auf, wusch sich die Hände, nahm ihre salz- und dreckverschmierten Stiefel und wollte wieder über den Flur zurückgehen. Da klingelte das Telefon. Ihr Herz tat einen ärgerlichen Hüpfer, und sie nahm im Schlafzimmer ab.

»Mams? Hier ist Stevie.«

»O Stevie, Junge!« Pollys Stimme stieg um eine halbe Oktave. »Wie geht's dir denn? Noch alles in Ordnung?«

»Klar, prima. Ich will dir nur sagen, daß ich einen Tag

früher wiederkomme, als Dad dir geschrieben hat. Am zweiundzwanzigsten. Ist das okay?«

»Natürlich, ja! Wunderbar.« Polly lachte.

»Und hör mal, Mams.«

»Ich höre.«

»Du, ich bringe einen Haufen Zeug mit. Äh – mein ganzes Zeug.«

»Das heißt, du willst jetzt doch nach den Weihnachtsferien nicht mehr nach Denver zurück?« Polly schnappte nach Luft.

»Ja, ich meine nein. Ich bleibe zu Hause.«

Zu Hause. Während des ganzen weiteren Gesprächs, das sich um Flugnummern, Ankunftszeiten und Ausweichpläne drehte, hallte dieses Wort in Pollys Kopf nach wie ein ferner, triumphaler Trommelwirbel.

»Das war Stevie!« rief sie, als sie ins Wohnzimmr zurückrannte.

»So?«

»Ja, er kommt einen Tag früher nach Hause.«

»Aha.« Natürlich war es für Jeanne etwas völlig Belangloses, wann Stevie nach Hause käme.

»Und er will dann nicht mehr nach Denver!«

»Er will nicht zurück?« Jeanne steckte ihre Sticknadel mitten in eine viktorianische Rose und beugte sich vor. »Nun«, meinte sie, »das wird dich ja riesig freuen.«

»Die Sache mit Stevie wird dich ja riesig freuen«, wiederholte Jeanne eine Stunde später, während sie Zitronensaft und Eigelb zu einer Sauce hollandaise schlug, derweil Betsy, die ihr meist als Küchenmagd zur Seite stand, Kartoffeln schälte.

»Ja, es freut mich wirklich«, antwortete Polly. »Aber euch nicht, ich weiß«, fügte sie hinzu.

»So darfst du nicht reden«, sagte Jeanne, und ihre Stimme

stieg zu einem sanften Tremolo. »Ich freue mich sehr für dich.«

»Schon, ich meine ja nur – mir ist klar, daß es dir und Betsy sehr ungelegen kommt, schon so bald auszuziehen, meine ich. Und es tut mir ja auch leid. Aber was soll ich machen?«

Eine rhetorische Frage; dennoch antwortete Jeanne. »Hm, ja.« Sie unterbrach sich kurz, um einen Klumpen Butter in die Sauce zu geben. »Ich dachte, wir könnten vielleicht trotzdem noch eine Weile bleiben. Natürlich nur, bis wir etwas anderes gefunden haben.«

»Aber ihr könnt doch nirgends schlafen«, wandte Polly ein. Mutlos sah sie Jeanne und Betsy schon im Wohnzimmer campieren, Jeanne auf dem Sofa, Betsy daneben auf einer Luftmatratze zusammengekauert.

»Eigentlich ist in dieser Wohnung ja reichlich Platz.« Jeanne lächelte gewinnend. »Wenn Stevie in die Kammer ziehen könnte, wären wir alle bestens untergebracht.«

»Ich kann doch Stevie nicht aus seinem eigenen Zimmer vertreiben«, begehrte Polly auf.

»Aber es wäre ja nur für ganz kurz«, wimmerte Betsy. »Und es würde wirklich keine Umstände machen, Polly. Wir würden natürlich seine ganzen Sachen und die Poster umräumen. Und unsere Sachen sind sowieso schon alle darin, und unser Bett auch.«

Mein Bett, dachte Polly. Sie stellte sich vor, wie sie Stevie zu erklären versuchte, daß Jeanne und Betsy sein Zimmer in Beschlag genommen hatten. Und dann stellte sie sich zum ersten Mal vor, wie sie ihm zu erklären versuchte, warum sie zusammen in einem Doppelbett schliefen. »Nein, das geht nicht«, sagte sie.

»Jeanne hat schon gesagt, du wärst sicher nicht einverstanden«, gab Betsy kläglich von sich. »Aber hör mal, ich hätte noch eine Idee.«

Betsys Idee bestand schließlich darin, Stevie gleich wieder wegzuschicken, kaum daß er zu Hause wäre. Das sei überhaupt die einzig wahre Lösung, meinte sie, denn die staatlichen Schulen in New York seien so schrecklich und die privaten so teuer und snobistisch. Außerdem sei New York City in mehr als einem Sinne ein gefährliches Pflaster für einen Teenager.

Das Beste für Stevie, fand Betsy, wäre also ein schön liberales Internat mit hohen akademischen Ansprüchen irgendwo in einer richtig ländlichen Umgebung – so eines wie Putney in Vermont, das Betsy selbst besucht habe. Manchmal würden neue Schüler dort auch mitten im Schuljahr aufgenommen, und Stevie würde es in Vermont bestimmt ganz prima gefallen. In Colorado habe er sicher Geschmack an Wandern und Campen und Skifahren bekommen. Betsy fand die Idee großartig.

»Und ich finde die Idee schrecklich«, sagte Polly, noch immer um Beherrschung bemüht. »Stevie war gerade erst vier Monate lang fort, und ich werde ihn nicht wieder wegschikken, selbst wenn ich mir das leisten könnte, was ich nicht kann.« Sie sah hilfesuchend zu Jeanne, aber die war mit ihrer Sauce hollandaise beschäftigt.

»Meine Mutter war genau wie du«, jammerte Betsy in ihrem störrischen Ton, während sie sich eine neue Kartoffel vornahm. »Sie wollte mich auch nicht auf eine auswärtige Schule gehen lassen. Dabei hatte ich in Putney eine herrliche Zeit. Ich denke, du stellst da vielleicht deine eigenen Bedürfnisse über Stevies, und außerdem –«

»Das tue ich nicht –«, begann Polly, innerlich kochend.

»– außerdem kann es ihm emotional sogar schaden, wenn du ihn zu nah um dich haben willst. Das ist Jeannes und meine Meinung.«

»Ich wüßte nicht, wie es Stevie schaden sollte, mir nah zu

sein«, sagte Polly wütend, weil sie sich verraten fühlte. »Er ist mir seit vierzehn Jahren nah.« Sie ließ Betsy links liegen und starrte Jeanne an. »Ist das wirklich deine Meinung?«

»Nein, natürlich nicht.« Jeanne schob den Doppelkocher von der Flamme und wischte sich im Umdrehen die Hände an der geblümten Schürze ab. »Das hat Betsy falsch verstanden«, meinte sie in begütigendem Ton. »Natürlich wird es Stevie nicht schaden, hier zu wohnen, denn du bist ja keine überängstliche Neurotikerin wie ihre Mutter.« Sie lächelte beide an. »Stevie muß nicht weg von dir, das habe ich ihr gleich gesagt. Und du möchtest ihn natürlich bei dir behalten, solange du kannst.«

»Stimmt«, sagte Polly befriedigt und warf Betsy einen verächtlichen Blick zu. Da hast du's, du dumme Internatsgans, dachte sie.

»Ich weiß, daß du Stevie liebst und das Beste für ihn willst; es geht mir ja genauso«, fuhr Jeanne mit liebevollem Lächeln fort. »Aber ich verstehe nicht, warum du ihn nicht bitten kannst, in die Kammer zu ziehen, nur für kurze Zeit. Und ich kann mir wirklich nicht vorstellen, daß es ihm soviel ausmachen würde. Vielleicht ist es ihm ja sogar lieber, weil er da sein eigenes Bad hat.«

»Aber –«, begann Polly, in der es von neuem hochkam. Das Bad für die Kammer war einmal für ein Dienstmädchen gedacht, zu einer Zeit, als Dienstmädchen noch mit allem vorlieb nahmen; es war klein und unbeheizt und häßlich, die Hähne waren billig und verrostet. Die fleckige kurze Wanne, in der die ausrangierten Bilder standen, war seit fünfzehn Jahren, als Polly hier eingezogen war, nicht mehr benutzt worden. »Ich glaube, es wäre ihm schrecklich«, sagte sie so ruhig, wie es eben noch ging. »Ein eigenes Zimmer ist wichtig für ein Kind; viel wichtiger als für jemanden wie dich und mich.«

»Da kannst du recht haben«, gestand Jeanne ihr zu. »Na ja, dann sollten wir statt dessen vielleicht in dein Zimmer ziehen. Es ist nicht so groß wie Stevies, reicht aber gerade für zwei Leute.«

»Ich wollte nicht sagen –« Hatte Jeanne tatsächlich vor, sie aus ihrem eigenen Zimmer zu vertreiben? Polly sah ihre Freundin an, wie sie da vor dem Herd stand. Sie war ihr so vertraut, angefangen von den hellen weichen Locken, die sie zum Kochen mit einem rosa Bändchen zurückgebunden hatte, bis hinunter zu ihren abgetretenen schwarzen Ballettschuhen; und doch hatte Polly das Gefühl, sie noch nie gesehen zu haben. »Überhaupt ist in dieser Wohnung nicht genug Platz für vier«, sagte sie. »Sie ist mit drei Leuten schon zu voll.«

»Ein bißchen klein ist sie ja –«, begann Betsy, aber niemand beachtete sie.

»Also wirklich, Polly«, sagte Jeanne ganz ruhig und lächelte sie an. »Du darfst nicht so übertreiben. Diese Wohnung ist zweimal so groß wie das Haus, in dem ich aufgewachsen bin, und wir wohnten dort zu viert. Ich glaube, du bist jetzt ein bißchen egoistisch.«

»Und *ich* glaube, *ihr* seid ein bißchen egoistisch.« Polly verlor allmählich die Beherrschung.

»Ich hatte doch nur vorgeschlagen –«, begann Jeanne, aber Polly war schon nicht mehr zu bremsen.

»Und wenn du's genau wissen willst, ich finde überhaupt nicht, daß du für Stevie das Beste willst. Ich finde, du willst nur das Beste für Jeanne und Betsy.«

»O Polly!« rief ihre Freundin mit theatralisch bebender Stimme. »So darfst du nicht reden!«

Aber schon war in Pollys Kopf der Fliegenschwarm aufgestoben. »Sag du mir nicht, wie ich reden darf, ja?« schrie sie.

Jeanne zuckte zusammen, als hätte man sie geschlagen,

antwortete aber nicht. Sie beugte sich über den Herd, ihre rosa Lippen zitterten, und ihre Augen blinzelten von unvergossenen Tränen, während Betsy vorwurfsvoll zu Polly herüberglotzte.

»Tut mir leid«, sagte Polly endlich. »Ich wollte nicht – ich wollte nur – ich bin einfach durchgedreht.«

»Ach ja, schon gut«, sagte Jeanne leise und sah müde auf. »Ich weiß, daß du da einen wunden Punkt hast.«

»Ja«, gab Polly zu.

»Vertragen wir uns wieder?« schlug Jeanne lächelnd vor.

»Gut«, sagte Polly.

Jeanne wischte sich die Hände an der Schürze ab, kam durch die Küche herüber und drückte Polly fest. »Schon besser«, meinte sie lachend. »Oder?«

»Ich auch«, verlangte Betsy, indem sie die Kartoffel, die sie gerade schälte, fallen ließ und angetrampelt kam. Polly wich einen Schritt zurück; sie wollte sich auf keinen Fall in einer Dreifachumarmung mit Betsy wiederfinden.

»Und überleg dir noch mal, was ich gesagt habe, ja?« sprach Jeanne über Betsys Schulter. »Stevie hat bestimmt nichts gegen einen Zimmertausch, auch wenn du dagegen bist.«

»Gut«, willigte Polly schmollend ein.

Über das Gesicht ihrer Freundin breitete sich ein strahlendes, diffuses Lächeln aus. Polly lächelte zurück, aber ihr war gar nicht wohl in der Haut, als Jeanne sich wieder dem Kochen zuwandte und sie selbst an den Schreibtisch ging. Bin ich wirklich egoistisch? dachte sie. Oder ist Jeanne hier die Egoistische? Nicht nur egoistisch, sondern auch hinterhältig und unaufrichtig?

Sie starrte finster ihre Schreibmaschine an. Schlimm, einer anderen Frau – und ausgerechnet Jeanne – die Fehler zu unterstellen, die seit Jahrhunderten die Männer dem weiblichen Geschlecht unterstellten; himmelschreiend reaktionär war das. Aber nun war der Gedanke einmal in ihrem Kopf und wollte nicht wieder hinaus. Jeanne war ja nicht immer offen und geradeheraus, dachte sie; und manchmal behandelte Jeanne sie tatsächlich so, wie Frauen nach landläufiger Meinung die Männer behandelten: charmant, schmeichlerisch und arglistig. Eben genauso, wie sie es Polly für den Umgang mit den Männern empfohlen hatte, die sie für ihr Buch interviewen mußte.

Sie drehte sich um und betrachtete ihre Freundin, deren weich fallender Pferdeschwanz und gerüschte Kattunschürze fast eine bewußte Parodie auf die Frauenrolle schienen. Wie geschickt und zierlich ihre Bewegungen aussahen, als sie die Sauce rührte, wie hübsch ihre wohlgepolsterten kleinen Hände mit den sorgfältig manikürten, muschelrosa Fingernägeln waren!

Und auf einmal fand Polly, daß die ganze häusliche Szene geradezu eine Karikatur des traditionellen Ehelebens gewesen war: Sie der griesgrämige Ehemann in verschlissenen Jeans und ausgebeultem Pullover, Herr des Hauses und Ernährer der Familie, der Überstunden machte, während die charmante, sanft manipulierende Ehefrau in geblümter Schürze das Abendessen zubereitete und das verwöhnte Töchterchen zu helfen vorgab.

Jeanne hat Betsy lieber als mich, sagte sich Polly mit einem hohlen Gefühl im Magen. Und Stevie liebt sie gar nicht. Ihre vernünftigen Argumente, ihre zu Tränen rührende Besorgtheit waren nichts als Theater; in Wahrheit will sie nur, daß ich ihn ins Mädchenzimmer abschiebe, wo er ihnen aus dem Weg ist; oder daß ich selbst dort schlafe. Aber ihr könnt mich mal. Ich tu's nicht.

16

An einem trüben, wolkigen Wintertag schleppte Polly sich die Central Park West hinunter von ihrer zu Jacky Herberts Wohnung. Es war erst vier Uhr nachmittags, aber sie war völlig erschöpft. Gestern war Stevie nach Hause gekommen, und Jeanne und Betsy waren ausgezogen, aber zu einem hohen Preis.

Die Woche war dahingegangen mit Szenen und Schweigephasen, hysterischen Beschuldigungen und mißglückten Kompromissen. Schließlich hatte Polly zu Jeanne gesagt, sie könne in der Kammer wohnen, so lange sie wolle. Als Betsy das aber hörte, geriet sie vor Eifersucht in kreischende Panik. Polly wolle sie auseinanderbringen, schrie sie; sie habe kein Dach über dem Kopf – sie könne unmöglich allein bei Ida wohnen – Jeanne liebe sie nicht mehr – niemand wolle sie haben – sie werde vor lauter Einsamkeit und Verzweiflung noch zu ihrem Mann zurückkehren müssen. Nach vierundzwanzig Stunden solch verzweifelter, widersprüchlicher Behauptungen hatte Jeanne kapituliert. Polly aber war hart geblieben; Jeanne könne bleiben oder nicht, aber Betsy müsse gehen.

In den nächsten Tagen gingen schließlich Gingan-Hund und Kaliko-Katz aufeinander los und sagten sich Dinge, die man hinterher nicht mehr vergißt. Polly verlor die Nerven und sagte zu Jeanne, Betsy sei absolut kindisch und versuche sie alle zu manipulieren, sie drücke sich immer ums Bezahlen der Einkäufe und lasse ihre ausgekämmten Haare im Waschbecken liegen. Jeanne sagte, Polly sei unsensibel und selbstsüchtig und schneide immerzu Artikel aus der *Times* aus, bevor andere sie hätten lesen können.

Einmal hätten sie sich sogar fast geprügelt. Polly ging in Stevies Zimmer und sah ihren Paperback-Thesaurus auf einem Koffer liegen. Sie hob ihn hoch und rief: »He, das ist meiner, nicht eurer!«

Aber Jeanne versuchte ihr ungeniert das Buch wieder zu entreißen, wobei der Deckel halb abriß. »Warum mußt du nur immer so kleinlich sein? Du könntest uns *das* doch wenigstens lassen«, miaute sie, als hätte Polly sie und Betsy all ihrer Habe beraubt. »Ich lasse dir ja dafür meine sämtlichen Zimmerpflanzen hier.«

»Ich will deine blöden Zimmerpflanzen nicht«, bellte Polly und hielt den Thesaurus fest. »Du kannst sie alle mitnehmen.«

»Du weißt genau, daß man Pflanzen bei dieser Kälte nicht transportieren kann«, fauchte Jeanne. »Aber du willst sie wohl umbringen. Jedenfalls brauchen wir dieses Buch.«

»Ich wüßte nicht, wofür du und Betsy es brauchen solltet«, knurrte Polly, ohne loszulassen. »Ihr braucht es doch nur, um beim Kreuzworträtsel zu mogeln.«

»Stimmt überhaupt nicht.« Jeanne zog weiter an dem Thesaurus; plötzlich sah sie aus, als wollte sie gleich losheulen.

»Na schön«, sagte Polly beschämt. »Nehmt es doch mit, was liegt mir schon daran?« Damit ließ sie so plötzlich los, daß Jeanne längelang hinschlug.

»Aua!«

»Entschuldige«, brummte Polly.

Jeanne kniete auf dem Boden, das Buch an den türkisblauen Kaschmirbusen gedrückt. »Nein, wie furchtbar!« wimmerte sie. »Wie können wir uns nur so streiten!« Sie breitete die Arme aus, und Polly, der schon selbst die Tränen kamen, sank hinein.

»Ohne diese verdammte Wohnungsnot würden wir uns ja gar nicht streiten«, sagte Polly. Und wie sie so auf dem Boden knieten und sich in den Armen hielten und weinten und lachten, war für einen Augenblick alles vergeben.

»Polly, ich liebe dich doch so«, weinte Jeanne.

»Ich dich doch auch«, ächzte Polly und küßte ihre Freundin auf die weiche, nasse Wange. »Du wirst mir entsetzlich fehlen.«

»Du mir auch. Ich meine – du weißt schon, was ich meine.« Jeanne lachte unter Schluchzen. »Aber Betsy braucht mich doch so dringend.«

Ich brauche dich auch, dachte Polly, sagte es aber nicht, weil sie wußte, daß es zu nichts führte. Der Augenblick ging dahin, und Jeanne packte weiter.

Aber die Jeanne, die gestern auszog, war nicht mehr dieselbe, die sie einmal gekannt und geliebt hatte. Polly schaute sie an, als sie alle zusammen im Aufzug nach unten fuhren, umgeben von Koffern und Schachteln und Einkaufstüten (in einer steckte, wie sich später zeigte und gleichsam als Demonstration für Betsys Habgier und kindischen Trotz, Pollys Thesaurus), und sah für einen Augenblick nicht ihre liebste und beste Freundin, sondern eine fremde, hübsche, pummelige, herausgeputzte blonde Frau, ihr unbekannt. Sie half dieser Frau, die Sachen ins Taxi zu laden, das sie und ihre Geliebte zu Ida brachte, und dann schieden sie mit einer langen, innigen Umarmung und unter heißen Schwüren, miteinander in Verbindung zu bleiben. Irgendwie aber schien das alles nicht echt, wohl weil Betsy dabeistand und schmollend zusah. Vielleicht würde es nie mehr echt sein zwischen ihnen.

Jedenfalls habe ich gesiegt, ich habe Betsy aus meiner Wohnung bekommen, dachte Polly, als das gelbe Taxi unter einem kalten, bewölkten Himmel die Central Park West hinunterfuhr und immer kleiner wurde, bis es bald nicht mehr von anderen Taxis zu unterscheiden war. Doch als sie dann im Aufzug wieder nach oben fuhr, hatte sie nicht das Gefühl, einen Sieg errungen zu haben; sie fühlte sich verlassen, geschwächt und ärmer geworden.

Dieses dumme Gedicht stimmte eben doch, dachte sie. Am Ende hatten Gingan-Hund und Kaliko-Katz einander nicht nur im erotischen Sinne aufgefressen, sie hatten einander fast niedergemacht und vernichtet. Vielleicht waren sie doch zu verschieden gewesen in Geschmack, Ansichten und Temperament; unverträgliche Wesen, eben wie Katz und Hund.

Auch Pollys Buch war in dieser Schlacht auf der Strecke geblieben. Ohne Jeannes verständnisvolle Ermunterung, ohne Jeannes Überzeugung, daß sie auf der richtigen Fährte sei, hatte sie auf dem Marsch schlappgemacht. Der Versuch, Lorin Jones als die unschuldige Heldin darzustellen, wurde täglich beschwerlicher, immer dicker die Mappe mit Notizen, auf der ZWEIFELHAFT – NICHT VERWENDBAR stand. Polly hatte keine Sekunde mehr das Gefühl, den Gegenstand ihrer Bemühungen genau zu kennen, geschweige ihm zutiefst verwandt zu sein. Vielmehr keimte in ihr der Verdacht, daß ihre ursprüngliche Idee eine Illusion gewesen war – oder schlimmer noch, ein Phantom.

Nicht Lorin Jones war von Männern ruiniert worden. Ihr Vater hatte sie geliebt und war stolz auf sie gewesen; Jacky und Paolo hatten sie unterstützt und gefördert, bis eine Zusammenarbeit mit ihr nicht mehr möglich war; Garrett war nach zwanzig Jahren noch immer nicht von ihr los; und auch Mac hatte sie leidenschaftlich geliebt, obwohl sie ihn nicht geliebt hatte. Nicht Lorin war, wie Polly, von Männern verlassen und zerbrochen worden; sie hatte die Männer verlassen und zerbrochen.

Aber wenn das stimmte und Polly das Buch dennoch so schrieb, wie sie es geplant hatte, würde sie Lorin Jones' Leben in die Gußform ihres eigenen pressen. Das wäre nicht nur beruflich eine Katastrophe, es wäre ein Verrat an der Wahrheit.

»Sehr lieb von dir, hierherzukommen«, schniefte Jacky Herbert. Er streckte Polly seine dicke weiße Hand entgegen und sank sogleich wieder auf das rot-beige gestreifte Empire-Sofa. Dort lag er wie ein überfütterter Seehund im feinen Paisley-Morgenrock, inmitten eines Stapels applizierter Art-nouveau-Kissen. Die ganze Wohnung, zumindest der Teil, den Polly bisher gesehen hatte, war eine eklektische und recht planlose Mischung aus allem, was die Innenarchitektur eines ganzen Jahrhunderts an Gutem und Teurem geboten hatte. Aber der Pegelstand der Möbel und Gegenstände reichte nirgends weiter als halb zu den vornehm hohen Dekken hinauf. Darüber hing an unverstellten weißen Wänden Jackys berühmte Sammlung zeitgenössischer Kunst.

»Ich sehe dich gerade unser neues Beistelltischchen bewundern.« Jacky wies mit dem Kopf auf ein ausgebogtes Gebilde, an dessen Fugen goldene Girlanden aus hölzernem Seetang erblühten. »Mach bitte nicht mich dafür verantwortlich; das ist allein Tommys Werk. Er ist nicht davon abzubringen, daß ich mich nur hier in dieser gemütlichen Umgebung so recht von all der künstlerischen Strenge in der Galerie Apollo erholen könne.« Die schlaffe Geste seiner dicken weißen Hand karikierte seinen Aufzug und die Pose, die er für Pollys Besuch eingenommen hatte – die er vielleicht immer einnahm, wenn er krank war – worauf er gleich wieder ausgiebig husten und schniefen mußte.

»Entschuldige. Laß dir aber versichern, daß ich nicht mehr ansteckend bin. Und am Montag gehe ich ganz bestimmt auch wieder zur Arbeit. Daran führt einfach kein Weg vorbei. Sieh mal, wir sind mitten in der weihnachtlichen Hochsaison, wo die Kreditkarten allen Leuten Löcher in die

Brieftaschen fressen, und in der Galerie ist Alan, dieser arme Tropf, ganz allein verantwortlich. Er ist ja wirklich ein reizender Junge, aber ein ernsthafter Sammler muß schon hingehen und ihn beißen, sonst erkennt er ihn nicht.« Jacky gluckste. »So, nun laß uns mal deinen Bericht anhören, und dann bringt Tommy uns einen Tee.«

»Ich fürchte, du wirst nicht begeistert sein«, sagte sie.

»Nein?«

»Ich habe Lennie gesagt, daß ich die Key-West-Bilder gefunden habe.« Polly holte Luft. Sie wollte ihre Lüge wegen der Rückseiteninschrift nur wiederholen, wenn es unbedingt sein mußte. »Aber er will im Grunde nichts deswegen unternehmen. Er sagt, er muß sich schon um zu viele von Lorins Werken kümmern.«

»O je.« Jacky schniefte, daß es wie entweichender Dampf aus einem undichten Wasserkessel klang. »Das konterkariert unsere Pläne. Was ist überhaupt ein Konterkaro? Kann man das kaufen?«

»Ich glaube nicht«, sagte Polly. »Jedenfalls habe ich noch keines gesehen.«

»Schade. Manchmal könnte man sicher eins brauchen.« Er seufzte und schniefte.

»Du willst also gar nicht mehr versuchen, die Bilder wiederzubekommen?« fragte Polly so unbeteiligt wie nur möglich.

»I wo.« Jacky hustete. »Ich meine, Zimmern ist ja der rechtmäßige Eigentümer. Wenn er die Sache nicht ins Rollen bringt, kann die Galerie nicht viel machen.« Er sah Polly an und mißdeutete ihren Gesichtsausdruck. »Das ist eine Enttäuschung für dich, ich weiß. Aber eigentlich haben wir mit dieser Ausstellung gerade schon genug Arbeit, und Garrett hat uns ja versprochen, uns aus seiner Sammlung alles zu leihen, was wir haben wollen – da fällt mir ein, er hat mir neulich erzählt, du würdest vielleicht mit ihm zusammen seine Memoiren schreiben.«

»Tue ich aber nicht«, entgegnete Polly hitzig. »Er hat davon gesprochen, als ich bei ihm in Wellfleet war, aber ich habe ihm gleich gesagt, ich bin nicht interessiert.«

»Jammerschade«, schniefte Jacky. »Dir könnte nämlich Schlimmeres passieren. Garrett ist zwar ein alter Windbeutel, aber immerhin kennt er alle Welt und weiß, wie man an alle möglichen Gelder herankommt. Du würdest bestimmt sehr, sehr gut bezahlt. An deiner Stelle würde ich so ein Angebot nicht voreilig ausschlagen«, sagte er in diesem wegwerfenden Ton, der immer anzeigte, daß es ihm sehr ernst war.

»Ich habe dem Museum sowieso versprochen, wiederzukommen, wenn das Buch fertig ist«, sagte Polly und verkniff es sich, Jacky von dem anderen Angebot zu erzählen, das Garrett Jones ihr noch gemacht hatte. Es würde zwar ihre ablehnende Haltung erklären, aber in ein paar Tagen hätte diese Geschichte – reichlich ausgeschmückt wahrscheinlich – in ganz New York die Runde gemacht.

»Ach, Schätzchen, das ist doch Unsinn. Die kommen auch noch eine Weile ohne dich aus. Und es würde Garrett wahrscheinlich nur ein Lächeln kosten, dich beurlauben oder auf eine Halbtagsstelle setzen zu lassen, solange du willst. Laß mich ihm wenigstens sagen, daß du es dir noch überlegst, ja?«

»Meinetwegen«, sagte Polly, denn vielleicht war es ja doch politisch klüger, in Garretts Gunst zu stehen, bis sie das Buch fertig hatte.

»Man sollte keine Wellen schlagen, wenn man nicht muß«, meinte Jacky, als hätte er ihre Gedanken gelesen. »Außerdem wissen wir alle, daß man in diesem Gewerbe ohne Geld oder Beziehungen nicht weiterkommt. Am besten hat man beides.«

»So ist das wohl«, mußte sie zugeben.

»Paolo hat mir das schon in der ersten Woche gesagt, als ich bei ihm anfing. Ich fand das natürlich furchtbar kraß, aber leider, leider hatte er völlig recht.«

»Wie geht's Paolo denn?« fragte Polly.

Jacky schüttelte den Kopf, was ihm einen neuerlichen Hustenanfall eintrug. »Leider nicht sehr gut. Es sieht jetzt so aus, als würde er nicht mehr in die Galerie kommen.«

»Dann führst du sie endgültig weiter?«

»Hm, ja, ich nehme es an. Paolos Frau möchte es. Ich habe ihr gesagt, daß ich es gern täte, aber ich hielte ein paar einschneidende Veränderungen für nötig. Unter uns gesagt, die Galerie Apollo hat sich neueste Entwicklungen nicht so zunutze gemacht, wie sie es hätte tun sollen.«

»Hm?«

»Sieh mal, es sind so viele aufregende neue Künstler im Kommen. Und neue Sammler. Für die ist Lorin Jones schon fast ein *ancien maître* – oder muß ich *ancienne maîtresse* sagen, wo du doch so eine Feministin bist? Klänge aber schon ein bißchen komisch, wie?« Jacky kicherte und schniefte.

»Na ja«, fuhr er fort, sowie er wieder Luft hatte. »Ich fände es jedenfalls gut, wenn die Galerie mehr Risiken einginge. Ich habe mir sogar schon überlegt, ob wir nicht nach Downtown umziehen sollen; aber das fand ich dann doch nicht. Seriöse Käufer, vor allem Ausländer, sind nämlich meist nicht so scharf auf die Fahrt nach SoHo. Auch wer in einer dicken Limousine sitzt, muß sich erst mal durch diesen entsetzlichen Stadtverkehr kämpfen, und dann der Dreck und diese ganzen ausgeflippten Typen auf der Straße. Die Leute kommen also schon genervt und sauer an und sind nicht mehr in der Stimmung, etwas zu unterschreiben. Besser also, man holt die Kunst nach Uptown.« Er lächelte.

»Und du hast ein paar neue Künstler entdeckt.«

»O ja. Da ist zum Beispiel diese hochinteressante Frau aus

Kalifornien, O'Connor heißt sie, deren Bilder mich irgendwie an islamische Wanddekorationen erinnern. Die mit den Spiegelsplittern, die zu abstrakten Blumenmustern in Gips gedrückt werden, weißt du?«

»Mhm.«

»Und diese Grundidee hat sie also in die Moderne übertragen. Ich glaube, sie wird einmal groß herauskommen. Ihre Arbeiten sind sehr stark und wirklich schön. Und eine geniale Metapher dazu: Der Künstler – oder die Künstlerin, spring mir nicht gleich ins Gesicht, Schätzchen – ordnet die Welt, und der Betrachter projiziert sich in diese neue Vision hinein. Du mußt unbedingt kommen und dir die Dias ansehen, wenn du mal ein paar Minuten Zeit hast. Wie kommt dein Buch überhaupt voran?«

»Ach ja, ganz gut, denke ich.« Polly versuchte Begeisterung aufzubringen, aber es gelang ihr nicht.

»Ich weiß, wie das ist«, sagte Jacky mitfühlend. »Der erste Entwurf ist immer am schwersten. Wenn du möchtest, daß ich mir das Manuskript mal ansehe, weißt du ja – jederzeit gern.«

»Danke«, sagte Polly. Wenn Jacky das Buch sähe, das sie zur Zeit zu schreiben versuchte, würde er sie wohl nie mehr zum Tee einladen, dachte sie.

»Ich meine es ernst. Was ich tun kann, tue ich gern ... ah, Tommy. Das sieht ja köstlich aus. Soll ich einschenken?«

Am Tag nach Weihnachten saß Polly Alter grübelnd in ihrer leeren Wohnung, und vor ihr auf dem Tisch stapelten sich Notizen, Interviewprotokolle, Aktenmappen, Karteiblätter, Illustrierte und Kataloge mit Lesezeichen darin. Stevie war zu einem Freund gegangen, der zu Weihnachten neue Videospiele bekommen hatte, und sie hätte die freie Zeit zum Arbeiten nutzen sollen, aber sie war mit ihrem Buch zur Zeit völlig blockiert. Sooft sie ihre Unterlagen durchsah und versuchte, sich einen roten Faden zurechtzulegen, wurde sie ganz konfus und deprimiert; sie sah ihr Objekt in lauter vielschichtige Persönlichkeiten zerfallen, die miteinander nichts zu tun hatten.

Da war zuerst die schüchterne kleine Lolly Zimmern; die unstete Collegestudentin Laurie; die bohemehafte Kunststudentin; die ehrgeizige, berechnende junge Malerin, die Kenneth Foster betreut hatte; dann die neurotische, weltentrückte Künstlerin, die Jacky kannte. Da war Laura, das sprichwörtliche verirrte Kind, das Garrett Jones geheiratet hatte, und das besessene Genie, das auf Key West gestorben war. Ihre Nichte schilderte Lorin als großzügig und einfühlsam; ihre Stiefmutter hatte sie als selbstsüchtig und bösartig in Erinnerung.

Zudem war Polly inzwischen klar, daß keiner der von ihr Befragten sie belogen hatte, jedenfalls nicht nur gelogen. Alle hatten die Wahrheit gesagt, wie sie die Wahrheit kannten oder sahen oder sich vorstellten. Übereinstimmend hatten sie Lorin als schön und begabt bezeichnet (was ich beides nicht bin, dachte Polly verdrießlich). Sonst aber schien jeder eine andere Lorin Jones gekannt zu haben; und die meisten sahen auch die anderen Menschen in Lorins Leben völlig unterschiedlich. Genau wie Lennie Zimmern sie ja schon gewarnt hatte: Polly hatte einfach zuviel erfahren. Was zum Teufel sollte sie mit alledem jetzt anfangen?

Vielleicht hat Lennie ja damals im September recht gehabt, dachte sie. Vielleicht sollte ich wirklich nur über die Bilder schreiben und nicht versuchen, die Biographie einer Frau zu verfassen, die ich nicht annähernd verstehe; der es wahrscheinlich gar nicht recht wäre, daß ich – oder irgendwer sonst – über sie schreibe. Wenn mein Gram und meine Schuldgefühle an meinem letzten Tag auf Key West wirklich echt waren, sollte ich das tun. Es wäre außerdem sehr viel leichter, und Lennie würde es mir danken. Aber dann diese ganzen Notizen, die ganzen vertanen Monate – Polly stöhnte laut auf.

Wenn Jeanne doch nur hier wäre, dachte sie. Alles war vergessen, was zwischen ihnen schiefgelaufen war; in ihrer Erinnerung war nur noch die Klugheit, Herzlichkeit und Anteilnahme ihrer Freundin. Sie erinnerte sich, wie sie einander früher – lange bevor Jeanne in ihre Wohnung gezogen war, als sie noch drei Straßen weit auseinander wohnten – jederzeit anrufen konnten. Ich muß mit dir reden, sagte Polly dann, ich bin völlig durch den Wind. Ach, du Arme, sagte Jeanne darauf ganz ruhig. Das tut mir aber leid. Erzähl es mir.

Jetzt war Jeanne in Vermont, aber telefonieren konnte Polly ja immer noch mit ihr; Ida hatte gewiß ihre Nummer. Sie schob ihren Stuhl zurück und ging in die Küche.

»Nein, sie ist nicht in der Stadt«, sagte Ida mit beredtem Unterton. »Sie ist mit Betsy in Vermont. ... Ich weiß nicht, wann sie wiederkommen. Sie sind dort bei *Freundinnen.*« Und in diese Kategorie gehörte Polly nicht, hieß das.

»Könntest du mir bitte ihre Nummer geben?«

»Nein«, sagte Ida, und es klang, als atmete sie schwer ins Telefon. »Ich glaube, das kann ich nicht.«

Polly unterdrückte ein Schimpfwort. »Jeanne hat versprochen, mich anzurufen, wenn sie da oben ist, aber sie hat's noch nicht getan«, erklärte sie.

»Nein. Damit ist wohl auch nicht zu rechnen.«

»Warum denn nicht, um Himmels willen?« Ihre Stimme wurde lauter.

»Mein Gott, wenn *du* das nicht weißt«, sagte Ida mit einer kurzen, aber hörbaren Pause vor dem Pronomen.

Polly stieß einen zornigen, zittrigen Seufzer aus. »Na

schön, wenn du mit ihr redest, dann sag ihr bitte, ich würde gern mal wieder von ihr hören.«

»Ach ja?« Jetzt begann auch Idas Stimme zu zittern. »Es gibt recht viele Leute, denen Jeanne wirklich etwas bedeutet, falls du das nicht wußtest«, sagte sie. »Leute, die ihr Gefühlsleben, ihre Intimsphäre, ihre eigene Identität respektieren...«

»Ich weiß nicht, wovon du redest.«

»Nein, du nicht. Du bestimmt nicht.« Idas Ton war so hämisch geworden, daß Polly die Geduld verlor.

»Scher dich doch zum Teufel, du blöde Kuh!« schrie sie und legte auf.

Noch elender als vorher ging sie durch ihre Wohnung, in der schon der Winterabend dämmerte. Sie ging von Fenster zu Fenster, aber außer den verschwommenen Rückseiten anderer Wohnhäuser gab es durch den nieselnden Schneeregen, der schon den ganzen Nachmittag fiel, nichts zu sehen. Nur vom Schlafzimmer aus sah sie, wenn sie die Nase an die kalte Scheibe drückte und schräg zur Seite schaute, einen schmalen, vertikalen Streifen der 92nd Street. Alles in diesem länglichen Rechteck war schwarz oder grusgrau wie auf den Stichen der Ashcan-Schule zu Beginn des zwanzigsten Jahrhunderts: ein Laternenpfahl, ein paar weißbeschneite Autos, eine abgemagerte Peggy-Bacon-Katze, zwei Gestalten, die sich zusammen gegen den Wind stemmten. Dieses Bild der 92nd Street, dachte Polly, ist genauso falsch und verkürzt wie alle diese Aussagen über Lorin Jones auf meinem Schreibtisch. Aber sie sah eben nur diesen Ausschnitt, und genauso war für jeden ihrer Informanten sein Bericht die ganze Wahrheit.

Jeder dieser Menschen erwartete von ihr, daß sie genau sein verkürztes, vertikales Bild von Lorin Jones wiedergab. Schlimmer noch, wenn sie es nicht tat, würden sie ihr böse sein. Egal was sie schrieb, sie würde die einen zufriedenstellen, die anderen gegen sich aufbringen.

Angenommen, rein theoretisch, sie schrieb von Lorin Jones die Biographie, die Jacky und Garrett erwarteten, in der Lorin als exzentrisches, neurotisches Genie geschildert würde und sie selbst als großmütig, weise und tolerant. Sie wären erfreut und würden es ihr lohnen: Sie würden dafür sorgen, daß ihr Buch beachtet und gut besprochen würde – so etwas hatte Jacky ja schon angedeutet. Wenn sie ihre Karriere voranstellte, war dies die Entscheidung, die sie treffen mußte.

Und angenommen, auch nur theoretisch, sie akzeptierte Garretts Angebot. Da sie ihm erzählt hatte, sie sei lesbisch, würde er sie wohl nicht mit weiteren sexuellen Avancen belästigen; zumindest würde er sich nicht mehr offen an sie heranzumachen versuchen. Und als sein Schützling hätte sie so manche Privilegien. Sie würde die bedeutendsten Künstler und Sammler kennenlernen; vielleicht würde man sie auffordern, Kritiken für Zeitungen und Illustrierte zu schreiben.

Und nicht zu vergessen das Geld. Wenn Polly für Garrett arbeitete, würde sie sich bei miesem Wetter oder überfüllten Bussen jederzeit ein Taxi leisten können; sie würde nie mehr in die schmutzigen und bedrohlichen Katakomben der U-Bahn hinabsteigen müssen. Sie würde in der Business Class fliegen und Museen in fernen Städten besuchen, vielleicht sogar im Ausland. Sie würde den Prado sehen, das Musée d'Orsay, die Eremitage, die Uffizien; sie hätte Zugang zu berühmten Privatsammlungen in Amerika und Europa.

Und warum soll ich meine beruflichen Beziehungen nicht pflegen? dachte Polly; denn daß Jeanne und ihre Freundinnen sie nach allem, was geschehen war, verstoßen würden, stand sowieso fest. Sie hatten es schon, nach dem Telefonat eben zu urteilen. Selbst wenn sie nun noch das Buch schreiben könnte, das sie zuerst geplant hatte, würde Ida ihr nie vergeben. Feministische Rezensentinnen mochten sie preisen und bewundern, aber nie würden Ida und Cathy sie zu ihren Gesprächszirkeln einladen; möglicherweise würde sie jedoch eines Tages in irgendeiner anderen Wohnung, in einem anderen Frauenkreis, auf dem Fußboden sitzen und mit einer schemenhaften Geliebten händchenhalten.

Aber vielleicht legte sie ja keinen Wert darauf; vielleicht würde sie dieses Buch sowieso nicht schreiben, sondern eines, das Jacky und Garrett gefiel und Erfolg hatte.

Vor dem dahintreibenden griesigen Schnee sah Polly sich in dieser alternativen Zukunft, irgendwo auf der East Side in einer Stadtwohnung. Sie hatte für die Party ein schwarzes Kleid angezogen und war sorgfältig zurechtgemacht; ihr Haar war professionell gestylt und glattgeföhnt (in dieser Inkarnation konnte sie bei Bendel's statt bei Macy's einkaufen und einmal die Woche einen Schönheitssalon aufsuchen). Die Partygäste beäugten sie interessiert, nicht nur weil sie so cool und selbstbewußt wirkte, sondern weil sie in der New Yorker Welt der Museen und Galerien, der Künstler, Händler und Kritiker, eine Figur von zunehmender Bedeutung und Macht war. Um sie herum standen andere teuer gekleidete Damen und Herren, manche von ihnen erkennbar berühmt. Vielleicht war sie mit einem von ihnen sogar liiert, wenn auch nicht ernsthaft. Wenn sie wirklich Karriere machen sollte, hätte sie für eine ernsthafte Beziehung wohl kaum noch die Zeit und Energie; entweder würde sie zölibatär leben oder nur kurze Affären mit Männern oder Frauen haben, zu denen sie weder besondere Zuneigung noch Vertrauen hatte; und die auch zu ihr nicht viel Zuneigung oder Vertrauen hatten.

Vielleicht drückte das Gesicht der Hauptfigur in dieser Szene ja deshalb keine Freude, kein Wohlbefinden aus; ihre Miene war wachsam, berechnend und befangen. Wie diese

Frau aussah, hätte Polly keine Lust gehabt, sie kennenzulernen, geschweige so zu werden wie sie.

Die Vorstellung, sich nicht nur für eine bestimmte Vergangenheit von Lorin Jones entscheiden zu sollen, sondern auch gleich für eine bestimmte eigene und wenig verlockende Zukunft, machte Polly schwindlig, als stünde sie im Schneesturm auf dem Gipfel eines steilen Berges und nicht an einem Fenster ihrer Wohnung. Dies wurde noch schlimmer durch die dunkle Ahnung, daß sie von der einstigen Alternative nichts mehr wissen würde, wenn sie sich erst entschieden hätte. Solange man auf dem Bergkamm vor der Wegegabel steht, kann man noch in alle Richtungen sehen; kaum aber hat man den einen Weg eingeschlagen, wird das Blickfeld immer enger, und andere Landschaften verschwinden.

Die Polly im Frauenkreis und die Polly auf der Party würden vergessen, daß es jemals Alternativen gab. Sie würden glauben, den einzig möglichen Weg genommen zu haben. Sie würden das Buch, das sie schrieben, das Leben, das sie wählten, den Menschen, zu dem sie wurden, für unausweichlich halten, so unausweichlich wie zum Beispiel ihre Trennung von Jim.

Aber wie unausweichlich war die denn gewesen? Wenn sie eingewilligt hätte, mit ihm nach Denver zu gehen, hätte sie sich mit der Zeit wahrscheinlich eingeredet – oder wäre eher noch der Mensch geworden, der es glaubte –, daß der Zusammenhalt der Familie wichtiger als alles andere sei. Sie hätte Jim weiterhin geliebt und für einen anständigen, vertrauenswürdigen Menschen gehalten. Vielleicht hätte sie in Colorado sogar wieder eine Arbeit gefunden, oder ganz anders zu malen begonnen, auf eine Weise, die mit Lorin Jones nichts zu tun hatte, und auch das wäre ihr selbstverständlich gewesen.

Nun würde sie bald die Biographie, die sie von Lorin Jones

schrieb, das Leben, das sie wählte, für die einzige Möglichkeit halten. Sie würde entweder eine böse und freudlose, lesbische Feministin oder eine egoistische und erfolgreiche Karrierefrau sein. Und Lorin Jones würde als unschuldiges Opfer oder neurotisches, treuloses und undankbares Genie ins öffentliche Bewußtsein eingehen; aber es wäre alles gelogen.

Am liebsten, dachte Polly, die Ellbogen auf den Fensterrahmen gestützt und den Schneeflocken zusehend, die wie feinkörnige Asche zwischen den Häuserwänden umherwirbelten und niedersanken – am liebsten würde sie ein Buch schreiben, das die ganze verwirrende, widersprüchliche Wahrheit erzählte. Dahinein würde sie alle die verschiedenen Geschichten packen, die sie gesammelt hatte – und nach ihr die Sintflut, wie ihr Vater immer sagte.

Schön – aber wer würde darin umkommen? Polly Alter. Man würde ihre Biographie verschwommen und widersprüchlich nennen; und alle, die ihr wichtig waren, würden sich vor den Kopf gestoßen fühlen.

Schon den ganzen Tag hatte so eine schwere, klamme Depression über Pollys Kopf geschwebt, und nun sank sie herab wie eine nasse, schmuddelige Decke. Sie wünschte sich bei Gott, sie hätte nie etwas gehört von dieser Lorin Jones, die an allem, was im letzten Jahr in ihrem Leben schiefgegangen war, bis hin zu Mac, die Schuld trug.

Zu spät, darüber jetzt zu grübeln, sagte sie sich. Entscheide dich lieber und fang endlich an mit dem verdammten Buch, egal für welches; das Stipendium reicht nur noch bis Mai. Aber sie fühlte sich zu schlapp und träge, um sich auch nur zu rühren. Vor dem Fenster fiel die Asche.

Es mochte eine Minute vergangen sein, vielleicht auch zwanzig, als jemand unten an der Haustür klingelte. Polly drehte sich langsam weg von dem dunkler werdenden Fenster und dem tanzenden Schnee. Jeanne, dachte sie töricht;

dann klarer: Stevie wird seinen Schlüssel vergessen haben. Aber es war nur der Paketbote. »Ich komme runter«, rief sie in die Sprechanlage, dankbar für jede Ablenkung.

Es war ein dickes Paket, und als sie im Aufzug damit nach oben fuhr, sah sie zu ihrer Überraschung, daß es von ihrem Vater war. Sicher ein Weihnachtsgeschenk für Stevie. Zwar nicht der Scheck, den Carl Alter angekündigt hatte, aber wenigstens einmal im Leben beinahe pünktlich. Als sie jedoch den Karton auf dem Küchentisch öffnete, fiel als erstes ein Umschlag heraus, auf dem der Name ihres Sohnes stand. Also ein Scheck *und* ein Geschenk: unnötig und übertrieben. Wie üblich war das Geschenkpapier für Stevie viel zu kindlich; es paßte auch nicht für einen Jungen: lauter süße kleine Mädchen mit lauter winzigen Weihnachtsbäumchen, hol's der Henker.

Sie sah auf die Karte, auf der ein Vogel abgebildet war: eine weiße Friedenstaube – nein, das war wohl eher der Heilige Geist; also auch religiös daneben! »Frohe Weihnachten für Polly.«

Mein Gott, dachte sie; es mußte zwanzig Jahre her sein, daß ihr Vater ihr zuletzt etwas geschickt hatte. Sie riß das Papier auseinander und nahm eine Schachtel heraus, und darauf stand – heiliger Bimbam! – MALHEXE! Ebendie gottverdammte Malhexe, die sie sich als Achtjährige so sehr gewünscht, die ihr Vater ihr so oft versprochen und nie geschenkt hatte! Polly mußte lachen; dann zu ihrer eigenen Überraschung weinen.

Unter lächerlichen Tränen brachte sie den Scheck in Stevies Zimmer, damit er ihn dort vorfand, wenn er zum Abendessen nach Hause kam. Der Anblick seiner Bücher und Poster, die nun alle wieder an den Wänden hingen und in den Regalen standen, richtete Polly ein wenig auf. Egal wie es weiterging, Stevie war wieder in New York.

Ja, aber was erwartete ihn hier? Sie sah zu dem alten Tierposter hinauf, das noch nichts Altersgemäßerem gewichen war, vielleicht weil es so hoch in einer Ecke hing. Es war eine stark vergrößerte Farbaufnahme von einem Waschbär, die Polly vor vielen Jahren gekauft hatte, weil das Tier so eine Ähnlichkeit mit dem damals vier- oder fünfjährigen Stevie hatte: runde dunkle Augen, umringt von fast durchscheinender dunkler Haut, und ein spitzes Gesicht, das klug und neugierig dreinblickte. Ein wenig sah er immer noch so aus.

Die Schule, auf die Stevie nun wieder gehen sollte, sei dieses Jahr schlimmer denn je, hieß es. Seine beiden besten Freunde waren jetzt davon abgegangen: der eine ans Ethical Culture, der andere ans Exeter. Aber Polly konnte es sich nicht leisten, Stevie auf eine Privatschule zu schicken; er mußte also bleiben, wo er war, in überfüllten, langweiligen Klassen, ein Waschbärkind, bedroht und angegriffen von jugendlichen Bullterriern. Vielleicht würde er nach einer Weile – und die mußte nicht einmal lang sein – wieder in die Wildnis zurückgehen wollen, nach Denver; in Jims sogenannte normale amerikanische Familie, die demnächst noch »normaler« sein würde.

Aber wenn sie nun das Buch schrieb, das Garrett haben wollte, und seine Assistentin wurde? Dann könnte sie es sich leisten, Stevie auf eine Privatschule zu schicken, und bald wäre er genauso ein eingebildeter Gymnasiast, wie sie in Manhattan überall herumliefen. Mit einer eleganten Mutter, die nicht viel zu Hause war, weil die neue Superkarriere sie so oft auf Reisen oder Partys oder Vernissagen führte. Polly würde eine Haushälterin engagieren müssen, damit Stevie, wenn er von seiner piekfeinen Schule nach Hause kam, jemanden antraf, der ihm ein Abendessen auf den Tisch stellte.

Diese Visionen und der Gedanke, daß sie jetzt – nicht nur für sich, sondern auch für Stevie – wählen mußte, welche von diesen beiden unerfreulichen Zukünften ihr lieber war, ängstigten Polly und machten sie wütend. Obwohl es warm in der Wohnung war, überlief sie so etwas wie ein Schüttelfrost, als stände sie kurz vor einer Grippe.

Aber gab es überhaupt noch eine andere Möglichkeit? Wie sie so zu dem Poster hinaufstarrte, verwandelte sich dessen Hintergrund in ihrer Phantasie. Die Blätter der Bäume wurden größer und glänzender, und zwischen ihnen erschienen leuchtende tropische Blüten. Der Waschbär verwandelte sich in Stevie in seinem heutigen Alter; nur daß er barfüßig und sonnengebräunt, in kurzer Hose und T-shirt, rittlings auf einem Ast saß. Unter ihm saß (ebenso sonnengebräunt), auf der Terrasse eines Hauses auf Key West, Polly selbst an einem Campingtisch und tippte. Sie trug ihre alten Jeans und ein ausgeblichenes Hemd; ihr Haar war mit einem roten Wollfaden zurückgebunden, und sie lächelte. Was sie da schrieb, war die wahre Geschichte, die ganze Wahrheit über Lorin Jones, samt allen Widersprüchen. Und vor ihren Augen kam soeben Mac mit zwei Dosen Bier aus dem Haus.

Das geht nicht, dachte Polly, es wäre verrückt, du weißt doch, daß du ihm nicht trauen kannst. Es wäre verrückt, so einem wie Mac zu trauen, wo doch noch jeder Mann, den du bisher gekannt hast, angefangen mit deinem Vater, dich gekränkt und im Stich gelassen hat!

Aber Carl Alter hatte gesagt, sie habe *ihn* im Stich gelassen, ihn nicht sehen wollen. Er glaubte das wirklich. Jim glaubte es wahrscheinlich auch. In ihrer beider Augen war sie wie Lorin: abweisend und zerstörerisch. Und nun war es Mac, der glauben mußte, sie wolle ihn nicht wiedersehen, denn sie hatte es ihm mehr oder weniger gesagt. Seit über einer Woche hatte er nicht mehr angerufen. Vielleicht hatte er sie abgeschrieben.

Wie mein Vater mich abgeschrieben hat, dachte Polly.

Die Interviews sind jetzt beendet; ich könnte nach Key West fliegen. Ich könnte es riskieren, ich könnte es tun, dachte sie, indem sie Luft holte und sie anhielt. Aber es würde nicht leicht sein. Sie atmete mit einem Seufzer aus und malte sich all den Ärger, alle die Schwierigkeiten aus, denen sie sich aussetzen würde: die Szenen, die Erklärungen, die Packerei; die Bemühungen, ihre Wohnung zu vermieten (Jeanne und Betsy würden sie haben wollen, aber konnten sie sie sich auch leisten?), Jim und ihrer Mutter Bescheid zu sagen, den Leuten im Museum und allen, die sie kannte. Sie würden alle denken, Polly sei ausgeflippt. Aus einer vielversprechenden Karriere auszusteigen und nach Florida zu fliehen, genau wie Lorin Jones, dazu mit demselben Mann – ist das nicht wirklich schon krankhaft? würden alle fragen. Zuerst will sie über Lorin Jones schreiben, zuletzt lebt sie ihr Leben, großer Gott! Sie würden nicht erwarten, daß es gutging, und vielleicht behielten sie recht.

Aber wenn sie es nicht versuchte, woher sollte sie es dann wissen?

Und wenn du dein Buch fertig hast, was dann? würden ihre Bekannten fragen.

Nun, das wird man sehen, würde sie sagen. Vielleicht werden Stevie und ich wieder nach New York zurückkommen. Oder vielleicht bleiben wir eine Weile auf Key West und leben vom Mietertrag dieser Wohnung und dem Unterhalt für Stevie. Vielleicht finde ich dort Arbeit in einer Galerie oder so etwas.

Das Leben bestände nicht nur aus tropischen Blüten. Sie wäre eine angejahrte Aussteigerin wie Mac, die in einem Seebad eine Randexistenz fristete; wahrscheinlich würde sie nie reich und berühmt werden.

Aber mag doch später daraus werden, was will, ich wäre jetzt bei ihm, dachte Polly, indem sie einmal kräftig nach Luft schnappte, als ob sie gerade aus dem Wasser aufgetaucht wäre. Ich könnte das Buch so schreiben, wie es sich gehört. Und ich könnte wieder zu malen anfangen, wenn ich wollte. Auch wenn es anfangs vielleicht nicht gut wäre, könnte es doch besser werden. Wie Mac immer sagte: Man kann nie wissen; vielleicht habe ich eines Tages doch die glückliche Hand. Und wenn alles klappt... es ist sicher verrückt, daran auch nur zu denken, aber wenn ich wirklich wollte, könnte ich sogar noch ein Kind bekommen.

Polly sah auf die Uhr. Halb sechs. Draußen war es jetzt völlig dunkel, und wahrscheinlich war es auch auf Key West schon dunkel, obwohl dort die Sonne später sank. Mac und seine Leute würden gerade Feierabend gemacht haben, und er hatte sich auf das Zimmer begeben, das er sich bei Freunden gemietet hatte.

Bevor sie doch noch den Mut verlieren oder es sich wieder anders überlegen konnte, lief sie in die Küche. Eine Sekunde lang starrte sie das so harmlos aussehende Wandtelefon an, holte ein letztes Mal tief Luft und nahm den Hörer ab.

Alison Lurie im Diogenes Verlag

Varna oder Imaginäre Freunde

Roman. Aus dem Amerikanischen von Otto Bayer
Leinen

Ein junger amerikanischer Soziologiedozent, etwas zu scheu und voller ethischer Grundsätze, stößt auf einen etwas zu selbstsicheren und ziemlich rücksichtslosen Professor und Mentor. Die beiden mischen sich, zwecks »teilnehmender Beobachtung einer isolierten Kleingruppe«, unter eine Vereinigung kleinstädtischer religiös-spiritistischer Fanatiker, die glaubt, von Ro, dem Herrscher des Planeten *Varna,* erleuchtet zu sein. Eine hochexplosive Synthese, die Beziehungen köcheln, und das Durcheinander brodelt.

»Luries vollendetste Komödie, eine wunderschöne Metapher auf die unzähligen Schattierungen zwischenmenschlicher Beziehungen.«
Times Literary Supplement, London

Liebe und Freundschaft

Roman. Deutsch von Otto Bayer
Leinen

»Ein höchst unterhaltsamer, witziger und bisweilen komischer Roman.«
Volker Hage/Sender Freies Berlin

»Ein Ehebruch, bei dem gewissermaßen alles stimmt. Nach fünf, sechs angenehm verbrachten Ehejahren hat sich die schöne Frau entliebt. Sie ist in häuslicher Monotonie ermüdet und gekränkt von der zunehmenden Verschlossenheit, wohl auch Herablassung des Gatten. Was sie von seiner Arbeit hält, berührt ihn kaum. Kann er überhaupt noch zwischen Menschen und Einrichtungsgegenständen unterscheiden? Die

Zeit für einen Liebhaber ist reif... Alison Lurie erreicht, was so oft verfehlt wird: die Wahrheit über das, was man ›das Leben‹ nennen könnte oder auch ›das Menschenherz‹.« *Christa Rotzoll/FAZ*

Affären

Eine transatlantische Liebesgeschichte
Deutsch von Otto Bayer
detebe 21600

Vinnie Miner, Amerikanerin, nach ironischer Selbsteinschätzung »alt, klein, unattraktiv und nicht verheiratet«, reist mit einem Forschungsstipendium nach London. Dorthin ist auch ihr attraktiver junger Kollege Fred Turner unterwegs. Beide sind allein. Keiner der beiden ist auf eine *Affäre* aus.

»Ein gleichermaßen witzig-melancholischer wie intelligenter Unterhaltungsroman.« *Die Zeit*

Ein ganz privater kleiner Krieg

Roman. Deutsch von Hermann Stiehl
detebe 21614

Bei der Familie Tate war noch bis vor kurzem alles in Ordnung: Die Ehe so wenig getrübt wie die Freude an den Kindern, das Heim behaglich. Mit einem Mal ist nichts mehr in Ordnung. In der Nachbarschaft entstehen scheußliche Häuser, die Kinder benehmen sich unerträglich, und Erica Tate muß entdecken, daß ihr Mann Brian sie mit einer Studentin betrügt.

»Stilvoll, komisch, distanziert und zärtlich, von seltenem Witz und Einfühlungsvermögen: Alison Lurie schreibt wie ein Engel. Sie ist sowohl von Truman Capote wie von Christopher Isherwood mit Jane Austen verglichen worden – eine kühne Behauptung, aber dieser Roman rechtfertigt sie durchaus. Ein großartiges Buch.« *Sunday Times*

Celia Fremlin im Diogenes Verlag

Die Stunden vor Morgengrauen

Roman. Aus dem Englischen von Isabella Nadolny
detebe 21515

Nacht um Nacht schreit das Baby, ohne ersichtlichen Grund. Schlaflose Nächte lang beobachtet Louise ihr Baby und hofft auf Ruhe – für sich, ihre Familie und die neue Untermieterin, Miss Brandon. Aber aus ihrem halbwachen Dämmerzustand gibt es kein Entrinnen, sie gleitet hinüber in einen langen, quälenden Alptraum.

»Celia Fremlin erzählt so spannend, daß man unter Garantie eine wohlige Gänsehaut bekommt.«
Freundin, München

Wer hat Angst vorm schwarzen Mann?

Roman. Deutsch von Otto Bayer
detebe 21302

»Kein Anblick konnte dieser Tage mehr Schrecken einflößen als der eines gutgekleideten Mannes mit Notizbuch in der Hand beim Betrachten eines Grundstücks.« So beginnt ein psychologisch ebenso hinterhältiger wie spannender Roman rund um eine ganz gewöhnliche Familie auf dem Land: eine mißtrauische, etwas schwerhörige Großmutter, ihre zu Höherem berufene Tochter Claudia und das Enkelkind Helen.

Klimax

oder Außerordentliches Beispiel von Mutterliebe
Roman. Deutsch von Dietrich Stössel. detebe 20916

Stellen Sie sich eine ganz normale Familie aus Ihrer Nachbarschaft vor: nette, ruhige Leute, der Mann in guter Position, manchmal etwas mürrisch, aber man weiß ja, was im Beruf verlangt wird, die Frau reizend, spontan, hilfsbereit, die ihre zwei Töchter geradezu vergöttert, vielleicht etwas übertrieben. Eines Tages verlobt sich die älteste mit einem tüchtigen Buchhalter – und langsam zieht ein ganz gewöhnliches Grauen ein…

»Der Engländerin Celia Fremlin könnte es gelingen, der verehrten Spannungsautorin Margaret Millar den Rang abzulaufen.« *Wochenpresse, Wien*

Onkel Paul

Roman. Deutsch von Isabella Nadolny
Leinen

»Mit *Onkel Paul* übertrifft Celia Fremlin sogar ihren ersten Roman *Die Stunden vor Morgengrauen.* Ihre unheimliche Fähigkeit, die Kleinigkeiten des häuslichen Einerleis, die Langeweile und Enge des Familienalltags mit Merkwürdigem, Makabrem und Katastrophalem zu verbinden, macht ihre Geschichten einmalig.« *Times Literary Supplement, London*

…diesmal die Katastrophe um die drei Schwestern Mildred, Meg und Isabel – und natürlich Onkel Paul.

Die Spinnen-Orchidee

Roman. Deutsch von Isabella Nadolny
detebe 21727

Etwas muß geschehen, wenn eine aufregende Affäre plötzlich zur häuslichen Zweierkiste wird… Mit Entsetzen stellt Adrian fest, daß es vorbei ist mit seiner kostbaren Privatsphäre, als seine ›Frau für schöne Stunden‹, Rita, plötzlich bei ihm einzieht. Mit ihr hält auch der Haß Einzug: Adrian beginnt Rita zu hassen, Rita haßt dafür Amelia, Adrians 14jährige Tochter, die seine ungeteilte Liebe genießt, und Amelia – liebt ihren Lehrer. Als Rita eines Tages das Tagebuch des Mädchens, voller erotischer Tagträumereien, findet, sieht sie ihre Chance. Denn etwas muß geschehen – etwas wie Mord zum Beispiel...

»Celia Fremlin säße schon längst im Gefängnis, würde sie nicht schreiben.« *Emma, Köln*

Rendezvous mit Gestern

Roman. Deutsch von Karin Polz
detebe 21603

Milly macht sauber bei Leuten in Seacliffe. Diskret und gründlich räumt sie täglich die Reste von Mrs. Days wilden Nächten auf, versorgt Mrs. Grahams Baby mit ungeliebten Vitaminen, verleiht dem Haushalt von Mrs. Lane einen Hauch vom ehemaligen großbürgerlichen Glanz. Allabendlich kehrt sie müde und allein in ihre billige Pension zurück. Bei ihr ist nur die Erinnerung an ein ganz anderes Leben, an die Hölle vor dem Tod, die Ehe hieß. Doch vor der Hölle flieht man nicht so leicht...

»Eine Psycho-Krimi-Gruselstory von einer Spezialistin für die Abgründe im ganz alltäglichen Hausfrauendasein.« *Frankfurter Rundschau*